Die Einwohner des baskischen Dorfes Logroño wagen sich nicht mehr vor die Tür, denn in der Gegend treiben Hexen und Zauberer ihr Unwesen. Daher wird der für seine Strenge berüchtigte Inquisitor Alonso Salazar y Frías in die Gegend gesandt. Dieser jedoch glaubt nicht an Hexen und Zauberei. Mit Methoden, die er in Rom studiert hat, versucht er zu beweisen, dass alles nur Aberglaube ist.

Ihm auf der Spur ist Mayo, eine junge Hexe, die davon lebt, von Ort zu Ort zu ziehen und Zaubersprüche und heilende Kräuter zu verkaufen. Sie ist auf der Suche nach ihrer Ziehmutter Ederra, die der Ketzerei bezichtigt und von der Inquisition verschleppt wurde. Im Gegensatz zu Ederras magischen Kräften will die Zauberei bei Mayo nicht funktionieren. Als sie versucht, einen Liebeszauber für den Novizen Iñigo herzustellen, hat dies fatale Folgen für den jungen Geistlichen …

Nerea Riesco wurde 1974 im baskischen Bilbao geboren. Sie schreibt Kolumnen für die große spanische Zeitung »El País« und unterrichtet Journalismus an der Universität von Sevilla. Außerdem arbeitet sie für den spanisch-arabischen Radiosender »Wahatu al Andalus«. Für ihren Roman »El país de las mariposas« erhielt sie den »Premio Ateneo Jóven de Novela de Sevilla«.
Ihren großen internationalen Erfolg hatte sie mit ihrem Roman ›Der Turm der Könige‹ (Bd. 18965), der in über zwanzig Ländern erschien.

NEREA RIESCO

DIE SPUR DER HEXE

Historischer Roman

Aus dem Spanischen
von Sabine Giersberg

FISCHER Taschenbuch

FSC
www.fsc.org
MIX
Papier aus verantwortungsvollen Quellen
FSC® C083411

Erschienen bei FISCHER Taschenbuch
Frankfurt am Main, Juli 2014

Die spanische Originalausgabe erschien
unter dem Titel »Ars Mágica«
bei Grupo Editorial Random House Mondadori

Satz: Dörlemann Satz, Lemförde
Druck und Bindung: CPI books GmbH, Leck
Printed in Germany
ISBN 978-3-596-17962-6

Für Antonio, meinen Weggefährten

Magie ist Weisheit, die bewusste Anwendung der
Geisteskräfte, um sichtbare oder greifbare, tatsächliche
oder eingebildete Phänomene zu erzielen, sie ist der
wohltuende Gebrauch des Willens, der Liebe und der
Vorstellungskraft. Sie ist die mächtigste Kraft des
menschlichen Geistes im Dienste des Guten.
Magie ist kein Hexenwerk.

PARACELSUS

Prolog

Plaza de Santiago, Logroño, Sonntag, der 7. November 1610

Elf wegen Hexerei zum Tode Verurteilte bewegten sich in einer Reihe langsam durch die aufgepeitschte Menge auf den Scheiterhaufen zu. Fünf von ihnen hatten die Welt der Lebenden bereits verlassen, doch das hinderte das Heilige Offizium nicht daran, auch ihnen die Reinigung durch das Feuer zuteil werden zu lassen. Es hatte einen gewissen Cosme de Arellano damit beauftragt, Ebenbilder aus Holz anzufertigen.

Für Cosme war der Auftrag überraschend gekommen, denn mehr als einmal waren seine Schnitzarbeiten von Priestern abgelehnt worden, weil sie den Schmerz der Mater Dolorosa oder die Wunden der Peitschenhiebe auf dem Körper des dornengekrönten Christus so wirklichkeitsgetreu darboten, dass besonders phantasiebegabte Betschwestern Ohnmachtsanfälle bekamen und schlecht träumten. Und er war dementsprechend aufgeregt: Das war seine lang herbeigesehnte Chance. Die ganze Stadt und eine Menge eigens für das Autodafé anreisender Fremder würden seine Arbeit bewundern. Nicht einmal in seinen kühnsten Träumen hätte er sich ausgemalt, einmal so viel Publikum zu haben. Daher widmete er sich seiner Aufgabe mit Leib und Seele.

Er begab sich zu den geheimen Gefängnissen und befragte den

Aufseher und die Zellengenossen. Er wollte wissen, wie die Augen, die Haare, die Statur seiner Modelle ausgesehen hatten, mit welchem Gesichtsausdruck sie dieses Jammertal verlassen hatten … Seine Figuren sollten nicht einfach Holzklötze mit menschlichen Umrissen sein. Mehrere Tage arbeitete er bis zum frühen Morgen, um den Figuren die Tragik zu verleihen, die er für den Anlass für angemessen hielt. Er schnitzte zerknirschte Gesichter, wirre Mähnen, weit aufgerissene Augen, deren Blick sich im Unendlichen verlor, flehentlich zum Himmel ausgestreckte Hände, bis er ein Quintett des Schreckens geschaffen hatte, mit dem es an Schaurigkeit nur die Seelen im Fegefeuer an Allerseelen aufnehmen konnten. Er war mit dem Ergebnis zufrieden, doch seine Frau erschrak sich jedes Mal fast zu Tode, wenn sie im Halbdunkel an den Gestalten vorbeikam. Daher warf er für den Rest ihres Verbleibs in der Werkstatt den Holzfiguren Tücher über.

Schuld an dem vorzeitigen Tod der Angeklagten war eine seltsame Epidemie mit Fieber und starken Leibschmerzen, die sich Monate vor dem Autodafé in den geheimen Gefängnissen der Inquisition ausgebreitet und eine große Zahl von Opfern gefordert hatte. Die Krankheit hatte Delirien und Raserei hervorgerufen und Befragungen unmöglich gemacht. Hin und wieder schien die Krankheit den Angeklagten eine Pause zu gönnen, plötzlich waren sie wieder klar im Kopf, hatten rote Wangen und Appetit. Doch sobald die Inquisitoren die Besserung nutzen wollten, um die Gefangenen in die Zange zu nehmen, erlitten sie einen Rückfall, und die Pläne der Inquisitoren waren zunichte. Allmählich erweckte das unter den Mitgliedern des Tribunals Misstrauen.

Die erste Holzfigur in der Reihe der Verurteilten war die der Witwe María de Echalecu, einer vierzigjährigen Wäscherin aus Urdax. Bevor ihr Mann starb, war sie eine lebenslustige, manchmal etwas verwirrte Frau gewesen. Sie hatte immer in demselben Haus gelebt, das sie als Erstgeborene nach alter Sitte der Navarrer von ihren Eltern geerbt hatte. Von klein auf war ihre Nachbarin ihre beste Freundin gewesen, sie waren wie Schwestern. Gemeinsam entdeckten sie die Welt, erlebten sie die erste Menstruation und ihre Folgen und durchlitten den Tod ihrer Väter. In schlechten Zeiten waren sie einander eine Stütze, und sie genossen die Momente des Glücks mit allen Sinnen, denn für sie waren es Geschenke des Himmels. Sie liebten sich wie sich nur der Himmel und die Sonne, die Bäume und die Erde lieben können, und das erzeugte Verdacht unter den Nachbarn, die an bedingungslose Freundschaft nicht glauben wollten. Um dem Gerede ein Ende zu machen, beschlossen beide zu heiraten. Anfangs schien trautes Einvernehmen zu herrschen, doch mit der Zeit wurden ihre Männer argwöhnisch und fühlten sich durch die enge Freundschaft der Frauen bedroht, bis sie ihnen jeglichen Kontakt untersagten. Die Streitigkeiten endeten mit dem Tod von Marías Ehemann. Diesen machte sich der Mann der Freundin zunutze, um María vor dem Heiligen Offizium zu bezichtigen, sie hätte seine Kühe verhext, die nun saure Milch gäben, und sie habe den Hagel herbeigezaubert, der seine Ernte vernichtet hatte.

Eines Tages wurde sie früh am Morgen geholt und in den Kerker geworfen. Als sie erkrankte, behaupteten die Ärzte, ihrer verhängnisvollen Krankheit würde etwas Übernatürliches anhafteten, denn in den letzten Augenblicken ihres Lebens hatte sie, noch bevor sie gestehen konnte, endgültig den Verstand verloren. Sie hatte sich unter großen Mühen von der Pritsche erhoben und war zu der Säule aus dem durch die Luke einfallenden Sonnenlicht gewankt. Den glasigen Blick zur Decke gerichtet, hatte sie gemurmelt: »Da ist May… hinter dem Fenster. Mayo… ich komme, ich komme.«

Keiner verstand, wovon sie redete, und man schrieb das Gestammel dem Fieberdelirium zu. Inquisitor Becerra war noch zu ihr geeilt, um ihr ein Kreuz auf die Lippen zu legen, damit sie sich mit dem Herrn versöhnte, bevor sie ihren letzten Atemzug tat. Doch María hatte ihn nur verächtlich angesehen, sich abgewandt und war dann, ohne jede Absolution, leblos zu Boden gefallen.

Die zweite Holzfigur war die von Estevanía de Petrisancena. Mateo Ruiz, der die Figuren bemalte und einkleidete, hatte ihre natürliche Schönheit noch unterstrichen, indem er ihrem gelockten Haar einen strahlenden Kupferton verliehen hatte. Estevanía war siebenunddreißig geworden. Sie war mit dem Landarbeiter Juanes de Azpilcueta verheiratet. Als sie verhaftet wurde, hatte dieser alles für einen unglücklichen Irrtum gehalten, denn seine Estevanía war sanft und lammfromm. Später hatte man ihm gesagt, der Teufel habe sie mitten in der Nacht zum Hexensabbat entführt und dort hätten sie viele beim unzüchtigen Treiben mit glutäugigen Dämonen beobachtet. Damit er nichts merkte, habe man ihm eine Puppe ins Bett gelegt, die nicht nur wie Estevanía aussah, sondern auch nach ihr duftete. Sie war in demselben braunen Rock gestorben, den sie bei ihrer Verhaftung getragen hatte, und sie hatte bis zuletzt abgestritten, eine Hexe zu sein. Mateo Ruiz hatte als Zeichen der Inquisition auf jede Brust das Lilienkreuz der Dominikaner gemalt.

Am Hals der dritten Figur hing ein Schild mit dem Namen Juanes de Odia. Er war sechzig Jahre alt und stammte ebenfalls aus Urdax, wo er als Kohlenhändler und Siebmacher tätig war. Er war zweifellos der gebildetste unter den Gefangenen. Er war im Gebiet sehr bekannt, weil er den Leuten immer wieder predigte, alles Unglück, das über sie hereingebrochen war, sei auf die Macht zurückzuführen, die König und Feudalherren über sie hatten. Die Bewohner von Urdax waren Leibeigene, die das Land des Klosters bewirtschafteten, während ihre Nachbarn aus Zugarramurdi freie Bauern und Schäfer waren. Und so hatte sich in ihm die Überzeugung festgesetzt, dass es notwendig war, die bestehenden Besitzverhältnisse aufzulösen und das Vermögen von Kirche und Staat unter den Armen zu verteilen. Er scharte gern Kinder um sich, denen er Geschichten über gewitzte Mäuse erzählte, die es mit der Hauskatze aufnahmen, weil sie wussten, dass sie in der Überzahl waren und es durchaus mit dem Feind aufnehmen konnten, wenn sie mit vereinten Kräften kämpften. Juanes setzte all seine Hoffnung in die junge Generation und ignorierte dabei die Tatsache, dass die jungen Männer über keinerlei Ausrüstung verfügten und eher verängstigt als kampfeslustig waren. Doch dank seiner beredten Zunge konnte er sie am Ende davon überzeugen, dass ihm im Traum der Herr erschienen war und den Sieg verheißen hatte. Doch zur Schlacht kam es nie, denn an einem Samstagmorgen wurde er verhaftet und eingekerkert. Sechs Monate später starb er, nachts, und beteuerte noch mit dem letzten Atemzug seine Unschuld.

Die vierte Figur war die von Juanes de Echegui: blass, dünn und ein begeisterter Jäger. Die kühnen Bemühungen der Inquisitoren, seine sündige Seele zu retten, blieben erfolglos. Juanes war zu dem Zeitpunkt achtundsechzig Jahre alt, besaß einen Acker und zwanzig Schafe. Als die Männer des Heiligen Offiziums kamen, um ihn zu verhaften, stieg er gerade einen Hügel hinauf, um Kamillenblüten zu pflücken, aus denen er Tee gegen das ihn seit Jahren quälende Sodbrennen zubereitete. Er starb an den Folgen der Epidemie im Kerker, ohne zu wissen, was aus seiner Tochter werden würde, die ebenfalls wegen Hexerei verhaftet worden war.

Die fünfte Figur stellte María de Zozaya dar. Nicht nur das ganze Dorf hatte sie mit Steinen beworfen und ihr »Hexe« nachgerufen, sondern sie selbst hatte in den buntesten Farben geschildert, welche Schandtaten sie begangen hatte. Es dauerte Stunden, bis die Figur mit dem grünlichen, pergamentähnlichen Gesicht endlich die Läuterung durch das Feuer erfuhr. So lange brauchte man nämlich, um all ihre schrecklichen Geständnisse zu verlesen, die an den Wänden der Plaza de Santiago zwischen entsetzten Mienen, Ausrufen des Missfallens und Ohnmachtsanfällen der Frauen widerhallten. Einige Zeit später sollte der Humanist Pedro de Valencia eine gelehrte Rede an den Generalinquisitor mit dem Titel »Über die Geschichten der Hexen« schreiben, in der er unter anderem sagte, dass die Verbrechen der Hexen öffentlich vorgelesen wurden, sei ein großer Fehler gewesen. Seiner umfassenden Kenntnis der menschlichen Schwächen nach war es nicht angeraten, Verirrungen zu beschreiben, denn dadurch könnte die Phantasie der naiven Seelen gerade erst angestachelt werden, die sich bis dahin nicht einmal vorstellen konnten, dass solche Perversionen überhaupt möglich waren. Er deutete an, dass ein geistig schwacher Mensch sich sogar versucht fühlen könnte, sie nachzuahmen, was bei guten Taten scheinbar nie der Fall war.

María de Zozaya war jedenfalls von Grund auf verderbt. Sie war achtzig, als sie im Gefängnis zu Tode kam. Nach eigener Aussage hatte sie sich im Alter von zehn Jahren der Sekte angeschlossen. Sie behauptete, sie hätte mit Hilfe eines Zaubermittels in Windeseile die Orte erreichen können, an denen ein Hexensabbat stattfand. Sie versprach den Inquisitoren sogar, ihnen dieses zu beschaffen, doch eine Übergabe ist nirgends verzeichnet. Seit Jahren schon hatte sie die Häuser der Dorfbewohner aufgesucht und die in ihren Bettchen liegenden Säuglinge gequält. Sie brüstete sich vor dem Tribunal damit, zwanzig Menschen zur Hexerei bekehrt und acht Menschen verhext zu haben, von denen zwei zu Tode kamen. Außerdem gestand sie, mit dem Teufel geschlechtlich verkehrt zu haben. Die Inquisitoren waren außer sich, als sie das hörten, schauten betreten zu Boden und bekreuzigten sich mehrmals. Die Epidemie raffte sie drei Monate vor dem Autodafé dahin.

Später sagten die Inquisitoren Becerra und Salazar aus, sie glaubten inzwischen, dass der Teufel bei diesen rätselhaften Erkrankungsfällen seine Hände im Spiel habe. Nicht einmal die erfahrenen Ärzte könnten erkennen, um was es sich handele, und wann immer sie glaubten, sie hätten die Angeklagten kuriert, wurden diese wieder vom Fieber befallen. Das wunderte die Inquisitoren nicht. Viele Hexen gestanden, der Teufel besuche sie weiterhin in der Nacht, obwohl die Verliese geheim waren, weil er Verkehr mit ihnen haben wolle. Es war klar, dass er einen Zauber anwendete, der die tödliche Krankheit hervorrief, bevor sie eine Aussage machen konnten. Die fünf verstorbenen Angeklagten wurden *in absentia* verurteilt, ihre Überreste pietätvoll bis zum Autodafé aufbewahrt und zusammen mit der Holzfigur dem Feuer übergeben. Die Inquisition hatte für diesen Tag dreizehn Lagen Holz bestellt.

Trotz des Autodafés und der strikten Anwendung der Strafen blieb der Verdacht, die Teufelssekte treibe im Norden weiterhin ihr Unwesen, hartnäckig bestehen, und die Inquisition hatte ein waches Auge über das Gebiet. Einhundertzwei Personen wurden in der Folge verhaftet, und monatelang füllten sich die geheimen Gefängnisse mit Verdächtigen. Sie wurden verhört, bis sie auch das letzte Detail ihrer schändlichen Machenschaften gestanden hatten, ohne dass ihre Angehörigen oder ihre Bekannten auch nur die geringste Idee hatten, wo man sie festhielt.

Unter den Verhafteten befand sich eine Frau, die wegen ihres außergewöhnlichen Aussehens als »Ederra« bekannt war – das baskische Wort für »schön«. Sie reiste von Dorf zu Dorf und bot gegen Kost und Logis ihre Fähigkeiten als Heilerin und Parfümeurin an. Sie kannte sich mit der Heilkraft der Pflanzen aus und verstand sich aufs trefflichste darauf, Trünke, Salben und Pillen herzustellen und sie so zu kombinieren, dass sie die größte Wirkung entfalteten. Ederra verfügte über ein Wissen aus uralter Zeit, das weise Frauen Generation für Generation untereinander weitergegeben hatten. Sie wurde in Zugarramurdi verhaftet, nachdem ein Arzt sie denunziert hatte. Er hatte sich durch den Umstand bedroht gefühlt, dass da eine Frau war, die Impotenz oder die Schmerzen der Geburt weit besser zu bekämpfen vermochte als er. Er sagte den Inquisitoren, das verstieße in jeder Hinsicht gegen das Gebot Gottes, der sich in diesem Punkt klar ausgedrückt hatte. Es hieß schließlich schon in der Genesis, die Frau sollte unter Schmerzen gebären.

Seit die Inquisitoren Ederra, die Schöne, in ihrer Gewalt hatten, war das scheue Mädchen mit Namen Mayo de Labastide d'Armagnac es nicht müde geworden, sie zu suchen, denn ohne Ederra war sie verloren; sie musste sie finden, es war eine Frage von Leben und Tod.

Mayo war bei dem Autodafé auf der Plaza de Santiago dabei gewesen und hatte verzweifelt nach Ederras anmutiger Gestalt Ausschau gehalten – jedoch vergeblich. Sie wusste nicht, ob das ein gutes oder ein schlechtes Zeichen war. Ederra konnte immer noch mit anderen Verdächtigen in den geheimen Verliesen der Inquisition weilen, oder aber an der Epidemie gestorben sein, von der sie gehört hatte. Doch daran wollte Mayo nicht einmal denken. Ederra konnte nicht tot sein, das müsste sie doch spüren … oder etwa nicht? Denn obwohl seit ihrer Geburt alle Zeichen darauf hindeuteten, war aus ihr keine rechte Hexe geworden. Ihre Zauberkünste funktionierten nur leidlich, und ihre hellseherischen Fähigkeiten ließen sehr zu wünschen übrig.

Niemand hätte sich für das Schicksal der schönen Ederra interessiert, niemand hätte sie vermisst, wären da nicht Mayo de Labastide und der verzauberte Esel Beltrán gewesen, die sich nach dem denkwürdigen Autodafé hartnäckig auf die Suche nach ihr machten. Für Mayo Labastide galt: Solange es Leben gab, gab es Hoffnung. Und sie hatte Hoffnung, alle Hoffnung der Welt, und die Zeit, sie zu nutzen.

I

Wie man eine Anrufung anstimmt,
die verhindert, dass die Hexen Kinder rauben,
und wie man Hexen vertreibt

Die Sonne war noch dabei, die Trägheit der Nacht aus den Feldern zu schütteln, als Juana de Sauri vor Kälte zitternd aufwachte. Sie wollte Feuer im Herd machen, aber noch bevor sie dazu kam, beschlich sie eine üble Vorahnung. Argwöhnisch schaute sie sich um. In der Tat, da waren sie. Sie starrten sie schweigend mit weit aufgerissenen Augen an und kamen langsam auf sie zu, so wie es dem Zeremoniell der Hölle entsprach. Juana stand entsetzt da, eine Hand auf den Tisch gestützt, und hob den Schürhaken.

Ihr war klar, dass das Schicksal sie nun ereilte, so wie sie selbst es schon seit einiger Zeit voraussagte, aber weder ihre Tochter noch der Priester hatten sich auch nur einen Deut um ihre Prophezeiung geschert. Das war nun die Strafe für ihre Aussagen vor dem Inquisitionsgericht gegen die Hexen im letzten Jahr. Seit ihrer Rückkehr aus Logroño hatte sie nie mehr ruhig schlafen können. Regelmäßig wurde sie in der Nacht von den Geistern ihrer Nachbarn überfallen, die inmitten von Flammen mit unheimlicher Stimme Genugtuung verlangten und ihr wegen ihrer Lügen ewiges Unglück voraussagten, dem sie nicht entkommen würde.

Ihr Herz begann jedes Mal zu rasen, sie wachte auf und konnte nicht mehr einschlafen.

Seit Monaten ging das nun so. Die Angst hatte sich quälend in ihrer Brust festgesetzt und ließ sie nicht mehr zur Ruhe kommen.

Doch der Priester hatte das heruntergespielt und ihr versichert, alles, was sie getan hatte, sei richtig gewesen, da sie Gott einen Dienst erwiesen habe.

Aber in dem Moment hatte sie die Gewissheit, dass Gott nicht bei ihr war, um sie zu beschützen. Ihr Ende war gekommen.

Sie stolperte aus dem Haus, ohne sich umzusehen oder die Tür zu schließen. Was auch immer sie tat, sie würde die heimtückische Macht, die sie verfolgte, nicht aufhalten können. Sie rannte über das ebene, baumlose Gelände vor ihrem Haus, so schnell ihr alter Körper es zuließ, das Böse im Nacken. Sie strauchelte und fiel bäuchlings zu Boden. Einen Moment lang blieb sie keuchend liegen, und der Duft des eben erwachten Grases drang tief in ihre Nase hinein. Kurzzeitig fühlte sie sich besser, aber das Geräusch von herannahenden Schritten riss sie aus ihrer Benommenheit.

»Vor uns kannst du nicht fliehen.«

Juana hob langsam den Kopf, und der tröstliche Duft des Grases wurde von einem unerträglichen Schwefelgestank verdrängt. Sie erkannte ihn sofort, auch wenn sie ihn noch nie gerochen hatte. Das war der Geruch des Teufels, der Hölle, der Verdammung, der Geruch, der jeden Hexensabbat begeleitete – der Geruch, den sie selbst vor einem Jahr vor dem Inquisitionsgericht von Logroño beschrieben hatte. Jetzt hatte sie ihn zum ersten Mal wirklich in der Nase. Und die Gewissensbisse, weil sie Dinge ausgesagt hatte, die sie nicht mit Bestimmtheit wusste und die einigen Menschen den Tod gebracht hatten, waren wie weggeblasen.

Der Priester hatte recht gehabt: Es waren reale, böse, diabolische Hexenwesen. Und es gab sie wirklich.

Sie fasste sich an den Hals und suchte nach dem Holzkreuz, dessen Schutz sie sich immer anvertraute. Als sie es fand, drückte sie es kräftig. Es war, als risse ihre Haut, und sie verspürte den Schmerz Jesu, als er ans Kreuz genagelt wurde.

»Gib mir Mut … verlass mich nicht, Vater«, flüsterte sie.

Sie schaute auf und sah die dunklen Hufe des gemeinen Teufels, genau wie es in der Bibel stand. Zwei schmutzige Ziegenbockbeine bis zur Hüfte, eine Gestalt, halb Tier halb Mensch, riesengroß und über und über mit schwarzem Haar bedeckt, fünf Hörner auf dem Kopf.

»Sie muss allen erklären, dass wir noch hier sind«, hörte sie eine schrille Frauenstimme hinter der Bestie sagen. »Sag ihnen, was sie auch tun, sie werden nicht verhindern, dass die Macht des Satans vom Dorf, vom Reich, von der Welt Besitz ergreift.« Es folgte ein schrilles, höhnisches Lachen.

Juana, noch auf allen vieren, lugte unter ihrem Arm durch.

Da war eine zerlumpte Gestalt mit sprödem, strohblondem Haar und einem weißen Auge mit einer bläulich trüben Pupille. Die Gestalt starrte sie einfältig an, den Mund zu einem Grinsen verzogen, das die wenigen schwärzlichen Zähne entblößte. Daneben lachten geifernd zwei Hexen mit übergroßen Haarknoten, die aussahen wie spitze Büßermützen.

Juana fing an zu zittern.

Plötzlich, ohne dass sie wusste, welche Kraft sie antrieb, schlug sie einen Haken wie ein Hase und lief davon, das Gelächter der vier teuflischen Gestalten im Rücken. Sie stolperte ein paarmal, erreichte aber den Fluss, lief bis zur Mitte der kleinen Steinbrücke und kletterte erstaunlich schnell auf das breite Geländer. Dort lag ein Seil mit einem riesigen Stein daran, so als hätte es jemand zuvor dort platziert. Juana band das Seil um einen Knöchel. Dem Geist des Bösen und seinen Dienern blieb das Lachen im Halse stecken, und sie eilten herbei.

Zitternd vor Angst richtete Juana sich auf und bekreuzigte sich. Aus der fest geschlossenen Faust, in der sich immer noch das Holzkreuz befand, rann ein wenig Blut über ihren Unterarm, während sie mit geschlossenen Augen betete. Sie musste endlich den notwendigen Mut finden für das, was sie vorhatte, denn die Gestalten waren schon viel zu nah.

»Bleibt stehen, ihr Teufel!«, rief Juana und hielt dabei das Kreuz wie einen Schutzschild vor sich. »Weicht von mir, ihr Höllenbrut!«

»Sei nicht dumm, das wird uns nicht aufhal …«

Noch bevor die Bestie den Satz zu Ende sprechen konnte, schloss Juana die Augen und ließ sich ins Nichts fallen. Der Ziegenbock konnte gerade noch ihr Handgelenk packen, aber die Schwerkraft siegte, und er stand mit dem Kreuz in der Hand da, während sie in die Tiefe stürzte und mit einem lauten Platschen im Wasser versank.

»Potzblitz!«, rief der Junge mit dem weißen Auge und überlegte, ob in der Situation ein Lachen oder ein betretenes Gesicht angemessen war.

»Und was machen wir jetzt? Von Toten war nicht die Rede«, sagte die ältere der beiden Frauen.

Die vier schauten verblüfft über das Geländer, ob sie Juana irgendwo in den Fluten sehen konnten, aber sie kamen zu dem Schluss, dass sie wegen des Steins an ihrem Knöchel wohl direkt hinunter auf den Grund gesunken war. Der Ziegenbock warf voller Wut das blutige Kreuz auf den Boden und wischte sich die Hand an den Steinen der Brücke ab.

»Wir gehen«, knurrte er mit angewidertem Gesicht, »und zwar schnell.«

An jenem Morgen, an dem Juana Sauris Körper bäuchlings auf dem Fluss trieb, hielt sich Inquisitor Alonso de Salazar bereits seit elf Tagen in Santesteban auf. Er selbst schrieb es mit fester Hand in seinen Visitationsbericht, nicht ahnend, dass diese Worte zwei Jahrhunderte in einem Keller auf die Abschaffung der Inquisition warten müssten, damit jemand sie lesen konnte.

Damals stellte Salazar schon seit Langem fast alles in Frage, was die Heilige Inquisition verfocht. Aber dank seiner Fähigkeit, sich nichts anmerken zu lassen, und seiner Neigung, seinen Mitmenschen nichts anzuvertrauen, hatte es niemand bemerkt, und er genoss weiterhin das Vertrauen der höchsten Ränge der Inquisition. Und als klar wurde, dass die Hexerei nach dem Autodafé in Logroño noch nicht vollständig ausgemerzt war, zögerte die oberste Stelle nicht, ihn als Visitator in das Gebiet im Norden Navarras und Guipúzcoas zu entsenden.

Nach vielem Nachdenken war man sich sicher, die einzige Möglichkeit, dieser abscheulichen Sekte den Garaus zu machen, sei, einen strengen Inquisitor in das Gebiet zu schicken. Und wer schien dafür besser geeignet als Alonso de Salazar y Frías?

Er war selbstsicher, stets Herr der Lage. Seine Statur war beeindruckend, das herausfordernde Kinn, das breite Kreuz, die langen Beine und Arme, die feinen, langen Finger. Er ging mit großen, gewichtigen Schritten, dass seine Soutane flatterte, und wer mit ihm sprechen wollte, musste hinter ihm hertraben, denn um nichts in der Welt verlangsamte Salazar seinen Schritt. Er schaute den Leuten direkt in die Augen, überzeugt, dass niemand ihn zwingen könne, seinen Blick zu senken, weil man ihn bei einer Lüge ertappt hatte.

Das Wort »Inquisitor« passte perfekt zu ihm. Er studierte die Antworten sorgfältig, befragte sogar hin und wieder sich selbst und fand immer ein Detail, einen Hinweis oder einen Umstand, der es ihm unmöglich machte, sich einer Sache ganz sicher zu sein, nicht einmal seiner eigenen Existenz. Deshalb glaubte der Generalinquisitor, es gäbe keinen Besseren als ihn, um aufzuklären, was da vor sich ging.

Die letzten, beunruhigenden Ereignisse, die den Bewohnern dieser nördlichen Gefilde den Schlaf raubten, sorgten allmählich dafür, dass den Herrschenden des Reiches die Haare zu Berge standen. Die Ernten gingen kaputt. Wo vorher ergiebige Felder gewesen waren, konnte man jetzt nur ein paar verkümmerte, strohige Wurzeln erahnen, die am Ende vom Hagel zerstört wurden. Das Wetter schlug Kapriolen und schüchterte die Bewohner mit Blitzen und Donnerschlägen ein, bei denen niemand bezweifelte, dass sie aus des Teufels ureigenen Kesseln stammten. Sogar die Haustiere verhielten sich ausgesprochen seltsam.

Die Hennen wurden trotzig und legten stur unfruchtbare Eier, und wenn es den Besitzern gelang, ihnen eins wegzunehmen, kam nach dem Schälen nur ein zäher, schwarzer, nach Tod riechender Schleim heraus. Die Hunde verteidigten das Haus nicht mehr, sondern waren verängstigt, versteckten sich bei jeder Gelegenheit zusammengerollt unter dem Bett und bepinkelten sich, wenn man sie zwang hinauszugehen. Die Katzen starrten ins Nichts und miauten aus heiterem Himmel erschreckt, stellten die Nackenhaare auf und machten einen Buckel, während manche Kühe saure Milch gaben, die man zu nichts verwenden konnte.

Die Eltern baten dringend um Hilfe, denn ihre Kinder sagten am ganzen Leib zitternd, dass sich die Hexen des Nachts, während sie friedlich schliefen, heimtückisch durch die Fenster schlichen, um sie mit zum Hexensabbat zu nehmen, wo man ihnen einen kleinen Stab gab, mit dem sie als Fürsten verkleidete Kröten hüten sollten. Voller Panik wachten die Leute die ganze Nacht am Bett ihrer Kinder, um sie am Einschlafen zu hindern, aber sie erreichten lediglich, dass die Hexen warteten, bis sie sich am nächsten Tag in Sicherheit wähnten.

Die Kleinen behaupteten später unter Schluchzen und Weinen, sie seien bei den Hexen auf dem Hexensabbat gewesen, selbst wenn der Schlaf sie nur für ein paar Augenblicke übermannt hatte.

Die Bevölkerung bat die Kirchenmänner um geistigen Beistand, aber in kurzer Zeit nahm die Katastrophe solche Ausmaße an, dass diese den Leuten keinen Trost mehr zu spenden vermochten.

Der Priester von Vera schrieb einen Brief an das Tribunal in Logroño, in dem er inständig darum bat, ihm Verstärkung zu schicken. Schon dreimal hatte er Eltern einsperren müssen, um zu verhindern, dass sie die der Hexerei Verdächtigten steinigten oder ihre Häuser samt Bewohnern anzündeten. Außerdem bot er den Inquisitoren eine von ihm erfundene Beschwörungsformel an, die verhindern sollte, dass die Teufelsanhänger die Kinder mit sich fortnahmen, und er ersuchte das Tribunal, sie offiziell und öffentlich als Mittel gegen die Macht des Bösen anzuerkennen:

Iesus + Nazarenus + Rex + Iudeorum +
Verbum caro factum est
Iesus, Maria, Joseph.

Damit die Formel wirkte, musste man sie schriftlich zusammen mit einer Wachskerze, Kräutern, Brot und Weihwasser in den Alkoven der Kinder legen, und diese mussten sich vor und nach dem Zubettgehen bekreuzigen, während man über ihren Herzen das Kreuzzeichen macht und sagte:

Iesus propitius esto mihi peccatori.

An diesem Punkt dachte der Generalinquisitor Bernardo de Sandoval y Rojas darüber nach, das Tribunal nach Pamplona zu verlegen, um näher an dem Gebiet zu sein, in dem die Hexen ihr Unwesen trieben. Obwohl er dazu neigte, die Mehrzahl der Anklagen Streitigkeiten unter Nachbarn zuzuschreiben, konnte er sich nicht den Luxus erlauben, dass es im Königreich hieß, der Antichrist und seine Anhänger würden in Navarra nach Herzenslust schalten und walten, und der Generalinquisitor krümme keinen Finger.

Er schrieb vier Briefe an Personen, die er für besonders gut vertraut mit dem Thema hielt, und fragte sie um Rat. Einen schickte er an die drei Inquisitoren in Logroño, in dem er darum bat, ihn über die Lage zu informieren; einen weiteren an den Humanisten am Hofe Pedro de Valencia, ein berühmter Mann, der wegen seines Urteilsvermögens das Vertrauen von Philipp III. genoss; den nächsten an seinen Neffen, den Duque de Lerma, mit der Bitte um eine Einschätzung, inwieweit die durch die Sekte ausgelöste Krise die königliche Macht gefährde. Die letzte Nachricht sandte er an den Bischof von Pamplona, Antonio Venegas de Figueroa, der in der letzten Zeit als ungläubig verschrien war, weil er mit Überzeugung verkündete, dass seiner Erfahrung nach bei allem, was mit dem Thema Hexen zu tun hatte, eine Menge Spinnerei und Schwindel im Spiel war.

Geduldig wartete der Generalinquisitor die Antworten ab und fällte dann seine Entscheidung. Er erließ ein Gnadenedikt, das sechs Monate lang gültig war und durch das alle Hexenmeister und Hexen, die sich reuig zeigten und dem Teufel abschworen, die Vergebung der Kirche ohne irgendwelche Repressalien bekommen konnten – einschließlich derer, die sich bereits in den geheimen Gefängnissen befanden. Jetzt brauchte er nur noch einen vertrauenswürdigen Mann, der es übernahm, das Edikt in den betroffenen Gebieten zu verkünden, und er entschied, niemand war besser für diese bedeutende Mission geeignet als sein Schüler Alonso de Salazar y Frías.

Das Auftauchen der Leiche der ertrunkenen Juana überraschte den Priester von Santesteban, Francisco Borrego Solano, keineswegs. Seit der Inquisitor vor zwei Wochen eingetroffen war, ging in den Nachbardörfern die Nachricht von dem Gnadenerlass um. Binnen weniger Tage war Santesteban überfüllt mit Heerscharen von Hexen und Hexenmeistern auf der Suche nach Vergebung. Sie postierten sich vor Salazars Residenz und riefen einen lauten, chaotischen Tumult hervor, der die ohnehin schon aufgebrachte Bevölkerung in den Wahnsinn trieb.

Der Inquisitor, der von den Menschenmassen regelrecht überrollt wurde, musste mehr Assistenten anfordern, die er in die nahegelegenen Dörfer schicken konnte, um das Geständnis derjenigen aufzunehmen, die nicht reisen konnten. Und so musste sein anfängliches Gefolge, das aus zwei Sekretären der Inquisition und zwei Dolmetschern des Baskischen bestand, auf vier Gesandtschaften erweitert werden.

Eine königliche Verordnung zwang die Einwohner Santestebans dazu, sich um die reuigen Fremden in den Straßen zu kümmern. Bald gab es keine Wohnung mehr in Santesteban, die nicht einen reuigen Hexenmeister oder eine reuige Hexe beherbergte. Das gefiel dem Pfarrer Borrego Solano überhaupt nicht, der mit ansehen musste, wie diese Verpflichtung die Ängste der Bewohner nur noch schürte. Man munkelte, es seien auch Hexen unter ihnen, die überhaupt nicht reumütig gesinnt waren und die stattdessen die Hexenplage wie eine tödliche Krankheit von Dorf zu Dorf verbreiteten.

Pfarrer Borrego Solano versuchte schon seit Tagen, die aufgewühlten Seelen seiner frommen Gläubigen zu trösten. Aber das Unglück war so greifbar, das Böse schien so nahe, dass jeder Versuch, es herunterzuspielen, von vornherein zum Scheitern verurteilt war.

Seit der ersten Stunde jenes tragischen Morgens, an dem man ihm von dem Leichnam Juanas im Fluss berichtete, hatte der Pfarrer eine Vorahnung, dass sich das Unheil wieder über ihnen zusammenbrauen würde. Sein gewöhnlich zuverlässiger Hahn hatte voller Gram, völlig verstimmt und zur falschen Zeit gekräht. Das konnte nur bedeuten, dass Hexen in der Nähe waren. Die Inquisition hatte es nicht geschafft, trotz der Verhaftungen, der Folterungen, dem Autodafé, der Androhung ewiger Verdammnis und des Gnadenerlasses, das Böse auszurotten. Die Anhänger der Teufelssekte kehrten zurück, um sich an ihnen zu rächen, so viel stand fest.

Er zog sich rasch an. Dabei bekreuzigte er sich immer wieder und stieß eine ganze Litanei an Gebeten und Fürbitten aus. Bevor er durch die Tür ging, warf er eine Handvoll Salz ins Feuer, in der Hoffnung, dies könnte die bösartige Macht der Hexen eindämmen. Die Flamme sprühte wütend Funken, und es prasselte, dass er eine Gänsehaut bekam – ein Zeichen drohenden Unheils, sagte er sich. Ohne Zeit zu verlieren, machte er sich auf den Weg zum Fluss. Keuchend kam er dort an, mehr aus Aufregung als wegen der Wegstrecke, und sah, dass der leblose Körper bereits weiß und aufgedunsen im Gestrüpp lag, in das man ihn gezogen hatte.

Er erkannte Juana de Sauri sofort, und seine wenigen Haare standen ihm zu Berge, als er ihren erbarmungswürdigen Zustand sah.

»Gütiger Himmel! Was hat man denn mit dieser armen Frau gemacht?«, stammelte er und bekreuzigte sich. »Benachrichtigt Inquisitor Salazar, schnell! Er muss sich das ansehen.«

II

Wie man wirksame schützende Talismane herstellt und sich unsichtbar macht

Salazar schlief noch, als mit Unheil verheißendem Getöse an die Tür seines Schlafgemachs geklopft wurde. Er hörte das Hämmern im Halbschlaf, weil er die Nacht damit zugebracht hatte, die Abschriften der Befragungen des Tages zu ordnen. So sehr er sich auch anstrengte, es war ihm unmöglich aufzuklären, ob sich die abstrusen Dinge, die er aus dem Mund der reumütigen Hexenmeister hörte, wirklich zugetragen hatten, oder ob es sich um Halluzinationen von Wahnsinnigen handelte.

Um sich besser zu organisieren, hatte Salazar den verworrenen Fragebogen, den die Inquisition früher benutzt hatte, neu gestaltet. Er bestand aus vierzehn ausgeklügelten Fragen und den möglichen Antworten. Mit den Informationen konnte er später die Geständnisse in Gruppen einteilen: Halluzinationen bei Tageslicht, nächtliche Träume, reale Begebenheiten. Für Letztere interessierte er sich am meisten, doch im Moment hatte er sehr zu seinem Verdruss noch keinen wirklichen Beweis dafür, dass der Teufel tatsächlich in der Gegend war. Er wollte das überkommene Verfahren der Inquisition hinter sich lassen, bei dem die Urteile mehrheitlich aufgrund von Verdächtigungen ausgesprochen wurden.

Das Klopfen an der Tür wurde immer lauter, bis es den Inquisitor schließlich aufweckte. Mit einem resignierten Seufzer erhob er sich langsam von seinem Lager und versuchte, seine Augen an das Licht des gerade erwachten Tages zu gewöhnen.

»Wer ist da?«

»Ich bin's, Iñigo, mein Herr … verzeiht, mein Herr. Offensichtlich will Pfarrer Borrego Solano, dass Ihr Euch am Flussufer einfindet.«

Salazar war aufgestanden, öffnete die Tür und sah den Novizen verdutzt an.

»Ich soll *jetzt* zum Fluss kommen?«

»Man sagte mir, es sei eilig, mein Herr. Anscheinend haben die Hexen wieder zugeschlagen.« Iñigo zuckte die Achseln.

Die Kühle der Nacht war einem leichten Dunstschleier gewichen, den die strahlende Morgensonne gerade vertrieb, als Inquisitor Alonso de Salazar y Frías in Begleitung seiner Assistenten erschien. Von weitem konnte er erkennen, wie der Pfarrer des Ortes fassungslos auf Juanas leblosen Körper starrte. Als er den Inquisitor kommen sah, entspannte sich sein Gesicht.

Er kannte Salazar bereits vom Hörensagen, noch bevor dieser einen Fuß nach Santesteban gesetzt hatte. Der Ruf, der strengste und grausamste der drei am Prozess des Autodafés in Logroño beteiligten Inquisitoren zu sein, eilte ihm voraus. Sein herrischer Gesichtsausdruck bei den Befragungen, während er skeptisch die linke Augenbraue hob, schüchterte die Angeklagten ein und weckte bei den Protokoll führenden Sekretären Bewunderung. Während seine beiden Kollegen Valle und Becerra sich bereits zufrieden gaben, wenn einer der Inhaftierten gestand, zeigte er sich argwöhnisch und pedantisch und forderte beharrlich die Anwendung von Folterpraktiken, die die Angeklagten dazu brachten, auch noch die letzte kleine Sünde zu gestehen. Es hieß, bei seinem Studium an der modernen und liberalen Universität von Salamanca habe er einen guten analytischen Blick erworben, und durch seine Reisen nach Rom könne ihn nichts mehr erstaunen oder aus der Fassung bringen.

Keiner der Assistenten, die den Inquisitor an jenem traurigen Morgen begleiteten, hatte je einen Ertrunkenen gesehen.

»Was meint ihr?«, fragte Salazar und deutete mit dem Blick auf den leblosen Körper der Frau.

»Sie ist ... tot«, stammelte Domingo mit entsetztem Gesicht.

»Ach was ... Da wäre ich nie drauf gekommen«, erwiderte der Novize Iñigo und kratzte sich mit vorgeschützter Überlegenheit am Kinn.

»Bitte, Iñigo, das ist nicht der Moment für Späße, wirklich nicht«, tadelte ihn Salazar, der sich daraufhin an Borrego wandte und fragte: »Wer hat sie gefunden?«

»Die Kinder.« Der Priester zeigte auf eine Gruppe Lausbuben, die sich hinter den Bäumen versteckten und sie misstrauisch beäugten. »Sie haben am Flussufer gespielt und gesehen, wie ein Körper auf dem Wasser trieb. Er ist hier in der Biegung in den Ästen hängen geblieben.«

»Weiß man, um wen es sich handelt?«

»Oh ja ... Das ist Juana de Sauri. Eines unserer barmherzigsten Gemeindemitglieder.«

»Sie ist mindestens schon ein paar Tage tot.« Salazar wollte mit Fingerspitzengefühl an die Situation herangehen. »Der Körper eines Menschen geht im ersten Moment während des Ertrinkens unter, aber nach einer Weile spuckt das Wasser den Fremdkörper wieder aus.« Er sah den Priester an und fragte: »Hatte sie ein Problem, das sie zu einer solch unüberlegten Handlung gezwungen hätte?«

»Was wollt Ihr damit sagen?«, erwiderte der Kirchenmann erzürnt. »Juana wird auf geheiligtem Boden beerdigt. Wie ich schon sagte, sie war eines meiner treuesten Gemeindemitglieder. Wenn Ihr herausfinden wollt, was der wahre Grund für ihren Tod ist, müsst Ihr wissen, dass sie eine mustergültige Christin war, die vor dem Tribunal – also vor Euer Hochwürden – vor einem Jahr all diese ruchlosen Hexenmeister angezeigt hat, die meine Gemeinde und die Unversehrtheit ihres Glaubens bedrohten. Wenn Ihr die Wahrheit finden wollt, müsst Ihr unter diesen Leuten suchen, die das Dorf eingenommen haben, auf der Suche nach der Vergebung, die das Höchste Gericht ihnen versprochen hat. Sie müssen gelogen haben … Mit Sicherheit befinden sich unter ihnen noch Anhänger der Teufelssekte. Oder glaubt Ihr vielleicht, die seien alle bereit, sich zu ändern? Sie sind überall, im ganzen Land verstreut. Auf ihren Besen fliegend, überqueren sie täglich sogar die Grenze nach Frankreich. Sie sind immer noch unter uns, und jetzt wollen sie Rache. Ich werde wieder die Erlaubnis erteilen müssen, dass die Kinder in der Kirche schlafen dürfen, wo die Hexen sie uns nicht entreißen und zu ihren widerwärtigen Hexensabbaten schleppen können.

Salazar wurde allmählich ungeduldig. »Iñigo!«

»Ja?«

»Geh da zu den Büschen, reiß ein paar Blätter ab und bring sie mir«, befahl Salazar und krempelte die Ärmel hoch.

Der Inquisitor nahm die Blätter entgegen und rieb sie kräftig, bis er eine kleine Menge einer grünlichen Substanz gewonnen hatte, die er auf seine Oberlippe strich, direkt unter die Nase. Unter den erstaunten Blicken der Umstehenden beugte er sich dann zu Juanas leblosem Körper herunter, über dem schon die Fliegen schwirrten, und machte sich daran zu schaffen. Er entfernte die Blätter von ihrem Gesicht und glaubte, die Frau zu erkennen, die vor einem Jahr vor dem Tribunal von Logroño ausgesagt hatte. Aber sicher war er sich nicht.

Er erinnerte sich zwar immer haargenau an alle, die er befragte, aber das Gesicht der Verstorbenen war zu aufgedunsen. Er durchsuchte ihre Kleidung, tastete ihren Hals ab und drückte ihren Kopf, als würde er den Reifegrad einer Melone testen. Als Pfarrer Borrego Solano schon rot wurde und kurz davor war, die Nerven zu verlieren, entdeckte er an der rechten Hand, genau in der Mitte der Handfläche, die tiefe Spur einer frischen Wunde, die fast bis zum Knochen ging.

»Ist das ein Stigma?«, flüsterte Borrego Solano. »Gütiger Himmel!« Und er bekreuzigte sich theatralisch dreimal hintereinander.

»Nein … das glaube ich nicht«, sagte Salazar, der das Ganze herunterspielen wollte. »Es sieht eher so aus, als habe die Verstorbene etwas mit aller Gewalt festgehalten, bevor sie starb.«

»Aber woher wisst Ihr, dass die Verletzung nicht von einem Ast rührt, in dem sie sich verfangen hat, während sie flussabwärts trieb?«, fragte Domingo.

»Es ist geronnen. Das heißt, sie muss noch gelebt haben, als es zu der Verletzung kam. Das ist kein zufällig entstandener Kratzer. Es ist eine tiefe Wunde, als habe sie etwas verzweifelt in der Hand gehalten … Außerdem ist die Kontur zu perfekt. Was hat diese Wunde für eine Form?«, fragte Salazar seine Schüler und streckte Juanas Hand ein wenig weg, wie jemand, der ein Kunstwerk betrachtet und nach einem besseren Blickwinkel sucht.

»Sie hat die Form eines Kreuzes. Zweifellos, es ist ein Kreuz«, sagte Iñigo betont ernst.

»Mit was kann sie sich das zugefügt haben?«, murmelte Salzar vor sich hin.

»Die arme Frau!« Der Pfarrer war gerührt. »Ich weiß nicht, welche Bedeutung dieses Zeichen haben kann. Auf jeden Fall können wir feststellen, dass der Teufel uns weiter bedrängt und sie zur Zielscheibe gemacht hat.«

»Glaubt das nicht, Pater. Die Zeichen der toten Körper können vieles erklären«, bemerkte Salazar geheimnisvoll. »Die Menschen, die unter seltsamen Umständen ums Leben kommen, sind wie aufgeschlagene, chiffrierte Bücher. Wenn niemand sie zu lesen versteht, werden sie begraben, ohne dass sie die letzte Botschaft übermitteln konnten, die ihrem Tod einen vollständigen Sinn verleiht«, befand der Inquisitor mit gewichtiger Miene. Dann stand er auf, schüttelte die Soutane aus und fügte scheinbar gleichgültig hinzu: »Ich möchte, dass der Leichnam zu dem Ort gebracht wird, an dem ich logiere, um ihn mir genauer ansehen zu können.«

»Um Gottes willen! Was habt Ihr mit ihr vor?«, protestierte Borrego Solano entrüstet. »Versteht mich nicht falsch: Ich zweifele keineswegs die Methoden an, derer sich die Heilige Inquisition bedient, um ihre Angelegenheiten zu klären, und vielleicht können sie in der Tat unter anderen Umständen die verschlungenen Pfade aufzeigen, die zum Tod eines Menschen geführt haben. Aber in diesem Fall ist doch alles sonnenklar: Die Hexen haben sich an Juana gerächt, weil sie im vergangenen Jahr gegen sie ausgesagt hat, und die kreuzförmige Spur an der Hand ist ein Stigma, das der Herr in seiner Güte entstehen ließ, um uns zu zeigen, wie barmherzig die Verstorbene war. Das ist die Bedeutung der Wunde und dieses ganzen widerwärtigen, makabren Rätsels. Was wird ihre Tochter dazu sagen, wenn Euer Hochwürden den Körper mitnimmt und die Stunde hinauszögert, in der wir sie christlich beerdigen können?«

»Eine Tochter? Wo hat die Verstorbene gelebt?« Salazar schien dieser Punkt zu interessieren.

»Juanas Haus liegt flussaufwärts. Eine Stunde, wenn man zügig geht. Sie lebt allein, ihre Tochter ist schon verheiratet, aber sie kommt ihre Mutter ein paarmal in der Woche besuchen … ich wollte sagen, kam.« Der Pfarrer senkte den Blick und murmelte kopfschüttelnd: »Die arme Juana, die arme Juana.«

»Ich muss mit der Tochter sprechen«, sagte Salazar.

Mayo de Labastide hielt sich an jenem Morgen in der Nähe des Flusses auf, als sie von den Kindern überrascht wurde und gerade noch Zeit fand, sich im Binsengebüsch am Ufer zu verstecken.

Sie sah, wie die Jungen näher kamen, Fangen spielten und sich schubsten. Sie beobachtete, wie sie unter den feuchten Steinen nach Würmern suchten, die sie als Köder an ihre einfachen Angelruten binden wollten, sie hörte ihre verschreckten Rufe, als sie die Leiche entdeckten, das Geschrei, als sie sie aus dem Wasser zogen.

Die anfängliche Überraschung der Kinder hatte sich schnell in Neugier gewandelt. Sie piekten mit ihren Stöcken in den aufgedunsenen Körper hinein, und stießen ihn mit den Füßen, bis er sich schließlich drehte. Mayo sah sogar, dass die Jungen schon dabei waren, völlig respektlos den Rock der Toten zu heben, als einer beschloss, ins Dorf zu laufen und die Erwachsenen zu verständigen. Die Jungen sahen sie nicht, weil Mayo zeit ihres Lebens unbemerkt bleiben konnte.

Und so beobachtete sie nun auch Salazar und sein Gefolge. Der Inquisitor war in diesen schwierigen Zeiten ihre einzige Hoffnung, wieder mit Ederra zusammenzukommen. Ohne diesen Ausblick hätte sie sich vielleicht einfach unter einen Baum gelegt und darauf gewartet, dass der Tod sich ihrer erbarmte und ihrem quälenden Unglück ein Ende machte. Daher konnte sie nicht zulassen, dass Hexen, Teufel, Lamien oder irgendein anderes böses Wesen dem Inquisitor etwas antaten – zumindest soweit sie das beeinflussen konnte.

Aus diesem Grund hatte sie sich ans Werk gemacht, für ihn einen schützenden Talisman herzustellen, wie sie es so oft bei Ederra gesehen hatte. Ein Talisman, sagte ihre schöne Ziehmutter immer, muss mit äußerster Sorgfalt hergestellt werden. Seine Funktion besteht darin, den Menschen, der ihn besitzt, vor dem bösen Blick zu schützen, Pech fernzuhalten und Glück und Weisheit anzuziehen. Damit das so ist, bedarf es eines Kundigen. Wer keine reine Seele und keine ehrlichen Absichten hat, sollte die magische Zermonie lieber lassen, denn bei bösartigen oder zweifelhaften Wünschen wendet sich der Zauber gegen der Zauberer, und er wird, ehe er sich versieht, in einen Suppenlöffel oder eine Spitzmaus verwandelt.

Nach einer eingehender Befragung des Herzens nimmt man:

- *ein Stück Papier*
- *Graphit*
- *einen Rest Seidenstoff*

Mayo hatte in der Satteltasche von Beltrán einen Großteil des von ihr vor ein paar Monaten hergestellten Papiers gefunden. Das Papier sollte möglichst von der Person stammen, die den Talisman herstellte, damit die wohltätige Wirkung nicht beeinträchtigt wurde. Außerdem musste sie sehr darauf achten, sich nicht von unsinnigen Gedanken ablenken zu lassen, die während des Umgangs mit den Zauberzutaten in ihrem Kopf herumschwirrten.

Mayo freute sich, dass es eine Vollmondnacht war, denn Talismane, die unter dem Einfluss des Mondes entstanden, schützten zudem vor Epidemien, hielten schlechte Geister fern und waren hervorragende Reisebegleiter.

Sie spitzte den Graphit mit einem kleinen Messer und zeichnete ein Oktagramm auf das Stück Papier.

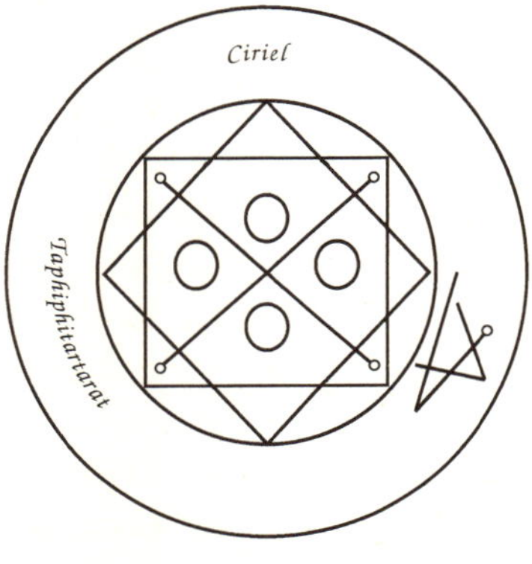

Die Macht der Talismane fällt bekanntlich in den Bereich des Glaubens, und man muss sehr sorgfältig bei der Ausführung sein, denn die Wunder, die man damit erreichen kann, hängen in großem Maße von der aufgewendeten Genauigkeit ab. Das Oktagramm ist sehr nützlich für Reisende, denn in seiner Gegenwart sind böse Geister, die sie vom Weg abbringen wollen, machtlos. Ebenso nutzt es den Fischern, denn wer es trägt, dem ist eine reiche Ausbeute sicher.

Ederra war felsenfest davon überzeugt, dass alle menschlichen Wesen ausnahmslos – von Geburt an – die Fähigkeit hatten, Heil- und Zaubertrünke und Salben herzustellen, und Mayo erst recht, da sie ihr den ganzen Tag dabei zusah. Doch bislang war Mayo in diesen Dingen ziemlich ungeschickt gewesen, und so achtete sie auf jedes noch so kleine Detail. Dieser Talisman musste unbedingt seine schützende Wirkung entfalten.

Nachdem sie das Oktagramm gezeichnet hatte, suchte Mayo in ihrem Bündel nach einem Stück elfenbeinfarbener Seide und wickelte das Papier sorgfältig darin ein. Dann band sie es im oberen Teil mit einem kleinen Zopf aus Beltráns Mähne zusammen. Zum Schluss weihte sie den Talisman, indem sie den Mond beschwor:

Schöner Mond, prächtiger Stern
strahlend Licht in meiner Hand,
ich grüße und beschwöre dich
durch die Luft, die ich atme,
durch die Luft in mir,
durch die Erde, die ich berühre;
ich beschwöre euch bei allen Namen der Geister,
Fürsten, die in uns herrschen.

Nachdem sie das ausgesprochen hatte, blies sie dreimal auf den Talisman und legte all den Glauben hinein, den sie aufbringen konnte. Sie hoffte inständig, dass er auch ohne Ederras Hilfe gelungen sei.

Zur Zeit des Abendessens ging Mayo zur Residenz, in der Salazar und sein Gefolge in Santesteban logierten. Am Abend zuvor hatte sie das Gebäude beobachtet. Sie hatte gesehen, dass hinter einem der Fenster das zitternde Licht einer Kerze bis zum frühen Morgen gebrannt hatte, und sie konnte den Schatten von Salazar an der Zimmerdecke erkennen, der im Zimmer auf und ab ging. Nachdem sie die Fenster gezählt hatte, hatte sie sich im Kopf einen Plan von dem Gebäude gemacht. Sie war überzeugt, dass sie, wenn sie erst einmal in dem Gebäude war, keine Probleme haben würde, das Schlafgemach des dritten Inquisitors von Logroño zu finden.

Sie kontrollierte genau die Runde, die der Nachtwächter um die Residenz drehte, und nutzte den Moment, als er um die Ecke bog, um auf Zehenspitzen zum Haupteingang zu schleichen. Obwohl sie sich die bunten Steinchen in die Tasche gesteckt hatte, die man in den Nestern der Wiedehopfe findet und die die Gabe haben, einen unsichtbar zu machen, wollte sie doch sichergehen, niemandem zu begegnen.

Sie schlich durch die leeren Flure, lauschte aufmerksam auf das aus dem Speisesaal heraufdringende schwache Klappern der Löffel, und nahm den scharfen und süßlichen Geruch von gekochtem Porree wahr. Mühelos fand sie Salazars Schlafgemach. Sie legte das Ohr an die Tür, bevor sie hineinging, und als sie sich vergewissert hatte, dass niemand darin war, schluckte sie den Kloß hinunter, der in ihrer Kehle festsaß, und öffnete langsam die Tür. Auf Zehenspitzen schlich sie zum Bett und legte sich auf den Boden, um das Zaubersäckchen mit dem Talisman unter das Bett zu schieben, genau auf Höhe des Kopfkissens.

»Ihr werdet Glück haben, wenn Ihr gerecht seid, Ihr werdet Glück haben, wenn Eure Absichten rein sind, Ihr werdet Glück haben, und Eure Schritte werden mich zu Ederra führen«, murmelte Mayo feierlich mit geschlossenen Augen.

Dann verließ sie das Gebäude genauso vorsichtig, wie sie es betreten hatte. Als sie weit genug weg war, holte sie die bunten Steinchen aus der Tasche, damit Beltrán, der am Ende der Straße auf sie wartete, sie gleich erkannte und nicht erschrak. Sie ergriff die Zügel und machte sich auf den Weg Richtung Wald, ohne die beiden Gestalten zu bemerken, die vom Bogengang aus das Gebäude beobachteten.

Die beiden Männer schauten aufmerksam nach allen Seiten, um sich zu vergewissern, dass sonst niemand da war, überquerten die Straße und schlichen zu Salazars Residenz. Einer von ihnen, dessen weißes Auge in der Dunkelheit glänzte, kletterte die Wand hoch, während der andere unter dem Fenster wartete, sich über den dichten Bart strich und ängstlich in die Dunkelheit spähte. In dem Moment, als der Kletternde die Fensterbank erreichte, wurde das Fenster plötzlich geschlossen und seine Finger um ein Haar eingeklemmt. Er musste sofort loslassen. Mit einem Heidengepolter fiel er auf die Straße und stieß einen Schrei aus, den der Bärtige sofort mit den Händen zu ersticken versuchte.

»Wer da?«, fragte eine Stimme vom Haupteingang.

Der Gestürzte fing an zu wimmern, als der andere ihn unter den Armen fasste und hochhob, einen Arm um seine Schulter gelegt. Er schleppte ihn mit Mühe und Not bis in einen Hauseingang, und im Dunkeln warteten sie ab, dass der Nachtwächter sich beruhigte. Dieser ging bis zur Ecke, spitzte die Ohren und spähte mit zusammengekniffenen Augen argwöhnisch in die Dunkelheit. Doch er konnte lediglich eine Katze mit phosphoreszierendem grünen Blick entdecken, die einmal apathisch miaute und ihm verächtlich den Rücken zuwandte.

»Hau ab, du Mistvieh«, schrie er und warf einen Stein nach ihr, der jedoch sein Ziel verfehlte.

Seit die Hexen sich mehr und mehr breitmachten, ging das Gerücht um, sie könnten nicht nur von Menschen Besitz ergreifen, sondern auch von bestimmten Tieren. Manch ein Zauberer könne sich im Nu in eine Katze verwandeln und so, ohne Verdacht zu erregen, das Unglück der Nachbarn vermehren. Angeblich kam es vor, dass, wenn nachts eine Katze geschlagen wurde, am nächsten Tag eine der Hexerei verdächtigte Frau mit einer Verletzung am Kopf, hinkend oder mit Rückenschmerzen auftauchte.

Viele Leute bekamen es mit der Angst zu tun. Die Misstrauischsten unter ihnen töteten die Katzenjungen gleich nach der Geburt. Obwohl die Katze als guter Jäger zu den beliebtesten Haustieren zählte, fingen die Familien an, sie mit Steinwürfen aus ihren Häusern zu verjagen. Wurden sie lebend gefasst, steckte man sie in eigens für Katzen konfektionierte Büßermützen und -gewänder und inszenierte der Heiligen Inquisition bis ins kleinste Detail nachempfundene Autodafés, einschließlich der Scheiterhaufen.

Irgendwann war ihre Anzahl so dezimiert, dass die Ratten und Mäuse, die nun von ihren erbittertsten Feinden befreit waren, in den Straßen und Häusern der Dörfer und Städte nach Herzenslust schalteten und walteten. Sie wurden fett wie Hasen, bissen die seelenruhig in ihren Bettchen schlafenden Kinder und übertrugen Krankheiten an jeden, der ihren Weg kreuzte, ob Mensch oder Vieh. An diesem Punkt wurden die Behörden hellhörig. Es gab einen Erlass, der auf allen Plätzen der Dörfer und Städte aufgehängt wurde. Die Ausrufer verkündeten ihn in den Straßen, und die Priester mussten ihn laut am Ende einer jeden Messe verlesen. In ihm wurde gefordert, die armen Katzen in Ruhe zu lassen, denn es habe sich gezeigt, dass es keinen verlässlichen Beweis gebe, der sie tatsächlich mit der Teufelssekte in Verbindung bringe.

Trotzdem waren Katzen dem Nachtwächter nicht geheuer. Mit argwöhnischem Blick schaute er dem Tier nach, bis es um die Ecke gebogen war und er es nicht mehr sehen konnte. Dann gähnte er lautstark und kehrte zu seinem Posten am Haupteingang des Gebäudes zurück.

Das nutzten die beiden finsteren Gestalten, um aus der Dunkelheit zu treten und zu verschwinden. Arm in Arm stolperten sie wie Betrunkene in Richtung Wald.

III

Wie man einen Asthmaanfall bezwingt,
frisch gemolkene Milch reinigt,
Verstauchungen an Armen und Beinen beseitigt,
Erkältungen und die Wundrose heilt

Mayo de Labastide d'Armagnac führte Beltrán an jenem Morgen mit dem sehnlichen Wunsch in die Wasser des Flusses, diesmal möge die Entzauberung glücken, auf die Ederra und sie schon so lange warteten. Mehr denn je war es ihr eine Herzensangelegenheit, dass Beltrán wieder seine ursprüngliche Menschengestalt annahm. Doch wie üblich tat sich nichts.

Während sie die riesigen Ohren des Esels mit Wasser benetzte, erinnerte sie sich an den Moment, in dem ihr klar geworden war, dass sie Ederra verloren hatte. Das Herz hatte laut in ihrer Brust gepocht, als wollte es heraushüpfen. Eine Hitzewelle war, begleitet von kaltem Schweiß, in ihr aufgestiegen, und sie hatte angefangen, unregelmäßig und viel zu schnell zu atmen wie ein sterbender Kolibri. Diese Krankheit, die ihr den Atem nahm, hatte sie sich Ederra zufolge eingefangen, als sie als Neugeborenes stundenlang den Unbilden der Witterung ausgesetzt war. Ihre Lungen waren wie Rosinen geschrumpft und hatten sich mit Schleim gefüllt.

Die Krankheit machte sich vor allem im Frühjahr bemerkbar, wenn die Luft voll von diesem lästigen weißen Staub war, den die Blüten absonderten. Es ging ihr auch an nebligen Tagen so, oder wenn irgendein unangenehmes Ereignis ihr Leben aus dem Lot brachte. So sehr Mayo sich auch anstrengte, es gelang ihr nicht, den Brustraum zu weiten und Luft in die Lungen zu pressen. Ihr Gesicht verzerrte sich, und voller Panik stieß sie pfeifende Geräusche durch den Mund aus, wie ein Fisch auf dem Trockenen.

Ederra bereitete ihr dann immer einen Trunk aus einer gekochten Zitrone zu, den sie ihr langsam einflößte. Und wenn sie sah, dass die Brust des Mädchens sich wieder gleichmäßig hob und senkte, umarmte sie es, drückte seinen Kopf an ihr Herz und sagte, sie solle darauf lauschen, wie es schlägt, und versuchen, sich an ihren Atem anzupassen. Während sie das tat, rieb sie sanft ihren Rücken, damit die Wärme bis zu den Lungen vordrang, und sie küsste das Mädchen hinter das Ohr, auf die Nase und auf den Hals.

Ederra sagte, es sei hinlänglich bewiesen, dass nur die Zärtlichkeiten geliebter Menschen diese Art von Leiden heilen können. Doch in dem schrecklichen Augenblick, in dem man Mayo die Nachricht überbrachte, dass Ederra verhaftet war, war niemand da, der sie in den Arm nahm. Sie hatte nach Luft geschnappt, kurz davor, ohnmächtig zu werden, und gemurmelt: »Wir waren noch nie getrennt … Wir hätten uns nie trennen dürfen.«

Sie erinnerte sich, wie sie nach Zugarramurdi gekommen waren. Sie hatten den Ort rein zufällig ausgewählt. Das machten sie immer so. Ederra sagte, es sei gleich, welchen Weg man im Leben wählte, die Vorsehung würde einen ohnehin erwarten. Das Prinzip funktionierte, und sie kamen immer in ein Dorf, das dringend ihrer Dienste bedurfte.

Dabei versuchten sie, den Ärzten tunlichst nicht ins Handwerk zu pfuschen. Ederra war sich bewusst, dass diese den therapeutischen Fähigkeiten von Heilerinnen und Zauberinnen sehr misstrauisch gegenüberstanden, die ihnen Konkurrenz machten. Die Arztpraxen waren ein paar Privilegierten mit viel Geld vorbehalten. Manchmal machten die Gemeinderäte selbst den Beutel locker und schickten den Klügsten unter den jungen Leuten zum Studium an die Universität, um später einen Arzt am Ort zu haben.

Die Ärzte wurden wütend, wenn sie hörten, dass eine dahergelaufene Quacksalberin fähig war, die Tollwut eines Kranken zu heilen, indem sie mit Spucke ein Kreuz auf seine Stirn malte und ein paar Gebete im Mondlicht sprach. Angesehene Doctores verteidigten bis aufs Blut die Theorie, Frauen stünden in der Skala der Natur zwischen Mensch und Tier, und wenn sie im Verlauf der Geschichte auch nur einen Funken Intelligenz gezeigt hätten, wäre ihnen der Zutritt zur Universität auch nicht verwehrt geblieben.

Deshalb versuchte Ederra, sich nicht in die Angelegenheiten der Ärzte einzumischen, wenn es nicht zwingend nötig war. Außerdem war sie der Ansicht, jedes Leiden bedürfe seines eigenen Heilers. Einige müssten von Ärzten kuriert werden, andere vom Priester, und wieder andere fielen in das Gebiet, das sie beherrschte. Die Leute waren intelligent genug, genau unterscheiden zu können, wen sie wann benötigten.

Ederra und Mayo blieben nie länger als einen Monat in einem Dorf, lang genug, um die Probleme zu lösen, die Ärzte und Kirchenmänner für ausweglos hielten, und kurz genug, um zu vermeiden, dass man Ärger mit den Einwohnern bekam.

Es kam sogar vor, dass einige Gemeinden, die keinen Arzt in der näheren Umgebung hatten, nach ihren Diensten verlangten und ihnen einen viertel Real für das Ziehen eines Backenzahnes, zwei Reales für einen Aderlass und etwa fünf Silberreales zahlten, wenn sie eine Plage ausrotten konnten, die ihre Ernten oder ihre Tiere bedrohte. Aber was Ederra bei ihrer Arbeit am meisten befriedigte, war die Gewissheit, dass jeder, der dank ihrer Wundertaten Gesundheit, Schönheit oder seinen Seelenfrieden zurückerlangte, verpflichtet war, das empfangene Gute an einen anderen Menschen weiterzugeben.

»Das ist wie ein Schneeball, Mayo«, pflegte Ederra zu dem Mädchen zu sagen. »Am Ende muss jeder für das Gute, das wir ihm getan haben, seinem Nächsten auch etwas Gutes tun. So wird unsere Gefälligkeit sich ausweiten und größer werden, und die ganze Welt wird von der Wohltätigkeit profitieren, die wir angestoßen haben. Ist das nicht großartig? Das ist das Gesetz unserer Göttin Mari.«

»Sieht Mari, was wir tun?«

»Aber ja, und sie wird uns bestrafen, wenn wir lügen oder stehlen, stolz oder angeberisch sind oder wenn wir das gegebene Wort nicht halten.«

Bis dahin hatten sie nie Probleme gehabt, aber kurz bevor sie nach Zugarramurdi kamen, begann alles schiefzugehen. Ederra hatte ein paar Tage zuvor das Gleichgewicht verloren und sich den Knöchel verstaucht. Ihr zarter weißer Fuß hatte sich in eine Art grünlichen Stiefel verwandelt, der dann blau und schließlich schwarz wurde. Mayo folgte Schritt für Schritt den Anweisungen, die Ederra ihr gab, um verstauchte Glieder zu kurieren, und kochte in einem Gefäß zu gleichen Teilen Öl, Wein und Salz auf. Dann tauchte sie ein weißes Tuch in die Lösung, wickelte das Gelenk damit ein und befestigte die Kompresse gut mit einem Verband. Vorsichtig half sie Ederra auf Beltráns Rücken, und sie beschlossen, am ersten Ort haltzumachen, in den sie kamen.

Die Umgebung von Zugarramurdi erstrahlte in leuchtendem Grün. Die kräftige Frühlingssonne hatte die Natur hervorgelockt. Der Schnee des Winters hatte sich in einen Fluss verwandelt, dessen Wasser die Blumen am Ufer wachsen ließ. Diese lockten mit ihrer Farbenpracht die Insekten an, die den Blütenstaub weitertrugen, aus dem die Äpfel entstanden, aus denen der Mensch den Cidre machte, der sein Herz erwärmen würde, wenn im kommenden Winter wieder Schnee fiel.

Zugarramurdi befand sich in Aufruhr. Seit Wochen trieben die

Hexen nun schon ihr Unwesen. Inquisitor Valle, den viele für einen wahren Heiligen hielten, hatte das Gebiet vor einem Jahr besucht, und sein Glaubensedikt wurde auf den Kanzeln aller Kirchen in der Baztán-Ebene verlesen. Man hatte festgestellt, dass die Hexenwesen in der Johannisnacht unter Trommelwirbeln in die Kirche von Zugarramurdi eingedrungen waren. Sie hatten wild getanzt, dabei wollüstig den Rock gehoben, unter lautstarkem Gelächter die Kreuze heruntergerissen und auf ihnen herumgetrampelt, während der Teufel draußen seelenruhig wartete.

Deshalb fürchteten sich die Leute vor den beiden Fremden und tuschelten, als sie sie vorbeigehen sahen. Mayo bekam Angst, und Ederra musste ihr versprechen, den Ort sofort zu verlassen, sobald sie mit dem verletzten Fuß wieder auftreten könnte. Sie würden die Zeit nutzen, um ein paar Zahngeschwüre zu kurieren, Mittel gegen schmerzhafte Monatsblutungen zu reichen und ein paar Liter Milch mit Zwiebeln abzukochen, damit die, die sich erkältet hatten, ein Glas davon tranken, bevor sie zu Bett gingen.

Aber es kam anders.

Eine Wundrose drohte einen der Bewohner dahinzuraffen, und man bat Ederra um Hilfe. Diese wurde mit Mayo und Beltrán in der Hütte vorstellig. Um ihn zu heilen, benötigte sie:

- *einen gesegneten Lorbeerzweig*
- *Rosmarin*
- *Fenchel*
- *Malve*
- *Absinth*
- *einen Nussbaumzweig*
- *Margeriten und Mutterkraut*
- *Crocosmia und Tritonia*
- *Rosen*
- *Lilien*
- *eine Amaryllis*

Das alles wollte sie in einem irdenen Topf aufkochen und diesen, sobald der Sud kochte, samt Inhalt in eine Kasserolle stellen. Der Kranke bekam eine Decke übergelegt und musste den Dampf einatmen. Diesen Vorgang musste man an neun aufeinanderfolgenden Tagen vor dem Schlafengehen wiederholen. Aber Ederra hatte nur den Lorbeerzweig und die Margeriten.

»Du musst das andere besorgen«, sagte sie liebevoll, aber bestimmt zu Mayo. »Ich kann es nicht, und wenn wir warten, bis mein Knöchel geheilt ist, wird der Mann sterben. Das willst du doch nicht, oder?« Sie sah sie mit einem Blick an, mit dem sie selbst noch den niederträchtigsten Gesellen für sich einnehmen konnte. »Du wirst nicht länger als drei Tage brauchen. Du weißt genau, wo du findest, was wir benötigen. Denk nicht nur an dich. Du bist schon groß. Beltrán wird dich begleiten und auf dich aufpassen. Die Leute werden sich schon um mich kümmern. Du kannst dich beruhigt auf den Weg machen.«

Obwohl Mayo keinerlei prophetische Fähigkeiten besaß, spürte sie in dem Moment doch eines ganz genau: Sie durften sich nicht trennen. Mayo sagte ihr das mit entsetztem Gesicht, während Ederra sich lächelnd von ihr verabschiedete, nachsichtig, so wie man mit einem Kind spricht, das einen schlechten Traum hatte. Dann gab sie ihr einen kleinen Schubs, damit sie sich trollte.

»Wir dürfen uns nicht trennen«, begehrte Mayo noch einmal auf. Doch Ederra wollte nicht auf sie hören.

Mayo beeilte sich, gönnte sich keine Ruhepausen und schlief kaum. Sie entriss dem Berg die verflixten Kräuter und überlistete so die Zeit. Nach knapp zwei Tagen war sie wieder da, aber Ederra war schon weg.

In keinem Unheil, das sie sich in ihren schlimmsten Träumen ausgemalt hatte, war auch nur im Entferntesten die Vorstellung aufgetaucht, das Leben könne ihr Ederra entreißen. Manchmal wurde sie von einer unergründlichen, quälenden Traurigkeit gequält, die aus der Tiefe ihrer Seele kam und aus der Zeit stammte, als sie noch nicht das Licht der Welt erblickt hatte. Dann fragte sie sich zitternd nach ihrem wahren Ursprung, nach dem Grund für ihre Einfalt und ihre Zerbrechlichkeit.

Selbst die Wölfe, die sie hätten verschlingen sollen, als man sie als Säugling im Wald aussetzte, hatten sie ignoriert, so unbedeutend war sie. Im Verlauf der Jahre hatte sich das nicht gebessert. Sie war gewachsen, aber gleichzeitig immer durchsichtiger geworden, und das wurde durch Ederras unbeschreibliche Schönheit an ihrer Seite noch um ein Vielfaches verstärkt. Sie stellte Mayo völlig in den Schatten. Im Grunde stellte sie alles und jeden in den Schatten.

Sie reisten von Dorf zu Dorf, über Wiesen, Ebenen, Berge. Sie überquerten die Grenzen der Königreiche an menschenleeren Orten, wo niemand fragen konnte, wo sie herkamen oder wo sie hinwollten. Ederra tauchte vor den Augen der Leute auf wie eine Erscheinung aus einem Märchenwald – als hätten alle Reize der Natur sich verschworen, um ihre Vollkommenheit noch mehr zu schmücken. Der Wind war darauf erpicht, um sie herum zu streichen und aus ihrem Haar eine wogende Kaskade aus rotem Schaum zu machen. Die Sonne umspielte sie und schmeichelte ihrer zarten Alabasterhaut, die so fein war, dass man darunter das Pochen der Adern und die perlmutterfarbenen Knochen erahnen konnte. Und wenn der Regen kam, war es, als ob die Tropfen Flüsse und Seen in die Landschaft ihres Körpers zeichneten.

Ihre Lippen waren kirschrot und umrahmten voller Liebreiz die wie Perlen aufgereihten Zähne, wenn sie ihr helles Lachen ertönen ließ. Durchsichtige Flügel hätten zweifellos aus ihr eine Fee gemacht. Allein die Tatsache, dass sie diesen traurigen grauen Esel und dieses dürre Mädchen mit den riesigen schwarzen Augen und den spitzen Ohren mit sich herumschleppte, ließen sie in die prosaische Welt der irdischen Wesen herabsteigen.

Mit dieser Schönheit konkurrieren zu wollen, war ein sinnloses Unterfangen. Von daher verwunderte es Mayo nicht weiter, dass niemand sie an der Seite von Ederra bemerkte. Sie hatte immer so gelebt, unsichtbar, zart, leicht.

Und sie fand das gar nicht schlimm, im Gegenteil. Sie hatte es immer für ein Privileg gehalten, unbemerkt zu bleiben. Seit Jahren huschte sie herum wie die Schatten, drang heimlich in fremde Gärten ein, hörte unfreiwillig die heikelsten Gespräche mit, nur, weil niemand ihre Anwesenheit bemerkte. Ihre Unsichtbarkeit in den Augen der anderen hatte ihr nur Vorteile gebracht.

So erklärte sich Mayo auch, warum Gott noch nicht bemerkt hatte, dass sie noch lebte. Sie, die Tochter, die der Teufel mit einer Menschenfrau gezeugt hatte – wie alle Indizien zu bezeugen schienen –, war noch am Leben. Die Kräfte des Guten und des Bösen hatten eine ungleiche Schlacht gefochten, aus der sie als Siegerin hervorgegangen war. Dank Ederra war sie dem Tod entronnen.

Bestimmt hatte Gott sie beide auf seiner Liste, und eines Tages würde er sie erwischen. Aber was war ihr Schicksal bis dahin? Kam sie in den Plänen des Schicksals noch vor? Sie wusste nicht einmal genau, ob es diese berühmte Vorhersehung, die die Menschen leitete, überhaupt gab.

Mayo war vollkommen abhängig von Ederra: von ihren Augen, die ihr sagten, wohin man schauen sollte; von ihren Gesten, die sie nachmachte; von ihrer Weisheit, die auf alle Fragen der Welt eine Antwort hatte; von der Wärme ihres Körpers in der Nacht; von ihren sanften und auch ihren harschen Worten.

Deshalb war Mayo durch ihr Verschwinden wie gelähmt. Sie sah kein Licht mehr und wünschte sich nichts sehnlicher, als bald aus diesem Albtraum zu erwachen.

Die Frau aus dem Dorf hatte ihr erklärt, die Inquisition habe Ederra unter dem Verdacht der Hexerei an einen unbekannten Ort gebracht. Sie musste den Satz dreimal wiederholen, bis Mayo dessen Ausmaß begriff. Als sie endlich verstand, fing sie an zu taumeln, die Luft wollte nicht durch ihre Kehle, sie konnte kaum noch atmen.

Als die Frau sie in diesem Zustand sah, hatte sie Mitleid und bat sie ins Haus. Sie hatte gerade ihre Kuh gemolken und erwärmte die Milch mit Hilfe von heißen Steinen, die sie aus dem Feuer holte. Dann geleitete sie Mayo zu einem Stuhl und reichte ihr einen Tonbecher mit dem warmen Getränk. Dort blieb Mayo sitzen. Sie sagte keinen Ton und klammerte sich fest an den Becher mit der warmen Milch.

»Es wurden neun Leute zwischen Urdax und Zugarramurdi verhaftet. Sie haben Sebastián de Odia, den ›Pelotas‹, angeheuert, damit er sie in seinem Fuhrwagen transportiert«, sagte die Frau und streichelte ihre Wange. »Warum wartest du nicht auf ihn? Vielleicht kann er dir sagen, wo sie sie hingebracht haben.«

»Wir haben uns versprochen, immer zusammenzubleiben. Wir hätten uns nie trennen dürfen«, sagte Mayo resigniert und starrte auf die sich kräuselnde Haut auf ihrer Milch.

Der Fuhrmann Sebastián de Odia tauchte erst zwei Wochen später wieder in Zugarramurdi auf. Mayo hatte geduldig auf seine Rückkehr gewartet. Sie wollte ihn fragen, wo genau er Ederra übergeben hatte. Um keinen Verdacht zu erwecken, übernachtete sie unbemerkt in den Höhlen von Zugarramurdi. Seit ewigen Zeiten waren diese Höhlen ein heiliger Ort, denn dort lebte die Mari. Es war hinlänglich bekannt, dass Mari, die Mutter von Sonne und Mond, bevorzugt im Innern der Erde wohnte. Viele Bewohner Zugarramurdis hatten die schöne Göttin schon mehrfach gesehen, wie sie vor dem Eingang der Höhle auf einem Pferd das lange blonde Haar mit einem goldenen Kamm kämmte. Und wenn jemand ernsthaft in Not war und sie um Hilfe bitten oder sie um Rat fragen wollte, brauchte er nur mit reinem Herzen dort vorstellig zu werden, und schon wurde ihm geholfen. Allerdings galt es ein paar Regeln zu befolgen: Man durfte sich in ihrer Gegenwart nicht hinsetzen und musste die Höhle rückwärts gehend wieder verlassen, damit man ihr nicht den Rücken zuwendete.

Ihre Weissagungen entpuppten sich stets als wahr und nützlich. Und wenn man in Vollmondnächten vor ihrer Höhle tanzte, sorgte sie dafür, dass der Hagel die Ernte nicht vernichtete. Sie galt als wohltätig, und die Bewohner Zugarramurdis hatten keinerlei Angst vor den Höhlen.

Aber in der letzten Zeit hatten die Inquisitoren keinen Zweifel daran gelassen, dass die heidnischen Götter Feinde des Christentums waren. Wer sie anbetete, stand mit dem Herrn auf Kriegsfuß, denn all diese Gottheiten waren nichts anderes als der maskierte Teufel, der die Sterblichen nur täuschen wollte, so wie er es schon in der Genesis bei der armen Eva getan hatte. Jedes Opfer und jeder Lobgesang für die Göttin Mari oder eine andere Waldgottheit galt als Ketzerei. Inquisitor Valle hatte ein Jahr zuvor das Gebiet in Augenschein genommen. Seine eindringlichen Befragungen, die pulsierende Ader auf seiner Stirn und seine zornesroten Augen hatten den Bewohnern einen Vorgeschmack darauf gegeben, welch Drangsal sie erwartete, wenn sie weiterhin zu den Höhlen gingen.

So war der Ort jetzt einsam und verlassen, und Mayo nutzte dies, um sich im oberen Teil der Grotte niederzulassen. Obwohl Mayo von Natur aus eher ängstlich war, fürchtete sie sich nicht davor, Götter oder Teufel zu treffen, denn mit denen konnte sie umgehen. Sie fürchtete eher die seltsamen Anwandlungen der Menschen.

Tagsüber schlief Mayo im Schutz der Felsen. Des Nachts nutzte sie die Dunkelheit, um etwas Essbares zu suchen, Wasser aus dem Bach zu holen und Beltrán weiden zu lassen.

In der Nacht vor ihrer Begegnung mit Pelotas hatte Mayo einen quälenden Traum gehabt. Sie hatte geträumt, dass es Ederra nie gegeben hätte, dass sie sich ihr ganzes früheres Leben nur eingebildet hätte, dass sie nur ein einsames kleines Mädchen sei, das durch die Welt wandelte und niemandem etwas bedeutete, bis auf den in einen Esel verwandelte Mann, der – wer sollte ihm das verdenken – manchmal ganz schön stur war. Schweißgebadet und voller Panik war sie mitten in der Nacht aufgewacht und hatte in Beltráns Satteltaschen nach Anzeichen für Ederras Existenz gesucht.

Auf dem Rückweg nach Zugarramurdi wurde Pelotas bei jedem Schritt der alten Klepper trübsinniger. Ein unerklärliches Schuldgefühl, das ihn genau in dem Moment befallen hatte, als er die Gefangenen übergeben hatte, ließ ihn nicht mehr zur Ruhe kommen. Etwas auf dem Weg riss ihn aus seinen Gedanken.

»Helft mir, mein Herr«, hörte er jemanden krächzen.

Pelotas zog kräftig an den Zügeln. Das Ganze war ihm nicht geheuer. Er brauchte einen Moment, bis er erkannte, dass es sich bei der Gestalt um ein junges Mädchen handelte.

»Um Himmels willen, Señora! Was steht Ihr denn da mitten im Weg herum? Um ein Haar hätte mein Fuhrwerk Euch überrollt, so zierlich und unscheinbar wie Ihr seid.«

Mayo schaute in alle Richtungen, mit wem der Fuhrmann da wohl reden mochte, denn noch nie hatte sie jemand mit »Señora« angesprochen.

»Seid Ihr Sebastián de Odia, bekannt als Pelotas?« Er runzelte die Stirn. Es gefiel ihm nicht, wenn man ihn so nannte. Mayo wartete die Antwort nicht ab. Er musste es sein. »Man hat mir gesagt, Ihr hättet die Ketzer weggebracht.« Mayo versuchte, nicht in Tränen auszubrechen. »Ich muss wissen, wohin! War meine Ederra dabei? Bitte sagt es mir! Wo ist sie? Wo ist sie? Wo ist sie?« Sie stampfte mit den Füßen auf.

»Nun mal langsam«, erwiderte Pelotas, den in der letzten Zeit gar nichts mehr wunderte. »Seid Ihr eine Erscheinung oder ein echter Mensch?«

»Ein echter Mensch natürlich«, murmelte das Mädchen, besorgt, dass man das nicht gleich sah. »Ich heiße Mayo de Labastide d'Armagnac. Man sagte mir, der Fuhrmann Sebastián de Odia sei der Einzige, der mir sagen könnte, wo meine Amme ist. Ihr seid doch der Pelotas, oder? Oder? Wo ist Ederra?«

»Ja, ich bin Sebastián de Odia, und natürlich weiß ich, wo die Schöne ist. Ich habe sie in Zugarramurdi aufgenommen, zusammen mit fünf anderen. Vorher waren wir in Urdax. Dort wurden vier festgenommen.« Er seufzte, blickte zum Himmel, kratzte sich am Kopf und erklärte: »Dass das klar ist, Señora: Mir bereitet das mit den Teufelsversammlungen große Kopfschmerzen ... In meiner Familie haben wir nie etwas mit solchen Verirrungen zu schaffen haben wollen. Sie stören nur die Ruhe in den Dörfern und den häuslichen Frieden. Als man mir angeboten hat, die Hexen mit meinem Wagen zu fahren, habe ich mich rundweg geweigert. Warum zum Henker sollte ich mich in Dinge einmischen, die mich nichts angehen?« Er ließ Mayo nicht zu Wort kommen und setzte seinen Monolog fort: »Man weiß, dass die Hexen über Kräfte verfügen, die nicht von dieser Welt sind. Man hat mir vieles erzählt, und ich bin ja auch nicht von gestern. Sie können davonfliegen, mich nach Belieben in ein Huhn, eine Spitzmaus oder eine Vogelscheuche verwandeln ... Oder sie könnten meinen Wagen verzaubern, meine Tiere verhexen, meine Kinder verletzen oder meiner Frau etwas antun. Na ja, vielleicht käme sie heil davon, sie ist sehr jähzornig, und ich weiß nicht, ob es ihnen gelänge ... Jedenfalls war meine Frau (die Gebieterin meines Herzens) die Erste, die sich dagegen wehrte, diese Rotte von Teufelsdienern zu transportieren. Sie meinte, das könne uns die Qualen der Hölle einbringen, doch dann boten uns die Herren Inquisitoren ein paar stattliche Kupfermünzen an, und sie sagte: ›Die Inquisitoren haben doch ein Auge auf die Hexen, und falls sie dich aus Rache doch in eine Spitzmaus verwandeln, werde ich mit dem Geld des Heiligen Offiziums schon jemanden finden, der dir deine Menschengestalt zurückgibt.‹«

»Es ist gar nicht so leicht, einen Verzauberten wieder in einen Menschen zu verwandeln ... glaubt das ja nicht«, sagte Mayo und warf einen bedauernden Blick auf Beltrán. Aber Pelotas hörte ihr nicht zu, sondern fuhr fort in seiner Rede.

»Doch die Hexen, die ich gefahren habe, haben mich nicht verzaubert. Sie hätten es tun können, während sie auf meinem Karren saßen, aber nein, sie haben nichts gemacht, versteht Ihr, Señora? Nichts, nichts, nichts …« Er hatte die Augen geschlossen und durchschnitt bei jedem »Nichts« mit den Händen die Luft.

»Verstehe.« Mayo befürchtete allmählich, dass der Mann nicht ganz bei Verstand war, und wich ein paar Schritte zurück.

»Sie haben sich wie normale Wesen benommen. Sie haben gegessen, getrunken … Bedürfnisse gehabt wie jeder andere. Und ich habe sie weinen sehen, ja. Und zwar aus Angst, was ihnen bevorsteht. Keine ist mir davongeflogen, und sie haben sich auch nicht in Katzen verwandelt, um sich in der Nacht aus dem Staub zu machen, und auch der Teufel ist nicht gekommen, um sie zu holen. Dabei sind sie doch seine Untertanen. Ich habe sie beten sehen … und nicht zum Teufel, nein, sondern zu Gott, dem Allmächtigen. Dabei behauptet doch alle Welt, sie hätten ihm abgeschworen.« Er schaute auf den Boden und flüsterte: »Ich bin so durcheinander.«

Mayo konnte seine Gewissensbisse förmlich riechen und hätte beinahe Mitleid für ihn empfunden. Pelotas rieb sich die Lider. »Vor dem Abschied haben einige von ihnen mir persönliche Dinge mitgegeben, damit ich sie ihren Angehörigen bringe.« Er stieg vom Bock und fing an, auf der Ladefläche herumzukramen. Er zog eine Holzkiste mit Metallbeschlägen hervor und öffnete sie. »Diese Bibeln hier gehören María de Arburu und María Baztán, zwei Schwägerinnen aus dem Dorf. Sie wollten sie ihren Söhnen schicken, zwei Mönchen, die ebenfalls verhaftet sind, aber ich weiß nicht, wo.« Er holte eine von einem grünen Band zusammengehaltene blonde Haarsträhne heraus. »Die ist von Estevanía de Petrisancena aus Urdax, für ihren Mann.« Und dann fügte er betrübt hinzu: »Aber, ehrlich gesagt, ich kann diesem Mann nicht unter die Augen treten.« Er klappte die Holzkiste zu und sah Mayo in die Augen. »Wisst Ihr, im Grunde habe ich nicht die Kraft, überhaupt jemandem unter die Augen zu treten und mich um all diese Dinge zu kümmern. Wenn meine Frau davon erfährt, reißt sie mir den Kopf ab, weil ich Unglück ins Haus bringe. Ich habe schon überlegt, ob ich das alles wegwerfen und die ganze Sache vergessen soll, aber bei dem Gedanken schnürt sich mir der Hals zu.«

»Wo hast du die Gefangenen hingebracht? Wo ist Ederra?«, fragte Mayo.

»Ich habe sie in Logroño abgeliefert. Am Sitz der Inquistion von Logroño.«

»Und als Ihr Ederra das letzte Mal gesehen habt …«, stammelte Mayo, »… war sie da wohlauf?«

»Nun … sie hinkte ein wenig, ihr Knöchel war verbunden, aber sie machte den anderen Mut, auch mir. Sie ist die schönste Frau der Welt«, seufzte er. »Zu Eurer Beruhigung kann ich Euch sagen, dass die Schöne zu keinem Zeitpunkt allein war. Sie hat sich mit einer Verhafteten angefreundet … einer Witwe aus Urdax namens María de Echalecu. Allerdings« – er zögerte einen Moment und senkte den Blick –, »weiß ich nicht, ob es richtig war, was ich getan habe.«

»Hat Ederra denn nichts für mich mitgegeben?«

»Nein … tut mir leid«, murmelte Pelotas.

»Ich werde es übernehmen, die Dinge zu verteilen. So könnt Ihr ein ruhiges Gewissen haben.« Mayo streckte, von ihrer eigenen Courage überrascht, erwartungsvoll die Hände aus.

Der Pelotas sah das Mädchen von oben bis unten an. Sie wirkte gar nicht so verwildert, wie er anfangs gedacht hatte. Er zögerte einen Moment, aber dann legte er die Kiste in Mayos Hände. Dann stieg er wieder auf den Bock und nahm kraftvoll die Zügel in die Hand. Zum Abschied sagte er: »Ich wünsche Euch Glück, Señora. Ihr werdet es brauchen.«

Dann trieb er die Pferde an, und Mayo schaute ihm nach, bis er am Horizont verschwunden war.

Als sie die Kiste zum ersten Mal in ihren Händen hielt, hatte sie gewusst, dass sie das Ende des Fadens gefunden hatte, dem sie folgen musste, um zu Ederra zu gelangen. Diese Kiste war der Grund weiterzukämpfen, weiter darauf zu vertrauen, dass ihr Leben wirklich war und kein Traum, dass da jemand war, der sie liebte, und dass sie nicht mutterseelenallein mit einem verzauberten Esel durch die Welt zog.

Sie nahm die Kiste, strich über den Deckel und seufzte.

IV

Wie man vermeidet, dass Hexen Neugeborene ersticken,
und wie man verhindert,
dass Hexen überhaupt ins Haus kommen

Der Sitz des Inquisitionsgerichts von Logroño befand sich an der Plaza de Santiago. Es war ein solider rechteckiger Bau aus gelben Quadersteinen. Phantasievolle verschnörkelte Bögen an den Rahmen der Türen und Fenster nahmen ihm etwas von seiner geometrischen Strenge und erzeugten einen Hauch von Bewegung. Die Mauern waren zusätzlich mit Figuren verziert: Eine Vielzahl von Heiligen, Aposteln, Engeln und Erzengeln, einschließlich dem heiligen Michael, dem Anführer der himmlischen Heerscharen mit seinem bedrohlichen Schwert, geißelten das Böse.

Wenn man durch das Eingangsportal hineinschaute, sah man die Säulen des Innenhofs, um die sich üppiger Efeu rankte. Unwillkürlich dachte man an die Schlange in der Genesis, an Eva und die roten, saftigen Äpfel, die Versuchungen des Fleisches und die Schwäche der Frauen, die das gesamte Menschengeschlecht vom rechten Weg abgebracht hatten. Als Gegengewicht standen an den Ecken vier strenge Zypressen. Es ist ja hinlänglich bekannt, dass die Zypresse und die Trauerweide die beiden einzigen Bäume sind, mit denen man die Melancholie fördern, Tote bewachen und hitzige Gemüter beruhigen kann.

Ein paar Tage zuvor war im Tribunal ein riesiger Brunnen aus Stein eingetroffen – ein Geschenk des Vatikans –, und eine Gruppe von Arbeitern mühte sich redlich, ihn in der Mitte des Patios aufzustellen. In der beiliegenden handschriftlichen Notiz des Heiligen Vaters wurde versichert, das Plätschern des kristallklaren Wassers würde die Stille der Inquisitionsräume beleben und nebenbei etwas Frische in die drückende Hitze der Hundstage bringen. Doch trotz aller Anstrengungen hatten die erstaunt dreinblickenden Steinfische unter viel Getöse lediglich einen braunen schlammigen Brei mit Ungeziefer ausgespuckt, der die Wand befleckte und die Schwalben verscheuchte.

Just an diesem Morgen kam Rodrigo Calderón, der beliebteste Günstling des Königs, rasant in den Hof geritten. Er wartete nicht, bis das Pferd stand, sondern schwang das rechte Bein über den Pferdehals und landete dann mit einem Sprung, der eines Zirkusakrobaten würdig gewesen wäre, auf dem Boden. Er kannte das Gebäude gut. Ungezwungen zog er die schwarzen Lederhandschuhe aus und marschierte mit großen Schritten auf den Gerichtssaal zu, der rechts neben dem Brunnen lag. Man hörte ein Grummeln aus dem Inneren der Leitungen, und schon spuckten die Steinfiguren eine weitere Schlammladung aus, die den gerade Angekommenen von Kopf bis Fuß vollspritzte.

Böse wie gute Zungen behaupteten, dass Rodrigo Calderón aus einfachen Verhältnissen stammte und dass ihn das zutiefst wurmte. In Valladolid war er Page des Vaters des Duque de Lerma gewesen, und diese Beziehung hatte ihm eine Vertrauensposition in der Familie verschafft. Irgendwann war der Stellvertreter selbst auf ihn aufmerksam geworden und machte ihn zum Kammersekretär des Königs. Er sollte sich der Berichte und Briefe annehmen, die an den Monarchen oder den Stellvertreter gerichtet waren. Man sagte ihm nach, dass er denen Vorrang einräumte, die ihn großzügig für seine Dienste entlohnten, und dies sei, unter anderem, der Grund für sein wachsendes Vermögen. Der Duque de Lerma nutzte dies wiederum für seine eigenen Interessen: Er überließ Calderón die Audienzen, bei denen die Anliegen der Bittsteller abschlägig beschieden werden sollten. So richtete sich der Hass der Leute auf die Person, die ihr Gesuch ablehnte, statt auf den Monarchen oder auf ihn. Das hatte Rodrigo Calderón so manche Feindschaft eingebracht, und bald stand er unter den Höflingen in dem Ruf, ein dünkelhafter, unsympathischer Parvenü zu sein. Er heiratete eine Adelige und wurde dadurch zum Marqués de Sieteiglesias. Darüber hinaus versicherte er, er habe in Flandern Papiere gefunden, die ohne jeden Zweifel bewiesen, dass er die Frucht eines Seitensprungs von Don Fernando Álvarez de Toledo war, dem alten Duque de Alba. Offensichtlich nahm Calderón es lieber in Kauf, den Ruf seiner Mutter zu ruinieren, als zuzugeben, dass er der eheliche Sohn eines einfachen Hauptmanns war.

»Um Gottes willen! Ihr hättet Euren Besuch ankündigen sollen!«

Die Inquisitoren Valle und Bercerra, die man sofort informiert hatte, brauchten eine Weile, bis sie den Schlamm notdürftig beseitigt und Calderón milder gestimmt hatten. Sie fassten ihn am Ellbogen und zogen ihn von dem Brunnen weg, in dem es immer noch gefährlich rumorte. Dann gingen sie in den Saal des Tribunals, einen großen Raum mit Simsen aus verziertem Holz und roten Bodenfliesen in kastilischem Stil, der normalerweise für bedeutende Empfänge verwendet wurde. Dort boten sie ihm einen Stuhl und ein Glas Wein an.

»Ich bin ohne Ankündigung hier, weil die Umstände meines Besuchs sehr ernst und dringlich sind«, erklärte er mit grimmiger Miene. »Die Hexen!«, stieß er aus, stand auf und ließ die Faust auf den Tisch donnern, dass die Gläser wackelten. Die Inquisitoren waren sofort hellwach. »Ich weiß, dass Ihr Euch bemüht, diese

Plage in unserem Land auszurotten, aber es sieht so aus, als würde Euer Vorgehen nicht den gewünschten Erfolg bringen.« Calderón schritt quer durch den Raum, die Hände auf dem Rücken. Seine Absätze klangen wie eine tickende Uhr, was seine Gesprächspartner nervös machte. »Ich muss Euch warnen: Die Konsequenzen dieser unglücklichen Ereignisse fangen schon an, im Reich Wellen zu schlagen. All das bereitet dem Duque und seiner Majestät allergrößte Sorge, die sich der edlen Aufgabe verschrieben haben, Vorkämpfer des Katholizismus in Europa zu sein.«

»Das verstehen wir natürlich«, sagte Becerra mit sorgenvollem Blick. »Ich vermute, die Nachricht von dem unangenehmen Zwischenfall ist bereits am Hof angekommen. Unser Kollege Salazar ist schon dabei zu ermitteln, und wir können Euch versichern …«

»Zwischenfall?« Calderón hielt inne, drehte sich elegant wie ein Tänzer um und sah Becerra fragend an. »Von welchem Zwischenfall sprecht Ihr?«

»Aber seid Ihr denn nicht deswegen hier?« Valle schien überrascht. Normalerweise verbreiteten sich schlechte Nachrichten im Reich in Windeseile. »Eine Frau, die im vergangenen Jahr dabei behilflich war, Hexen aus dem Gebiet festzusetzen, wurde unter seltsamen Umständen tot im Fluss gefunden. Wie es aussieht, hat Satan sich an ihr gerächt.«

»Eine Tote«, murmelte Calderón nachdenklich. »Nein, davon wusste ich in der Tat nichts. Ich bin gekommen, um mit Euren Hochwürden über die Haltung von Inquisitor Salazar zu sprechen. Es hat den Anschein, als ob er … wie soll ich sagen … nicht rigoros genug vorgeht. Ihr müsst bedenken, Gott Unser Herr hat König Philipp III. und seinen Favoriten, den Duque de Lerma, dazu auserwählt, den Katholizismus zu verteidigen. Wir sind gerade dabei, die Mauren aus spanischem Gebiet zu vertreiben, und das ist erst der Anfang.«

»Das wissen wir, mein Herr«, fiel ihm Becerra ins Wort. »Wir haben die Chroniken gelesen, in denen es um den göttlichen Auftrag geht, den der Monarch erhalten hat. Die Aufgabe wird dort mit den Heldentaten der Bibel verglichen, mit Moses, Josua, Saul, David, Salomon …«

»In der Tat, der König und wir als seine Diener werden nicht nur die Feinde aus unserem Reich vertreiben, sondern es auch gegen das frevlerische Heidentum abschotten. Der Wille Unseres Herrn ist in dieser Frage eindeutig.« Calderón schwieg einen Moment und fuhr dann fort. »Aber ausgerechnet jetzt kommen äußerst besorgniserregende Nachrichten aus dem Norden. Die Teufel unterwandern uns zuhauf aus Frankreich, auf der Flucht vor diesem gestrengen Inquisitor aus Bordeaux … ein gewisser Pierre de Lancre, der schon unzählige Leute in das reinigende Feuer geschickt hat.«

Pierre de Lancre hatte zwei Jahre zuvor Lapurdi auf den Kopf gestellt. Er stand in dem Ruf, ein Hitzkopf und nicht gerade zimperlich zu sein. Mit Spanien stand er auf Kriegsfuß und verleugnete vehement seine navarreser Ursprünge. Er war in Turin in den Dominikanerorden eingetreten und wurde dank seiner Verbindungen nach kurzer Zeit als Ratsherr in das Parlament vor Bordeaux berufen. Sehr bald zeigte er ein ungewöhnliches Interesse für die Welt der Hexen. Er wollte alles über ihre Kunstgriffe und Fertigkeiten, die nächtlichen Flüge und ihre Tänze wissen. Er ergötzte sich an dem magischen Ritual, das eine Frau in die Lage versetzte, mit einem Ziegenbock zu kopulieren. Er verabscheute die Hexen mit ganzer Seele, und es bereitete ihm ein unsägliches Vergnügen, sein Ressentiment weiter zu nähren. Als Frauenfeind war er überzeugt, dass es mehr Teufelsanbeter unter den Frauen gab, und es war ihm eine Genugtuung, wenn Bücher seine Theorie stützten.

Natürlich hatte er auch den »Hexenhammer«, das *Malleus Maleficarum*, gelesen, das Handbuch der deutschen Dominikaner, in dem präzise Anweisungen gegeben wurden, wie man Hexen fängt und geständig macht. In weniger als vier Monaten hatte er dreitausend Hexen und Hexenmeister ausgemacht, darunter Männer, Frauen, Kinder und Priester. Schuld daran waren in seinen Augen die katholischen Missionen der Spanier in Übersee. Von dort mochten sie die Hexen verbannt haben, aber dafür hatten sie im Baskenland Unterschlupf gefunden.

Seiner Meinung zufolge erreichte die spanische Inquisition mit ihrer nachgiebigen Haltung nur, dass im ganzen Gebiet die Teufel ihre Lager aufschlugen und nach Belieben die Grenze nach Frankreich überquerten. Lancre erklärte sich selbst zum Retter der unglücklichen, vom baskischen Bösen gebeutelten französischen Landen. Er nutzte es aus, dass der Großteil der männlichen Bevölkerung zum Stockfischfang im fernen Neufundland war, und verbrannte kurzerhand sechshundert Menschen, unter ihnen kleine Mädchen – für ihn offensichtlich der Keim einer schrecklichen Bedrohung. Es kam zu einem Gemetzel nie dagewesenen Ausmaßes, und es hätte noch schlimmer geendet, wären die Seeleute nicht zurückgekommen. Als sie sahen, was er angerichtet hatte, hätten sie ihn um ein Haar bei lebendigem Leib in Stücke gerissen. Lancre musste Lapurdi als alte Frau verkleidet bei Nacht und Nebel verlassen, denn ein Spitzel hatte ihn gewarnt, dass die Bevölkerung ihm ans Leder wollte.

Der französische Inquisitor befand sich zur Zeit in Bordeaux und war dabei, ein Traktat über die *Unbeständigkeit der Bösen Engel und Dämonen* zu verfassen. Es sollte ein Referenzwerk für künftige Inquisitoren werden.

»Wir können es uns nicht leisten, hinter den Franzosen zurückzustehen!«, schimpfte Calderón, bei dem sich eine pochende Ader an der Stirn abzeichnete. »Den Berichten zufolge sind einige Hexen vor der Strafe in Frankreich geflohen und haben sich in unseren Reichen versteckt. Man muss alle warnen, vor allem die Dörfer an der Grenze.«

»Aber …«, stammelte Valle, »das versetzt die Bevölkerung in

Alarmbereitschaft, sie wird noch ängstlicher als sie ohnehin schon ist, und das …«

»Das soll sie ja auch! Das ist eine sehr ernste Angelegenheit. Äußerst ernst«, betonte Calderón.

»Selbstverständlich … Sehr ernst.«

Calderón sah Valle an, dem der Blick wie eine Ewigkeit vorkam, und die Röte verschwand allmählich aus seinem Gesicht. Er setzte sich, tastete ohne hinzuschauen nach dem Weinglas auf dem Tisch und leerte es in einem Zug. Dann stieß er einen nachsichtigen Seufzer aus.

»Ihr seid dabei nicht allein«, sagte er in väterlichem Ton, »ich werde persönlich nach Bordeaux reisen und mit diesem Lancre sprechen. Wie es aussieht, hat er den ausschlaggebenden Beweis, dass die Hexen und Teufel wirklich existieren, und damit wäre die dumme Theorie widerlegt, dass es sich nur um Halluzinationen und Wahnvorstellungen handelt. Ich werde ihn bitten, mir diesen Beweis vorzulegen und eine Liste mit den Namen all der Hexen und Hexenmeister zu erstellen, die aus Frankreich geflohen sind und sich hinter den Grenzen unseres Königreiches verschanzt haben.«

»Es war mir gar nicht bekannt, dass unsere Beziehungen zu den Franzosen so freundschaftlich sind, dass man uns um einen solchen Gefallen bittet«, merkte Becerra an.

»Wir befinden uns in einer Phase des, nennen wir es Waffenstillstandes mit unserem Nachbarland«, erklärte Calderón. »Aber selbstverständlich lassen wir uns von dieser Friedfertigkeit nicht täuschen. Sie würden ihre Hexen doch zu gern zu uns hinübertreiben! Aber das werden wir nicht zulassen, nicht wahr?« Er sah die beiden Inquisitoren an, die eifrig den Kopf schüttelten. »Das Christentum breitet sich auf der ganzen Welt aus, so wie es Gottes Gesetz verlangt, aber es gibt in unserem Reich immer noch Götzenverehrung und heidnische Rituale, und das gehört ausgemerzt. Bestimmt würde Heinrich IV. frohlocken, wenn das Heidentum dieser Dörfer an der französischen Grenze unser frommes Reich vergiftete. Das würde ihn zum führenden katholischen König von Europa machen.« Und dann murmelte Calderón: »Es reicht ihm nicht, dass er an die Macht gekommen ist, weil wir ihm im Frieden von Vervins all die Gebiete überlassen haben, die rechtmäßig uns gehörten.«

Calderón seufzte, starrte sein leeres Glas an, und Becerra beeilte sich, es wieder zu füllen. Der Sekretär des Duque de Lerma hielt es einen Moment in seinen Händen, erhob es und betrachtete die purpurfarbene Flüssigkeit im Licht, als handele es sich um einen Edelstein. Dann ließ er das Glas in der Hand kreisen, führte es an die Nase und atmete tief ein, wobei er sich von dem edlen Holzaroma betören ließ. Er schloss die Augen und nahm einen Schluck, den er genüsslich durch seine Kehle rinnen ließ.

»Noch eines«, sagte er, die Augen immer noch geschlossen. »Ich würde gerne über die Reisepläne Salazars informiert werden. Ich will über jede Sekunde seines Treibens Bescheid wissen.«

»Sofort, mein Herr«, sagte Valle.

Bevor sie sich unter den Bögen des Innenhofs verabschiedeten – in umsichtiger Entfernung von den steinernen Wasserspeiern des Brunnens –, versprach Calderón den Inquisitoren, man würde sie fürstlich entlohnen, wenn die Sache mit den Hexen zufriedenstellend gelöst würde. Valle und Becerra lächelten bescheiden und überreichten ihm den Reiseplan ihres Kollegen. Sie versicherten, wenn es irgendeine kurzfristige Änderung gäbe, würden sie es ihn wissen lassen.

»Warum will er so genau wissen, wo Salazar sich aufhält?«, fragte Becerra, während sie zusahen, wie Calderón davonritt.

»Wenn ich das wüsste«, gab Valle zur Antwort

Calderón ritt mehr als zwei Stunden Richtung Norden, nur hin und wieder hielt er an und warf einen Blick auf die Karte, die er in ein Stück gelbes Pergamin eingerollt unter seinem Wams trug, bis er am Ende auf einen schmalen Sandpfad in einem dichten Kiefernwald stieß. Jetzt war er fast da. Es fing schon an, dunkel zu werden, als er den Schein einer kleinen zwischen den Bäumen schaukelnden Lampe gewahrte. Die Herberge.

An der Tür des verfallenen Hauses hingen Distelzweige. Die Bewohner waren offensichtlich mit der Ankunft eines Kindes gesegnet worden und versuchten, es gegen den bösen Zauber der Hexen zu schützen. Einer Legende zufolge konnten Hexen sich in Ameisen oder Fliegen verwandeln, in die Münder der Neugeborenen kriechen und sie so ersticken. Ein Distelzweig an der Wohnungstür war das einzig wirksame Mittel dagegen, denn nach Hexengesetz mussten sie alle lilafarbenen Federchen an der Blüte zählen, ohne auch nur eine einzige auszulassen, bevor sie über die Türschwelle gehen durften. In der Dunkelheit der Nacht vertaten die Hexen sich gern mit dem Zählen. Sie mussten immer wieder von vorne anfangen, und die Zeit bis zum Morgengrauen verging wie im Flug. Dann mussten die Hexen schleunigst verschwinden, denn wenn sie nicht vor Sonnenaufgang ihr Werk niederlegten, wurden sie in Stein verwandelt. So erreichte man, dass die Kinder in Sicherheit waren und die Hexen keine Nacht ins Haus kamen.

Der Besitzer der Herberge, ein riesenhafter Kerl mit breiten Schultern, hörte das Hufgetrappel und trat hinaus. Er hielt das Pferd an den Zügeln, Calderón stieg ab und betrat die Herberge. Es war ein kleiner Raum, Boden und Wände waren aus Holz, und auf den sechs Tischen standen jeweils kleine, mit Feldblumen geschmückte Tonkrüge. Es gab eine Tür, die in die Küche führte, und ein Fenster mit blauweiß karierten Vorhängen, durch das man noch vage den Weg erkennen konnte. Das heimelig prasselnde Feuer im Kamin in der Mitte des Raumes erzeugte rotgüldene tanzende Lichtreflexe an den Wänden.

»Setzt Euch hin, wo Ihr wollt. Meine Frau hat Schmorfleisch gemacht, ich werde Euch eine Portion bringen«, sagte der Wirt, während er vor dem Feuer niederkniete, Rauke mit Brennholz vermischte und das Ganze zusammen mit einer Igelhaut in die Flammen warf. Auch diese sollte die Hexen fernhalten.

Calderón musste innerlich lachen: Die Angst war sogar bis zu diesem abgeschiedenen Ort vorgedrungen. Er setzte sich an einen der hinteren Tische und verschlang ohne zu murren die zähen Fleischstücke, die man ihm vorsetzte, denn er war hungrig. Er kratzte noch die letzten Reste vom Teller und vergaß völlig die Etikette, die sonst seinen Tag bestimmte; er fühlte sich wie befreit. Der kräftige Wein würde ihm das Warten versüßen.

Noch bevor die Tür aufging, kündigte Gelächter und lautstarkes Gegröle die Ankunft des Trupps an. Der Junge mit dem weißen Auge kam als Erster herein und stieß ein paarmal gegen den Türrahmen, denn er hatte die Angewohnheit, beim Gehen mit dem einzigen sehenden Auge überall hinzuschauen, nur nicht nach vorne.

»Ihr seid spät dran«, begrüßte Calderón sie mit verächtlicher Miene. Er war heilfroh, dass niemand ihn mit diesen Gestalten reden sah.

»Entschuldigt, mein Herr.« Der Ältere, mit langem Haar und dichtem Bart, drückte den Hut in seinen Händen zusammen und traute sich nicht, ihm in die Augen zu sehen. »Es gab da einen kleinen Zwischenfall … nichts von Bedeutung.«

»Nichts von Bedeutung«, murmelte Calderón mit einem breiten Grinsen, das die vier sofort amüsiert nachmachten und sich dabei vielsagend anschauten. »Nichts von Bedeutung«, wiederholte er, mit einem Schlag ernst. Sein Gesicht verfinsterte sich und er schrie sie an: »Nichts von Bedeutung? Eine Frau ist tot. So etwas nennt ihr einen kleinen Zwischenfall? Darf man erfahren, warum ihr mir nicht Bescheid gegeben habt?«

Alarmiert durch den Lärm kam der Wirt aus der Küche gelaufen und rieb sich die Hände an den Hosenbeinen trocken. Calderón sah ihn mürrisch an und bestellte noch einen Krug Wein und vier Gläser.

»Mein Herr, wir wollten sie nicht töten.«, stammelte der Bärtige, als der Wirt außer Sichtweite war, »sie hat es mit der Angst bekommen … und sich einfach ins Wasser gestürzt … wir … ich …«

»Das interessiert mich nicht«, fiel ihm Calderón ins Wort. »Ich will jetzt keine Erklärungen hören. Ist es so schwer, mich zu informieren? Ich verlange doch nur von euch, dass ihr mich auf dem Laufenden darüber haltet, was der Inquisitor treibt … Schließlich seid ihr zu viert. Mit einem Tagesritt wäre einer von euch bei mir … dafür habe ich euch doch die Pferde und den Wagen gegeben. Ist das so schwer zu verstehen? Oder soll ich besser andere damit beauftragen?«

»Nein, nein … wir machen das schon. Das mit der Frau wollten wir Euch ja erzählen …«

Der Wirt kam aus der Küche, stellte den Krug und die Gläser auf den Tisch und betrachtete misstrauisch die Gesellen, die die Ruhe seines Hauses störten. Die fünf schwiegen, bis er wieder hinter der Küchentür verschwunden war.

»Wir arbeiten viel, mein Herr«, ergriff die ältere der beiden Frauen scheinbar selbstsicher das Wort. »Wir lassen den Inquisitor nicht aus den Augen, wie Ihr es uns gesagt habt, und wir haben alle Informationen, die Ihr haben wolltet.«

»Dann mal raus damit«, brummte Calderón und schenkte den Wein ein.

»Seit Salazar nach Santesteban gekommen ist, empfängt er unermüdlich Leute«, ergriff der Bärtige wieder das Wort, »und wer mit betrübtem Gesicht hineingeht, kommt fröhlich wieder heraus. Sie scheinen sich besser zu fühlen, wenn sie bei diesem Mann gebeichtet haben. Anscheinend erhalten sie keine Strafen, keine Qualen, keine Tränen. Und dabei macht dieser Salazar doch den Eindruck, als sei mit ihm nicht gut Kirschen essen.«

»Ja, ja … nicht gut Kirschen essen … ha ha«, lachte der Junge, mit dem weißen Auge auf den Boden seines Glases starrend, ohne dass jemand mitlachte.

»Was macht er denn genau während der Befragungen? Was sagt er zu den Reuigen?«, fragte Calderón.

»Das wissen wir nicht.«

»Wie, das wisst ihr nicht?« Calderón schlug mit der Faust auf den Tisch. »Das nennt ihr den Inquisitor nicht aus den Augen lassen? Darf man erfahren, wieso ihr das nicht wisst?«

»Die Audienzen finden hinter geschlossenen Türen statt. Es kommen nur die hinein, die in den Genuss der Gnadenerlasses kommen wollen und …«

»Nun, dann soll sich doch einer von euch als reuiger Ketzer ausgeben.« Calderón hielt inne und überlegte, ob es wirklich eine gute Idee gewesen war, diese Missgeburten anzuheuern. »Habt ihr die Dokumente?«

»Wir haben es versucht, mein Herr, aber der Ort wird Tag und Nacht überwacht. Es ist schwierig, unbemerkt hineinzugelangen …«

»Ihr seid eine Rotte Taugenichtse! Das einzig Gute, das ihr getan habt, war diese Frau umzubringen, und selbst das war ein Werk des Zufalls!«

»Wir werden die Dokumente besorgen, mein Herr, ich versichere es Euch, ich verspreche, ich schwöre es …« Der Bärtige verbeugte sich bei jedem Teilsatz.

»Das will ich schwer hoffen, denn wenn nicht, könnt ihr das Geld vergessen. Für den Moment gebe ich euch das« – er warf vier Münzen auf den Tisch –, »mehr habt ihr euch nicht verdient. Hier sind die Mittelchen, von denen ich euch erzählt habe.« Er reichte ihnen ein Bündel, das sie sogleich auspackten, während er erklärte: »Die Salbe wird auf der Fußsohle, in den Achselhöhlen und zwischen den Schenkeln verteilt, damit sie Wirkung zeigt. In dem Taschentuch ist ein Glasröhrchen mit Pulver, von dem man, so hat mir der Arzt gesagt, schläfrig wird. Man gibt nur ein wenig davon in den Mund der Person, und sie schläft für Stunden. Ich gebe euch Bescheid, wann es so weit ist.«

Calderón nahm einen großen Schluck aus seinem Weinglas und legte dann die Unterlagen zu Salazars Besuch auf den Tisch, die Valle und Becerrra ihm ein paar Stunden zuvor gegeben hatten.

»Das ist der Reiseplan des Gefolges, Punkt für Punkt. Kehrt wieder nach Santesteban zurück. Bleibt Salazar auf den Fersen, ich will, dass ihr mich über jeden seiner Schritte informiert, aber diesmal wirklich. Wenn der Patrón hört, wie wenig ihr vorangekommen seid« – er schwieg eine Weile und schüttelte den Kopf –, »ich weiß nicht, ich weiß nicht ... Wir treffen uns in zwei Wochen wieder hier, und ich hoffe, ihr habt dann was für mich.«

In jener Nacht bekamen die vier kein Auge zu. Die ältere der beiden Frauen breitete vor dem Lagerfeuer im Wald das Kartenmaterial aus. Doch so sehr sie sich auch bemühte, die Augen zusammenkniff, das Papier hin und her drehte, sie konnte nichts erkennen. Für sie handelte es sich nur um eine Reihe von Linien mit völlig unverständlichen Schnörkeln.

»Kann mir einer sagen, was hier steht?«, fragte sie schließlich.

»Was weiß denn ich«, gab ihr der Bärtige zur Antwort. »Irgendwelche Abbildungen. Ich glaube, die Striche zeigen die Route, die das Gefolge von Salazar nehmen wird.«

»Was? Die ganze Route?« Der Junge mit dem weißen Auge starrte auf eines der Blätter, drehte und wendete es, weil er nicht begreifen konnte, dass die Welt auf zwei Handbreit Papier passen sollte.

»Warum hast du es dir nicht von ihm erklären lassen?«, maulte die Frau den Bärtigen an.

»Er war schon sauer genug, da mussten wir ihm nicht noch sagen, dass wir nicht lesen können. Wir hängen uns an das Gefolge, und basta. Wir fragen nach, wir informieren uns, von wo aus sie aufbrechen … keine Ahnung … Es wird uns schon etwas einfallen.«

»Das geht schief. Ich weiß es.« Verächtlich ließ sie die Blätter zu Boden fallen.

»Nun, wenn alle Stricke reißen, können wir immer noch jemanden töten«, sagte der Junge mit dem weißen Augen laut lachend, und er stieß Geräusche aus wie ein Esel. »Das scheint dem Patrón zu gefallen.«

»Halt den Mund, du dummer Bengel!«

V

Wie man Zauberkräfte erwirbt, wie man Pulver herstellt,
mit dem man die Augen pechschwarz werden lässt,
wie man verhindert, dass uns Inguma im Schlaf überfällt

Wo soll das hin?«, fragten keuchend die beiden Grünschnäbel, die Juanas Leichnam wie einen Kartoffelsack hereinschleppten.

Salazar wies Domingo an, den langen Tisch, an dem sie die Aussagen der Reumütigen aufnahmen, von Papier, Tintenfässern und Federn zu befreien, und dann wurde er dort abgelegt. Zufällig war Francisco Borrego Solano, der Pfarrer von Santesteban, zugegen. Er war zu früher Stunde zu Salazars Residenz gekommen, um ihm zu sagen, dass Juana de Sauri auf der Liste der Leute stand, die in ihrem Haus reuige Ketzer beherbergt hatten. Anscheinend hatte Juana vier Leute aufgenommen, die nach ihrem mysteriösen Tod spurlos verschwunden waren. Zwei Frauen und zwei Männer.

»Verschwunden, ohne auf die Gnade des Edikts zu warten.«, murmelte Salazar.

»Nun, es ging ihnen an erster Stelle wohl nicht um die Absolution. Sie wollten etwas ganz anderes: Rache!« Der Priester spie dem Inquisitor die Worte förmlich ins Gesicht. »Der Teufel hat seine Gefolgsleute gut im Griff. Sie sind überall! Und zu allem Übel zwingt diese königliche Verordnung unsere Gläubigen, sich auch noch um sie zu kümmern.« Borregos Stimme wurde immer lauter, und seine Augen sprühten Funken. »Wir haben ihnen Tür und Tor zu unseren Häusern geöffnet!«

»Mit solchen Behauptungen sollten wir vorsichtig sein.« Salazar sprach leise. Ihm war sehr daran gelegen, dass die Gemüter sich beruhigten. Er hatte Angst, dass Borrego Solano in einem Zornesanfall auf die Kanzel stieg und lautstark verkündete, die reuigen Hexen seien Mörder, und dass es daraufhin in den Straßen zu einer massenhaften Lynchjustiz kam. »Wir wissen noch nicht genau, was vorgefallen ist. Es kann sich genauso gut um einen Unfall handeln. Vielleicht haben die vier Juanas Tod mitbekommen und sind geflohen, weil sie Angst hatten, man könnte ihnen die Schuld geben. Unter den gegebenen Umständen würde mich das nicht wundern.«

»Mein Gott! *Wollt* Ihr denn nicht sehen, was hier vor sich geht?« Borrego Solano lief wütend um den Inquisitor herum und fuchtelte mit den Armen. Salazar fühlte sich unwohl, wenn er ihn im Rücken hatte. »Diese vier waren Häscher des Teufels, die Rache üben wollten. Bestimmt ist der Abdruck in Juanas Hand ein umgekehrtes Kreuz. Sie verwenden solche Symbole. Sie bekreuzigen sich andersherum, sie begehen das Abendmahl mit schwarzen Hostien ... Sie feiern ihre satanischen Messen um Mitternacht, montags, mittwochs, freitags und an den Vorabenden der christlichen Feiertage. Und Juana wurde am Donnerstagmorgen gefunden. Alles weist darauf hin, dass ...«

»Wir wissen nicht, wie lange sie schon im Wasser lag«, unterbrach ihn Salazar. »Sie kann schon Tage tot gewesen sein.«

Aber Borrego Solano schien ihm gar nicht zuzuhören. Mit geschlossenen Augen fuhr er mit seinem Bericht fort: »... die Versammlungen beginnen spät in der Nacht und enden bevor der Hahn kräht. Sie legen schwarze Hennen an die Wegkreuzungen, so gewinnen sie ihre Zauberkraft, und bevor sie zu dem Hexensabbat aufbrechen, reiben sie ihren Köper mit einem grünen, übelriechenden Balsam ein. Und dann fliegen sie auf ihren Besen davon. Ich habe sie selbst gesehen. Vor der schwarzen Messe beichten sie ihre Sünden, also all die begangenen guten Taten und die schlechten, die zu tun sie vergaßen. Dann kleidet der Teufel sich von oben bis unten schwarz ein, während seine Anhänger mit furchterregenden Stimmen Hymnen auf die Macht Satans singen. Die Kommunion feiern sie mit einer schwarzen Hostie mit dem Zeichens Satans, und wenn der Messwein durch ihre Kehlen fließt, dann ist das für sie kein Trost, sondern er löst eine starke Kälte in ihren Herzen aus, die ihre Seelen mit Reif bedeckt und sie unempfänglich für Barmherzigkeit macht.« Nach diesen Ausführungen sagte Borrego Solano bestimmt: »Mit Sicherheit haben sie Juana nach irgendeinem Ritual getötet und sie dann in den Fluss geworfen. Das Kreuz in ihrer Hand ist ein umgekehrtes Kreuz … da bin ich mir sicher.«

»So, so, nun …« Salazar war nicht neu, wie eine schwarze Messe abläuft. Dann ging er zu dem Tisch, auf dem Juanas Leichnam lag, und sagte: »Wir könnten jetzt stundenlang darüber diskutieren, was sich zugetragen hat oder nicht. Aber die Einzige, die uns Aufschluss geben kann, ist sie selbst.«

Damit griff er wortlos zum Federmesser und schnitt sauber die Kordeln durch, mit denen das linnene Leichentuch zusammengeschnürt war. Das Tuch glitt herunter und gab den Blick auf das Gesicht frei. Der Ausdruck darin war voller Panik. Der Pfarrer strebte sich eifrig bekreuzigend rückwärts auf die Tür zu und stieß sich an der Angel die Schulter an. Rot vor Zorn rief er noch: »Möge Gott uns verzeihen!«, dann verschwand er.

»Das tut er bestimmt«, verabschiedete der Inquisitor ihn völlig leidenschaftslos.

Zu dem Zeitpunkt hatte Salazar längst seinen Glauben verloren, auch wenn es noch niemandem aufgefallen war. Seine religiösen Zweifel hatten ihn genau in dem Moment überfallen, als das Glück ihm hold war und er im Besitz der Zauberformel zu sein schien, alles zu erreichen, was er sich vorgenommen hatte. Von jetzt auf gleich hatte sich in seinem Kopf ein winziger Zweifel eingenistet, der dann heimtückisch all seine Ideale unterwanderte, die er von Kindesbeinen an verinnerlicht hatte. Salazar hätte das Gefühl nicht mit einem Begriff belegen können. Es war eine Art Vorahnung, ein Gefühl absoluter Einsamkeit und Verlassenheit. Erst war es nur in seinen Träumen aufgetreten, dann auch im leichten Schlaf der frühen Morgenstunden und am Ende auch am helllichten Tag, bis es all seine Gedanken beherrschte. Anfangs hatte er es als Erschöpfung gedeutet und auf den fortdauernden Kampf der letzten Jahre geschoben, bei dem er seinen ganzen Willen aufgeboten hatte, um voranzukommen. Aber als er darüber nachdachte, stellte er fest, dass er bislang nur seinen eigenen Bauchnabel betrachtet hatte, so als hätte eine unsichtbare Wand ihn von der Wirklichkeit getrennt. Natürlich waren ihm Unglück, Schmerz, Elend und menschliches Leiden nicht fremd gewesen, aber all das hatte ihn immer nur gedämpft, wie von fern berührt. Nun schien eine Lampe angegangen zu sein, die einen Teil seines Lebens erleuchtete, von dem er nicht einmal geahnt hatte, dass es ihn gab. Es war, als seien ihm die Augen aufgegangen, als wäre alles irdische Leid mit einem Mal stärker. Er hatte Angst, sich die Frage zu stellen, wie Gott da Abhilfe schaffen wollte.

Bestimmt hatten die Umstände damit zu tun. Die nördlichen Gebiete des Reiches wurden von der Pest heimgesucht. Ratten liefen durch die Straßen, und in den Dörfern machten sich Hunger und Verzweiflung breit. Um der Ansteckung zu entkommen, verließen die Familien ihre Häuser und begaben sich vollkommen mittellos auf die Flucht. Sie hatten ihre Tiere und ihre Ernten verloren und schleppten ihre wenigen Habseligkeiten mit sich herum, drängten sich in den Kirchenportalen und baten um Hilfe –

ein Stück Brot, ein wenig Milch für das Kind, eine Arbeit für den Familienvater. Die Städte füllten sich mit Bettlern und bald darauf auch mit stehlenden Kindern, die ihre Opfer mit einem Tumult aus Geschrei und Schubsern umzingelten und selbst den Gerissensten ausraubten, ohne dass er es merkte. Die Leute hatten Angst, auf die Straße zu gehen, und forderten von den Regierenden mehr Sicherheit. Doch diese waren vollauf mit der Frage beschäftigt, ob man die königlichen Feste in Madrid stattfinden lassen oder nach Valladolid verlegen sollte.

Und als wäre es damit noch nicht genug, war der Winter in jenem Jahr besonders hart und verheerend gewesen. Während sich die Reichen daran ergötzten, aus dem Fenster die weiße Landschaft zu betrachten, schlotterten die Mittellosen vor Kälte und mussten hilflos mit ansehen, wie ihre Kinder schon mit blauen Lippen aufwachten. Dennoch konnten sie sich noch glücklich schätzen. Sie waren der schrecklichen Pestepidemie entkommen, der eine halbe Million Menschen zum Opfer gefallen waren. Die Erkrankten waren im Baskenland und in Navarra unter Krämpfen und furchtbaren Schmerzen gestorben. Eine Eiseskälte hatte sich ihrer Eingeweide bemächtigt, die sich alsbald in Feuer verwandelte. Sie hatten sich erbrochen, und an den Leisten hatten sich rötliche Beulen gebildet, die sich später auf Achseln und Hals ausdehnten. Was als Unglück auf dem Land begonnen hatte, wuchs sich zum biblischen Fluch aus. Einige Geistliche hielten auf ihren Kanzeln flammende Reden, in denen sie vom Zorn Gottes und von göttlichen Strafen für Maßlosigkeit beim Essen, beim Trunke und den Fleischessünden sprachen. Dazu kam der fehlende Glaube unter der Bevölkerung im Norden, die im Geheimen weiter hartnäckig die heidnische Göttin Mari und ihre Schar von Waldgeistern anbetete. Die frühere Bewegung der Flagellanten, die vom Papst während der verheerenden Pest in Europa im 14. Jahrhundert verboten worden war, war auf den Straßen wieder allgegenwärtig. Männer mit gequälten Gesichtern und nacktem Oberkörper geißelten sich vor dem entsetzten Blick der Vorbeigehenden, um für die Sünden ihrer Brüder Buße zu tun.

Salazar hatte keine Angst vor der Pest, aber er war dennoch erschrocken. Die grundlegenden Dogmen, auf die sich seine Ethik bis dahin gestützt hatte, waren ins Wanken geraten. Er fing an, fast alles in Frage zu stellen: den Himmel, die Hölle, die Heilige Schrift, die heiligen Verfasser derselben, die sie mit in die Ewigkeit genommen hatten. Er zweifelte an der menschlichen Wahrnehmung. Wenn er auf einen Frommen traf, fragte er sich gleich, ob dieser ebenso fromm wäre, wenn es die Androhung des ewigen Höllenfeuers nicht gäbe. Sogar die Güte wurde für Salazar eine Art verdammenswürdiger Heuchelei und Aufgeblasenheit.

Am Ende waren die Zweifel ihm so in Fleisch und Blut übergegangen, dass er die Gründe nicht mehr nachvollziehen konnte, aus denen er in seiner Jugendzeit akzeptiert hatte, dass ein höheres Wesen die Welt und all ihre Bewohner geschaffen hatte. Er dachte, wenn dieser Allmächtige wirklich existierte, müsste er ziemlich grausam sein, ein Kind, das auf der großen Weltbühne mit Marionetten spielt. Er quälte sich damit, die Linie auszumachen, die das Gute von dem sogenannten Bösen trennte. Hieß es nicht, eher würde ein Armer in das Himmelreich eingehen als ein Reicher? Wäre das immer noch so, wenn der Arme wegen seines Unglücks dem Glauben abschwörte, wenn er weinte und sein erbärmliches Leben verfluchte, wenn er eine Henne stahl, um etwas zu essen zu haben? Könnte das in den Augen des Herrn verziehen werden, wenn der Dieb ein bedürftiger Vater war, der nichts hatte, um die Mäuler seiner hungrigen Kinder stopfen zu können? Du sollst nicht stehlen, lautete Gottes Gesetz, aber wenn sie nicht stahlen, starben sie und ihre Kinder an Hunger, und das wiederum war eine Art Mord, und so sündigten sie in jedem Fall. Wie konnte dieser Gott die Sterblichen am Tag des Jüngsten Gerichtes beurteilen, wenn nicht alle im Wettlauf des Lebens die gleichen Chancen hatten? Für ihn war klar, dass es wesentlich leichter war, ein guter Mensch zu sein und sich das Himmelreich zu verdienen, wenn das Leben sich einem von der Sonnenseite präsentierte.

Salazar ließ von seiner Verzweiflung jedoch nichts nach außen dringen, denn zu der Zeit war er die rechte Hand von Bernardo Sandoval y Rojas, damals Erzbischof von Toledo. Er wusste, trotz ihres guten Einvernehmens würde sein Protektor seine frevelhaften Gedanken nie verstehen. Außerdem hegte Salazar große Bewunderung für Bernardo de Sandoval y Rojas. Er war barmherzig, liebenswürdig und besaß einen Gerechtigkeitssinn, der seinem verblassten Vertrauen in die Menschheit wieder Auftrieb gab. Ein guter Mann, der die Kultur des Landes stärken wollte, indem er eine Vielzahl von Dichtern und Schriftstellern unter seine Fittiche nahm. Unter ihnen befand sich auch ein gewisser Miguel de Cervantes, der in jenen Jahren mehr aus der Not heraus als von Ruhm gekrönt mit den Worten rang. Salazar hätte es sich nie verziehen, wenn er den Erzbischof mit seinen Grübeleien in Unruhe versetzt hätte. Deshalb tat er so, als ob er in Gottes Wort Trost suche, als ob er bei den kirchlichen Feiern ganz Ohr war, als ob er sich durch die Absolution befreit fühlte, obwohl er in der Beichte nicht die ganze Wahrheit gesagt hatte. Kurz: Er spielte etwas vor. Und das tat er mit solchem Eifer, dass er irgendwann fast selbst überzeugt davon war und nicht mehr länger litt.

Salazar betrachtete Juanas leblosen Körper auf dem Tisch genauso nüchtern, wie er sich bei den Befragungen Notizen machte. Ein Blick, und er hatte sofort gesehen, dass die Frau unter ungewöhnlichen Umständen zu Tode gekommen war. Gewiss handelte es sich nicht um einen Unfall, er ging aber auch nicht so weit zu behaupten, dass es ein Mord war, wie Pfarrer Borrego Solano ihn glauben machen wollte. Und er hatte nicht mehr als diese sterblichen Überreste, um die Antwort zu finden. Salazar hielt sich streng an die Regeln seiner klaren persönlichen Ethik, die eindeutig humanistisch geprägt war, und er vertraute auf nichts, das er nicht anfassen, schmecken, sehen, riechen oder hören konnte. Und selbst dann zweifelte er.

Vor einiger Zeit, als Salazar fast daran zerbrochen war, Gott nicht in jedem Winkel des Lebens finden zu können, hatte er beschlossen, im Tod nach einem Zeichen seiner Existenz zu suchen. Er war nach Valencia gereist, das damals berühmt für seine Fortschritte in der Anatomie war, und besuchte einen Sektionskurs im Hospital General. An diesen Kursen nahmen nicht nur Ärzte teil, sondern auch viele Künstler – Bildhauer, Maler –, die genauer den menschlichen Körper kennenlernen wollten, damit ihre Werke möglichst lebensecht waren. Es hieß, bevor diese Anatomiekurse auch Nichtmedizinern zugänglich gemacht wurden, hätten Künstler vom Range eines Leonardo da Vinci sich nachts auf die Friedhöfe begeben, frische Gräber geplündert und die Leichen mit in ihre Ateliers genommen.

Doch bei all den unterschiedlichen Teilnehmern hatte ein Kirchenmann, der sich für dieses Thema interessierte, mehr als einen fragenden Blick hervorgerufen. Die erlernten Seziertechniken waren Salazar noch gegenwärtig, und er wollte sie bei Juanas Leichnam anwenden. Er bat Iñigo und Domingo, ihm in seine Gemächer zu folgen, und die beiden warteten geduldig, während er auf dem Boden kniete und in der schweren Truhe aus Ebenholz kramte, die er von Logroño trotz der Strapazen über Gottes Wege hatte schleppen lassen. Sie war voll mit Folianten, Federn, Tintenfässern und dicken Wälzern.

»In dieser Truhe befindet sich viel Weisheit«, erklärte er, den Kopf in der Truhe.

»Und dabei heißt es immer, Wissen würde keinen Platz beanspruchen«, spottete Iñigo.

»Ich dachte mir, dass wir das hier brauchen würden. Nimm, Domingo, zieh das an.« Salazar hielt ihm einen Habit von Santa

Teresa und ein Buch mit der Aufschrift *Quaderni di anatomia* von Leonardo da Vinci hin. »Wir können anfangen.«

»Womit anfangen?«, fragte Bruder Domingo entsetzt.

»Das ist eine Art Handbuch«, erklärte Salazar und deutete auf das Buch. »Leonardo da Vinci hat dort die tiefen Geheimnisse der menschlichen Formenlehre festgehalten. Er hat mehr als siebenhundert anatomische Zeichnungen erstellt. Dank seiner eigenen Sektionserfahrung konnte er die Organe mit beeindruckender Genauigkeit wiedergeben. Er hat in Schichten seziert und erhielt so dreidimensionale Ansichten der Glieder.« Dem Inquisitor war die Bewunderung deutlich anzumerken. »Dieses Buch wird uns sagen, wo wir schneiden müssen.«

»Schneiden? Was um Himmels willen werden wir denn schneiden?«

»Mein Gott, Domingo! Jetzt sei nicht so frömmlerisch«, brummte Salazar verdrossen.

»Aber … nein …«, stammelte Iñigo und starrte den Inquisitor an, unsicher, ob er den Satz fortsetzen sollte. »Hat der Herr nicht zu Moses gesagt: Rede zu den Priestern, den Söhnen Aarons, und sprich zu ihnen: Keiner soll sich an einem Toten seines Volkes verunreinigen?«

Salazar wusste, dass der junge Novize stets bemüht war, die Antwort auf alle Lebensfragen in den Texten der Bibel zu finden. Aber er hatte jetzt keine Zeit und keine Lust, darüber zu diskutieren, ob der Satz aus dem Levitikus an dieser Stelle angebracht war.

»Wenn du eine Bibelstelle kennst, in der ausdrücklich verboten wird, eine Leiche zu sezieren, um die Todesursache herauszufinden, zumal in einem derart heiklen Fall, dann kannst du sie mir gerne zeigen. Ansonsten möchte ich nichts mehr davon hören.« Salazar sah das irritierte Gesicht seiner Assistenten, und da wurde ihm klar, dass er wohl etwas zu schroff gewesen war. Er versuchte, die beiden zu beruhigen. »Andreas Vesalius, Forscher und Arzt von Kaiser Karl V., bereitete dieses Thema auch Kopfzerbrechen, und er konsultierte die Theologen der Universität von Salamanca. Diese gaben ihm zur Antwort, wenn es von Nutzen sei, Körper zu sezieren, dann sei es auch rechtens. Der Herr sei in der gesamten Schöpfung gegenwärtig, und es sei nichts Schlechtes daran, sie zu erforschen.«

Er nahm drei Taschentücher und benetzte sie mit ein paar Tropfen Patschulieessenz. Eines band er sich über Nase und Mund, die anderen reichte er seinen Assistenten mit dem Hinweis, es ihm gleichzutun. Er drückte Iñigo einen Kerzenleuchter in die Hand und befahl Domingo, alles aufzuschreiben. Die Leute aus dem Dorf durften nicht wissen, was in dem Raum vor sich ging; nur wenige würden verstehen, warum ein Kirchenmann eine treue Kirchgängerin aufschneiden musste, um die Absichten des Herrn zu entschlüsseln. Salazar verrammelte die Tür und zog die Vorhänge vor. Der Raum war nur noch vom flackernden Schein der Kerzen erleuchtet.

Domingo wollte nicht hinschauen. Sein Verstand brütete finstere Gedanken aus, während er den monströsen Schatten von Salazar an der Wand aus den Augenwinkeln wahrnahm. Es erschien ihm unfassbar, dass der so ernste und unerschütterliche Inquisitor eine derart unorthodoxe Methode anwandte, um Spuren der Hexen zu finden. Iñigo dagegen war zu sehr von dem Szenario überwältigt, um moralische Skrupel zu haben. Der nackte, leblose Körper und dieses riesige Fleischermesser auf dem Tisch, das sich bald womöglich in den Bauch bohren würde, hielten seine Aufmerksamkeit gefangen.

»Schreib, Domingo.« Salazars Stimme riss ihn aus seiner Versunkenheit. »Kreuzförmige, verkrustete Verletzung an der rechten Hand der Verschiedenen, an den Enden tiefer. Es handelt sich definitiv nicht um ein umgekehrtes Kreuz. Hast du das, Domingo?«

»Ja, ja, mein Herr.«

»Schürfwunde am rechten Knöchel.« Er sah sie sich mit der

Lupe genauer an und zog mit der Pinzette ein paar Fasern heraus. »Die Abschürfung stammt offensichtlich von der Reibung eines Hanfseiles auf der Haut.« Er sah sich Handgelenke und Fingerkuppen an, legte ein Papier unter die Hand der Verstorbenen und kratzte mit einem Stöckchen unter ihren Nägeln. »Wie ich vermutet hatte«, murmelte er, »sie hat sich ein Seil ans Bein gebunden.«

»Wozu?« Bruder Domingo schien verwundert.

»Durch die tiefe Wunde, die das Seil hinterlassen hat, ist klar, dass sich am anderen Ende etwas ziemlich Schweres befunden haben muss, so dass sich das Seil von ihrem Knöchel gelöst hat und dann nicht mit dem Körper aufgetaucht ist. Wahrscheinlich ein Stein.«

»Sie hat sich einen Stein an den Knöchel gebunden?« Es war weniger eine Frage als ein lautes Nachdenken von Bruder Domingo.

»Um unterzugehen«, meinte Iñigo.

»Das weiß ich auch«, erwiderte Domingo verärgert. »Ich meinte, dass das nicht zu der tieffrommen Frau passt, wie sie uns Pfarrer Borrego Solano beschrieben hat. Wir sollten seinen Hinweis durchaus in Erwägung ziehen. Vielleicht haben die Hexen irgendein Ritual mit ihr begangen. Das würde das Kreuzzeichen in ihrer Hand erklären. Sie haben sie bestimmt getötet, und um sich der Leiche zu entledigen, haben sie ihr den Stein an den Knöchel gebunden und in den Fluss geworfen.«

»Mein lieber Bruder Domingo«, Salazar sprach, ohne den Blick von dem Leichnam abzuwenden, »ich finde es gut, dass Ihr verschiedene Möglichkeiten in Betracht zieht, aber man muss den gesunden Menschenverstand walten lassen. Wenn jemand will, dass ein Leichnam auf den Grund eines Flusses, Sees oder einer anderen Wasseroberfläche sinkt, und dafür einen Stein benutzt, wird er das Seil wohl um beide Beine schlingen. Aber es deutet alles darauf hin, dass es nur um den rechten Fuß geschlungen war.

Und wenn wir uns an die Indizien vor uns auf dem Tisch halten, stellen wir fest, dass sie selbst sich den Stein an den Knöchel gebunden hat. Die Fasern des Seiles befanden sich auch unter ihren Nägeln.« Und er zeigte ihm das Papier mit den Fasern, die er aus Juanas Nägeln gekratzt hatte, und legte sie neben die aus der Wunde. »Seht Ihr? Die Fasern sind identisch.« Es machte den Eindruck, als führe der Inquisitor ein Selbstgespräch. »Und als Nächstes muss man sich fragen: warum hat sie das gemacht? Lasst uns fortfahren. Juana kann uns noch mehr Details über ihren Tod verraten.«

Salazar trat vom Tisch zurück und bat Iñigo, ihm ein paar Seiten aus Leonardo da Vincis Buch anzuleuchten, auf denen Bilder von Menschen in ganzer Größe zu sehen waren. Sie standen da, lächelten und schienen sich bester Gesundheit zu erfreuen, und doch waren sie von oben bis unten aufgeklappt, dass man ihre Innereien sah. Iñigo dachte, wie schauderhaft der menschliche Körper doch von innen betrachtet war. Salazar ging wieder auf die Tote zu, nahm das Messer und strich damit einmal von der Brust bis zum Nabel über den Bauch. Und dann führte er mit einer Entschlossenheit, die seinen Assistenten überraschte, einen sicheren Schnitt vom Halsansatz bis zur Scham aus. Juanas Eingeweide lagen im Schein der Kerze frei.

Iñigo seufzte, und Domingo schaute unwillkürlich auf. Er sah den Körper auf dem Tisch ruhen, der ihm gewöhnlich als Schreibtisch diente. Juana hatte ihm den Kopf zugewandt, und einen Moment lang schien es ihm, als öffnete sie die Augen und forderte Respekt. Domingo biss die Zähne zusammen, umfasste fest die Feder zwischen seinen schwitzenden Fingern und murmelte eine ganze Litanei an Gebeten, in denen er Gott darum bat, Salazar nicht dafür zu hassen, was er tat.

»Schreib, Domingo. Lungen voller Wasser.« Domingo hatte den Eindruck, dass Salazar ihn voller Befriedigung ansah, als er sagte: »Sie lebte, als sie in den Fluss fiel. Todesursache ist Ertrinken.«

»Wie viele Rippen hat sie?«, fragte Iñigo, überrascht, als er Juanas Körper mit dem der Bilder aus Leonardos Buch verglich.

»Ob Frau oder Mann, wir haben dieselbe Anzahl von Rippen. Lass mal die Genesis aus dem Spiel. Wie kann man so besessen sein! Sehen wir lieber, was wir hier haben … aha, im Magen ist nichts, absolut nichts.«

»Und was heißt das?« Allmählich begann Iñigo, sich für die Details der Obduktion zu interessieren.

»Das heißt, entweder die Frau hat den ganzen Tag keinen Bissen zu sich genommen, oder sie ist unmittelbar nach dem Aufstehen verstorben, was ich persönlich für wahrscheinlicher halte. Das würde die Theorie zunichte machen, dass sie während eines satanischen Rituals um Mitternacht zu Tode kam. Die Tatsache, dass sie an einem Donnerstagmorgen gefunden wurde, wie Pfarrer Borrego Solano betonte, heißt nicht, dass sie am Tag zuvor starb. Wir wissen nicht, wie lange es gedauert hat, bis das Seil sich von ihrem Knöchel löste, und auch nicht, wie lange sie im Fluss trieb, bevor die Kinder sie fanden. Obwohl, dem Verfallsprozess nach zu urteilen, würde ich sagen, dass sie länger als drei Tage tot ist.«

Salazar drückte die Eingeweide wieder in den Körper zurück, sprühte alles mit Apfelessig ein und verschloss den Schnitt so fachmännisch mit einer gebogenen Matratzennadel, dass es einer hervorragenden Schneiderin würdig gewesen wäre. Dann wusch er Hände und Arme bis zu den Ellbogen, während Iñigo die Blutspuren beseitigte und die Verstorbene in den Habit von Santa Teresa kleidete, den sie aus der Truhe geholt hatten. Als sie fertig waren, sah man Juana nicht mehr an, was man mit ihr gemacht hatte. Nur Domingo bekreuzigte sich und schaute hinüber zu Iñigo, der blutbefleckt dastand und betrübt dreiblickte. Salazar holte sie aus ihren düsteren Gedanken.

»Iñigo, ich möchte, dass du dich noch morgen zum Haus dieser Frau aufmachst und dich dort umschaust. Such nach Seilen,

Kreuzen, Papieren, Symbolen … einem Abschiedsbrief. Nach allem, was uns helfen könnte zu verstehen, welch schrecklicher Umstand diese tiefreligiöse Frau dazu gebracht hat, sich das Leben zu nehmen.«

»Das werde ich tun, mein Herr.«

Während die drei Männer in der Residenz Juanas Körper untersuchten, saß Mayo an einen Baum gelehnt und machte Rast. In ihrer Brust trug sie einen Schmerz, der größer war, als sie ertragen konnte. Auf ihren Beinen lag die Holzkiste mit den Erinnerungsstücken der Angeklagten. Sie klappte die Kiste immer wieder auf und zu und fragte sich, was wohl jemandem durch den Kopf ging, der sich von einer Bibel oder einer Haarlocke mit einem grünen Band in der Hoffnung trennte, diese Gegenstände mögen für ihre Lieben eine Erinnerung an sie sein. Vielleicht hatte Ederra deshalb nichts für sie mitgegeben. Die Schöne wusste, dass weder Mayo noch Beltrán solcher Tricks bedurften, um sich an sie zu erinnern. Ihr Mund füllte sich mit dem bitteren Geschmack der Trauer, doch wie immer konnte sie nicht weinen. In solchen Momenten wusste sie, warum Ederra so bemüht gewesen war, Abhilfe zu schaffen, denn dieses Gefühl der Verlassenheit, das ihr die Seele zusammendrückte, war nur durch Tränen zu lindern.

Ederra hatte nie mit ihr in dieser verniedlichenden Sprache gesprochen, wie sie oft bei kleinen Kindern verwendet wurde. Sie wusste, da Mayo eine Tochter des Teufels war, verfügte sie bereits über ein umfangreiches Wissen über das Irdische, das Göttliche und das Übermenschliche. Mayo zahnte noch, doch nie kam aus ihrem Mund auch nur ein einziger Schrei oder ein einziger Klagelaut. Stundenlang konnte sie sich allein mit einem bizarr geformten Holzklotz beschäftigen. Sie krabbelte herum, und aus ihren Augen kam nie eine Träne. Anfangs hatte sich Ederra darum keine Gedanken gemacht. Doch dann befand sie, dass das nicht normal war, und setzte alles daran, der kleinen Mayo Tränen zu entlocken.

»Ich werde ein Mittel dafür finden«, hatte Ederra oft gesagt und auf ihre Augen gedeutet. »Manchmal tut es gut, ein wenig zu weinen.«

Alles hatte sie versucht. Sie hatte in einem Mörser eine Unze Zinkoxid, ein Stück getrockneten Eidechsenschwanz und einen Zuckerwürfel vermischt und mit der Mischung die Augen des Kindes zwei Stunden vor dem Mittag- und vor dem Abendessen eingerieben. Da das keine Wirkung zeigte, verbrannte sie das Zinkoxid in einem Schmelztiegel, schüttete es in Rosenwasser, und nachdem sie es eine Weile an der Luft hatte trocknen lassen, mahlte sie alles, passierte es durch ein feines Sieb und verteilte es auf ihren Lidern. Es kamen zwar keine Tränen, aber die Pupillen wurden pechschwarz, glänzend und riesig wie die Schalen mancher Muscheln. Das änderte sich über die Jahre nicht mehr, so dass in Mayos Augen nur ein Fitzelchen Weiß zu erkennen war. Der Glanz ihrer dunklen Augen, zusammen mit dem winzigen Gesichtchen, den spitzen Ohren und den langen, dürren Beinen verlieh ihr das Aussehen eines Rehkitzes.

Es kam der Punkt, an dem Ederras Bemühungen, Mayos Augen Tränen zu entlocken, für beide zur Qual wurden. Die Kleine brauchte sie nur mit ihren Utensilien kommen zu sehen, da fing sie schon an zu schreien und sich unter Krämpfen zu winden. Ederra zerriss es das Herz. Sie dachte, wenn sie Mayo weiter bedrängte, würde sie es sich womöglich auf immer mit ihr verderben, und so ließ sie die Sache mit den Augensalben auf sich beruhen. Stattdessen versuchte sie es nun auf anderem Wege, indem sie ihr furchterregende Geschichten über den Gott Inguma erzählte, der die Kinder im Schlaf würgte, bis sie erstickt waren. Auch das brachte Mayo nicht zum Weinen, dafür aber um den Schlaf. Nachdem die Kleine sich eine Woche schlaflos im Bett herumgewälzt hatte, um Ingumas Ränken zu entkommen, kam

Ederra zu dem Schluss, dass all das die Kleine nicht zum Weinen brachte, sondern nur verrückt machte. Wenn die Tränen einfach nicht fließen wollten, dann wohl, weil Mayo sie nicht brauchte. Um sie wieder zu beruhigen, brachte sie ihr ein Gebet bei, das verhinderte, dass Inguma oder irgendein anderes böses Wesen, das den Kindern die Nächte vergällen wollte, kam und sie erstickte.

Ich fürchte dich nicht, Inguma,
Gott und die Jungfrau schützen mich,
und am Himmel die Sterne, auf der Erde die
Gräser, an der Küste die Sandkörner,
erscheine nicht vor mir,
bevor du sie nicht aufgezählt hast.

Doch obwohl Mayo längst weder Inguma noch die Nacht fürchtete, hätte sie in diesem Moment, in dem ihre Seele so voller Schmerz war, alles darum gegeben, bis zum Morgen hemmungslos weinen zu können.

VI

Wie man Alraunen erntet, ohne das Risiko zu sterben,
und wie man ein Mittel herstellt,
um einen Giftzauber aufzuheben

Iñigo de Maestu machte sich früh auf den Weg zu Juanas Haus. Er war der jüngste von Salazars Gehilfen. Sein Aussehen hatte etwas Engelhaftes, und er bewegte sich so selbstsicher und leichtfüßig wie es nur jemand tut, der bislang von den Schlägen des Lebens verschont geblieben ist. Sein aschblondes Haar fiel ihm widerspenstig in einem dichten Pony in die Stirn, und wegen seiner zarten Haut und den himmelblauen, von langen, gebogenen Wimpern umrahmten Augen hatte man ihn als Kind oft für ein Mädchen gehalten. Er stammte aus einer reichen Familie aus einem Dorf in Álava, die die religiöse Laufbahn für den jüngsten Sohn für die beste Wahl hielt. Eine erkleckliche Schenkung hatte ihm den Weg dorthin geebnet. Doch obwohl es anfänglich so aussah, als sei die Berufung ihm auferlegt worden, widmete Iñigo sich von nun an mit Leib und Seele der Aufgabe, Gott wohlgefällig zu sein. Er wollte den unwiderlegbaren göttlichen Auftrag finden, der die Menschheit aufrüttelte, den Bedürftigen aufrichtig zu helfen. Er studierte die Texte des Neuen Testaments auf der Suche nach einem Vers, einem Wort oder einem Satz, auf den er seine

Glaubensgewissheiten stützen konnte. Oft sah man ihn irgendwo an einem abgeschiedenen Ort, die Bibel in der Hand und Litaneien auf Lateinisch murmelnd. Salazar bewunderte seine Beharrlichkeit, aber manchmal riet er ihm, seine Zeit nicht damit zu verschwenden, in den Buchstaben nach dem Rezept zu suchen, wie man die Ordnung in der Welt wieder herstellen könne. Denn dafür müsse man sich in die Niederungen menschlicher Existenz begeben und bis zum Hals in den Schmutz eintauchen.

»Dazu bin ich ja bereit«, sagte Iñigo, und er meinte das ehrlich, denn er war ein wackerer Mensch, »aber bevor ich in den Unrat hinabsteige, von dem Ihr sprecht, würde ich mir gerne Rat holen, wie man dagegen vorgehen kann.«

Doch Iñigo de Maestu gab sich nicht nur der Kontemplation hin. Sein jugendlicher Tatendrang brachte seine guten Absichten fast täglich durcheinander. Er war eifrig bei der Sache und legte dabei einen ungeheuren Optimismus an den Tag, so dass der ernste Inquisitor Salazar manchmal ein Lachen unterdrücken musste, wenn er sah, wie Bruder Domingo de Sardo bei den unorthodoxen Einfällen des Novizen die Nerven verlor. Manchmal langweilte Iñigo sich bei den ausführlichen Beschreibungen von Himmel und Hölle während der Messe, und er musste sich zwingen, nicht zu gähnen oder gar einzunicken. Kurz darauf bereute er, nicht bei der Sache gewesen zu sein, und erlegte sich absurde Strafen auf, die zu erfüllen er dann vergaß.

Jeden Morgen begann er mit guten Vorsätzen: mehr beten, seinem Lehrmeister aufmerksamer lauschen, sich nicht mehr so von den merkwürdigen Geschichten der Leute in Bann ziehen lassen, die wegen des Gnadenerlasses kamen, aber obwohl er guten Willens war, spielte sein Temperament ihm gewöhnlich einen Streich. Manchmal musste Salazar ihm unter dem Tisch einen Tritt verpassen, damit er weiter übersetzte und nicht einfach mit großen Augen und offenem Mund der unzüchtigen Erzählung einer Frau lauschte, die haarklein berichtete, was sie mit Satan getrieben hatte.

Der Inquisitor arbeitete noch nicht lange mit ihm zusammen, doch er merkte, welch verheerende Wirkung die Worte dieser Leute auf Iñigo hatten. Nach den Befragungen sah er ihn auf und ab gehen und so heftig grübeln, dass Salazar die Gedanken des Novizen schon fast hören konnte.

Iñigo kaute gerne die Wurzeln von Kräutern. Außerdem war er ein Experte im Katalogisieren von Vögeln. Von klein auf hatte sein Vater ihm die Kunst der Jagd beigebracht, und dank der vielen Zeit, die er in den Bergen verbracht hatte, hatte er gelernt, jedes Tier schon an seiner Spur zu erkennen. Er wusste anhand der Spur auch sofort, ob es sich um ein junges oder altes Tier handelte, ob es getrottet oder gerannt war, ob es in der Herde oder allein unterwegs war. Wenn sie Iñigos Anweisungen folgten, fanden sie das Tier immer, doch wenn sein Vater die Arkebuse hob und zum Schuss ansetzte, schrie und tobte der kleine Iñigo so sehr, dass er am Ende immer fiebrig mit schweißnassem Pony und feuerroten Wangen nach Hause getragen werden musste. Damals stellten seine Eltern fest, dass er für die Brutalität der Welt zu zart besaitet war, und entschieden, dass er in der Religion gut aufgehoben wäre.

Salazar mochte den Jungen. Von ihm ging etwas Besonderes, Unerklärliches aus, das den Inquisitor seine Nähe suchen ließ, denn Iñigo hatte die Gabe, ihm etwas von seiner Schwermut zu nehmen. Er brachte ihn zum Lachen. Zudem sprach er vorzüglich Spanisch und Baskisch, und das machte ihn während der Befragungen unverzichtbar.

Der junge Novize war an jenem Morgen sehr früh aufgestanden. Der Tag hatte noch nicht Einzug gehalten, auf dem Himmel lag noch die saphirblaue Färbung der Nacht. Ein abgemagerter Hund mit räudigem Fell spitzte ein Ohr, als er seine Schritte hörte. Er streckte sich genüsslich, ließ ihn höflich vorbei und verfolgte ihn dann wütend bellend durch das Gässchen, bis Iñigo sich zu ihm umdrehte, beruhigend auf ihn einredete und ihn hinter den Ohren kraulte. Als der Hund merkte, dass der Novize sich von seiner Attacke nicht beeindrucken ließ und in aller Ruhe weiterging, gähnte er gelangweilt, warf sich auf den Boden und fing an, sich die Flöhe aus dem Fell zu kratzen.

Iñigo hatte, den Anweisungen von Pfarrer Borrego Solano folgend, das Dorf bald hinter sich gelassen und betrat einen dichten Kiefernwald. Manchmal wandte er argwöhnisch den Kopf, kniff die blauen Augen zusammen und spähte wie ein Jagdhund zwischen die Baumstämme, denn er spürte wieder, dass da etwas war, etwas Ungreifbares, das ihn ständig verfolgte. Dieses Gefühl hatte er schon die ganze Zeit, seit sie zu der Reise aufgebrochen waren. Domingo behauptete, das seien die Hexen, die ihnen auf den Fersen waren, um auf dem Laufenden zu sein, was sie gegen sie unternahmen. Bei dem Gedanken bekam Iñigo eine Gänsehaut. Er ging eine halbe Stunde weiter, folgte der Biegung des Weges und war dankbar, dass es nicht regnete, denn diese feine braune Erde würde sich mit den ersten Tropfen in einen einzigen Morast verwandeln. Er hielt an, um unter den Bäumen nahe den Felsen nachzuschauen, ob es dort noch welche von den delikaten Champignons gab, die man nur im Frühjahr in der Tiefe vergessener Wälder fand. Er entdeckte in paar wenige und legte sie vorsichtig in seinen Beutel.

Ein feiner Morgennebel stieg vom Boden auf und ließ die Konturen der Bäume und Pflanzen verschwimmen, und einen Moment lang glaubte Iñigo, er schwebe auf einer Wolke. Wieder beschlich ihn das Gefühl, dass da etwas war. Jemand hatte sich an seine Fersen gehängt, aber so rasch er sich auch umdrehte, so aufmerksam er auch hinhörte, er konnte niemanden entdecken. Er überlegte, ob es möglich war, dass die Seele seines kürzlich verstorbenen Großvaters ihm in wohlwollender Absicht erscheinen wollte, aber den Gedanken verwarf er sogleich wieder, denn der alte Mann hatte am Ende seines Lebens schon seine Kinder nicht mehr erkannt und gab nichts auf seine Enkel. Außerdem sagte ihm seine Intuition, dass es sich um ein weibliches Wesen handelte und dass es sich in Luft auflösen konnte, noch bevor es ihm gelang, einen Blick zu erhaschen. Es lief ihm eiskalt den Rücken hinunter. Er musste sich zur Ruhe zwingen, sonst würde er noch den Verstand verlieren.

Als er endlich das Dach von Juanas Haus in der Ferne am Ende der letzten Biegung sah, war er erleichtert. An der Türschwelle befand sich in Stein gemeißelt das Baskische Kreuz. Er sah sich gründlich um. Er entdeckte Spuren von Pferdehufen, aber nichts deutete darauf hin, dass Juana einen Pferdestall, einen Schuppen oder einen Viehstall besaß, und es waren auch keine Tiere zu sehen. Er ging am Rande des Wegs lang, um nicht die Spuren zu zerstören, die an der Haustür begannen und auf eine kleine steinerne Brücke am Fluss zuführten. Er begab sich dorthin und stellte fest, dass es sich zwar nur um einen Seitenarm handelte, dieser aber durch den Regen der letzten Tage genug Wasser führte, dass ein Mensch darin untergehen konnte. Er sah sich genau um. Der Weg war voll mit menschlichen Fußspuren, aber da waren auch Spuren von den Hufen eines auf den Hinterläufen gehenden Ziegenbocks. Die menschlichen Fußspuren ordnete er drei Frauen und zwei Männern zu, und sehr bald konnte er die Juanas von denen der anderen unterscheiden. Am Tag zuvor, als Salazar ihm den Auftrag erteilt hatte, zu dem Haus der Frau zu gehen, hatte er ihre Füße ausgemessen. Weiter vorne entdeckte er auf dem Boden ein Holzkreuz an einem Lederband mit eingetrockneten Blutresten.

»Das Kreuz!«, rief er freudig aus und band es um seinen Hals.

Er kehrte zu Juanas Haus zurück und versuchte die Tür zu öffnen. Sie war nur angelehnt und gab sofort nach. Das Herz pochte in seiner Brust.

»Ist da jemand?«, rief er von der Türschwelle aus und hoffte inständig, dass niemand antwortete. »Ich führe nichts Böses im Schilde. Ich trete jetzt ein!«

Er hörte nichts. Vorsichtig schlich er weiter, bis sich die Augen an das spärliche Licht gewöhnt hatten, das durch die kreuzförmige Öffnung hereindrang, die die Fensterladen zierte. Er konnte vage Umrisse erkennen: Es handelte sich um ein einfaches Haus. Der Boden war aus festgestampfter Erde, die Eingangstür führte unmittelbar in die Küche, die der Hauptraum des Hauses zu sein schien. Von ihr gingen zwei Türen ab, offensichtlich zu den Zimmern. In der Mitte der Küche sah er einen kleinen Tisch mit zwei rustikalen, ungeschliffenen Stühlen. Obwohl man spürte, dass die Besitzerin bemüht war, sie sauber zu halten, waren die Wände schwarz vom Feuerholz. Sie strömten einen Geruch nach geräuchertem Fisch aus. Von der einen Wand hing eine halb verrostete Eisenpfanne herunter, und auf dem Herd stand eine Kasserolle mit einem Rest Suppe, auf der sich bereits Schimmel gebildet hatte. Die Asche der Kohle befand sich noch im Herd. Die Tochter der Verstorbenen war also noch nicht dort gewesen, um sauber zu machen, und er hatte das beklemmende Gefühl, in die Privatsphäre von fremden Menschen einzudringen. Der Gedanke, dass er der Erste war, der diesen Ort nach dem tragischen Tod seiner Besitzerin betrat, erzeugte in ihm eine üble Vorahnung. Er schaute in eines der Zimmer, und ein herber Geruch schlug ihm entgegen. Es war der brünstige Geruch eines männlichen Ziegenbocks, und schon bald entdeckte er in einer Zimmerecke einen Huf dieses Tiers. Angewidert hob er ihn mit zwei Fingern auf und steckte ihn in seinen Beutel. Aber als er sich zu dem anderen Zimmer hinwandte, spürte er fremde Gestalten hinter sich, diesmal erschreckend real und vor allem nah. Er hatte nicht einmal Zeit, sich umzudrehen. Er hörte einen dumpfen Schlag und spürte gleichzeitig einen stechenden Schmerz an seinem Hinterkopf. Dann fühlte er nichts mehr außer Dunkelheit und absoluter Stille.

Als er in die Wirklichkeit zurückkehrte, hatte er auf einmal das Gefühl, dass sein Körper sich zusammenzog und immer kleiner wurde. Dann spürte er, wie ihn etwas vom Boden hob und nach draußen trug. Das Licht tat ihm in den Augen weh, und er verlor jegliches Gefühl für Zeit und Raum. Mit unvorstellbarer Geschwindigkeit erhob er sich immer weiter in schwindelnde Höhen dem Himmel entgegen. Das Häuschen, das er eben verlassen hatte, war nurmehr ein kleiner Punkt am Boden. Er fürchtete, jeden Moment in der Sonne zu verglühen, die grell in seine Augen schien; er versuchte sich mit den Unterarmen zu schützen, aber es gelang ihm nicht. Geblendet presste er die Lider zusammen, aber es ging höher und immer noch höher …

Das Geräusch trappelnder Hufe holte ihn auf die Erde zurück. Als er die Augen öffnete, war der ganze Wald in einen leicht bläulichen Nebel gehüllt. Er sah deutlich das samtweiche Maul eines stattlichen Pferdes vor sich, das über seine Stirn strich und sein Haar durcheinanderwirbelte. Kurz darauf bemerkte er, dass das Tier ein wenig kleiner war als ein Pferd, seine silbrige Mähne reichte fast bis zu den Gelenken der Beine, und es hatte ein einziges Horn mitten auf der Stirn. Er hatte dieses mythologische Tier schon im *Libro de las ensoñaciones* gesehen, auch wenn das Exemplar an beiden Flanken gefiederte Flügel hatte wie die Engel.

Bald gewahrte er auf dem Einhorn eine wunderschöne junge Frau, ein Hauch von Blau, nur leicht mit Tüll bekleidet, der die sündigen Stellen des nackten Körpers anmutig verdeckte. Manchmal erschienen ihm solche Frauen in einem dieser skandalös sinnlichen Träume, nach denen er sich immer erschöpft an den Gestaden seines Bettes wiederfand. Träume, die er nie beichtete, weil die Scham größer war als das Bedürfnis, dass Gott ihm verzieh. Die Umrisse des liebreizenden Geschöpfes waren vage, flirrend, als wäre sie in blaues Feuer getaucht. Ihre langen Haare wehten durch die Luft, rollten sich zu Schnecken zusammen, die sich dann wie eine Krone um ihr ruhiges Antlitz legten, in dem funkelnde schwarze Pupillen glänzten.

Die blaue Dame stieg von dem Einhorn ab, schritt sanft über den feuchten Boden, und einen Moment lang schien es Iñigo, als seufzte die Erde jedes Mal, wenn sie ihren zarten Fuß anhob und den nächsten Schritt machte. Sie kniete bei seinem Gesicht nieder. Iñigo sah ihr blaues Haar und die Wimpern, ihre zartblaue Haut und die anmutig geformten purpurroten Lippen. Und er konnte auch die Bäume hinter ihr sehen, denn sie war fast durchsichtig. Er lächelte ihr sanft zu, und das blaue Mädchen nickte. Sie streckte die Hand nach dem erschöpften Gesicht des Jungen aus, und ihr Duft hüllte ihn ein. Das dezente Aroma nach Orangenblütenwasser und frischem Gras erinnerte ihn an die Hände seiner Mutter.

Sie zog ihm Sandalen und Strümpfe aus, massierte sanft seine Füße, ließ ihre blaue Hand über seine Brust und jeden Zoll seines Körpers gleiten. Iñigo ließ es geschehen, denn es schien ihm, als sei ihm all das schon einmal widerfahren, als sei es die Wiederholung eines wunderschönen Traums, den er vor langer Zeit genossen hatte und von dem er wusste, wie er weiterging. Mit unermesslicher Zartheit berührte das Mädchen seine Scham, und dieser berauschende Augenblick wurde zu köstlichem Nektar in seinem Mund. Er brauchte nichts zu fürchten und schlief ein.

Mayo und Beltrán waren Salazars Gehilfen an dem Morgen in sicherer Distanz gefolgt. Immer wieder hatten sie sich verstecken müssen, weil der Novize sich ständig misstrauisch umsah, als könnte er ihre Anwesenheit spüren. Mehr als eine Stunde waren sie ihm auf den Fersen geblieben, auf einem überwucherten Weg voller Felsbrocken, Dickicht, Brombeersträuchern und trügerischer Abzweigungen, von denen sich auch der junge Novize manchmal kurz irritieren ließ. Schließlich stießen sie auf die Überreste von einem Zaun, vier an den Ecken in den Boden gerammte Pfähle, die auf der Nordseite moosbewachsen waren. Von dort aus konnte man ein Haus sehen, dessen Wände mit bunten Steinen verziert waren. Auf diese Entfernung und in den Morgennebel getaucht sah es aus wie dem Märchen entsprungen.

Mayo und Beltrán hielten sich im Dickicht versteckt und beobachteten, wie der Novize vor dem Haus stehen blieb. Er sah sich überall um, ging zur Brücke, kratzte sich am Kopf und hob etwas vom Boden auf. Dann ging er zum Haus, öffnete vorsichtig die Tür und schlich sich wie ein Dieb hinein.

Da hörte Mayo herannahende Schritte und versteckte sich noch tiefer im Dickicht. Sie sah einen Riesen, der von oben bis unten mit Haaren bedeckt war und eine Keule in der Hand hielt. Erst dachte sie, es handele sich um Baxajaun, einen Geist, der tief im Wald lebte und sich nachts in die Höhlen zurückzog.

Nach der ersten Verwirrung bemerkte sie, dass der behaarte Riese von einem unansehnlichen Wesen begleitet wurde, das ständig stolperte, und das überzeute sie, dass es sich nicht um Baxajaun handeln konnte, denn es war hinlänglich bekannt, dass er ein Einzelgänger war. Es konnte sich nur um zwei Menschen handeln, auch wenn sie sich nicht vorstellen konnte, was sie im Schilde führten. Der, den Mayo zunächst für Baxajaun gehalten hatte, war der Dickere von beiden. Die zotteligen Haare fielen ihm über die Schultern. Der andere war wesentlich jünger, groß, schlank, hatte strohblondes Haar, und mit einem Auge schien etwas nicht zu stimmen. Beide waren von Kopf bis Fuß in einen einfachen Pelz aus grauen Kaninchenfellen gehüllt, den sie mit Lederbändern am Körper befestigt hatten. Mayo hatte noch nie derart merkwürdige Gestalten gesehen.

Der mutmaßliche Anführer gab dem anderen Zeichen, in das Haus zu gehen. Sie ließen die Tür offen stehen, und Mayo schlich sich heran und konnte sehen, wie sie den Novizen bewusstlos schlugen, ihm Kleider und Schuhe auszogen, ihn von einer Seite auf die andere drehten und einen grünlichen Balsam unter die Achseln, hinter die Ohren, auf die Fußsohlen und den Unterleib schmierten. Dann fassten sie ihn an Armen und Knöcheln und schleppten ihn unnötig grob hinaus bis zu einer Lichtung. Dort nahmen sie ihm seinen Beutel weg, zogen ihn wieder an und marschierten unter Gelächter davon.

Mayo wartete, bis die beiden Männer am Horizont verschwunden waren. Aber erst, als sie Gewissheit hatte, dass Iñigo wirklich ohnmächtig war, wagte sie sich vor. Seine Augen waren geschlossen, sein Kopf schlingerte unruhig hin und her, er seufzte und murmelte unverständliche Litaneien. Kein Zweifel, er segelte auf dem Meer der Träume, ausgelöst durch die grünliche Salbe. Vorsichtig ritt sie auf Beltrán auf ihn zu, bereit, sofort die Flucht zu ergreifen, falls er plötzlich aufwachte. Der Esel verpasste dem Schlafenden einen Stüber mit dem Maul, woraufhin dieser die Augen öffnete und sie mit glasigem Blick anlächelte.

Mayo stieg ab, ging in die Hocke, fasste sein Kinn und tätschelte seine Wangen, um zu sehen, ob er das Bewusstsein wiedererlangte, doch er öffnete nur kurz die Lider, und ein tiefes Stöhnen kam aus seinem Mund. Mayo ging noch näher heran und schnupperte. Iñigo verströmte einen leichten Geruch nach Patschuliseife, der aber fast völlig von dem Gestank der Substanz überlagert wurde, mit dem die Männer im Pelz ihn eingerieben hatten. Sie erkannte sofort den unverwechselbaren Geruch der Alraune. Die Kerle kannten sich aus. An die Alraune war schwer ranzukommen. Um sie gefahrlos sammeln zu können, musste man einen schwarzen Hund mit einer Schnur an sie binden, solange sie noch in der Erde war, und den Hund durch lautes Rufen anlocken, damit er sie aus dem Boden zieht, denn wenn sie dem Boden entrissen wird, stößt sie einen schrecklichen Schrei aus, an dem man sofort stirbt.

Mayo richtete sich auf, suchte in Beltráns Satteltaschen nach einem Stück sauberen Stoff, tauchte es in das Wasser des Flusses und fing an, die grünliche Schmiere von der Haut des Novizen abzuwaschen. Sie zog ihm die Sachen aus und säuberte ihn vorsichtig. Dann ging sie wieder zu Beltráns Satteltaschen und suchte nach den Ingredienzien für ein Mittel, um einen Giftzauber aufzuheben:

- *ein himmelblaues Beutelchen*
- *zwei kleine quadratische Stücke reiner Seide*
- *eine in sieben Teile zerbrochene Nähnadel*
- *einen Knopf, der dem Vergifteten nicht weniger als drei Jahre gehört hat*
- *ein Stück Daumennagel von der linken Hand des Opfers*

Sie steckte die Nadel und die Stofffetzen in das Beutelchen, dann riss sie einen Knopf von Iñigos Unterhemd ab, in der Hoffnung, es möge schon drei Jahre in seinem Besitz sein, wie es der Zauber verlangte. Dann fasste sie seine linke Hand, führte sie an den Mund und biss zielsicher ein halbmondförmiges Stück Nagel ab. Iñigo seufzte und murmelte etwas vor sich hin, aber Mayo achtete nicht darauf. Sie nahm einen rosa Faden, verschloss das Beutelchen, strich damit über das Gesicht des verzauberten Novizen und legte es unter seinen Körper.

»Glaubst du, es wird gutgehen?«

Beltrán stieß ein zustimmendes »Iah!« aus.

»Dann lass uns verschwinden, bevor er aufwacht.«

Mayo fasste Beltrán am Zügel und zog singend von dannen.

VII

Wie man verhindert, dass der Mond uns den Glanz der Augen nimmt, wie man vermeidet, dass die Hexen uns im Schlaf angreifen, wie man es schafft, dass unsere Feinde Hunderte von Teufeln in ihren Träumen sehen

Bevor Mayo sich an Salazar und sein Gefolge hängte, bevor sie überhaupt von dessen Existenz wusste und begriff, was es bedeutete, im Netz der Inquisition gefangen zu sein, war sie noch eine Weile mit Pelotas' Kiste auf dem Stein sitzen geblieben, hatte Beltráns Atem an ihrer Seite gelauscht und auf die Furchen gestarrt, die die Wagenräder direkt vor ihren Füßen im Gras hinterlassen hatten. Wenn sie den Kopf nach rechts drehte, sah sie, wie diese Furchen sich bis zum Horizont erstreckten und hinter einem flachen Hügel verloren. Das war der Weg, der Pelotas aus Logroño hergeführt hatte.

Von klein auf war sie viel gereist und hatte viele Gegenden durchquert, aber nie hatte sie auf den Weg geachtet, sondern immer vor sich hin geträumt oder Melodien geträllert. Immer war es Ederra gewesen, die sich um alles gekümmert hatte, und jetzt, inmitten dieser Stille, fühlte sie sich so schrecklich allein. Doch dann wischte sie die trüben Gedanken mit einem Federstrich weg, sprang auf und verstaute die Kiste in Beltráns Satteltasche.

»Dort entlang«, sagte sie und deutete mit dem Kinn in Richtung der Spuren.

Sie würde nachts reiten. Lieber setzte sie sich dem verwegenen Schalk nächtlicher Geister aus als tagsüber der Feindseligkeit der Dorfbewohner. Sie wollte keinen Verdacht erwecken.

Die Kälte der Nacht kroch ihr bis in die Knochen, und manchmal, wenn das Gefühl der Einsamkeit allzu übermächtig wurde, auch in die Seele. Um die Kälte zu überlisten, hüllte sie sich in Decken und umklammerte beim Reiten Beltráns Hals. Sie flüsterte ihm erfundene Geschichten ins Ohr und riet ihm, nicht direkt den Mond anzuschauen, denn man wusste, dass er den Augen ihren Glanz raubte.

Auf ihren nächtlichen Ritten traf sie nicht viele Menschen, aber sie gewahrte dennoch die untrüglichen Zeichen der Angst in der Bevölkerung. Die Pfarrer kamen mit dem Segnen des Lorbeers gar nicht mehr nach, den die Leute über den Kopfenden ihrer Betten aufhängten, damit die Hexen sie nicht mitten in der Nacht überfielen. Die Hexen wurden scheinbar immer kühner, sie schlüpften durch die Fenster und rieben die Gesichter der Schlafenden mit Wiedehopfblut ein, so dass man im Traum Hunderte von Teufeln tanzen sah. Manchmal hörte Mayo im Morgengrauen die durch die Berge hallenden Rufe der Schäfer, die sie austauschten, damit sie sich bei der Arbeit nicht so allein fühlten. Sie kamen zittrig und in großen Abständen, nicht mehr so kraftvoll wie früher, denn es hieß, wenn eine Hexe auf den Schrei antwortete, war der Schäfer den Rest seines Lebens verhext.

Mayo kam an einem Mittwoch in Logroño an, zwei Wochen vor dem Autodafé. Die ersten Lichtstrahlen zeigten sich am Himmel, sie entlockten den Dächern ein kupfernes Funkeln und ließen die taubenetzten Blätter der Bäume glitzern wie Edelsteine. Mit einem Gefühl der Beklemmung ritt Mayo durch die engen dunklen Gassen, bis sie auf die Plaza de Santiago kam und der Raum sich weitete. Der Sitz der Inquisition tauchte vor ihr auf.

Sie schluckte. Einen Moment lang erschien ihr die Fassade wie ein großes Monster, wie ein in gelben Stein gemeißeltes Gesicht, bei dem die Fenster die Augen waren und das Eingangsportal ein riesiger Mund, der sie jeden Moment zu verschlingen drohte. Sie klammerte sich an Beltráns Zügel und beobachtete vom Halbdunkel eines überdachten Hauseingangs aus das Erwachen der Stadt. Allmählich kam Leben in die Straßen. Die Händler öffneten ihre Geschäfte, die Barbiere empfingen ihre ersten Kunden, die Frauen trugen Körbe mit schmutziger Wäsche zum Wäscher, der Ofen war bereits seit ein paar Stunden in Betrieb, und in der Luft schwebte der unverwechselbare Duft von frisch gebackenem Brot.

»Ganz ruhig … ganz ruhig … hier leben viele Menschen. Sie beachten uns gar nicht«, tröstete sie Beltrán, der in seiner Panik ununterbrochen iahte.

Der Sitz des Tribunals beherbergte Aussageräume, Archive, die Bibliothek, eine Kapelle und die Residenz der Inquisitoren mit den dazugehörigen Arbeitszimmern. Man munkelte, die Verdächtigen, die durch die Türen eintraten, verlören sich in einem Labyrinth aus Verliesen und Bürokratie, aus dem man kaum unbeschadet wieder herauskam. Es genügte, wenn jemand seinen Nachbarn anzeigte, er habe Blasphemie begangen oder ihm etwas anvertraut, was gegen eines der Dogmen verstieß, und schon beschloss das Heilige Offizium, ihn festzunehmen. Die Verhafteten wurden nicht darüber informiert, welche Anklage gegen sie vorlag, sie wurden lediglich aufgefordert, ihre Glaubensverstöße zu beichten. Die Armen zermarterten sich das Hirn, was der Grund für die Anklage sein mochte, und gestanden unter der Folter tausend Verirrungen, damit man sie endlich in Ruhe ließ. Die Angeklagten verschwanden für ein oder zwei Jahre in den geheimen Kerkern – je nachdem, wie lange der Prozess dauerte. Solange der Fall nicht abgeschlossen und das Urteil bei einem Autodafé verlesen war, war die Inquisition nicht verpflichtet, die Namen gefangenen Personen preiszugeben, und erst recht nicht mitzuteilen, ob sie noch lebten oder bereits tot waren.

Deshalb wagte es Mayo nicht, die Wache am schmiedeeisernen Tor des Inquisitionsgerichtes nach Ederra zu fragen. Sie postierte sich in einem Hauseingang gegenüber. Von dort aus konnte sie beobachten, wie der Wachposten auf und ab ging, während die Gärtner sich bemühten, den rebellischen Efeu an den Säulen im Patio zu bezwingen. Mayo hätte zu gern die Fähigkeit gehabt, durch die Mauern hindurchsehen zu können.

Drei Tage rührte sie sich nicht vom Fleck. Sie registrierte jede Bewegung. Sie befragte vorsichtig die Passanten. Wenn diese merkten, dass sie sich für die Machenschaften der Inquisition interessierte, sahen sie sie entsetzt an und flüsterten: »Nach dem Heiligen Offizium fragt man nicht.«

Trotz der allgemeinen Zurückhaltung erfuhr Mayo, dass unter den Besuchern Gefängniswärter, Sekretäre, Ärzte, Kaplane, Gerichtsdiener und eine große Gruppe von weltlichen Kollaborateuren waren, die sich »Vertraute« nannten, weil sie ihre Nachbarn denunzierten und sogar ihre Wohnungen als Gefängnisse zur Verfügung stellten. Als Gegenleistung waren sie nicht der gewöhnlichen Rechtsprechung unterworfen und durften das Wappen der Inquisition in die Tür ihres Hauses meißeln.

Am dritten Tag kam ein Mann mit einem Sprachrohr um den Hals, einem Stapel Papiere unterm Arm und einem Eimer mit Pinsel in der Hand aus dem Gebäude. Pfeifend schmierte er Kleister an die Wände der nahegelegenen Straßen und klebte Plakate an.

»Guten Tag, mein Herr, könntet Ihr mir sagen, was auf dem Plakat steht?«, fragte ihn Mayo mit einem leicht gezwungenen Lächeln, denn sie war Fremden gegenüber sehr verschlossen.

Der Mann schaute sie verdrossen von oben bis unten an, als sei er gerade in Pferdemist getreten, doch Mayo versuchte, so charmant wie möglich zu sein. Insgeheim ärgerte sie sich, dass die

Natur ihr nicht einen Hauch von Ederras Schönheit geschenkt hatte.

»Das ist die Ankündigung des Autodafés.« Er klebte weiter Plakate an. »Es findet am nächsten Sonntag, dem siebten, statt. Das zieht viele Fremde an und ist nur zum Vorteil der Stadt. Seit elf Jahren hat es kein Spektakel dieser Größenordnung auf dem Platz gegeben.«

»Ausgezeichnet!« Mayo tat so, als ob sie die Vorhaben der Inquisition und ihren Anklang in der Öffentlichkeit brennend interessierten. »Es ist ja weithin bekannt, dass Logroño für solche Sachen am besten geeignet ist. Da können die anderen Städte ja nur neidisch werden. Es ist einfach die schönste Stadt und sie hat die Mittel dafür. Kein Ort kann da mithalten. Sagt mal« – sie räusperte sich –, »wisst Ihr, wer die Verurteilten sind?«

»Man erzählt sich sogar, der Duque de Lerma habe persönlich beim Tribunal nachgefragt, wann das Autodafé stattfinde.« Der Ausrufer hatte Mayos Frage nicht einmal gehört. »Denn der König befindet sich in Lerma, nur eine Tagereise von hier entfernt, weißt du. Wenn du mich fragst, sieht das ganz so aus, als würde Philipp III. uns mit seiner Anwesenheit beehren. Eine Feier dieser Größenordnung verleiht einer Stadt viel Glanz. Dreißigtausend Gäste werden erwartet!«

»So viele!« Mayo hatte den Eindruck, dass sie langsam das Vertrauen des Mannes gewann, denn er hatte schon zweimal seine Arbeitsutensilien beiseitegestellt, um seine Geschichte besser mit Gesten unterstreichen zu können. »Das ist in der Tat ein Gewinn für die Stadt … Und … weiß man die Namen der Verurteilten?«

Der Ausrufer sah sie verschwörerisch an und schob sein Gesicht so nah an das ihre heran, dass Mayo sein ruinöses Gebiss sehen konnte. Sie konnte sogar seinen modrigen Atem riechen.

»Die Namen weiß keiner. Es heißt, es seien einunddreißig Angeklagte, zwölf davon zum Scheiterhaufen verurteilt, aber fünf sind bereits dahingeschieden.« Er wandte sich ab und klebte weiter Plakate an. »Umso besser für sie, denn in den Flammen dürfte es wohl ziemlich heiß sein.« Er lachte und entblößte dabei sein Zahnfleisch. Mayo war verzweifelt.

»Wo sind sie?«

»Wer?«

»Die Verurteilten. Ich meine … irgendwo müssen sie doch sein.«

Der Ausrufer runzelte argwöhnisch die Stirn, und Mayo schenkte ihm den schönsten Augenaufschlag, dessen sie fähig war.

»Das geht dich eigentlich nichts an, weißt du, aber es ist ja ohnehin ein offenes Geheimnis, was soll's …« Der Ausrufer sah sich um und flüsterte ihr zu: »In der letzten Zeit gehen die Henker völlig ungeniert mit ihren Gerätschaften in dem Gebäude ein und aus. Außerdem kommen Wagen voller Männer und Frauen hier an, die das Gebäude nicht wieder verlassen. Die Leute sind nicht blöd, weißt du.« Er zwinkerte ihr zu und schnalzte mit der Zunge. »Der Keller des Gebäudes ist voll von Gefangenen.«

Ederra konnte sich also durchaus noch in den Kellern des Sitzes der Inquisition befinden, sagte Mayo sich. Sie würde schon eine Möglichkeit finden, sie dort herauszuholen. Sie inspizierte jede Handbreit des unteren Stockwerks und entdeckte vergitterte Öffnungen, offensichtlich Luftschächte der Zellen. Sie bekam heraus, dass die meisten auf den Innenhof hinausgingen. Nach einigen Nachforschungen hatte sie in Erfahrung gebracht, dass die der Hexerei angeklagten beiden Kirchenmänner aus Zugarramurdi im hinteren Teil des Hauses untergebracht waren und dass sie mit ihnen sprechen konnte, wenn sie sich dicht genug an das vergitterte Fenster zu ebener Erde drückte. Sie wartete, bis es Nacht wurde, um aus der Holzkiste mit den Metallbeschlägen die Bibeln herauszuholen, die ihre Mütter ihnen überlassen hatten. Sie würde das Versprechen, das sie Pelotas gegeben hatte, halten.

In der Zelle war es eng, kalt, feucht und dunkel. Das wenige Licht kam aus dem kleinen Fenster, das hoch über den Köpfen der beiden Männer lag. Durch einen seltsamen Effekt konnten die beiden Geistlichen die Passanten, die durch die angrenzende Gasse gingen, an der Decke widergespiegelt sehen. Das war ihre einzige Zerstreuung an den langen Tagen. Die Zelle war eigentlich nur für eine Person gedacht, aber der Hexenprozess nahm solche Ausmaße an, dass man die Gefangenen zusammenlegen musste, erst zu zweit, später zu viert in eine Zelle. Die Gesellschaft half den beiden, ihren Schmerz zu ertragen.

»Pst! Pater Juan de la Borda? Pater Pedro de Arburu? Seid Ihr da?« Mayo lag auf der Straße, beide Hände um den Mund gelegt.

Die Geistlichen antworteten nicht.

»Patres, hört ihr mich?«, wiederholte sie.

»Ja, wir sind hier. Wer ist da?«, flüsterte Pedro de Arburu mutig.

»Das ist nicht wichtig. Wichtig ist, dass ich etwas für Euch habe, das Euer Herz rühren und Euch die schweren Stunden erleichtern wird. Es ist ein Geschenk Eurer Mütter. Stellt Euch unter das Fenster, ich lasse es Euch jetzt zukommen.«

Sie holte die beiden Bibeln aus der Kiste, hüllte sie in ein Stück Stoff und ließ sie hinuntergleiten. Sie hörte den Aufprall und wartete, wie die Geistlichen reagieren würden.

»Mein Gott! Danke, danke«, hörte sie sie sagen. »Das ist ein Wunder, das ist unser Schutzengel, der in dieser Zeit des Unglücks über uns wacht.«

»Oh nein, nein … Ich bin ein irdisches Wesen. Außerdem muss ich Euch um einen Gefallen bitten. Ich muss wissen, ob sich unter den Gefangenen eine Frau namens Ederra befindet … die Schöne.«

»Es tut uns sehr leid, aber da können wir dir nicht helfen«, erwiderte Pedro de Arburu, »Frauen und Männer sind streng getrennt. Man hat uns nicht einmal die Gnade zugestanden, mit unseren Müttern sprechen zu dürfen. Wir wissen nur, dass in den Zellen eine Epidemie ausgebrochen ist und viele Verhaftete daran gestorben sind. Wir dachten, weil unsere Mütter schon so alt sind, sei ihnen etwas geschehen … aber diese göttliche Botschaft gibt uns wieder Hoffnung, dass sie noch leben. Wir sind dir sehr dankbar.«

»Behandelt man Euch gut da drin?«

»Manchmal. Die Inquisitoren sind sehr streng. Einer ist zum Fürchten. Er heißt Alonso de Salazar y Frías. Er fordert Folter und Strafen. Ein grausamer Mann.«

»Alonso de Salazar y Frías«, wiederholte Mayo. »Das werde ich mir merken.«

Es war das erste Mal, dass sie den Namen des Inquisitors hörte, der ihre einzige Hoffnung war. Durch die Worte der beiden Geistlichen entstand in ihrem Kopf ein düsteres Bild voller Furcht und Hass. Sie wusste, was sie zu tun hatte. Wenn Ederra in Büßerhemd und -mütze mit Kerze in der Prozession durch die Straßen von Logroño ging, würde sie mit Beltrán im Galopp heranreiten, ihr die Fesseln abnehmen, sie auf seinen Rücken setzen, und dann würden sie sich in Windeseile aus dem Staub machen. Sie musste nur noch ein paar Einzelheiten regeln und Beltrán darauf trainieren, aber sie war voller Hoffnung.

In den Tagen vor dem Autodafé betrachtete sie mit Schrecken die Vorbereitungen. Man hätte denken können, es handele sich um eine Theateraufführung oder einen Stierkampf: Eine Bühne wurde aufgebaut, Tribünen, ein Podium für die Würdenträger, Flaggen aufgehängt. Und sie war dabei, als das Holz für die Scheiterhaufen angeliefert wurde. Mayo aß kaum, sie schlief zusammengerollt in den Hauseingängen in der Nähe der Plaza, um jede Bewegung im Gebäude verfolgen zu können und alle Leute aufs Genaueste zu studieren, die dort ein und aus gingen.

Doch am Morgen des Autodafés war alles Vertrauen, das Mayo in ihren Fluchtplan gesetzt hatte, mit einem Mal dahin. Panik befiel sie. Es waren viel zu viele Leute da, ihre Rücken verdeckten ihr die Sicht auf die Prozession, und Beltrán stellte sich ungeschickter denn je an.

»Du bist eine Katastrophe!«, flüsterte sie in sein haariges Ohr, aber sogleich tat es ihr leid, als sie ihn so traurig dastehen sah. »Du hast keine Schuld. Ganz ruhig, es wird uns schon etwas einfallen.«

Doch der Kummer darüber wurde zweitrangig, als sie Ederra nirgends entdecken konnte. In den vergangenen Tagen waren ihr Hunderte von Gedanken und Möglichkeiten durch den Kopf gegangen. Gerührt hatte sie sich ihr Wiedersehen mit Ederra vorgestellt, aber keine Sekunde daran gedacht, dass sie womöglich nicht dort sein könnte. Natürlich freute es sie, ihre Ziehmutter nicht leiden sehen zu müssen, aber sie machte sich Sorgen wegen dieser Krankheit, von der die Geistlichen ihr erzählt hatten.

Sie betrachtete die drei Inquisitoren, die dem Akt von einem besonderen Podium aus vorsaßen. Über dem Rest der Sterblichen thronend, wirkten sie wie Götter, die laut die Verirrungen der Angeklagten verlasen. Dort sah sie Salazar zum ersten Mal. Auf den ersten Blick wusste sie, dass er es war: Groß und mager, feierlich, stolz, mit ernstem, strengem Gesicht und langen feingliedrigen Fingern. Sie erschauderte. Sie hatte das Gefühl, er könne über die Menschenmenge hinweg ihre teuflische Natur wahrnehmen, ihre Gedanken lesen und ihre Pläne voraussehen. Mayo verschwand lieber, bevor er noch den Befehl gab sie festzunehmen.

Das Autodafé dauerte drei Tage. Zwei weitere Tage benötigte man, bis die reinigenden Feuer vollständig erloschen und die Stadt frei von Fremden war. Mehr als genug Zeit für Mayo, sich darüber klar zu werden, dass sie in einer Sackgasse steckte. Sie war unruhiger denn je, denn sie hatte keine Ahnung, ob Ederra im Gefängnis an der Epidemie gestorben war oder ob sie noch irgendwo in einer Zelle kauerte. Sie hatte ihre einzige Spur verloren, und so blieb ihr nichts anderes übrig, als allen Mut zusammenzunehmen, die Plaza de San Francisco zu überqueren und der Wache vor dem Eingang des Tribunals gegenüberzutreten. Wenn ein Mensch auf der Welt ihr sagen konnte, ob Ederra lebendig oder tot diese Tür passiert hatte, dann war das der Posten, der den Eingang überwachte.

Mayo tauchte aus dem Dunkel des Hauseingangs auf, überquerte schweigend mit Beltrán den Platz und blieb vor dem Mann stehen, der sie mit argwöhnischem Blick musterte und nicht gerade freundlich aussah.

»Wo ist Ederra?«, fragte sie ohne Umschweife. Sie hatte die Lippen und Fäuste zusammengepresst und starrte auf den Boden, weil sie sich nicht traute, ihn anzusehen.

»Wer bist denn du?«, fragte der Wachtposten voller Verachtung.

»Man hat sie hierhergebracht. Vor Monaten schon. Sie war nicht bei dem Autodafé, und ich habe keine Ahnung, wo sie ist und wo ich nach ihr suchen soll.« Ihre Stirn kräuselte sich, und ihre Unterlippe zitterte.

Der Wachtposten sah sich um, ob ihn jemand bei dem Gespräch mit diesem grotesken Geschöpf beobachtete.

»Einige sind krank geworden und gestorben«, sagte er dann.

Da ließ Mayo dem Schmerz freien Lauf, den sie so lange zurückgehalten hatte, stampfte mit geballten Fäusten auf dem Boden herum und brüllte dabei wie ein wildes Tier.

»Schon gut, schon gut … sei still!«, sagte der Wachtposten, mehr betroffen von dem Aufruhr als von dem Schmerz des Mädchens. »Wie, sagtest du, heißt die Frau, die du suchst?«

»Ederra. Sie wird wegen ihrer Schönheit so genannt«, erwiderte sie und versuchte, sich zu beruhigen. »Die Schöne.«

Er brauchte in kein Archiv zu schauen, denn er erinnerte sich genau an sie. Schön wie der Hauch Gottes hatte sie die Räume mit ihrer Anmut und dem Duft nach Kiefern und Moos erfüllt … Doch das laute Klagen des in Lumpen gekleideten Mädchens riss ihn aus seiner Versunkenheit.

»Jetzt hör schon auf zu zetern«, tadelte er sie, denn sie zog bereits die Aufmerksamkeit der Passanten auf sich. »Die Schöne ist nicht hier. Sie wurde vor einiger Zeit freigelassen. Man hatte nicht genügend Beweise gegen sie, und so ließ man sie gehen. Sie war nur ein paar Wochen im Gefängnis.«

»Seid Ihr sicher, mein Herr?«

»Wie könnte ich das vergessen? Ich selbst stand am Tor, als sie das Gebäude verließ. Man sagte mir, es habe Läuse gegeben, und so habe man den Gefangen die Haare abschneiden müssen, sie hatte also einen kahlgeschorenen Kopf, den sie aber mit einer Art Kopftuch bedeckt hatte. Sie wollte wohl nicht, dass man sie kahl wie eine Melone sieht. Eine Schande, denn ihr rotes Haar war …«

»Und ging es ihr gut?«, fiel Mayo ihm ins Wort, als er gerade in Gedanken an Ederras prächtigen Schopf die Augen gen Himmel hob.

»Ihr Fuß war verbunden, und sie hinkte leicht. Sie hatte es eilig und hat mich nicht einmal angesehen«, sagte er sichtlich enttäuscht.

»Habt Ihr gesehen, welchen Weg sie genommen hat?«

Der Wachtposten zeigte ihr mit dem Finger die Richtung, da hörte man Lärm aus dem Inneren des Gebäudes. Die Torflügel öffneten sich, und mehrere Kutschen kamen aus dem Hof gefahren. Dem Wachtposten gelang es gerade noch rechtzeitig, Mayo beiseitezustoßen, sonst wäre sie überrollt worden. Sie fiel auf den Boden, sprang jedoch rasch wieder auf, um zu sehen, wer in der Kutsche saß. Doch die Fenster waren durch purpurrote Samtvorhänge verdeckt. Die Kutschen verschwanden in der gegenüberliegenden Straße.

»Wer war da in der Kutsche?«, fragte Mayo und klopfte sich den Staub von den Kleidern.

»Bist du immer noch da?«

»Ja.«

»Du wirst Ärger bekommen, weil du allzu neugierig bist. Mal sehen, ob ich dich nicht selbst verhafte.«

»Ihr habt ja recht. Was geht es mich an, wer in dieser Kutsche sitzt.« Mayo konnte ihr Glück nicht verbergen. Ederra war frei, und jetzt musste sie nur einen neuen Weg finden, der sie zu ihr führte. »Es könnte ja ein Gefangener sein, den sie freilassen, oder ein hoher Würdenträger … oder vielleicht sind die Kutschen auch leer und holen jemanden oder vielleicht …«

»Alonso de Salazar y Frías, Inquisitor von Logroño«, verriet der Wachtposten, damit dieses lästige Geschöpf ihn endlich in Ruhe ließ. »Er saß in der verdammten Kutsche, denn es sind noch ein paar Hexen im Norden übrig. Und jetzt verschwinde, bevor ich es mir anders überlege und dich mit einem Tritt in deinen Hintern in eine der Zellen befördere.«

»Alonso de Salazar y Frías«, wiederholte Mayo leise, während sie sich lächelnd von der Tür entfernte. »Schon wieder.«

Sie hatte keine Zeit zu verlieren. Sie sprang auf Beltráns Rücken und beschloss dem Inquisitor zu folgen. Sie kannte Ederra gut. Wenn sie erführe, dass die Männer des Heiligen Offiziums im Norden immer noch auf der Jagd nach Hexen waren, wäre sie sofort alarmiert, weil sie und Beltrán in Gefahr sein könnten. Die Tochter des Teufels und ein durch einen Zauber in einen Esel verwandelter Mensch – das reichte für ein neues Autodafé. Bestimmt würde Ederra das Inquisitionsgefolge überwachen, um sie zu schützen, und so würde sie sie finden. Der schreckliche Salazar und sein Feldzug, so grausam und gefährlich er sein mochte, würde sie zu Ederra zurückbringen.

Doch im Verlauf der Wochen stellte Mayo fest, dass der Inquisitor alles andere als orthodox vorging. Im Gnadenprozess war er bemüht, den Geständigen zu beweisen, dass sie weder Satan noch sein Gefolge gesehen hatten, dass es vielmehr ihre blühende Phantasie war, die ihnen einen Streich spielte. Einmal hatte sie gesehen, wie er einem fünfjährigen Jungen über den Kopf strich, der weinte, weil seine Eltern ihn gezwungen hatten auszusagen, er sei ein Teufelsanhänger. Er gab ihm einen Kuss auf die Stirn und schenkte ihm einen kandierten Apfel. Zu seinen Eltern sagte er, wenn sie das Kind noch einmal mit Geschichten von Hexen und Teufeln erschreckten, würde er sie höchstpersönlich ins Gefängnis werfen.

Mayo konnte den Zeitpunkt nicht genau benennen, aber irgendwann hatte sie angefangen, Salazar zu mögen, und jegliche Angst abgelegt.

Iñigo kam wieder zu sich, als die Sonne schon unterging. Taumelnd stand er auf. Sein Kopf schmerzte höllisch. Er stützte sich mit beiden Händen an dem Baum ab, der ihm in den letzten Stunden als Rückenlehne gedient hatte. Es fiel ihm schwer, sich zu erinnern, wer er war, wo er sich befand und wieso er in diesem Wald lag. Von seinem Instinkt geleitet, begab er sich auf den Rückweg zu der Residenz, die das Gefolge in Santesteban bezogen hatte. Ein Trupp Männer wollte sich gerade auf die Suche nach ihm machen.

»Ich habe einen blauen Engel gesehen«, erklärte er mit verzücktem Gesicht, bevor er ohnmächtig in Salazars Arme sank.

Erst nach vierzehn Stunden Schlaf und einem Frühstück aus Rührei mit Speck, einem Stück Apfelkuchen und einem guten Schluck altem Wein war er in der Lage, eine mehr oder weniger verständliche Geschichte zu präsentieren. Im Wein sah Bruder Domingo dann auch den Grund, warum der junge Novize ihnen eine solche Farce auftischte.

»Jetzt lass den Blödsinn, ich trinke gewöhnlich nicht«, protestierte Iñigo.

»Ach nein?«, erwiderte Domingo, offenkundig verärgert.

»Das war heute doch nur, um wieder zu Kräften zu kommen! Du bist doch nur verärgert, weil der Engel mir erschienen ist und nicht dir.«

»Es reicht!« Salazar verlor allmählich die Nerven. »Ihr zwei bringt selbst Hiob um den Verstand. Iñigo, sagt mir, was Ihr herausgefunden habt.«

»Spuren. Von Pferden und fünf verschiedenen Personen. Die

von Juana konnte ich eindeutig bestimmen. Sie beweisen, dass sie aus dem Haus kam, stolperte, zu Boden fiel, aufstand und dann Richtung Brücke weiterrannte. Ich glaube, sie hatte Probleme mit dem rechten Fuß, vielleicht hat sie gehinkt, denn alle zwei oder drei Schritte knickte der rechte Fuß ab.«

»Und die anderen Spuren?«, wollte Bruder Domingo wissen. »Vielleicht gehören sie ja den vieren, die in ihrem Haus untergebracht waren. Sie haben sie umzingelt, gepackt, ihr den Stein an den Knöchel gebunden, sie in den Fluss geworfen und ...«

»Da ist noch etwas«, unterbrach ihn Iñigo. »Ich habe auch Spuren von den Hinterläufen eines Ziegenbocks gefunden.«

»Eines Ziegenbocks?«, fragte Salazar verwundert.

»Der Ziegenbock«, murmelte Domingo mit finsterer Stimme. »Das ist der endgültige Beweis. Satan hat Juana de Sauri auf dem Gewissen.«

»Aber sie sahen seltsam aus.« Iñigo versuchte, es zu erklären, als er die verwirrten Mienen von Salazar und Domingo sah. »Ich meine ... die Spuren der Hufe des Ziegenbocks waren nicht wirklich wie Schritte. Manchmal, wenn sie nicht in Bewegung waren, waren die Abdrücke vollständig, aber im Gehen ... zogen sie sich mehr durch die Erde. Außerdem verliefen sie exakt parallel zu Menschenschritten ... denen mit den größten Füßen. Ah, und ich habe den Huf eines Ziegenbocks im Haus gefunden.«

»Zeichen des Teufels, Zeichen des Teufels ... zweifellos. Die kenne ich.« Domingo de Sardo ging mit besorgter Miene auf und ab.

»Ich habe den Huf in meinen Beutel gesteckt.«

»Du hattest keinen Beutel bei dir«, sagte Domingo voller Missfallen. »Du hast ihn verloren.«

»Ich habe ihn nicht verloren.« Iñigo dachte nach. »Bestimmt hat ihn der blaue Engel mitgenommen.«

»Und warum sollte ein blauer Engel einen Beutel haben wollen?«

»Ich weiß es nicht … vielleicht um etwas zu verstauen … keine Ahnung.«

»Um was zu verstauen? Glaubst du, die Engel hätten nichts besseres zu tun als Sterblichen die Beutel zu klauen?«

»Das ist ja nicht auszuhalten!« Salazar wirkte sichtlich gequält. »Du hast eine heftige Platzwunde am Kopf, Iñigo. Weißt du noch, wie du dir die zugezogen hast?«

»Nein«, erwiderte er und fasste sich mit der Hand an den Kopf.

»Und deine Kleidung ist beschmiert mit einer Art Fett, weißt du, was das ist?«

»Nein.«

Bei jedem Nein verzog Bruder Domingo missbilligend das Gesicht.

»Jetzt lassen wir das erst mal«, sagte Salazar. »Ich habe deine Kleidung zum Apotheker geschickt. Er wird uns sagen können, um welche Substanz es sich handelt.«

»Das Kreuz!«, erinnerte sich Iñigo plötzlich. »Das habe ich nicht in den Beutel gesteckt.« Und er fasste sich an den Hals, bis er das Lederband zu fassen bekam und das Holzkreuz herauszog. »Hier ist es … Hier! Das Kreuz!«, rief er nervös kichernd. »Ich habe es bei der Brücke auf dem Boden gefunden.«

Salazar wartete gar nicht erst, bis Iñigo es abgelegt hatte. Er zog ihn an dem Lederband hinter sich her bis zu Juanas Leichnam. Inmitten der Totenwache nahm er unter dem empörten Blick der Anwesenden die Hand der Verstorbenen und verglich den Abdruck mit dem Kreuz, das sein Gehilfe um den Hals trug. Das war es – genau wie er vermutet hatte.

VIII

Wie man einen Balsam herstellt, der es uns ermöglicht zu fliegen, wie man erreicht, dass die Leute gut über uns sprechen, wenn wir nicht anwesend sind, wie man herausfindet, ob man eine Hexe ist

Die Mehrzahl der Einwohner von Santesteban hatten ohnehin bereits verfolgt, dass er unorthodox vorging. Aber als er in die Totenwache hineinplatzte, waren sie endgültig davon überzeugt, dass er nicht bei Trost war. An dem Tag war fast das ganze Dorf versammelt. Der Leichnam war im Haus der Tochter aufgebahrt, und eine Prozession von Freunden, Nachbarn und Bekannten kam vorbei, um ihr die letzte Ehre zu erweisen. Die Männer drängten sich mit betrübten Mienen in der Eingangstür und tuschelten, denn sie fühlten sich hilflos, wenn es darum ging, ihre Mütter, Frauen oder Töchter gegen einen solchen Angriff zu verteidigen. Einer schlug vor, bis an die Zähne mit Prügeln und Hacken bewaffnete Männer sollten mit Fackeln nächtliche Rundgänge machen, die Gottlosen aus dem Schlaf reißen und die arme Juana rächen. Auch wenn sie niemanden zu fassen bekämen, würden sie sich zumindest nicht mehr so ohnmächtig fühlen und sie könnten ihren Zorn abreagieren. Alle stimmten zu.

Die Frauen in ihren schwarzen Kleidern sahen aus wie ein

Schwarm Raben. Sie stellten Stühle um den von vier Altarkerzen umrahmten Kiefernsarg und harrten dort stundenlang aus. Mal beteten sie den Rosenkranz, mal weinten sie, denn viele nutzten Juanas Tod, um ihren eigenen Kummer loszuwerden. Die Tochter der Verstorbenen hingegen saß völlig reglos auf ihrem Stuhl und starrte schweigend ins Leere – keine Tränen, keine Seufzer, nicht einmal als Pfarrer Borrego Solano ihr sein Beileid aussprach. Er packte sie am Arm und zwang sie aufzustehen. Dann geleitete er sie zur Tür, damit sie ein wenig frische Luft schnappte, und flüsterte ihr ins Ohr, dass ihre Mutter jetzt bestimmt beim Herrn war. Zum Glück standen beide draußen, als Salazar seinen triumphalen Einzug hielt und die Hand der Verstorbenen nahm, um sie mit dem Holzkreuz zu vergleichen.

Das machte Juana fast zur Märtyrerin. Nach ihrer Beerdigung wurde sie zu einem Ausbund an guten Eigenschaften, die Leute vergaßen all ihre Schwächen. Den Nachbarn reichte es nicht, sich schwarz zu kleiden, sie hängten zudem eine Woche lang Trauerflore an die Balkone. Es wurden geweihte Bänder hergestellt, man zündete in der Kirche Kerzen für sie an und betete, sie möge sich für die armen Sterblichen einsetzen, die zurückgeblieben waren und weiterhin den Zorn des Teufels erdulden mussten.

Salazar hatte mit einem aufgebrachten Pfarrer und einer unruhigen Bevölkerung zu kämpfen, die seine Methoden zur Bezwingung der Macht des Teufels offen anzweifelten. Man munkelte, er ähnele in nichts mehr dem Mann, der sie Jahre zuvor aufgesucht hatte. Damals hatte er wirklich dem Bild entsprochen, das man mit einem Inquisitor verband. Kurz entschlossen warfen sie die Fremden aus dem Haus, die wegen des Gnadenerlasses gekommen waren, denn sie waren überzeugt, dass sie für Juanas Tod und all das Unglück verantwortlich waren, das über das Gebiet hereingebrochen war. Die königliche Verordnung, die sie zwang, die Reuigen aufzunehmen, war ihnen egal. Die geständigen Hexen mussten in der Nähe des Dorfes in den Höhlen Zuflucht suchen, denn die

Regenzeit hatte begonnen, während sie auf den Akt der Versöhnung warteten. Das stiftete noch mehr Unruhe unter den Dorfbewohnern, denn in der Nacht sahen sie die flackernden Lichter der Lagerfeuer zwischen den Bäumen und stellten sich vor, dass dort, ganz in ihrer Nähe, ein Hexensabbat stattfand.

»Wir verschwenden unsere Zeit damit, herausfinden zu wollen, wie Juana de Sauri zu Tode kam«, versicherte Bruder Domingo Salazar. »Sie ist tot, und daran wird sich nichts ändern. Wir sollten uns darauf konzentrieren, die Hexen dingfest zu machen, die sie getötet haben und deren Seelen schwärzer sind als der Teufel. Sie waren es, kein Zweifel. Die Leute haben sie gesehen … Geschichten wie diese habe ich schon anderswo gehört. Ich erkenne ihre Vorgehensweise, ich weiß, zu was sie fähig sind.«

Bruder Domingo war kein Neuling auf dem Gebiet des Satanskultes. Er hatte bereits Inquisitor Valle bei der Visite vor zwei Jahren begleitet und den ganzen Winter über vor all denen, deren Nerven stark genug waren, seinen drastischen Beschreibungen zuzuhören, gegen die Hexen gepredigt.

Der Franziskaner war ein unleidlicher Mensch. Durch die rundliche Figur, die Stirnglatze und die ständig sorgenvolle Miene sah er älter aus, als er in Wirklichkeit war.

»Mein lieber Bruder Domingo«, Salazar sprach betont langsam, »an der Geschichte mit Juanas Tod stimmt etwas nicht. Auch wenn ich davon überzeugt bin, dass die Frau in den letzten Momenten ihres Lebens nicht allein war, habe ich meine Gründe zu glauben, dass sie nicht in den Fluss gestoßen wurde. Und ich glaube auch nicht, dass es ein Unfall war. Näheres über die Umstände zu erfahren und herauszufinden, wem die anderen Fußspuren neben Juanas gehören, ist keine Zeitverschwendung, mitnichten.«

Bruder Domingo stieg die Zornesröte ins Gesicht, aber er versuchte, sich im Ton zu mäßigen.

»Von wem sollen die Spuren schon sein? Es waren die Hexen! Sie haben sie gestoßen. Und noch dazu die Spuren der Hufe des

Ziegenbocks – was für Beweise wollt Ihr denn noch? Ich weiß nicht, welche Absichten Ihr verfolgt, aber ich glaube, nicht einmal Ihr selbst vertraut Euren eigenen Argumenten, denn wenn sich bewahrheitet, was Ihr andeutet … wenn es stimmt, dass die fromme Juana de Sauri sich aus freien Stücken in den Fluss gestürzt hat … wenn sie sich selbst das Leben genommen hat, dann kann jemand wie Ihr, mein Herr« – er betonte das letzte Wort und schaute dabei demonstrativ auf das Gewand des Inquisitors –, »nicht zulassen, dass diese Frau in zwei Stunden in geheiligter Erde begraben wird.«

»Jemand wie ich, jemand wie ich …«, murmelte Salazar betrübt. »Wer bin ich denn? Ich bin doch nur jemand, der sich bemüht, dem Leben der Sterblichen einen Sinn zu geben. Es ist meine Pflicht, sie zu überzeugen, dass auf die, die sich an die Regeln gehalten haben, die Ewigkeit wartet. Ich bringe sie dazu, darauf zu vertrauen, dass die Gerechten belohnt und die Gottlosen bestraft werden. Aber ich bin auch nur ein Mensch … Ich soll ihnen den Glauben vermitteln, dass sie unsterblich sind. Denkst du wirklich, Domingo, dass ich Juanas Familie diesen Trost nehmen werde? Das werde ich nicht, Domingo … ich nicht.«

Salazar drehte sich langsam um und ließ seinen verdutzten Gehilfen stehen. Er erinnerte sich, was ihn bewogen hatte, diese Aufgabe anzunehmen. Vor Jahren, als seine Glaubenszweifel aufkamen, hatte er angefangen, die Philosophen zu studieren, und er stimmte mit Sokrates darin überein, dass man unmöglich glücklich sein kann, wenn man gegen seine Überzeugungen handelt. Er wollte sich von den alten Vorstellungen und Ansichten befreien und herausfinden, was er tief in seinem Innern wirklich glaubte. In der Weisheit der Vorfahren suchte er nach Antworten auf die Fragen, die die Menschen sich seit Jahrhunderten stellten, doch in nichts von alldem konnte er dieses Licht wiederfinden, diese friedvolle Ruhe, in der er gelebt hatte, bevor seine Seele zu zweifeln begann. Er las sogar die Bücher, die er nicht hätte lesen dürfen. Die Werke der Gelehrten, die über dasselbe nachgedacht hatten und deshalb zusammen mit ihren Büchern zum Scherbengericht oder zum Tode verurteilt wurden. Die schreckliche Neugier, die seinen Verstand zerfraß, war stärker als die Angst, entdeckt zu werden, und er besorgte sich die Texte. Doch je mehr er las, desto mehr Zweifel und Fragen tauchten auf. Die Welt wurde ihm zu klein, um die unbeständige Natur des Menschen in diesem grenzenlosen Universum zu begreifen, in dem er nur ein unbedeutendes Staubkorn war. Er ging weit zurück, an den Anfang der Zeiten, an den Anfang Gottes, des göttlichen Wesens, das alles erschaffen hatte und das irgendwann selbst erschaffen worden sein musste. Der Gedanke ließ ihn nicht mehr los. Es kam eine Phase, in der er überzeugt war, dass die Welt mit der Geburt und dem Tod eines jeden Lebewesens begann und endete. Diese Überzeugung war für ihn so schmerzlich, dass er entschied, sich keine weiteren Fragen mehr über die göttliche Natur zu stellen und lieber all seine Energie auf die Erkundung des Diabolischen zu konzentrieren. Luzifer, »der das Licht bringt«, ein von Gott geliebter Engel, der vertrieben wird, weil er zu viele Fragen stellt. Als Gott ihn von seiner Seite verbannt hatte, wurde er zu Satan, »dem Widersacher«. Salazar fühlte sich dem zweifelnden Gegenspieler näher als dem göttlichen Wesen, von dem er niemals je ein Zeichen bekommen hatte. Als der Generalinquisitor Bernardo Sandoval y Rojas sich an ihn gewandt hatte mit der Bitte, in der Gegend für Ruhe und Ordnung zu sorgen, da hatte er das Gefühl, es gäbe noch Hoffnung für ihn. Vielleicht war er unfähig, Gottes Spuren zu folgen, aber es blieb noch die Chance, demTeufel zu begegnen. Wenn dieses Wesen wirklich existierte, wenn seine böse Macht die Erklärung für allen Kummer auf der Welt war, wenn bei diesem uralten erbitterten Kampf zwischen Gut und Böse Satan als Sieger hervorging, dann hieß das, es gab noch Trost. Wenn der Teufel existierte, dann existierte auch Gott, und wenn Gott existierte, würde er wieder lernen, an Ihn zu glauben.

Er würde, ohne Ihn zu hinterfragen, seinem unergründlichen Willen folgen und Anführer im Kampf gegen das Böse werden. Da war er sicher.

Doch bis jetzt hatte er sich lediglich davon überzeugen können, dass die meisten Leute nur das sahen, was sie sehen wollten oder was die anderen ihnen einredeten. Die Wahrheit zu suchen war riskant, denn wenn man sie hartnäckig genug suchte, lief man Gefahr, sie tatsächlich zu finden. Er wollte weiter suchen, doch bis dahin hatte die Reise ihm keine Erkenntnis gebracht. Im Gegenteil, die Zweifel hatten sich noch mehr verhärtet.

Am nächsten Tag ging Salazar zu Juanas Tochter. Rein zufällig war er bei der Durchsicht der Notizen auf der Suche nach den Namen der vier Verdächtigen darauf gestoßen, dass Juana de Sauri eine Woche vor ihrem tragischen Tod um ein Gespräch mit ihm gebeten hatte. Dieses hätte am Tage ihres Todes stattfinden sollen. Der Sekretär, der das vermerkt hatte, konnte sich nicht erinnern, worüber sie mit dem Inquisitor sprechen wollte, oder ob sie es überhaupt erwähnt hatte. Salazars Neugier war geweckt. Juana de Sauri war nicht der Hexerei verdächtigt. Im Gegenteil, ihr Wunsch, mit ihm zu sprechen, konnte also nichts mit dem Gnadenerlass zu tun haben.

Er klopfte ein paarmal an die Tür von Juanas Tochter, aber es kam keine Antwort. Er sah, wie sich die Gardinen bewegten und eine Gestalt auftauchte, die ihn misstrauisch durch die Scheibe ansah.

»Es geziemt sich nicht, dass eine anständige Christin einem Vertreter der Heiligen Inquisition den Zutritt zu ihrem Haus verweigert«, tadelte sie Salazar. »Das weißt du doch, oder?«

Eine schlanke Frau von etwa vierzig Jahren öffnete die Tür. Grußlos ging sie voran Richtung Tisch, wo sie ihm einen Stuhl anbot und sich gegenübersetzte.

»Die Hexen haben meine Mutter getötet«, sagte sie ganz unvermittelt.

»Erst einmal guten Tag«, erwiderte Salazar, »und herzliches Beileid.«

»Möchtet Ihr etwas trinken?« Sie schien für einen Moment aus der Deckung zu kommen.

»Ich möchte Antworten.«

»Meine Mutter hat vor einem Jahr gegen die Hexen ausgesagt. Seitdem war ihr Leben ein einziger Albtraum.«

»Warum wollte deine Mutter mich aufsuchen?«

»Ich weiß nicht, wovon Ihr sprecht.«

»Deine Mutter hat am Tag meiner Ankunft um einen Termin gebeten. Wir hätten uns getroffen, wenn der Herr sie nicht zu sich gerufen hätte, bevor sie mit mir sprechen konnte. Weißt du, was sie mir sagen wollte?«

»Nein.«

»Belügst du mich auch nicht?«

Sie schwieg einen Moment und starrte auf ihre Fußspitzen, als habe sie die Frage nicht gehört.

»Nein«, sagte sie leise.

»Gehört dieses Kreuz deiner Mutter?«

»Meine Mutter trug es immer um den Hals.«

»Vielleicht ist es dir ein Trost ... Sie hat sich in den letzten Augenblicken ihres Lebens daran geklammert.« Juanas Tochter verbarg das Gesicht in den Händen und weinte wie ein Kind. Salazar glaubte, den Grund für ihre Sorge zu kennen, und suchte nach einem tröstenden Satz. »Deine Mutter hat sich dem Schutz des Herrn anvertraut. Alles kann durch Buße im letzten Moment geregelt werden.« Er seufzte. »Gott hat sie selig. Mach dir keine Gedanken.«

Salazar stand auf und schickte sich an zu gehen, doch in der Tür drehte er sich noch einmal um und fragte:

»Noch eine letzte Frage: Hatte deine Mutter eine Gehbehinderung?«

»Ich verstehe nicht, was Ihr meint.«

»Hat sie den rechten Fuß nachgezogen?«

»Meine Mutter ging ganz normal, mein Herr.«

Der Inquisitor verließ das Haus mit dem Gefühl, dass Juanas Tochter ihm etwas verschwieg. Enttäuscht machte er sich auf den Rückweg.

Zum Glück wartete am Eingang der Residenz der Apotheker von Santesteban mit dem Ergebnis der Analyse der fettigen Substanz an Iñigos Kleidern auf ihn. Es waren:

- *Schierling,*
- *Alraune,*
- *Rauke,*
- *Schwarzer Nachtschatten,*
- *Bilsenkraut*
- *Schweinefett*

»Die Kräuter gehörten alle zu den Nachtschattengewächsen, die, fachgerecht gehandhabt, Bewusstseinstrübungen, Erinnerungslücken, Schwindel und Halluzinationen auslösen«, sagte der Apotheker. »An der Kleidung war genug davon, um einen Ochsen zum Phantasieren zu bringen.«

»Und das Schweinefett?«, fragte Salazar.

»Das ist nur dazu da, damit man es leichter auftragen kann. Pflanzen wie Bilsenkraut, Gemeiner Stechapfel und die Alraune kann man, neben anderen, dazu verwenden, Patienten zu betäuben, denen ein schmerzhafter Eingriff bevorsteht. Wenn die Wirkung nachlässt, erzählen sie die erstaunlichsten Dinge. Sie behaupten, sei seien zum Mond geflogen oder hätten bis zum Morgengrauen getanzt, obwohl sie in Wirklichkeit das Lager nicht verlassen haben«, sagte der Apotheker lachend. »Man muss die Pflanzen nur kochen, zermahlen, mit dem Schweinefett mischen und auf der Haut des Kranken verteilen. Das genügt. Der Körper nimmt die Substanz auf, und die Person tritt völlig weg.«

»Wer weiß sonst noch über die Wirkung der Pflanzen Bescheid?«

»Ärzte, Heiler, Gesundbeter … das ist kein Geheimnis.«

»Interessant!«

Obwohl alle Prophezeiungen über Mayo vor, während und nach der Geburt sie als Teufelsbastard auswiesen, hatte das Mädchen nie eine besondere Geschicklichkeit bei Verhexungen, Zaubereien oder Beschwörungen gezeigt.

»Du kommst auf deine Mutter«, hatte Ederra immer leicht enttäuscht gesagt. »Schade, wenn man bedenkt, was wir tun.«

Ederra war der Ansicht, eine besondere Fähigkeit als Akrobatin oder Hellseherin hätte ihnen zusätzliche Einkünfte auf den Dorffesten beschwert. Aber das Einzige, das Mayo zustande gebracht hatte, war, dass sie sich Ederras Rezepte genau merken und sie nachmachen konnte. Ederra kurierte damit Erkältungen, linderte Rücken- oder Zahnschmerzen, heilte verbrannte Haut. Sie konnte auch unansehnliche Frauen verschönern oder einen Bann bewirken, der die Leute zwang, gut über die Person zu reden, wenn sie nicht anwesend war.

Dieser Zauber gefiel Mayo besonders: Man musste in den ersten beiden Septemberwochen eine Ringelblume sammeln und ein Lorbeerblatt nehmen und einen an einem Freitag im Morgengrauen aufgelesenen Wolfszahn darin einhüllen. Das alles wurde dann in grünen Taft gewickelt. Mayo trug seit Jahren ihr Beutelchen aus grünem Taft bei sich, obwohl nie jemand über sie sprach, weder im Guten noch im Schlechten. Sie war so klein, so unbedeutend, unsichtbar und harmlos, dass manchmal Zweifel in ihr hochkamen, ob sie tatsächlich die Tochter des polternden, streitsüchtigen Satans sein konnte, wie Ederra ihr versicherte. Manchmal stellte sie sich selbst auf die Probe. Sie ging in die Messe und setzte sich auf irgendeinen dunklen Platz in der letzten Reihe. Mit kalten schwitzenden Händen, den Blick starr auf den

Boden gerichtet, wartete sie, bis die Zeremonie vorbei war. Wenn der Priester das aufgeschlagene Messbuch auf dem Altar liegen ließ, um zu verhindern, dass die Hexen das Gotteshaus verlassen konnten, schritt Mayo am ganzen Leibe zitternd auf die Tür zu. Sie schob erst vorsichtig den rechten Fuß vor, dann zog sie das Bein und die Hüfte nach, bis sie schließlich ganz draußen stand, ohne dass eine übermenschliche Kraft sie aufgehalten hatte. Trotzdem behauptete Ederra steif und fest, Mayo sei eine Tochter des Teufels. Tausendmal hatte sie ihr die Geschichte ihrer Geburt erzählt und von all den schrecklichen Zeichen geredet, die damit einhergingen.

Offensichtlich hatte Mayos Mutter, als ihr Bauch immer runder und runder wurde, ihren Eltern und Nachbarn gesagt, Satan habe sich in einem Wald in der Nähe des Dorfes Labastide d'Armagnac verschanzt und sie vergewaltigt, während sie Holz holen war. Von dieser Begegnung war sie schwanger geworden. Die junge Frau hatte furchtbare Albträume und schweißtreibende Halluzinationen, in denen sie hörte, wie die Kreatur in ihr sich in den frühen Morgenstunden mit ihrem Teufelsvater unterhielt. Sie sprachen davon, Unglück über das Dorf zu bringen, Zwietracht zwischen den Familien zu säen, das Wasser der Quelle zu verderben, die Tiere krank zu machen und die Ernten zu vernichten. Sie erzählte den Leuten, sie wisse, dass es sich bei der Kreatur um ein weibliches Wesen handelte, denn sie höre ihre kreischende Stimme unter Gelächter verkünden, dass eine von ihnen beiden am Tag der Geburt stürbe. Und als wäre das noch nicht genug, versetzte das Mädchen ihr heftige Tritte in den Bauch, wenn sie ruhig dalag, nur weil sie eine diebische Freude daran hatte, sie zu erschrecken.

Die Angelegenheit beschäftigte die Gemüter. Es wurde ein Nachbarschaftskomitee gegründet, in dem man überlegte, was man in solch einem Fall tun solle, und der Kreis entschied, das teuflische Wesen solle direkt nach der Geburt geopfert werden, noch bevor es die verhängnisvollen Prophezeiungen in die Tat umsetzen konnte. Sie wandten sich an Ederra, die damals in der Gegend den Leuten ihre Beschwörungen, Balsame und Mittelchen angedeihen ließ. Man bat sie, sich um die Gebärende zu kümmern und das Neugeborene zu töten.

Mit einem solchen Fall hatte Ederra noch nie zu tun gehabt. Natürlich hatte sie bei Geburten geholfen, bei normalen und komplizierten, bei Menschen und bei Tieren. Sie hatte sogar versucht, Frauen zu retten, die sich irgendwelchen Pfuscherinnen anvertraut hatten. Einige Frauen verließen lieber diese Welt, als sich der Schande auszusetzen, ein Kind ohne Vater zu bekommen. In der Mehrzahl der Fälle starben sie in Strömen von Blut, ohne dass Ederra etwas für sie tun konnte. Aber sie hatte noch nie vor einem solchen moralischen Dilemma gestanden. Anfangs hatte sie geglaubt, sie könnte es tun. Sie hatte dem verängstigten Mädchen in die Augen gesehen, das um Hilfe flehte. Sie hatte sich von der Richtigkeit ihres Handelns überzeugt: Die Teufelsbrut musste vernichtet werden, und sie würde das Baby im nächstbesten Bach ertränken, kaum dass es seinen ersten Schrei getan hatte.

Als die Geburt kurz bevorstand, wand sich die junge Frau unter den Wehen und schrie um ihr Leben. Doch die Kreatur wollte den Bauch nicht verlassen. Sie schien bereits zu wissen, was die Menschen mit ihr vorhatten. Die Blase platzte, doch das Baby kam und kam nicht. Die Frauen drückten mit aller Kraft auf den Bauch des Mädchens, und die Unglückliche schrie vor Schmerz.

»Es kommt in Steißlage«, sagte Ederra und wischte sich den Schweiß aus dem Gesicht, »das macht die Sache schwieriger.«

Sie rieb die Hand mit Schweinefett ein und schob sie so tief in die Gebärende hinein, bis sie einen Fuß des Babys zu fassen bekam und es herauszog. Die Kleine war rot und gab keinen Laut von sich. Sie trug die Nabelschnur um den Hals, ein sicheres Zeichen, dass sie hätte ersticken sollen.

Ein leises Raunen ging durch den Raum, durchdrang die Wände, verteilte sich schnell in allen Gassen und erreichte schließlich auch das letzte Haus im Dorf. Es hieß, am Kopf der Kreatur zeichneten sich bereits die Ansätze von Hörnern ab, Arme und Beine seien gepanzert wie bei Reptilien, und sie habe feuerrote Augen. Doch Ederra konnte lediglich feststellen, dass ein dichter schwarzer Flaum ihren Rücken bedeckte. Sie sah eher aus wie das Kind eines Stachelschweins als das eines Menschen. Es war zwar nicht schön, hatte aber auch nichts Teuflisches an sich. Ederra fasste es an den Knöcheln und trug es mit dem Kopf nach unten hinaus wie einen frisch gefangenen Fisch. Sie wollte das Wesen nicht ansehen und gab ihm auch nicht den berühmten Klaps, durch den es den Lebenskampf aufnehmen sollte. Sie ging zur Wasserstelle und wollte es gerade ersäufen, da gewahrten ihre Augen eine zarte Bewegung. Ihr Blick fiel auf die kleinen Hände mit winzigen Fingerchen und noch kleineren Fingernägeln. Sie fuhr mit dem Fingerknöchel über den Mund der Kleinen, und sie begann sofort zart zu saugen. Das versetzte ihrem Herzen einen Stich und machte ihr Vorhaben mit einem Schlag zunichte. Sie ging von dem Trog weg und brachte die Kleine in einen nahegelegenen Wald, wickelte sie in ihren roten Schal und legte sie unter einen Baum, damit die Natur übernahm, was sie nicht zu Ende bringen konnte. Als sie zu dem Haus zurückkam, war die Mutter bereits gestorben. Wie sie selbst vorausgesagt hatte, war sie unter schrecklichen Schmerzen in die Abgründe der Hölle gezerrt worden.

Als es dunkel wurde, konnte Ederra nicht einschlafen. Sie musste an den Gott der Christen denken, an die Geschichte der teuflischen Empfängnis und an Satans Macht. Wenn der Teufel tatsächlich existierte, dann nur in dem Maß, wie Gott es zuließ, denn er allein war verantwortlich für alles, was es in der Schöpfung gab. Wenn Gott entschieden hatte, sich einen Gegenspieler zu erschaffen, mit dem er kämpfen konnte, fand sie es nicht gerecht, dass Menschen die Schlachten für ihn fochten. Sie würde jedenfalls nicht die Drecksarbeit für ihn machen. Als sie die Gedanken in ihrem Kopf geordnet hatte, warf sie die Bettdecke beiseite und rannte zu dem Waldstück, wo sie das Kind abgelegt hatte. Angst schnürte ihr die Brust zu, wenn sie sich vorstellte, wie leicht das kleine Wesen Beute der Wölfe, der Kälte oder des Hungers hätte werden können, aber dann tröstete sie sich mit dem Gedanken, dass es schließlich die Tochter des Teufels war. Als sie in der Dunkelheit sah, dass der rote Schal noch da war und sich leicht bewegte, eilte sie hin und nahm die Kleine mit Tränen in den Augen in den Arm.

»Danke, danke, danke …«, murmelte sie.

Sie schlug den Schal vorsichtig auf, die Kleine war noch warm. Ederra roch an ihr, strich ihr über das verschmierte Gesicht, und als die Kleine die menschliche Wärme spürte, fing sie an zu wimmern. Und in dem Moment wurde Ederra klar, dass sie zueinandergehörten. Sie waren beide allein in einer Welt, die sie verstieß, weil sie anders waren. Niemand wollte sich mit außergewöhnlichen Wesen messen. Sie wickelte die Kleine wieder ein und stieg auf Beltrán. Sie wollte den Ort so schnell wie möglich verlassen und nie mehr dorthin zurückkehren.

»Ich habe dir den Namen Mayo gegeben, weil du im Monat Mai geboren wurdest, und den Nachnamen Labastide d'Armagnac, weil du aus diesem Ort stammst«, hatte Ederra ihr manchmal erzählt. »Damit es dir nicht so ergeht wie mir, die ich nicht weiß, wo ich geboren bin oder wann ich Geburtstag habe. So vergisst du deine Ursprünge nicht.«

Ederra wusste nur, dass man sie von klein auf bei diesem Namen gerufen hatte, wegen ihrer wilden Schönheit, ihrem kupferfarbenen Haar und ihrer perlmuttfarbenen Haut.

»Äußere Schönheit ist nicht wichtig«, pflegte Ederra zu sagen, »mit Pasten und Salben kannst du die Hülle verschönern, in der wir alle stecken. Aber von innen betrachtet sind wir alle sehr hässlich, Mayo. Nichts als Blut und Knochen. Die guten Taten sind es, die einen schön machen, und dafür gibt es keine Salben. Um innerlich schön zu sein, muss man kämpfen, denn manchmal verbiegt das Leben einen so sehr, dass es schwierig ist, sich nicht die Hände schmutzig zu machen. Weißt du, Mayo, man muss gut sein. Das ist eine Art Verpflichtung. Irgendwann werden wir nicht mehr da sein, und dann bleiben nur noch unsere Taten. Manche Leute bedenken das nicht. Sie ergötzen sich daran, anderen Schaden zuzufügen, und davor muss man sich hüten. Traue niemandem über den Weg, Liebes.« Doch als sie sah, dass ihre Worte die Kleine erschreckt hatten, fügte sie gleich hinzu: »Mach dir keine Sorgen, ich bin ja hier, damit dir nichts geschieht, und ich passe auf dich auf. Wir beide haben einen geheimen Namen, einen Namen, den nur wir kennen. So sind wir geschützt. Wenn unsere Feinde unsere wirklichen Namen nicht kennen, können sie uns nicht verfluchen und uns nichts Böses antun.« Sie küsste Mayos Stirn. »Die Menschen, die dich lieben, suchen einen Namen für dich aus. Sie wählen ihn, weil sie sich sehnlichst wünschen, dass du antwortest, wenn sie rufen, weil du ihnen etwas bedeutest.«

Und deshalb musste Mayo Ederra finden, denn sie war die Einzige, die auf sie aufpassen konnte, die ihren wahren Namen wusste. Sie war der einzige Mensch auf dieser Welt, dem ihre unscheinbare Existenz etwas bedeutete.

IX

Wie man für eine Reise einen schützenden Zauber bewirkt,
wie man einen Esel-Menschen entzaubert
und wie man sich kurzzeitig in ein Tier verwandelt

Soll das etwa heißen, es war eine durch eine übelriechende Salbe ausgelöste Halluzination?« Iñigo konnte nicht glauben, was Salazar ihm gerade zu erklären versuchte. »Aber das kann nicht sein. Ich habe gemerkt, wie mein Körper immer kleiner wurde, wie ich flog. Ich hätte fast den Himmel berührt … ein Engel hat mich gestreichelt. Ich sehe das alles ganz genau vor mir.« Er riss die Augen auf und hob die Stimme: »Es war ein blauer Engel!«

»Schon gut, schon gut, lieber Iñigo«, unterbrach ihn Bruder Domingo mit einem unverhohlenen, triumphierenden Lächeln, »das ist doch … wie soll ich es ausdrücken … eine sehr wundersame Geschichte.« Iñigo sah ihn feindselig an. »Du solltest dich freuen! Das zeigt doch, was für ein reiner, unschuldiger Mensch du bist. Sogar in deinen Träumen hast du keusche und engelhafte Gedanken.«

Domingo lächelte immer noch, und Iñigo wurde rot, denn er fürchtete, man würde ihm anmerken, dass seine himmlische Begegnung alles andere als keusch gewesen war. Zumindest was seine innersten Wünsche anging.

»Und es zeigt uns auch«, bemerkte Salazar, »dass die Zaubersalben, die unsere Hexen während ihrer Zusammenkünfte benutzen, das Gefühl von Levitation, von Trugbildern auslösen … Das würde auch erklären, warum sie überzeugt davon sind, so zusammenschrumpfen zu können, dass sie ihre Häuser durch den Kamin verlassen und zum Hexensabbat fliegen können. Genauso wie Iñigo glaubt, einen blauen Engel gesehen zu haben, kann es sein, dass sie denken, sie stünden dem Teufel in Gestalt eines Ziegenbocks gegenüber, obwohl sie die ganze Nacht ihre Häuser nicht verlassen haben.«

Iñigo und Domingo fehlten die Worte. Sie hatten Salazar noch nie so aufgebracht erlebt. Wenn diese Vermutung stimmte, dann wären all die Beweise, auf die sich die Heilige Inquisition bis zu dem Moment berufen hatte, in Frage gestellt. Die Anklagen, die Verhaftungen, die Befragungen, die Folterungen, die Autodafés, sogar diese Visite wegen des Gnadenerlasses – all das wäre sinnlos.

»Euer Hochwürden solltet wissen, dass das absurd ist!«, protestierte Bruder Domingo. »Es steht außer Zweifel, dass es die Teufelssekte gibt. Ihr hättet sehen müssen, was ich vor zwei Jahren gesehen habe. All die Verirrungen, die die Bibel dem Teufel zuschreibt und noch viele mehr, ich würde Wochen brauchen, um alles aufzuzählen. All das habe ich mit eigenen Augen gesehen, da waren keine Salben im Spiel … Frauen mit Entenfüßen, Teufel, die ihre Hexenkumpane warnen, wenn sie einen Sturm niedergehen lassen, damit sie ihr Vieh in den schützenden Stall bringen können und nur das des Nachbarn umkommt … Ich habe gesehen, wie eine Hexe in einen Stein verwandelt wurde, weil sie vom Sonnenlicht überrascht wurde und sich noch nicht der Attribute ihres schändlichen Handwerks entledigt hatte.«

Bruder Domingo würde nicht zulassen, dass irgendeine ominöse Salbe als Erklärung für die verheerende Plage, die das Reich zerstörte, herhalten musste. Er wurde nervös, sein linkes Lid fing an zu zucken. Versuchte der ehrenwerte Herr Inquisitor womöglich, die Existenz des Teufels selbst in Frage zu stellen?

»Wisst ihr, warum die Hexenversammlungen Sabbat genannt werden?«, fragte Salazar in neutralem Ton. Iñigo und Domingo sahen ihn fragend an. »Das Wort ›Sabbat‹ bezieht sich auf die religiöse Feier der Juden am Samstag. Seit Jahrhunderten übernehmen wir solch fremd klingende Worte, um Abscheuliches auszudrücken, unsere tiefsten Ängste, all das Elend in uns, das wir niemandem zu gestehen wagen. Jetzt haben wir ein anderes Wort, ›akelarre‹, und auch dafür gibt es eine Erklärung. Der Begriff entstand während der letzten Visite im Baskenland und in Navarra durch meinen Kollegen vor zwei Jahren«, erklärte er und sah dabei Bruder Domingo an. »Kannst du das Wort ›akelarre‹ übersetzen, Iñigo?«

»Aue des Ziegenbocks.«

Salazar erklärte ihnen, die Tatsache, dass der Teufel traditionell mit diesem Tier identifiziert werde, habe mit dem Interesse der katholischen Kirche zu tun, alte heidnische Kulte zu dämonisieren. Offensichtlich wurde eine größere Anzahl vorchristlicher Götter, die mit dem Fruchtbarkeitskult zu tun hatten, durch einen Ziegenbock dargestellt, der griechische Gott Pan eingeschlossen.

»Das ist noch nicht alles«, fuhr Salazar fort, »ihr kennt doch den Begriff ›Sündenbock‹?« Die Männer nickten. »Das kommt von einem alten hebräischen Ritus, bei dem zwei Ziegen verwendet wurden, die eine rein, die andere unrein. Die reine wurde Gott geopfert, die unreine allein in die Wüste geschickt, damit sie dort an Hunger und Durst stirbt zur Sühne der menschlichen Sünden.«

»Aber Luzifer … Luzifer hat die Gestalt eines Ziegenbocks«, unterbrach ihn Iñigo. »Das sagt die Heilige Schrift.«

»Im Gegenteil, mein lieber Iñigo. Lange Zeit wurde Luzifer als schöner Engel dargestellt, so schön wie das Morgengrauen, wie die strahlende Sonne. Auf Latein bedeutet das Wort Luzifer ›der das Licht bringt‹. Während des Konzils von Toledo im Jahr 447 befand man es für notwendig, dem Teufel eine körperliche Gestalt zu geben, und man kam zu dem Schluss, dass er aufgrund seines ruchlosen Charakters und seiner unmoralischen Handlungen nur unangenehm für die Sinne sein konnte. Man entschied, ihn mit Hörnern, Hufen und von Schwefelgeruch umgeben darzustellen. Außerdem wurde der Name Luzifer nicht immer mit dem Teufel gleichgesetzt. Erst im 5. Jahrhundert, aufgrund einer fehlerhaften Übersetzung aus dem Griechischen ins Lateinische durch den heiligen Hieronymus.«

»Verzeiht Hochwürden, Ihr redet ja«, sagte Bruder Domingo und traute sich nicht, Salazar ins Gesicht zu sehen, »als wolltet Ihr den Teufel hier gar nicht finden.«

»Hoffentlich stehe ich ihm irgendwann Aug in Aug gegenüber, Domingo.« Salazar schaute zu Boden, und seine Stimme klang melancholisch. »Nichts wünschte ich mehr. Ich suche ihn Tag für Tag, ich will ihn sehen, anfassen, riechen ... Zeuge seiner ungeheuren Bösartigkeit werden. Du kannst es dir nicht vorstellen, Domingo, aber das würde mich zum glücklichsten Mann der Welt machen.«

Ein zweimaliges Klopfen an der Tür kündigte die Ankunft der Post an. Damit war das seltsame Gespräch beendet. Salazar bat seine Assistenten sich zurückzuziehen, damit er seine Briefe lesen konnte. Sein Protektor, der Generalinquisitor Bernardo de Sandoval y Rojas, hatte sein Gesuch beantwortet, ein paar seiner Mitarbeiter dem offiziellen Gefolge der Visite vorausschicken zu dürfen. Salazar wollte, dass sie die Geständnisse der reuigen Hexen und Hexenmeister in anderen Dörfern aufnahmen. So könnte Salazar, wenn er einträfe, den Büßenden die Absolution erteilen, ohne Zeit zu verlieren. Der Generalinquisitor gab ihm seine Einwilligung und sagte, dass er volles Vertrauen in ihn und seine klugen Anordnungen habe, wie immer.

Es war auch ein Brief von Valle und Becerra dabei, seinen beiden Kollegen aus dem Tribunal von Logroño. Sie setzten ihn von dem Treffen mit Rodrigo Calderón in Kenntnis und von dem Wunsch des Monarchen, der französische Inquisitor Pierre de Lancre möge ihnen die Beweise vorlegen, auf die er sich in seinem Traktat über die baskische Hexerei stützte. Angeblich wurde damit zweifelsfrei bewiesen, dass Hexen und Teufel real existierten.

Salazar beurteilte normalerweise Leute nicht, ohne sich einen persönlichen Eindruck verschafft zu haben, aber im Fall von Pierre de Lancre sprach dessen Vorgehen Bände. Es hieß, sein Großvater sei ein berühmter Winzer in Baja Navarra gewesen, der nach Bordeaux ausgewandert war, auf französischem Boden seinen Namen abgelegt und fortan unter dem Namen Lancre firmiert hatte. Monsieur Pierre de Lancre war überzeugt, dass die Kirche ein großes Verbrechen beging, wenn sie die Hexen nicht verbrannte, und er war bereit, Abhilfe zu schaffen. Seit mehr als zwei Jahren widmete er sich ausschließlich dieser Aufgabe. Sein Prozess hatte in ganz Europa für Furore gesorgt. Er hatte dreitausend Leute verhaftet und sechshundert verbrannt, darunter auch kleine Kinder.

Angewidert legte Salazar den Brief beiseite, da fiel sein Blick auf den anderen Umschlag. Er erkannte ihn immer, er brauchte nicht erst auf das Siegel zu schauen. Er verspürte ein Prickeln. Der Inquisitor hatte sich eine klare Disziplin auferlegt, um den brennenden Wunsch unter Kontrolle zu bekommen, ihre Briefe sofort zu lesen. Er bemühte sich, die Temperatur zu erspüren, die herrschte, wenn er den Brief bekam, er fühlte, ob der Umschlag sich glatt oder faltig anfühlte, er versuchte, den nicht wahrnehmbaren Duft in sich aufzusaugen, den ihre Hände auf dem Papier hinterlassen haben könnten. Er empfand ein bittersüßes Vergnügen, seine Begierde im Zaum zu halten und sich zu zwingen, die Briefe dieser wunderbaren Frau erst am Ende des Tages zu lesen, wenn die Stille es ihm erlaubte, seine eigenen Gedanken zu hören, wenn die

Probleme sich auflösten und die Sterne Träume Wirklichkeit werden ließen. Das war die vollkommenste Art und Weise, jede Rundung ihrer Buchstaben in Ruhe auskosten zu können.

Salazar erinnerte sich noch gut, als er das erste Mal einen Brief von ihr bekommen hatte. Das war mehr als zehn Jahre her, und doch war ihm dieser Augenblick als der ergreifendste seines Lebens in Erinnerung geblieben. Nur ein Brief, ein mit Tinte bekritzeltes Papier, und doch hatte sich von dem Moment an alles für ihn verändert. Es war die Zeit der schmerzlichen Seelenzweifel. Salazar war gerade fünfunddreißig geworden und konnte sich rühmen, eine tadellose Akte und eine vielversprechende Zukunft zu haben, und dafür hatte er viel getan. Mit knapp fünfzehn war er nach Salamanca gegangen, wo er den Bakkalaureus in kanonischem Recht erwarb. Während andere Jungen in seinem Alter weit weltlichere Dinge und vor allem ihr Vergnügen im Kopf hatten, suchte sich Salazar ein kleines abgelegenes, ruhiges Dorf in Burgos aus, um sich auf sein Abschlussexamen vorzubereiten. Gönnte er sich mal eine Verschnaufpause, plagte ihn das schlechte Gewissen, und sofort stürzte er sich wieder in die Arbeit. Freunde hatte er keine, aber das war ihm nicht wichtig, denn er brauchte niemanden. Er war nicht sehr kontaktfreudig und neigte zur Unduldsamkeit. Normalerweise genügte ihm ein Blick, und er wusste genau, mit wem er es zu tun hatte. Wenn er auf jemanden traf, der seine intellektuellen Ansprüche nicht erfüllte, ließ er ihn links liegen, denn mittelmäßige Menschen wirkten auf ihn ausgesprochen einschläfernd. Salazar wusste, dass er sich der Sünde des Hochmuts schuldig machte, und er hatte mehr als einmal versucht, ihn zu beherrschen, doch meist gelang ihm das nicht.

Er trat in die Dienste des Bischofs von Jaén ein. Ein Jahr später ernannte der Bischof ihn zum Stiftsherrn und kurz danach zum Generalvisitator für alle Kirchen des Bistums von Jaén. Es ging immer weiter nach oben: Generalvikar, Testamentsvollstrecker des Bischofs nach dessen Tod … Mit einunddreißig war er ein angesehener Anwalt mit Zukunft, und in einem Brief, den der päpstliche Nuntius dem Domkapitel von Jaén schickte, stand, dass Salazar effizient, diplomatisch und beharrlich war und damit die Tugenden eines großen Kirchenmannes besaß.

Als Nachfolger für den verstorbenen Bischof von Jaén wurde Bernardo de Sandoval y Rojas gewählt, und obwohl er das Amt nicht sehr lange innehatte, entstanden zwischen den beiden enge Bande, eine brüderliche Freundschaft, die ein ganzes Leben zu halten versprach. Durch Einfluss seines Neffen, des Duque de Lerma, wurde Bernardo de Sandoval y Rojas sehr bald zum Erzbischof von Toledo gewählt und ernannte Salazar zum Vertreter der Spanischen Bischöfe in Madrid. Salazar war gerade eine Woche in seinem Amt am Hof, da erhielt er den ersten Brief von ihr.

»Bitte gebt diesen Brief Erzbischof Sandoval«, sagte eine geheimnisvolle Frau zu ihm, deren Gesicht mit einem Schleier bedeckt war. Die Frau war auf der Straße absichtlich mit ihm zusammengestoßen und hatte ihm einen weißen Umschlag in die Hand gedrückt. »Es ist sehr dringend. Bitte lasst ihm den zukommen.« Und ehe er sich versah, war der Schatten ihres grünen Kleides schon hinter einer Ecke verschwunden.

Zu jener Zeit kümmerte er sich um die Korrespondenz des Erzbischofs am Hof, also öffnete er den Brief, ohne weiter nachzudenken. In dem ersten weißen Umschlag steckte ein weiterer, bei dem sofort der zinnoberrote Lack mit dem königlichen Siegel ins Auge stach. Vorsichtig öffnete er ihn und zog das weiße Blatt heraus, bei dem unübersehbar war, woher es stammte. Die Papierbögen des Königshauses und des Heiligen Offiziums wurden einer Spezialbehandlung unterzogen, damit die Dokumente, die von dort versandt wurden, das makellose Aussehen der Heiligkeit hatten. Während er das Papier in den Händen hielt, verspürte Salazar einen Moment lang die Gewissheit, dass die Essenz seiner Mission auf der Welt in diesen Buchstaben lag.

Der Brief stammte von Königin Margarete höchstpersönlich.

Salazar hatte die Königin zum ersten Mal an dem Tag gesehen, an dem sie für ihre Hochzeit aus Österreich angereist war, allerdings nur von weitem. Sie war ihm blutjung vorgekommen. Jetzt könnte er sich einen Eindruck von ihr verschaffen. Ihre Worte rührten ihn zutiefst. Das lag vor allem an der Anmut der verschnörkelten Buchstaben mit klösterlichen Reminiszenzen. Königin Margarete bat in dem Brief den Erzbischof darum, mit dem Duque de Lerma zu sprechen, denn sie fühlte sich von ihm ausspioniert. Der Duque hatte die Königin völlig abgeschottet, so dass sie zu ihren Verwandten und Freunden keinen Kontakt mehr pflegen konnte. Ihre weibliche Intuition sagte ihr, dass die Berichte, die Pamphlete und sogar die Zeitungen zensiert und vernichtet wurden, bevor der König oder sie dieselben zu Gesicht bekamen, damit der Duque seine Machenschaften vor ihnen verschleiern konnte.

Salazar fühlte sich wie ein Verräter. Die Frau hatte dem Erzbischof ihr Herz ausgeschüttet, und er hatte sich, wenn auch mit ausdrücklicher Erlaubnis, eingemischt. Er befand, ein persönlicher Brief der Königin sollte vom Erzbischof selbst beantwortet werden, und so reiste er eigens nach Toledo, um ihm die Botschaft zu überbringen.

»Da werde ich meinen Neffen wohl ins Gebet nehmen müssen«, sagte Sandoval y Rojas nachdenklich, als er den Brief gelesen hatte.

»Werdet Ihr der Königin antworten, um sie zu beruhigen?«, fragte Salazar besorgt.

»So weit müssen wir uns auch nicht aus dem Fenster lehnen, mein lieber Alonso.«

Und dann diktierte der Erzbischof einen Brief an den Duque der Lerma, in dem er darauf hinwies, ihm seien Gerüchte zu Ohren gekommen, die Königin sehe seine Einmischung mit Missfallen. Er empfahl ihm, sich aus den gesellschaftlichen Belangen herauszuhalten und die Privatsphäre einer so empfindlichen Dame nicht länger zu verletzen, denn er sei sicher, dass von ihr keine

Gefahr ausgehe. Er unterschrieb, setzte sein Siegel darauf und schickte Salazar los, er solle dem Favoriten des Königs persönlich den Brief überreichen. Der tat wie ihm geheißen.

Doch danach nahm Salazar sich eine kleine Freiheit heraus. Trotz der Weigerung des Erzbischofs, der Königin persönlich zu antworten, sah er sich in der Pflicht, sich ihrer anzunehmen, da sie so viel aufs Spiel gesetzt und ihr Herz geöffnet hatte. Mit Seelenschmerzen kannte Salazar sich aus und er stellte sich vor, wie unglücklich, allein und unausgefüllt sie sein musste. Er machte sich zum Hüter ihres Seelenfriedens. Alles natürlich unter dem Deckmantel des Erzbischofs. Sie durfte nicht erfahren, dass ihr Geheimnis von unbekannten Augen gelesen wurde. Er antwortete Königin Margarete in der Überzeugung, er könne ihr gegenüber die tröstlichen, beruhigenden Worte anwenden, die er auf dem Priesterseminar gelernt hatte, doch während des Schreibens ließ er sich von seinen Gefühlen leiten und sprach zu ihr von der Angst, von der Bedeutungslosigkeit der verstreichenden Jahre, der Einsamkeit des Menschen trotz der Anwesenheit anderer, von göttlicher und irdischer Gerechtigkeit. Im Schutz der Identität eines anderen erzählte er einer Wildfremden seine persönlichsten Geheimnisse. Am Ende des Briefes bot er ihr seine Dienste an, ganz gleich ob in geistlichen oder weltlichen Angelegenheiten, so ernst sie auch sein mochten. Er unterschrieb mit dem Namen des Erzbischofs von Toledo und drückte sein Siegel darauf, wie er es bei den bürokratischen Schreiben tat, und einen Moment lang fühlte er sich befreit von der schrecklichen Last, die er seit einiger Zeit mit sich herumschleppte. Dann schrieb er den ganzen Brief noch einmal ab, denn er bewahrte immer gerne auf, was er geschrieben hatte, und legte die Kopie zu dem Brief der Königin. Das tat er nun seit zehn Jahren. Alle Briefe, die Margarete und er sich geschrieben hatten, befanden sich in der Holztruhe, die der Inquisitor überall mit hinnahm und von der er sich bis zu seinem Lebensende nicht trennte.

Später nutzte Salazar seine Anwesenheit am Hof, um in die Nähe der Königin zu gelangen. Er hätte es nicht in Worte fassen können, aber seit er ihren Brief gelesen hatte, ging es seinem geplagten Geist besser. Es half ihm, Verantwortung für eine fremde Sorge zu übernehmen. Er wollte sie aus dem Hintergrund beschützen. Und er musste feststellen, dass sie mit ihrer Klage recht hatte, denn der Duque de Lerma überwachte die Monarchen tatsächlich bis ins kleinste Detail: ihre Freundschaften, ihre Lektüre, ihre ehelichen Zusammenkünfte. Er warf jeden Höfling hinaus, den er in Verdacht hatte, er könne Verrat begehen. Eines Tages düpierte einer der Beichtväter des Königs, Bruder Diego Mardones, den Monarchen und den Duque, indem er ihnen sagte, es gebe einen besonderen Platz in der Hölle, der für die Könige bestimmt ist, die ihre Pflicht vernachlässigen, und für die Vasallen, die sich Königskompetenzen anmaßen. Bald darauf wurde der königliche Beichtvater durch Bruder Jerónimo de Javierra ersetzt, der weit gemäßigter in seinen Äußerungen war.

Salazar nutzte diese kurzzeitige Vakanz, um der Königin beizustehen, wenn sie ihrem Herzen Luft machen wollte. Anfangs hörte er ihr vom Beichtstuhl aus zu. Er traute sich nicht einmal, sie durch das Gitterfenster anzusehen, denn er fürchtete, sie könne durch die winzigen Spalten bemerken, wie sein Körper bebte. Doch von Mal zu Mal hob er den Blick ein wenig mehr, und er sah, wie die grünen Augen erstrahlten, wenn sie etwas Freudiges erzählten, und sich verfinsterten, wenn es etwas Trauriges war. Irgendwann brauchten sie weder den Beichtstuhl noch die Formel des Ave Maria Purissima. Sie konnten die mystischen Gespräche von Angesicht zu Angesicht fortsetzen, denn sie schämten sich nicht mehr voreinander, und trotzdem war alles durch das Beichtgeheimnis geschützt. Er war für sie ein Heiliger, und das sprach sie auch offen aus.

Durch die vielen vertraulichen Gespräche lernte er Königin Margarete kennen, und er gelangte zu der Überzeugung, dass sie eine ganz besondere Frau war. Ihre ausgeprägte Religiosität war in jeder Falte ihrer Kleider spürbar, in ihrer Art zu schauen und zu gehen, in der Zartheit, mit der sie mit ihren Händen durch die Luft strich, wenn sie ihre Worte durch Gesten untermalte. Sie war der Ansicht, der Tod sei ein glücklicher Übergang in den Zustand absoluter Freude, und sie las wieder und wieder Bücher über die Leben tugendhafter Menschen, denn sie war überzeugt, nur so könne sie die Inspiration finden, es ihnen gleichzutun. Nachmittagelang nähte sie mit den Nonnen Kleider für die Kinder im Waisenhaus. Sie ließ im Schnitt tausend Messen im Jahr für die Seelen im Fegefeuer lesen, und ihr lag das Schicksal der Kriegsversehrten am Herzen, die keine Pensionen bekamen, in schrecklichem Elend lebten und sich aus reiner Dickköpfigkeit weigerten, die Hilfe des Ordens San Juan de Dios anzunehmen. Salazar half ihr, ein Gebäude zu finden und herzurichten, in dem die Männer sich nicht unter ihrer Würde untergebracht fühlten. Sie war so barmherzig, dass Salazar sich ihres Vertrauens unwürdig fühlte. Er hatte das Gefühl, sie zu betrügen. Er war nicht so ohne Fehl und Tadel, wie sie meinte. So sehr er sich auch bemühte, er konnte ihren Glauben nicht teilen.

Als der Hof nach Valladolid übersiedelte, ging Salazar mit. Die Gerüchteküche brodelte: Der König sähe alles mit den Augen seines Favoriten, er denke nicht einmal mehr selbst, die Übersiedlung sei nur erfolgt, weil der Duque de Lerma es so gewollt hätte, weil dann seine Familie noch reicher würde, und so weiter und so fort. Später erfuhr Salazar, dass einer der Gründe des Duque, sich für den Umzug starkzumachen, die Königin gewesen war. Der Favorit war eifersüchtig auf sie und auch auf die Kaiserin Maria von Österreich, die Schwester von Philipp II., die in Madrid im Kloster Descalzas Reales in Klausur lebte. Die beiden Frauen hatten sich sehr angefreundet, und die junge Königin verbrachte viele Stunden in Gesellschaft der alten Dame. Sie unterhielten sich auf Deutsch, und das brachte den Duque in Rage, denn so wusste niemand, worüber sie sprachen. Königin Margarete, die auf seine Anordnung Tag und Nacht von Gesellschaftsdamen und Sekretärinnen umgeben war, tuschelte und kicherte, und er hatte das Gefühl, dass sie sich über ihn lustig machte. Außerdem wurde damit seine Politik der absoluten Kontrolle unterlaufen.

Durch den Umzug des Hofs nach Valladolid füllten sich die Schatztruhen des Duque. Bereits im Vorfeld hatte er darauf gesetzt und seit ein paar Jahren Grundstücke und Häuser in der Stadt Pisuerga erworben, darunter das große Gebiet gegenüber des Klosters San Pablo, wo – für eine saftige Miete – die königliche Familie und die Einrichtungen des Hofes unterkommen würden. Er ließ eine prächtige Residenz am rechten Ufer in der Nähe der Puente Mayor errichten, und er legte der Stadtverwaltung nahe, es dem König so angenehm wie möglich zu machen und ihm Gestade, Weinberge und Gärten zu schenken. Dank Lerma erfuhr die Stadt eine glanzvolle Blütezeit, in der sie von Grund auf modernisiert und verschönert wurde: Die Straßen wurden neu gepflastert, die Parks neu angelegt, und das Wasser wurde aus den Quellen von Argales in die Stadt geleitet. Es wurde ein Netz an unterirdischen Gängen gebaut, die das königliche Anwesen mit einigen Kirchen und Klöstern verbanden, durch die die Königin regelmäßig zu den Klöstern eilte. Margarete hatte die fromme Gewohnheit nicht aufgegeben, mit den Nonnen zu nähen.

Die Bevölkerung von Valladolid verfünffachte sich. Die Straßen füllten sich mit Ministern, Äbtissinnen, Admirälen, Schreibern, Künstlern, Wachleuten, Dienern, Minnesängern, Damen, Haushofmeistern, Prioren, Pagen, Huren und Sklavenhändlern. Der Duque arrangierte alles so, dass der König nicht einen Moment lang auf den Gedanken verfallen konnte, der Umzug nach Valladolid sei ein Fehler gewesen. Er ließ die berühmtesten Schauspieler des Reiches die schönsten Stücke von Lope de Vega oder Tirso de Molina auf den Bühnen des Königlichen Palastes oder im Schatten des Königsgartens aufführen. Er organisierte prunkvolle Maskenbälle, auf denen lukullische Köstlichkeiten dargeboten wurden. Diese königlichen Feste dauerten einen ganzen Tag. Am Morgen gab es ein Konzert von Streichern, die strategisch zwischen den Büschen der Palastgärten platziert waren und die Lustwandelnden unterhielten. Nach dem Essen gab es Stierkämpfe, sehr zum Missfallen von Königin Margarete, die bei ihrem ersten Stierkampf mit dem allgegenwärtigen Geruch von Wildheit und Tod einen Ohnmachtsanfall erlitt. Nachts erhellte ein Feuerwerk den nächtlichen Himmel, und die in Lumpen gehüllten Vasallen beobachteten von der anderen Seite des Palastzaunes, wie die phosphoreszierenden Funken in fünf Sekunden erloschen, während sie sich fragten, wie viele Familien man wohl mit dem Geld ernähren könnte, das diese unnützen Blitze gekostet hatten.

Der Duque de Lerma war glücklich. Bald hatte er ein riesiges Vermögen an Pacht, Ländereien und Besitz angehäuft, und er pflegte Umgang mit den besten Familien der Stadt, darunter die Enríquez. Das war zweifellos die beste Zeit seines Lebens.

Madrid hingegen war wie ausgestorben. Der Verlust des Hauptstadtstatus hatte eine Talfahrt der Wirtschaft zur Folge, die sich vor allem in einem spektakulären Verfall der Preise für Grundstücke und Gebäude äußerte. Der Duque der Lerma nutzte die Gunst der Stunde und kaufte im großen Stil Häuser in den besten Vierteln der ehemaligen Hauptstadt, im Wesentlichen in den Gebieten mit einer vielversprechenden städtebaulichen Zukunft wie dem Prado de Antocha und dem Prado de San Jerónimo. Doch der Stern des Duque begann zu sinken. Er versuchte um jeden Preis die Kriege zu vermeiden, in die Spanien seit Jahren verwickelt war, und jeder wusste, dass er das nicht in friedenstiftender Mission tat, sondern weil ihm klar war, dass die königlichen Finanzen für einen neuen Krieg nicht ausreichten. So drängte er auf den Friedensvertrag mit Holland. Die Gründe für die Krise sah er nicht. Er wollte nicht wahrhaben, dass ein Großteil des königlichen Geldes dafür draufging, den Leuten königliche Gefälligkeiten zukommen zu lassen, von denen er glaubte, sie seien ihm nützlich, und Titel und Ländereien für die vielen Mitglieder seiner Familie zu kaufen. Das war eines seiner größten Laster.

Bald ging in der Bevölkerung herum, das Gold aus Amerika würde nicht ausreichen, um den Bedarf des Königreiches zu decken, und der Hofstaat könne nicht mehr bezahlt werden. Es war die Rede davon, dass die Steuern erhöht werden müssten, doch Kastilien war in der Hinsicht schon arg gebeutelt und man konnte es nicht noch mehr auspressen. Da spielte der Duque mit dem Gedanken, andere Gebiete steuerlich in die Zange zu nehmen. Doch die Reiche Navarra und Portugal hatten ihren eigenen Haushalt und keinerlei Interesse, Lerma etwas abzugeben.

Anfangs hatten Salazar die Kommentare über die wahren Beweggründe des Duque für den Umzug nicht sonderlich interessiert. Es machte ihm nichts aus, nach Valladolid zu gehen, die Familie seiner Mutter stammte von dort, und er würde den Hof begleiten, wo immer er hinzöge. Schließlich stand er in den Diensten von Bernardo de Sandoval y Rojas. Haupttriebfeder aber war der geheime Wunsch, in der Nähe von Königin Margarete zu sein. Sie war Balsam für seine Seele. Allein ihre Anwesenheit beruhigte ihn, es genügte ihm zu wissen, dass sie dieselbe Luft atmeten. Er war glücklich, wenn sie hin und wieder ein paar Worte wechselten oder wenn die Umstände ihm Gelegenheit gaben, ihr als Beichtvater für ihre Sünden zu dienen. Nicht selten ertappte er sich dabei, dass er nicht den Inhalt der Sätze erfasste, sondern sich allein am Klang ihrer Stimme berauschte. Doch es kam der Moment, da konnte Salazar nicht mehr die Ohren davor verschließen, was sie ihm unter dem Siegel der Verschwiegenheit zuraunte.

»Ich fürchte keine Repressalien«, hatte sie ihm eines schönen Tages gestanden. »Ich habe beschlossen, mich in den Dienst der Gerechtigkeit zu stellen. Wollt Ihr mir helfen?«

»Ich werde tun, was Ihr verlangt«, sagte er leise.

Und Salazar wurde klar, wenn er dieser Frau wirklich helfen wollte, dann musste er ihr mehr bieten als Verheißung des Paradieses für gute Christen und Höllenstrafen für die Gottlosen. Jetzt war Handeln gefragt. Salazar informierte sich, wer bereit sein könnte, Königin Margarete in ihrem Anliegen zu unterstützen. Er vereinbarte ein Gespräch mit Bürgermeister Gregorio López Madera, der sich seinerseits mit einem gewissen Juara ins Benehmen setzte, der viele der dunklen Geheimnisse des Duque und seines Sekretärs Calderón kannte.

Margaretes Mut verblüffte Salazar. Verzückt betrachtete er ihre Porträts, aber immer nur ihr Gesicht, denn er konnte die königlichen Gewänder mit den Edelsteinen und Volants, wie sie jetzt Mode waren, nicht ertragen. Er fand, sie passten so gar nicht zu ihrem Wesen. Sie sollte lieber weiße Tuniken tragen und ihr Haar im Wind wehen lassen, ohne diese schwere Krone, und die Hände von diesen überladenen Ringen befreien. Doch das zarte, zerbrechliche und unschuldige Äußere stand in krassem Gegensatz zu ihrer ungeheuren inneren Kraft. Als er das Amt des dritten Inquisitors von Logroño antrat, verabschiedete er sich von Königin Margarete mit dem Versprechen, ihr häufig zu schreiben, und sie versprach ihm dasselbe. Salazar setzte die strenge Miene des Kirchenmannes auf und gab sich reserviert, wie er es ihr gegenüber immer tat. Er zeigte keine Traurigkeit, aber als er sich umdrehte und sie sein Gesicht nicht mehr sehen konnte, spürte er einen Stich im Herzen, den er dem Abschiedsschmerz zuschrieb. Später stellte sich heraus, dass es eine Vorahnung war, dass er sie nie mehr wiedersehen würde.

In Santesteban ging die Sonne unter, und er brannte darauf zu erfahren, was die Königin ihm geschrieben hatte. Doch zunächst sprach er mit Iñigo und Domingo und gab ihnen den Auftrag, alle notwendigen Vorbereitungen zu treffen, damit der Gnadenakt am nächsten Tag stattfinden konnte. Er gab weiteren vier Gehilfen den Befehl, am frühen Morgen nach Elizondo zu fahren und dort umgehend mit den Beichten zu beginnen, damit es rascher ging. Dann zog er sich zurück.

Salazar begab sich mit dem tröstlichen Gefühl in sein Schlafgemach, sein Tagewerk hinter sich zu haben. Er schenkte sich ein Glas Wein ein, seufzte und ließ sich auf einen Stuhl sinken. Er nahm einen Schluck des köstlichen Tropfens und öffnete den Umschlag. Er genoss das Geräusch des reißenden Papieres, das samtweiche Gefühl, wenn er es berührte, und war glücklich, dass er an so kleinen Dingen Freude haben konnte. Dann las er.

An einigen Stellen stockte er. Obwohl Margarete schon seit Jahren in Spanien war, beherrschte sie die Sprache nur mit Mühe. Doch die Botschaft war eindeutig. Sie war wieder schwanger. Der nächste Sprössling würde im September kommen. Sie erklärte ihm, sie wolle sich einige Zeit selbst um das Neugeborene kümmern, wie sie es bei ihren anderen Kindern auch getan hatte, aber sie versicherte ihm, sie würde mit ihrem Kampf gegen den Duque de Lerma und seinen Sekretär Calderón und ihre Intrigen fortfahren. Margarete sagte, sie sei nicht nur Mutter der Kinder, die sie unter dem Herzen getragen hatte, sondern fühle sich auch als Mutter ihrer Untertanen, als Mutter der Gerechtigkeit.

»Ich bitte Euer Hochwürden, die Ihr mit Sicherheit näher an Gott seid als diese demütige Dienerin, für mich zu beten«, bat ihn die Königin am Ende des Briefes.

Salazar kniete neben seinem Bett vor dem Kreuz nieder. Er sah es flehentlich an, fast als habe er Angst davor, dass es ihm etwas entgegenschleudern könnte. Er schlang die Finger ineinander, schloss die Augen und betete für sie und den kleinen Königsspross in ihrem Leib mit allem Glauben, den er aufbringen konnte.

Mayo erfuhr, dass Salazars Gefolge die Befragungen bereits abgeschlossen hatte und dass der Gnadenerlass bald Anwendung finden sollte. Sie würden Santesteban bald verlassen, und sie musste sich darauf vorbereiten, ihnen weiter zu folgen. Sie suchte das Kraut mit Namen Beifuß und flocht daraus ein langes Seil, das sie sich als Gürtel umband. Zwei Tage musste sie es tragen, und wenn es die Ausdünstungen ihres Körpers aufgenommen hatte, aufkochen. Mit dem Sud würde sie sich die Füße einreiben, damit sie auf dem Weg nicht müde wurden. Dann nahm sie Beltráns Zügel und führte ihn zu einem anderen Fluss in der Nähe von Santesteban. Sie durfte sich keine Wasserquelle entgehen lassen, wenn sie wollte, dass der Esel wieder seine ursprüngliche menschliche Gestalt annahm.

Solange Mayo denken konnte, hatte Beltrán immer die Gestalt eines Esels gehabt, die nichts mit seiner wahren Persönlichkeit zu tun hatte. Immer, wenn Ederra und Mayo ein neues Dorf erreichten, suchten sie den nächsten Fluss, See oder Bach auf, um Beltrán ins Wasser zu führen, der sich jedoch stets weigerte – stur wie ein Esel eben. Ederra meinte, das sei ein Zeichen, dass Beltrán auch als Mensch ziemlich starrköpfig sei.

»Na ja, wie alle Männer«, erklärte sie.

Die beiden zogen ihn so weit ins Wasser, bis es ihm an den Hals reichte, aber es war ihnen niemals gelungen – auch nicht für einen Augenblick –, den Zauber zu brechen und dem Tier seine Menschengestalt zurückzugeben.

Ederra hatte Mayo tausendmal die Geschichte des Esels erzählt: Beltrán war als Menschenjunge geboren worden und hatte sich zwanzig Jahre lang als Gaukler durchgeschlagen. Er war von Dorf zu Dorf gezogen und hatte Geschichten für klingende Münze erzählt oder gesungen, bis es eine unglückliche Fügung wollte, dass er eines Nachts in einem Wirtshaus landete, das von zwei zahnlosen Alten betrieben wurde. Zum Abendessen reichten sie ihm Käse, und kaum hatte er einen Bissen genommen, fühlte er sich plötzlich schwach. Das Zimmer drehte sich, er stolperte bis zum Schuppen und wurde dort vom Blitz getroffen. Als er am nächsten Morgen aufwachte und sich streckte, kam aus seinem Mund kein Gähnen, sondern ein »Iah«, und er verspürte eine unbändige

Lust auf Heu. Das alles war offensichtlich Teil eines außergewöhnlichen Zaubers, den die beiden Alten verwendeten, um nichtsahnende Gäste in Esel zu verwandeln. Diese besaßen noch ihre menschliche Auffassungsgabe, konnten aber nicht mehr sprechen. Die Hexen machten sich Beltráns Fähigkeiten zunutze, schleppten ihn von Kirmes zu Kirmes und zwangen ihn zu Narrenpossen. Während eine von ihnen Tamburin spielte, bat die andere das Publikum, zwei Zahlen zwischen eins und neun zu nennen, damit Beltrán die Summe mit den Hufen auf den Boden klopfte. Er vertat sich nie, und die Leute klatschten sich die Hände wund.

Mit Beltrán als Esel verdienten die beiden Hexen viel Geld. Als ein reicher Nachbar die außergewöhnlichen Fähigkeiten des Esels bemerkte, bot er ihnen eine große Summe an. Die beiden Alten gingen auf das Angebot ein und warnten ihn, wenn Beltráns Zauber noch lange halten sollte, dann müsse er unbedingt vermeiden, dass er mit Wasser in Kontakt käme. Ederra hatte sich um die schwerkranke Frau des Mannes gekümmert, der ihr zum Dank den wundersamen Esel schenkte und ihr den Grund für seine außergewöhnlichen Fähigkeiten verriet. Ederra tat Beltrán leid. Sie tauchte ihn sogleich in das Wasser des ersten Sees, der auf ihrem Weg lag. Doch nichts geschah. Sie kannte die Zauberformel, mit der man einen Menschen nach Belieben in ein Tier verwandeln konnte, aber immer nur für eine bestimmte Zeit. Man muss sich vollkommen ausziehen, zwei Gran Weihrauch auf eine Lampe legen, dann muss man sich mit den Worten »aker, aker, aker« dem Mond empfehlen, während man den ganzen Körper von den Haarwurzeln bis zur Spitze des großen Zehs mit einer Flüssigkeit auf Schierlingsbasis einreibt. Danach wuchsen einem ein ungeheurer schwarzer Schnabel und riesige Flügel, und man flog krächzend davon.

Aber Ederra musste feststellen, dass der Zauber, den die beiden Alten bei Beltrán angewandt hatten, viel stärker war. Für irgendetwas musste ihr Umgang mit dem Teufel ja gut sein. Sie schloss daraus, dass nicht ein beliebiges Wasser den Zauber rückgängig machen konnte, man musste das richtige finden. Deshalb nutzte sie die Gelegenheit, Beltrán in jede noch so kleine Pfütze zu tauchen, überzeugt, eines Tages das Wunderwasser zu finden, das den Gaukler zurückverwandeln würde.

Doch Beltrán schien mit seinem Zustand zufrieden zu sein. Das einzig Merkwürdige war, dass er den Tick beibehalten hatte, mit dem Huf auf den Boden zu klopfen, sobald er zwei Zahlen hintereinander hörte. Dank ihm hatte Mayo eine erstaunliche Begabung für das Rechnen entwickelt.

X

Wie man sich von wollüstigen Träumen befreit,
wie man bei Leibschmerzen Abhilfe schafft,
wie man vor der Geburt schon weiß,
ob es ein Mädchen oder ein Junge wird,
wie man das Gesicht von Pickeln reinigt und den Wangen Farbe gibt,
wie man für immer die Körperbehaarung loswird, wie man erreicht,
dass die Waldgeister uns Weisheit schenken

Vor mehr als einer Woche war Juana de Sauri christlich beigesetzt worden, aber Salazar wusste, dass die Bewohner von Santesteban, zum Teil von Pfarrer Borrego Solano aufgewiegelt, die Angelegenheit noch lange nicht begraben hatten. Sie redeten immer weiter über sie, bis die Umstände ihres Todes so verdreht wurden, dass sie eine phantastische Note bekamen. Jede Klatschbase, die etwas auf sich hielt, erging sich in wilden Spekulationen. Jeder hatte seine eigene Version des Unglücks und war bereit, sie vor demjenigen auszubreiten, der sich dafür interessierte – also vor dem ganzen Dorf. Sie sprachen darüber, wie sie gefunden wurde, über die Zeichen des Teufels, die ihren Tod begleiteten und ewige Rache für alle verhießen, und sie mutmaßten, wer ihre Mörder waren.

Pedro, der Zimmermann, berichtete, Juana habe bereits seit

einiger Zeit über Horden von in Wölfe verwandelte Hexen berichtet, die sie nachts umzingelten und wie besessen heulten, aber niemand habe ihr geglaubt. Die Arme, was sie durchgemacht haben musste. Diego, der Schleifer, versicherte, die vier angeblich Reumütigen, die bei Juana untergekommen waren, hätten ihm ein riesiges Messer zum Schleifen gebracht und mit diesem später mehr als ein dutzend Mal auf die Unglückliche eingestochen. Es half nichts, zu erklären, Juana sei doch ertrunken, denn niemand verstand so recht, warum das Diegos Version widersprach. Aber die verworrenste Geschichte präsentierte Madalen, die Schneiderin, die behauptete, sie habe gesehen, wie Juana in der Nacht vor ihrem Tod mit einer Hexe auf einem Besen über das Dorf geflogen sei. Die Hexe habe sie an den Haaren festgehalten und über dem Fluss einfach hinuntergestoßen. Nachdem die Hexe sich vergewissert hatte, dass Juana ertrunken war, hatte sie noch ein paar Pirouetten am Himmel gedreht und war dann unter schaurigem Gelächter verschwunden.

Seit Juanas Beerdigung patrouillierten die stärksten jungen Männer jede Nacht, mit Stöcken und Mistgabeln bewaffnet, in Dreiergruppen durch die Straßen. Der schwache Widerschein der Fackeln, der zusammen mit den Pfiffen der Männer durch die Läden drang, beruhigte selbst die größten Angsthasen. Trotzdem befürchtete Salazar, einer der Fremden, der auf den Gnadenerlass wartete, könnte ihnen in die Hände fallen, und ein einziger Blick würde einen Wirbelsturm entfachen, der in einem Blutbad endete. Deshalb war ihm so sehr daran gelegen, den Akt der Versöhnung möglichst bald stattfinden zu lassen, obwohl er tief in seinem Herzen das Gefühl hatte, versagt zu haben. Damit wäre der erste Teil seiner Reise beendet, und es wäre immer noch nichts bewiesen worden.

Während der fünf Wochen, in denen er in Santesteban sein Hauptquartier aufgeschlagen hatte, hatte Salazar mehr als hundert Bögen vollgeschrieben, auf denen er minutiös alle Ereignisse seit seiner Ankunft festgehalten hatte. Er hatte jede einzelne Frage aufgeschrieben, die Antworten, das Verhalten der Geständigen und die Haltung des Pfarrers, den er als intolerant bezeichnete, aber es gab nicht einen einzigen Hinweis für die Existenz der Teufelssekte. Und das teilte er in einem Brief dem Generalinquisitor und seinen Kollegen in Logroño mit.

Auf den ersten Blick mochte das als Glück erscheinen, nicht aber für Salazar. Er hätte zu gern gesehen, wie sich vor seinen Augen ein Mensch in einen Raben, ein Schwein, eine Katze oder irgendein anderes Tier verwandelte, er wünschte sich, am nächtlichen Himmel eine Frau zu entdecken, die auf einem Besen das Dorf überfliegt, oder eine dieser diabolischen Kröten zu untersuchen, über die jeder sprach – die angeblich die Toten im maßgeschneiderten Fürstengewand bewachten –, aber nichts. Keine Spur vom Teufel. Er hatte weder seine behaarte Gestalt gesehen noch seinen Schwefelatem gerochen. Und deshalb war er doch schließlich gekommen.

Der Tag, an dem der Versöhnungsakt stattfinden sollte, begann mit einem strahlenden Morgen. Die Julisonne hatte die wenigen Wolken vertrieben, die nach den letzten Regenfällen noch übriggeblieben waren, und die Wärme lockte die Bewohner aus ihren Häusern, wie es der Frühling mit den Schnecken tat. Man hatte den Gemeindesaal ausgewählt. Er war groß und nüchtern genug, um die lokalen Würdenträger, die Neugierigen, die Geistlichen aus den umliegenden Dörfern, die Reuigen sowie Salazar und sein Gefolge aufnehmen zu können.

Noch vor Sonnenaufgang hatte der Inquisitor einer Gruppe kräftiger junger Männer den Befehl gegeben, das große Holzkreuz vom Altar und die Kirchenbänke herüberzuschaffen. Die Bewohner standen an den Fenstern und sahen zu, wie das Holzkreuz vorneweg und dahinter die Bänke vorbeigetragen wurden, als handele sich um eine Prozession. Iñigo und Domingo stellten in den Ecken Kerzen auf, und der lange Tisch aus massiver Eiche, der zuvor als Schreib- und Seziertisch gedient hatte, wurde zum Altar. Sie legten ein weißes Tuch darüber, stellten an jede Ecke eine Kerze und in die Mitte einen Krug mit gelben Margariten.

Zwei Stunden vor Beginn des Aktes hatten sich die Bänke bereits gefüllt. Auch an den Seiten und im hinteren Teil standen schon die Neugierigen. Die Spätaufsteher mussten sich mit einem Platz vor der Tür zufriedengeben, in der Hoffnung, dass von Mund zu Mund weitergeflüstert würde, was drinnen passierte. Die Geständigen wurden in die erste Reihe gesetzt, von den lokalen Würdenträgern durch einen Gang getrennt, und als es still war, begann Salazar seine Rede.

»Nach diesem Akt der Versöhnung«, versicherte er, »werden all die Übel, die den Ort geißeln, für immer verschwinden. Das Böse bleibt nur, wenn wir wollen, dass es bleibt«, fuhr er geheimnisvoll fort.

Danach hielt Bruder Domingo de Sardo eine Messe, und Salazar bat die Reuigen, sich von ihren Plätzen zu erheben. Dann las er die Geständnisse nacheinander laut vor und gab den Reuigen Zeit, sie zu unterzeichnen. Alle unterschrieben und bestätigten, dass sie freiwillig erschienen waren, nur getrieben von dem Wunsch nach Vergebung. Salazar sah die Anwesenden an und ermutigte sie, dem Beispiel dieser Männer und Frauen zu folgen und öffentlich zu bekennen, dass sie ihre Nachbarn zu Unrecht angezeigt hatten. Pfarrer Borrego Solano rutschte verärgert auf seinem Stuhl hin und her. Niemand erhob sich. Danach fand die Versöhnungszeremonie statt, bei der die Hexenmeister und Hexen vor der gesamten Gemeinschaft ihren Verirrungen abschworen und ihre Exkommunizierung aufgehoben wurde. Salazar verlas die Strafen.

»Männer und Frauen, die ihr wieder auf den Weg unseres Herrn zurückgefunden habt«, hob er feierlich an. »Durch seine göttliche Barmherzigkeit ist euch vergeben worden. Als Buße wird euch auferlegt, neun Monate lang täglich zehn Vaterunser und zehn Avemarias zu beten sowie freitags zu fasten, während ihr Gott um Vergebung für eure vielen Sünden bittet.«

Am Ende wurden die Wiederaufgenommenen streng ermahnt, falls sie wieder sündigen sollten, würde man keinerlei Mitleid walten lassen und das Gesetz bis hin zum letzten Wort anwenden.

»Und das bedeutet …« Salazar hielt inne, schloss kurz die Augen und sah die Anwesenden dann mit strengem Blick an. Die Leute hielten den Atem an, man hörte ein Räuspern und hinten im Saal ein Kind weinen. »Scheiterhaufen!«, rief er plötzlich aus und schreckte damit auch die auf, die auf den Boden gestarrt hatten, um dem Blick des Inquisitors auszuweichen. »Die reinigenden Flammen! Und natürlich die Konfiszierung aller Güter.«

Die Inquisitionsgerichte finanzierten sich selbst dank der Besitztümer, die sie den Angeklagten abnahmen. Eine Zeit lang hatte das Heilige Offizium mit Vorliebe reiche Konvertiten verfolgt. Jeder, der jüdischer oder arabischer Abstammung war, wurde der Ketzerei verdächtigt, aber zu dem Zeitpunkt gab es nicht mehr viele von ihnen. Jetzt wurden hauptsächlich Bigamisten, Illuminaten, Lutheraner und Hexen verfolgt. Der Angeklagte hatte die Pflicht, all seinen Besitz zu übergeben und für seine Unterbringungskosten im Gefängnis des Heiligen Offiziums aufzukommen.

Salazar nahm ein silbernes Weihwassergefäß und besprengte die ersten Reihen. Dabei gelangte Pfarrer Borrego Solano versehentlich ein Tropfen ins Auge, der wie Essig brannte. Dann schritt Salazar, weiter rechts und links Weihwasser versprengend, durch den Gang bis zur Tür nach draußen. Er würde diese Zeremonie in den Hauptstraßen von Santesteban fortsetzen. Bruder Domingo trottete hinterher und trug das Gefäß mit dem reinigenden Wasser. So waren alle gegen die teuflische Gefahr gefeit und frei von Schuld, wiederaufgenommen im Schoß der Mutter Kirche, wie der Inquisitor ihnen später erklärte. Gott der Allmächtige hatte die Schlacht gewonnen, die verlorenen Söhne und Sünder kehrten auf den Pfad der Tugend zurück. Der Friede des Herrn war mit ihnen.

Jetzt war der Teufel endgültig aus Santesteban vertrieben, und alle schienen glücklich zu sein.

»Ich glaube, ich war sehr überzeugend, meint ihr nicht?«, fragte Salazar stolz. Ohne die Antwort von Iñigo und Domingo abzuwarten, zog er sich in sein Schlafgemach zurück. »Ihr könnt schon mit dem Packen beginnen, in ein paar Tagen brechen wir auf.«

Iñigo konnte keinen Schlaf finden. Immerfort musste er an den blauen Engel denken. Da konnte Salazar noch so sehr behaupten, es handele sich um ein von hypnotisierenden Kräutern erzeugtes Trugbild – für den Novizen war es ein Wunder, das man nicht mit einer lapidaren Erklärung abtun konnte. Seit wann konnte man durch Schweinefett dem Himmel so nah kommen? Er hatte das Bild seines zarten Engels immer vor Augen, die Rundungen der Schenkel, der Waden, des Kinns ... Wenn er sich stark genug konzentrierte, konnte er noch ihr seidenes Haar an seinen Armen spüren, die Wärme ihrer Hände, den fruchtigen Hauch ihres Atems in der Nähe seines Mundes. Das erzeugte bei ihm ein Kribbeln im Bauch, zwischen seinen Beinen glühte es, und sein Hals wurde trocken. Er begann nach Luft zu schnappen wie ein Fisch auf dem Trockenen. Die Laken wurden zu riesigen, verlockenden Zärtlichkeiten, die er mit jeder Pore seiner Haut wahrnahm. Sie hüllten ihn ein, wiegten ihn und zwangen ihn in der Dunkelheit zu diesen entspannenden Spielchen, von denen er wusste, dass er sich ihrer bei Anbruch des neuen Tages schämen würde.

Er rief sich das Mittel in Erinnerung, das seine Großmutter bei ihm und seinen Brüdern immer angewandt hatte, damit sie nachts nicht Opfer wollüstiger Träume würden. Sie hatte sie gewarnt, dass man davon blind werden oder Eiterblasen bekommen könnte oder beides, ganz abgesehen von der ewigen Verdammnis, die ihnen drohte. Sie hatte eine feine Bleifolie genommen, darauf ein Kreuz gezeichnet, es ausgeschnitten und nachts auf den Bauch der Jungen gelegt, damit sie im Schutz des Kreuzes schliefen. Iñigo hatte keine Bleikreuze zur Verfügung, um seine unzüchtigen Träume zu vertreiben, und außerdem träumte er ja gar nicht. Sein Unbehagen war quälend wirklich.

Er stand aus dem Bett auf und öffnete die Läden. Keine Patrouillen mehr mit ihren Fackeln und Pfiffen. Die Fremden, die am Morgen wieder in den Schoß der Mutter Kirche aufgenommen worden waren, hatten sich bereits auf den Rückweg in ihre Heimatorte gemacht, die Lagerfeuer am Waldrand waren erloschen. Salazar hatte recht behalten. Die Bevölkerung hatte sich beruhigt. Die Welt schlief, sie ruhte erleichtert wie ein Säugling, der den ganzen Tag über Bauchkrämpfe gehabt hatte und dem man dann einen Sud aus Kamille und Thymian verabreichte hatte. Im Gegensatz zu ihm.

Die Unruhe zwang Iñigo, das Fenster sperrangelweit aufzureißen. Die nächtliche Brise kühlte seine Wangen, und dennoch spürte er das Feuer in seinem Innern glühen. Er beschloss, einen Spaziergang zu machen und seine sündigen Gedanken zu bändigen. Er schlich auf Zehenspitzen aus der Residenz heraus und nahm einen Weg, der hoch auf den Berg führte. Das silbrige Mondlicht umspielte die Baumkronen und tauchte den Wald in ein phantastisches Licht, das den Novizen zu einer anderen Zeit sicherlich beeindruckt hätte, aber in dieser Nacht nicht. Er hatte kein festes Ziel und ließ sich einfach von seinem Instinkt leiten, so wie sein Vater es ihn bei der Jagd gelehrt hatte. Er trat auf die noch regenfeuchten Blätter und atmete tief den Wald- und Moosgeruch ein, der in der Nacht intensiver ist.

Anfangs nahm er es nicht wahr. Aber als sein Ohr sich an die Stille gewöhnt hatte, hörte er den Gesang der Grillen, die Schreie der Eulen, die kaum merklichen Schritte der Nager auf der Suche nach Zapfen und Nüssen ... Und plötzlich hörte er ein menschliches Geräusch, eine Art Melodie, ein Summen, das gedämpft durch das Unterholz zu ihm drang. Vorsichtig ging er weiter. Er versteckte sich zwischen den Bäumen, sein Herz pochte. Er hatte Angst, die Hexen könnten sich immer noch in dem Gebiet aufhalten und gerade einen Hexensabbat feiern. Da sah er es. Es war keine durch einen übel riechenden Balsam ausgelöste Halluzination, wie Salazar versichert hatte. Da war seine blaue, nackte Engelsgestalt – wirklicher denn je – und bewegte sich sanft im Mondlicht, die Arme zum Himmel erhoben. Sie drehte sich und sang wohlklingend mit geschlossenen Augen unter dem Blick des mythologischen Reittieres. Sie sah genau so aus, wie er sie in Erinnerung hatte.

Während die anderen Mädchen in ihrem Alter lernten, wie man spinnt, kocht und einen Mann versorgt, übte Mayo sich in der höheren Kunst, sämtliche Geister des Waldes namentlich zu kennen und die Macht des Mondes zu erkunden. Mancherorts bezeichnete man ihn als »Licht der Toten«, und für Ederra war er immer gegenwärtig, denn er war grundlegender Bestandteil bei bestimmten Zauberformeln.

»Der Mond leuchtet den Verstorbenen«, erklärte sie Mayo, und wenn man während des zunehmenden Viertels stürbe, sei das ein sicheres Zeichen, dass das Leben im Jenseits gut verläuft.

Ederra konnte das Geschlecht von Tieren und Menschen voraussehen, noch bevor sie geboren wurden. Sie brauchte dafür nur die Mondphase zu kennen, in der die Empfängnis stattgefunden hatte: Jungen bei zunehmendem, Mädchen bei abnehmendem Mond. Und so hatte Mayo eine Kindheit, in der der Himmel voller Zeichen war, die man auf der Erde erfolgreich nutzen konnte. Gemeinsam mit Beltrán pilgerten sie auf Gottes Wegen auf der Suche nach Krankheit und menschlichem Unglück und gönnten sich hin und wieder ein paar friedliche Ruhetage in den Dörfern. Doch sie blieben nie lange genug, dass Mayo eine Freundschaft hätte knüpfen können. Außer für Ederra und Beltrán hatte sie noch nie etwas für einen Menschen empfunden. Sie hatte die beiden, und das war gut so, doch manchmal fühlte sie sich schrecklich ausgeschlossen von der Welt der Menschen – vor allem, wenn sie Kinder in ihrem Alter lachen hörte, ihnen beim Spielen zusah, oder beobachtete, wie ein Vater seine Tochter küsste. Doch Ederra gab der Mutlosigkeit keinen Raum.

»Eltern sind ein Klotz am Bein«, erklärte sie ihr. »Meistens zwingen sie dich, das Leben zu führen, das sie selbst nicht führen konnten, oder sie vermitteln dir solche Schuldgefühle, dass selbst das Atmen zur Qual wird. Manche haben nur Kinder, damit sie im Alter versorgt sind. Glaub mir, Liebes, es ist besser frei zu sein … den Weg selbst wählen zu können. So wie wir.«

Und so hatte sie der Kleinen ausgeredet, dass sie Eltern oder Freunde in ihrem Alter brauchte.

Kirchen besuchten sie nur äußerst selten. Ederra sagte immer, die Götter und Geister, die den Menschen wirklich nutzten, lebten in der Tiefe der Wälder, in den Bergen und Höhlen, aber das Christentum habe sie vertrieben, und so gerieten sie in Vergessenheit. Die Geister, die die Welt von Anbeginn aller Zeiten beherrscht hatten, seien durch den Bau der Gotteshäuser verbannt worden und hätten sich entsetzt in die Tiefen der Erde zurückgezogen, weil sie das lästige, schrille Geläut der Kirchenglocken nicht ertragen konnten.

Um den Schein zu waren, besuchten sie dennoch hin und wieder eine Messe. Mayo war jedes Mal tief beeindruckt vom Klang der Orgel, von den riesigen steinernen Mauern, von dem flackernden Kerzenlicht, dem süßen Weihrauchduft, der Strenge des Priesters und den Bildern des leidenden, verwundeten Christus, der die Sünden aller schändlichen Menschen auf sich genommen hatte. Am liebsten waren ihr die Messen, zu denen die Nonnen der Klausurorden kamen. Sie saßen hinter einem Gitter verborgen im hinteren Teil des Kirchenschiffes, so dass man nur ihre gottesfürchtigen Schatten erahnen konnte.

Mayo fand die Vorstellung romantisch, ihr Leben Gott zu weihen, damit er die Sünden der Welt vergibt. Wenn sie sah, wie die Nonnen die Kommunion empfingen, schweigend, geschützt vor allem Bösen, geriet Mayo in Verzückung. Sie beneidete sie um die Abgeschiedenheit, um ihre Hingabe. Wenn Ederra sie nicht energisch zurückgehalten hätte, hätte sie ihr Leben so wie sie gern der Meditation gewidmet, wenngleich mehr wegen diesem Gefühl von Frieden, das sie ausstrahlten, als aus wahrer religiöser Berufung.

»Red keinen Unsinn!«, protestierte Ederra erzürnt. »Unsere einzige Verpflichtung auf dieser Welt ist, sie ein wenig besser zu machen, als wir sie vorfinden. Ich glaube nicht, dass sie da in ihrem Kloster einen großen Beitrag dazu leisten. Wir Menschen versuchen alle, unsere eigenen Bedürfnisse zu stillen. Egoistisch wie wir sind, suchen wir im Moment der Wahrheit unser eigenes Glück auf Kosten der anderen. Weißt du, Mayo, ihre Sünde ist der Stolz. Sie halten sich für etwas Besseres als unsereins, die wir uns tagtäglich abrackern. Sie sind bequem, wie die meisten Menschen. Sie schicken sich in ihr triviales Dasein und verbringen ihr Leben damit, sich um sich selbst zu drehen, ohne sich zu engagieren. Das wird uns nicht passieren, Liebes, unser Leben wird eine Bedeutung haben.«

Mayo war überzeugt, ohne den Einfluss von Ederra hätte auch sie sich in den Sumpf der Bedeutungslosigkeit ziehen lassen. Auch das Wanderleben, das sie führte, ging nicht auf ihre eigene Entscheidung zurück. Bis Ederra verhaftet wurde und im verworrenen Labyrinth des Heiligen Offiziums verschwand, wäre Mayo niemals fähig gewesen, eine eigene Entscheidung zu treffen.

Eines Tages hatte Mayo ihre erste Monatsblutung gehabt. Eine schreckliche, schmutzige und schmerzliche Angelegenheit, die sie ihr ganzes Leben lang ertragen musste, weil auch das, wie viele andere wichtige Dinge, von den Mondphasen abhing. Ederra erklärte ihr, eine Woche im Monat würde sie traurig und reizbar sein, ihre Brüste würden anschwellen, sie bekäme Pickel und wäre leichte Beute für jede Art von irdischen Versuchungen, dem Ursprung aller Sünden und Begehrlichkeiten.

»Na toll!«, protestierte Mayo.

»Von jetzt an musst du mit Männern sehr vorsichtig sein«, warnte Ederra sie. »Wenn sie dich anfassen, schwillt dein Bauch wie ein Ballon und du bekommst ein Kind.«

Die Warnung war eigentlich überflüssig. Es hatte Mayo tief beeindruckt, dass ihre Mutter bei ihrer Geburt ihr Leben gelassen hatte, und sie hatte so viele Frauen gesehen, die sich bei der Niederkunft in Schmerzen wanden. Aus diesem Grund ging sie an den Männern vorbei, ohne sie anzusehen, ja sie war sogar erfreut darüber, dass sie sie gar nicht wahrnahmen. Und auch, wenn sie ein eher zartes Geschöpf war, hatten sich bei ihr bald weibliche Rundungen gezeigt, und die Kleidung war aus allen Nähten geplatzt. Ederra beauftragte eine Schneiderin, ein einer jungen Dame gemäßes Kleid zu nähen. Sie band ihr das Haar zum Pferdeschwanz, sah sie voller mütterlichem Stolz an und gab ihr einen Kuss auf die Stirn.

»Die Pickel bekommen wir auch noch weg. Ich werde dich schön machen, du wirst sehen«, sagte sie und rieb sich dabei eine Träne aus dem Auge.

Und damit begann ein tägliches Ritual zu früher Morgenstunde, für das man Folgendes benötigte:

- *eine Zitrone*
- *Salz*
- *Ingwerpulver*

Erst musste man die Zitronenschale entfernen und wegwerfen. Dann kochte man die Frucht mit dem Salz in Wasser, bis sie weich war, und rieb das Gesicht der von Hautunreinheiten befallenen Person ein. Zum Schluss verteilte man das Ingwerpulver darüber.

Dann rieb Ederra ihre Wangen mit Natron ein, damit etwas Farbe in das blasse Gesicht kam, und sie grub aus den Annalen der Heilerinnen den Kniff aus, mit dem man sich der Körperbehaarung entledigen konnte. Dafür benötigte man:

- *den Saft von zwei Zitronen*
- *ein Eiweiß*
- *Bienenwachs*
- *Ingwerpulver*

Sie vermischte den Zitronensaft mit dem Eiweiß, entfernte die Haare an Mayos Beinen mit dem Bienenwachs, verstrich die Zitronenmischung mit einer sanften Massage auf der Haut und streute Ingwerpulver darauf. Das Ritual musste zu Mayos Leidwesen dreimal wiederholt werden, doch dann hatte sie glatte, glänzende Beine.

An Ederras überwältigende Schönheit kam sie nicht heran, aber die Schönheitsrezepte machten sie zu einem außergewöhnlichen, zarten Wesen mit feinem seidigen Haar, aus dem keck die spitzen Ohren hervorschauten, mit einem kleinen Gesicht mit Stupsnase und markanten schwarzen Augen, die den größten Reiz an ihr ausmachten. Mit sechzehn ähnelte sie eher einem Waldgeist als einem Menschen, und als wäre das noch nicht genug, klang ihre Stimme wie ein leises Krächzen, denn sie war sehr schüchtern, und mit den Stimmen ist es wie mit den Musikinstrumenten: Werden sie nicht gespielt, sind sie am Ende verstimmt.

Auch Mayo konnte an dem Abend keinen Schlaf finden. Sie

fühlte sich schrecklich allein. Sie vermisste die Umarmungen und die Küsse, die Wärme eines menschlichen Wesens neben ihr … Sie rief sich das nächtliche Ritual in Erinnerung, das Ederra vor dem Zubettgehen immer einhielt, während sie in Decken gehüllt zuschaute. Erst hundert Bürstenstriche für das Haar, mit jedem wurde die rote Farbe lebendiger, leuchtend wie die Flammen des Feuers. Dann bat Mayo sie, ihr die Geschichte von der riesigen Dimension der Erde zu erzählen, die sie jedes Mal in Staunen versetzte.

»Nun, die Erde ist grenzenlos«, hob Ederra an, die wunderbar erzählen konnte, »das ist eine Tatsache, so wie dass du ich jetzt hier sind, und folglich ist es sinnlos, dass wir versuchen, an das Ende zu kommen.«

»Auch wenn wir ein Leben lang laufen?«

»Nicht einmal in drei Leben würde uns das gelingen. Nicht einmal die Sonne kann die Grenzen der Erde berühren, wenn wir sie abends im Meer versinken sehen. Und du wirst dich fragen, wo geht die Sonne dann hin?« Mayo nickte. »Wenn sie erst dort ist, dreht sie eine Runde durch den Bauch ihrer Mutter (denn die Erde ist die Mutter der Sonne und des Mondes), bis sie in das Land kommt, in dem die Männer mit ihren Stöcken auf den Felsen schlagen, um sie jeden Morgen dazu zu bewegen, wieder herauszukommen, denn sie ist sehr träge.«

»Und was sieht die Sonne, wenn sie unter der Erde ist?«

»Oh … das ist wunderschön, Mayo. Schließ die Augen.« Das Mädchen gehorchte. »Du musst dich gehörig anstrengen, um dir das vorstellen zu können, und selbst dann wird es dir kaum gelingen. Unter der Erde gibt es riesige Landschaften, durch die Milchflüsse fließen. Dort kauern die Gewitter und die schwarzen Wolken, die voller Regen zu uns kommen, die Felder sind übersät mit Blumen, mit denen man alle Krankheiten heilen kann, und die Regenbogen sind dort so alltäglich, dass niemand sie mehr beachtet. All das befindet sich unter unseren Füßen. Hast du es sehen können?« Mayo nickte eifrig mit geschlossenen Augen und lächelte verzückt.

Wenn Ederra das Bürsten und die Geschichte beendet hatte, schwieg sie. Sie schlüpfte zu Mayo ins Bett und fasste in der Dunkelheit die Hand des Mädchens. Mayo tauchte mit der Nase in Ederras rotes Haar und sog den wunderbaren Moosduft ein. Manchmal, im Sommer, tanzten sie beide vor dem Schlafengehen nackt unter dem Mond, um die Waldgeister zu erfreuen, damit sie ihnen im Gegenzug ihre Weisheit schenkten.

Die Erinnerungen beruhigten Mayo, und sie schloss die Augen. Wie in Trance stand sie auf und begann, mit ihrem Vogelstimmchen einen unbekannten Rhythmus zu trällern. Sie zog die Bluse aus, löste die Bänder an ihrem Rock und genoss es, wie der Stoff über ihre Beine glitt. Sie ließ die Kleider am Boden liegen und tanzte singend weiter zwischen den Bäumen, unter den Sternen, während das Mondlicht zärtlich über ihren Rücken und ihr Gesäß strich. Da merkte sie, dass jemand sie beobachtete. Sie erschrak. Ihre Kehle war ganz trocken. Sie sammelte ihre Kleider auf und zog sich an, während Beltrán nervös auf der Stelle trappelte.

»Ist da jemand?«, fragte sie zitternd.

Keine Antwort. Mayo nahm ein Messer und ging langsam weiter. Sie schlich leise um die Bäume. Das Herz klopfte ihr bis zum Hals, als sie einen Schatten Richtung Dorf davonrennen sah.

Mayo beschloss, sich einen sichereren Platz zum Schlafen zu suchen.

Keuchend kam Iñigo in der Residenz an, als die ersten Sonnenstrahlen bereits den Himmel durchschnitten. Zum Glück hatte niemand seine Abwesenheit bemerkt. Er schloss die Tür seiner Zelle, legte sich auf die Pritsche und bedeckte das Gesicht mit den Unterarmen. Es war keine Vision gewesen. Sein blauer Engel existierte, und er durfte es niemandem erzählen.

Bevor der Schlaf ihn übermannte, kam ihm der Bibelvers aus dem 4. Buch Mose 22,31 in den Sinn, der lautet:

Da enthüllte der Herr die Augen Bileams, und er sah den Engel des Herrn mit seinem gezückten Schwert in seiner Hand auf dem Weg stehen; und er neigte sich und fiel nieder auf sein Angesicht.

XI

Wie man einen Balsam herstellt,
damit die Frau keinen anderen Mann lieben kann,
wie man Zwietracht unter Liebenden sät

An einem trüben Morgen Anfang Juli besuchte Rodrigo Calderón erneut Valle und Becerra im Sitz der Inquisition in Logroño. Wieder erschien er ohne Vorankündigung, verwegen mit Mantel und Degen, einem Paar braunen, bis übers Knie reichenden Lederstiefeln, das Gesicht unter der breiten Krempe seines Büffellederhutes verborgen, und auch sein Gefolge war so herausgeputzt, dass man hätte meinen können, sie bildeten die Staffage für ein Theaterstück.

Er machte einen grimmigen Eindruck. Die beiden Inquisitoren schoben das auf die neuesten Nachrichten, die sich wie ein Lauffeuer verbreitet hatten und auch schon zu ihnen vorgedrungen waren. Man sprach von mangelnder Umsicht seitens der Regierung und von den finanziellen Nöten des Landes, die der Favorit des Königs vergeblich durch Spektakel und rauschende Feste zu überspielen versuchte.

Es hatten in jenen Tagen im Escorial Versammlungen unter dem Vorsitz des Duque de Lerma stattgefunden, in denen es um die Staatsfinanzen ging. Offensichtlich hatte Königin Margarete ihren Mann dazu gedrängt, von seinem Favoriten eine Erklärung dafür zu verlangen, wohin das ganze Gold aus den königlichen Truhen floss, und sie hatte ihn überredet, persönlich dabei sein zu dürfen.

Schweigend hatte die Königin den Auftritt des Duque beobachtet, der sich im Audienzsaal des Palastes mit einem großmütigen Lächeln präsentierte, einen Stapel Papierbögen unter dem Arm und einen Holzgriffel mit einem Stück Kreide in der Hand, den er wie einen Bischofsstab vor sich hertrug. Begleitet wurde er von seinem Sekretär Rodrigo Calderón, der eine Tafel dabei hatte, die er mitten im Raum aufstellte.

Hastig kritzelte Lerma schwindelerregende Zahlen darauf und redete dabei unermüdlich. Tausende wurden zu Millionen, er addierte, subtrahierte, multiplizierte und dividierte, bis er zu einer befriedigenden Summe kam, die er in riesigen Ziffern in die Mitte der Tafel schrieb. Er malte einen Kreis darum, unterstrich diesen zweimal und sprach die Zahl frohlockend aus. Lerma zufolge bestand kein Zweifel daran, dass Philipp III. über einen beachtlichen Überschuss verfügte und sich keine Sorgen zu machen brauchte. Da stand Königin Margarete auf und sagte die Worte, die später bei einem Gerichtsverfahren beweisen sollten, dass der Duque de Lerma und sein Sekretär Rodrigo Calderón die Königin genügend hassten, um ihr den Tod zu wünschen.

»Ich bedaure, Euch widersprechen zu müssen, Exzellenz«, hob sie an, »aber die Summe von vierundzwanzig Millionen an Einkünften ist vollkommen an den Haaren herbeigezogen.« Und dann fuhr sie in aller Seelenruhe fort: »Der Überschuss von vierzehn Millionen entspricht nicht den Tatsachen.«

Den Duque der Lerma traf fast der Schlag. Was zum Teufel führte die Königin im Schilde? Warum äußerte sie sich zu Dingen, bei denen sie niemand um ihre Meinung gebeten hatte? Was hatte sie überhaupt hier zu suchen? Wer hatte ihr erlaubt, sich in einer Versammlung zu Wort zu melden, bei der es um Staatsangelegenheiten ging, von denen sie nichts verstand? Das war schließlich reine Männersache. Er atmete dreimal tief durch, versuchte, sich seine Bestürzung nicht anmerken zu lassen, und wich keinen Deut von seiner Position ab.

»Das ist nicht meine persönliche Meinung, sondern eine beweisbare Tatsache«, fuhr die Königin unbeirrt fort. »Es wundert mich doch sehr, dass wir, obwohl unser Reich, wie Eure Exzellenz versichern, Einkünfte in Höhe von vierundzwanzig Millionen Dukaten haben soll, ständig Darlehen aufnehmen müssen, die uns ruinieren und auf Gedeih und Verderb skrupellosen Bankiers und Spekulanten ausliefern.«

Der Duque de Lerma glaubte zum ersten Mal in all den Jahren, in denen er im Dienst der Krone stand, ein misstrauisches Funkeln in den Augen des Monarchen zu sehen.

In der Folge dachte er angestrengt nach, wen er für mögliche Fehlentscheidungen zur Verantwortung ziehen konnte. Er deutete an, bei der Verwaltung durch den *Consejo y la Junta de Hacienda* ginge nicht alles mit rechten Dingen zu. Die Reaktion des *Consejo* ließ nicht lange auf sich warten. Die Mitglieder werteten die Andeutungen des Duque als Affront und verkündeten, sie hätten nichts zu verbergen. Ihr Geschäftsgebaren sei durchsichtig und es sei keine Lösung, anderen die Schuld für Fehlentscheidungen in die Schuhe schieben zu wollen. Man könne unmöglich den steuerlichen Druck auf das bereits arg gebeutelte Kastilien verstärken. Das Vernünftigste sei, die enormen Kosten für den Prunk am Hofe zu senken, der an Maßlosigkeit kaum zu überbieten wäre. Der *Consejo* schlug vor, dafür ein jährliches Limit zu setzen.

Doch der Duque de Lerma war anderer Ansicht. Die Monarchie habe sich solch prosaischen Dingen wie Geld nicht zu unterwerfen. Der König und sein Hof seien die Repräsentanten des Reiches, und man könne nicht zulassen, dass sie den Glanz einbüßten, durch den Spanien seit Jahrhunderten alle anderen europäischen Länder in den Schatten stellte. Er schlug vor, anstatt die Ausgaben zu kürzen die Steuern zu erhöhen, natürlich nicht im Königreich Kastilien, das bis zum Jahre 1617 schon sechzehn Millionen Dukaten aufbringen musste. Man müsse nach strategischen Lösungen suchen, die anderen Reiche überreden, sich an der Rettung der Monarchie zu beteiligen, und das schnell, denn die Krise treffe jeden Bereich der Gesellschaft: die Landbevölkerung schrumpfe, die Adeligen ruinierten sich, indem sie riesige Schuldenberge anhäuften, und der Klerus sehe machtlos zu, wie seine Klöster verfielen.

Ein Schreiber mit leichter Feder ließ Schmähschriften drucken, die überall in den Straßen Madrids aufgehängt wurden und in denen es hieß, die Lage in Kastilien zeige in aller Deutlichkeit, dass die spanische Monarchie nichts anderes sei als ein Riese mit goldenem Kopf, silberner Brust und tönernen Füßen. Man sagte ihr den völligen Verfall innerhalb der nächsten vierzig Jahre voraus. Zwei Wochen später fand man den prophetischen Schreiber meuchlings niedergestochen in einer Gasse. Natürlich hatte niemand etwas gesehen.

Plötzlich stand nicht nur Lerma, sondern auch Rodrigo Calderón unter Beschuss. Francisco de Mendoza, Admiral aus Aragón, bezichtigte ihn, er habe Gelder veruntreut, sich bestechen lassen und gnadenlos alle verfolgt, die sich seiner Führungsrolle widersetzten. Doch die subversiven Kommentare waren schnell erstickt, und er wurde kurz darauf wegen Hochverrats verhaftet. Fortan redete man nur noch hinter vorgehaltener Hand, denn die Intellektuellen begriffen schnell, dass die Leute, die es wagten, die Machenschaften des Favoriten und seines Sekretärs zu kritisieren, ihr Ansehen einbüßten und im Gefängnis oder meuchlings erstochen in einer Sackgasse endeten.

Es ging sogar das Gerücht um, Königin Margarete habe im Geheimen eine Oppositionsgruppe gegen Calderón gegründet, die aus ihren engsten Freunden und den Widersachern des Favoriten bestand. In den Straßen fingen die Leute schon an zu wetten, wer den Palast wohl als Erster verlassen würde: die aparte Königin oder der Scharlatan von Sekretär.

Das war der Stand der Dinge, als Becerra und Valle an dem Morgen Rodrigo Calderón im Versammlungsraum empfingen.

»Wie laufen unsere Vorhaben, Patres?«, grüßte Calderón und hob blasiert eine Augenbraue.

»Wir sind nach wie vor bemüht zu beweisen, dass die Hexen und die damit verbundenen Vorkommnisse real sind und nicht als Träume oder irgendwelcher Spuk abgetan werden können«, erwiderte Valle. »Aber Ihr müsst wissen, dass es nicht einfach ist, diese mühsame Aufgabe mit Begeisterung zu erfüllen, wenn der Generalinquisitor uns Zügel anlegt. Er vertraut blind allem, was sein Schützling Alonso de Salazar y Frías ihm einflüstert, und für jeden Beweis, den wir finden, liefert unser Kollege ein absurdes Gegenargument und wertet unsere Arbeit ab. Es ist, als würden wir Eulen nach Athen tragen.«

»Ihr solltet Euch keine Sorgen um den Generalinquisitor machen«, sagte Calderón und kratzte sich am Kinn. »Es gibt Wichtigeres. Ich habe mir gedacht, da Euer Kollege in weiter Ferne weilt, könntet Ihr vor ihm zum Zuge kommen. Soweit ich verstanden habe, verzögert sich die Visite, die Fristen können nicht eingehalten werden.« Valle und Becerra nickten. »Gut … das heißt, Ihr könnt angesichts des Vormarschs des Bösen in dem Gebiet als Inquisitoren nicht die Hände in den Schoß legen, zumal es Euch zu Leibe rückt, nicht wahr?« Er lächelte vielsagend.

»Ich verstehe nicht«, sagte Becerra.

»Nun, das Gefolge braucht wohl noch Monate, bis es in die Gebiete von Victoria oder die Gegend von Logroño kommt … nehmen wir das mal als Beispiel«, sagte Calderón, aber die Inquisitoren hatten immer noch keine Ahnung, worauf er hinauswollte. »Das ist doch mehr als genug Zeit für die Teufelsanhänger, eine Stadt anzugreifen und zu zerstören, nicht? Wenn Ihr wartet, bis Salazar und sein Gefolge eintreffen, könnte es also zu spät sein.«

»Entschuldigt«, unterbrach ihn Becerra, »aber wenn Salazar zu Ohren kommt, dass wir uns in seine Kompetenzen einmischen, wird er das dem Generalinquisitor mitteilen, und der …«

»Euer Kollege hat keinen Grund sich aufzuregen oder sich bedroht zu fühlen. Schließlich tut Ihr das, um die Arbeit voranzubringen.« Calderón sprach in väterlichem Ton. »Habt Vertrauen und setzt Salazar von Eurem Entschluss in Kenntnis, an den Orten, zu denen er noch nicht gekommen ist, schon einmal anzufangen. So wie die Dinge liegen, wird er ja noch einige Zeit brauchen. Sagt ihm, angesichts der steigenden Zahl von Hexenmeistern und Hexen, die die religiöse Einheit in Álava zu zerstören drohen, hättet Ihr Euch in der Pflicht gesehen, in diesen Gebieten den Erlass unverzüglich umzusetzen. Ihr hättet nicht länger warten können, denn die Folgen wären unter Umständen verheerend gewesen.«

»Bedaure, aber ich muss noch einmal fragen: Verstößt das nicht gegen die Anordnungen des Generalinquisitors? Er selbst wollte, dass Salazar allein diese Besuchsreise macht.« Becerra war zögerlich.

»Das, meine Herren, nennt sich selbständig handeln. Man kooperiert mit dem Kollegen, um ihm die Arbeit zu erleichtern. Zudem –«, Calderón, offensichtlich gereizt, hob die Stimme, »seid Eure Hochwürden nicht Inquisitoren? Nun, dann verhaltet Euch auch entsprechend und lasst nicht zu, dass das Böse dieses Land vernichtet. Verfolgt den Teufel und seine Anhänger, lasset Gerechtigkeit walten! In Gottes Namen!« Und dann fügte er, schon etwas entspannter, hinzu: »Wegen des Generalinquisitors macht Euch mal keine Gedanken, er wird nichts einzuwenden haben.«

»Aber wie sollen wir das anstellen?«, fragte Valle. »Wir dürfen den Sitz in Logroño nicht verlassen. Wie sollen wir die Hexen zu fassen bekommen, um sie zu befragen?«

»Ich möchte Euch jemanden vorstellen.«

Calderón stand auf, ging zur Tür und öffnete sie. Dann flüsterte er einem seiner Männer, der draußen als Wache postiert war, etwas zu, und dieser machte sich sofort energischen Schrittes auf den Weg. Während sie warteten, erklärte Calderón den angespannten Inquisitoren, er käme gerade aus Bordeaux. Dort habe er mit Pierre de Lancre gesprochen, so wie er es bei seinem letzten Besuch angekündigt hatte. Wie es aussah, war der französische Inquisitor bereit, ihnen zu helfen, dem Teufelswahn Einhalt zu gebieten. Lancre habe versichert, er habe nicht verhindern können, dass die Hexen in Karawanen die Grenzen überquerten und ganz Navarra mit Unheil überzogen, als sie hörten, dass er im Anmarsch war. Er sagte, die Mehrzahl habe vorgegeben, Wallfahrten in die Klöster von Montserrat oder Santiago machen zu wollen, aber das sei natürlich nur eine schändliche Ausrede. Mehrere englische und schottische Seefahrer, die nach Bordeaux gekommen waren, um Wein zu laden, hätten ihm versichert, sie hätten während der Überfahrt ganze Rotten von Teufeln in Gestalt furchterregender Männer gesehen, die nach Belieben die Grenze zwischen Spanien und Frankreich passierten, als würde diese für sie gar nicht existieren.

»Das ist ja entsetzlich«, sagte Becerra erbost.

»Das ist es, das ist es, in der Tat …«, erwiderte Calderón mit betretener Miene. »Es ist möglich, dass wir es mit einer Macht zu tun haben, die uns überlegen ist. Deshalb brauchen wir Hilfe von Leuten, die über das nötige Wissen verfügen.«

Die beiden Inquisitoren sahen sich fragend an. In dem Moment klopfte es. Calderón öffnete und verkündete großspurig: »Hier sind sie! Eure neuen Mitarbeiter. Ich darf Euch Pfarrer Pedro Ruiz de Eguino und Señorita Morguy vorstellen. Sie werden Euch zur Hand gehen.«

Mit gesenktem Kopf traten die beiden ein. Er handelte sich um einen schlanken, dunkelhaarigen Geistlichen mittleren Alters mit einer runden Brille und ein junges Mädchen von nicht mal zwanzig Jahren. Auf den ersten Blick wirkte sie ganz normal, doch wenn man genauer hinschaute, konnte man in ihren geheimnisvollen kupferfarbenen Augen die Weisheit einer Achtzigjährigen erahnen.

»Ich werde mit den außergewöhnlichen Qualitäten der jungen Dame beginnen«, erklärte Calderón und zwinkerte ihr zu. »Monsieur Pierre de Lancre hat sie uns ausgeliehen. Das Mädchen ist offensichtlich in der Lage, am Körper der Hexen ein Zeichen zu finden, das der Teufel ihnen aufdrückt, wenn sie in seine Dienste treten, nicht wahr?«

»Er brandmarkt sie wie Vieh«, murmelte Morguy, ohne vom Boden aufzuschauen. »Seine irdische Herde. Es ist das *stigma diaboli*. Daran erkennen wir eindeutig, dass jemand böse ist und die Läuterung durch das Feuer verdient hat.«

Pierre de Lancre hatte Calderón erzählt, am Anfang seiner Zeit in Lapurdi habe er sich der Hilfe eines Chirurgen aus Bayonne bedient, um das Zeichen zu finden. Doch dann habe sich dieses sechzehnjährige Mädchen aus dem nördlichen Gebiet des Bidasoa-Flusses als weit geschickter erwiesen. Ihre Erfahrung ging wohl darauf zurück, dass sie viele Jahre gegen ihren Willen von einer ruchlosen Hexe regelmäßig zum Hexensabbat geschleppt wurde. Nachdem sie sich befreien konnte, wollte sie all denen helfen, die dasselbe mitgemacht hatten. Allein anhand der Farbe der Haut und der Pupille des Betroffenen konnte sie erkennen, wer vom Teufel befleckt war und wer nicht. Selbst wenn der Teufel einen Menschen an einer nicht so zugänglichen Stelle gebrandmarkt hatte, war Morguy in der Lage, das Zeichen zu finden, ganz gleich, wie klein es war. Sobald sie es aufgespürt hatte, stieß sie eine lange Nadel in das Zentrum des Males, ohne dass der Angeklagte Schmerz verspürte.

»Ihr werdet nicht bestreiten, dass die junge Dame Euch sehr nützlich sein kann«, sagte Calderón lachend. »Und was Señor

Pedro Ruiz de Eguino angeht«, er blickte zu dem Geistlichen hinüber, der die ganze Zeit geschwiegen hatte, »so kann ich Euch sagen, er hat sich sofort erboten, sein ganzes Wissen zur Verfügung zu stellen, um dieses missliche Problem aus der Welt zu schaffen.«

»Ich habe etwa hundert verdächtige Personen im Sinn«, erklärte Pfarrer Pedro Ruiz de Eguino, als ob er plötzlich aus einer langen Trance erwacht wäre, »die besser in Verliesen dieses heiligen Hauses aufgehoben wären, anstatt draußen herumzurennen und das Christentum zu zerstören. Darunter sind nicht weniger als zehn Geistliche, die nichts anderes tun, als die Arbeit des Heiligen Offiziums zu unterlaufen, indem sie den reuigen Hexen in ihren Gemeinden schreckliche Strafen androhen, falls sie versuchen sollten, die Teufelssekte zu verlassen. Ich kenne einen« – er hob den Finger und schaute Valle und Becerra mit einem halb geschlossenen Auge an –, »das ist der Schlimmste von allen. Ein Priester von fünfundneunzig Jahren namens Diego de Basurto, der bekannt ist für seine Lüsternheit und sein unzüchtiges Treiben mit Satan. Eure Hochwürden können sich nicht vorstellen, zu welchen Verirrungen dieser Mann fähig ist.« Er senkte die Stimme. »Es heißt, er habe mehr als eine Gläubige geschwängert.«

»Mit fünfundneunzig?«, fragte Valle überrascht.

»Bestimmt geht das auf irgendeinen Pakt mit dem Teufel zurück«, flüsterte ihm Becerra zu. »Mit fünfundneunzig … alle Achtung.«

»Und glaubt ja nicht, dass ihm eine genügt.« Pedro Ruiz de Eguino schien regelrecht in Fahrt zu kommen. »Und er beschränkt sich auch nicht auf die Unverheirateten … mitnichten. Wenn er eine verlobte Frau begehrt, benutzt er Eisenkraut. Er lässt es trocknen, zermahlt es zu Pulver und streut es zwischen den Liebenden aus. So sät er Zwietracht zwischen den beiden.«

»Und wir können doch nicht zulassen, dass Ihr tatenlos zuschaut, oder?«, wandte sich Calderón in willfährigem Ton an die Inquisitoren. »Also schreibt Eurem Kollegen, sagt ihm, Ihr fangt mit den Befragungen an und werdet ihm entsprechend Mitteilung machen.«

»Überlasst alles mir«, sagte Pfarrer Ruiz de Eguino, der offensichtlich Vertrauen gefasst hatte. »Ich werde mich auf den Weg machen und Dörfer und Städte abklappern. Ich werde die Gottlosen fassen und euch jede Woche eine Ladung Hexen an die Tür liefern, gut verschnürt und bereit zu beichten, keine Sorge. Und was alles andere angeht«, er machte eine kleine Pause, »es wäre mir wirklich eine Ehre, wenn ich für meine Dienste das Amt des Inquisitionskommissars bekommen könnte.«

»Das ist doch kein Problem, Patres, oder?«, rief Calderón aus.

»Wir tun, was wir können«, lautete die Antwort.

Salazar spürte, dass in seinem Gehilfen Iñigo de Maestu irgendetwas vorging. Er war den ganzen Morgen mit gesenktem Kopf auf dem Flur zum Patio auf und ab gelaufen, hatte hin und wieder hinausgeschaut, bedrückt geseufzt und dabei die Bibel wie einen Rettungsanker umklammert. Er hatte sich auf eine der Bänke auf dem Flur gesetzt, unter das Kreuz aus Nussbaumholz mit einem blassen, leidenden Jesus aus Elfenbein mit der Inschrift INRI. Dort war er stundenlang sitzen geblieben, hatte in der Heiligen Schrift geblättert und wie in Trance ganze Abschnitte vor sich hin gemurmelt, als würde er sie auswendig kennen.

Während des Essens plauderte Salazar über ihre Reise, um zu sehen, ob er den Novizen irgendwie aufheitern konnte. Er sprach von den Briefen seiner Kollegen aus Logroño, die für sein Empfinden leicht verbittert klangen, von denen des Generalinquisitors, der bei allen Entscheidungen hinter ihm stand, zum Glück, wenn er nicht wäre ... denn Valle und Becerra, die eigentlich helfen sollten, täten alles, um die Visite zu boykottieren, indem sie die Kommissare in den Städten schlecht informierten. Er wisse nicht, was sie vorhätten.

Salazar hielt inne und sah den jungen Mann mit einem Seitenblick an. Er wartete darauf, dass er Interesse zeigte, eine Frage stellte. Er hätte es sogar hingenommen, wenn er einen seiner Scherze angebracht hätte, aber nichts dergleichen geschah. Iñigo schwieg die ganze Zeit, zählte wieder und wieder die Erbsen auf seinem Teller und bat dann um Erlaubnis, sich zurückziehen zu dürfen, ohne auch nur einen Bissen zu sich genommen zu haben. Salazar, der gelernt hatte, die Anzeichen von Seelenzweifeln zu erkennen, lief ihm nach und hielt ihn auf dem Flur an.

»Iñigo.«

»Womit kann ich dienen, mein Herr?«

»Ich gehe davon aus, dass du schon alles vorbereitet hast, so dass wir in Kürze nach Elizondo aufbrechen können.«

»Ja, ja, mein Herr.« Iñigo schwieg, und Salazar deutete auf die Bibel, die der Novize unter den Arm geklemmt hatte.

»Hast du die Antwort gefunden, die du gesucht hast?«

»Ich suche nicht immer Antworten«, erwiderte er. »Manchmal will ich nur einen Satz, ein Wort, einen Gedanken finden, der mir zeigt, dass schon jemand vor mir, zu einer anderen Zeit, sich so gefühlt hat. Manchmal kann ich nicht beschreiben, was mit mir los ist, und das hilft mir, es zu verstehen.«

»Das ist eine gute Übung, Iñigo. Liebe, Hass, Freude, Schmerz haben schon viele Seelen bewegt, lange bevor wir auf die Welt kamen. Und –« Salazar schaute wieder auf die Bibel, »sagt sie etwas über jemanden, der sich so gefühlt hat wie du?«

Iñigo seufzte. Dann schlug er das Buch auf, suchte die Seite, und als er sie vor Augen hatte, rezitierte er die Verse leidenschaftslos, den Blick auf Salazar gerichtet.

»Römer 7, 23,24. ›Ich sehe aber ein anderes Gesetz in meinen Gliedern, das da widerstreitet dem Gesetz in meinem Gemüte und nimmt mich gefangen in der Sünde Gesetz, welches in meinen Gliedern ist. Ich elender Mensch! Wer wird mich erlösen von dem Leibe dieses Todes?‹«

»Mein lieber Iñigo, die menschliche Seele ist schwach, zerbrechlich. Der schönste Engel des Herrn, sein Lieblingsengel, hat sich ihm eines Tages widersetzt, so sehr, dass er nicht mehr an seiner Seite weilt. Wenn schon ein Engel fällt, wie sollen dann wir Menschen erst nicht auch hin und wieder wankelmütig werden? Beruhige dich! Es zählt nicht, dass dein Fleisch schwach wird, sondern dass deine Seele kämpft. Quäl dich nicht, Iñigo, ich brauche dich ausgeruht, damit du mir bei der Suche helfen kannst.« Er strich über die bartlose Wange des Novizen und sah ihn an wie ein liebender Vater.

Salazar hatte den Eindruck, dass Iñigo ihm sehr ähnlich war, obwohl er zugeben musste, dass der Junge weit umgänglicher war als er. Er wünschte ihm von ganzem Herzen, dass die Schicksalsschläge des Lebens ihn nicht verbittert machten, so wie es ihm ergangen war.

Das Gespräch wurde unterbrochen, weil man Salazar mitteilte, jemand wolle ihn dringend sprechen. Es war die Tochter der verstorbenen Juana de Sauri, die sich weigerte, den Befragungsraum zu betreten und versteckt in der dunklen Ecke zwischen dem Eingangsportal und dem hellen Patio der Residenz wartete. Sie trug Schwarz, ihr Kopf war mit einem Tuch verhüllt, und um den Mund hatten sie einen Schal geschlagen, so dass ihr Gesicht fast verdeckt war.

»Was wünscht Ihr?« Salazar war überrascht.

»Sie … meine Mutter … hatte Angst«, begrüßte sie ihn. »Und ich auch.«

Die Tochter von Juana de Sauri erzählte dem Inquisitor, ihre Mutter sei eine sogenannte »serora« gewesen, eine Art Küsterin, die sich mit Hingabe um Kirche und Pfarrhaus kümmerte. Letztes Jahr, als das teuflische Übel sich im Gebiet mehr und mehr breitmachte, hatte Pfarrer Borrego Solano ihr erklärt, sie könne dazu beitragen, der haarsträubenden Situation ein Ende zu machen. Sie brauche nur beim Heiligen Offizium gegen die Leute auszusagen, die seit Jahren als Hexen verschrien waren. Juana war nicht sonderlich überzeugt, aber man brachte sie gemeinsam mit anderen frommen Gläubigen nach Logroño. Pfarrer Borrego Solano hatte die Fahrt eigens zu diesem Zweck organisiert. Juana, eine ängstliche Natur, hatte sich die Verirrungen angehört, derer die Leute bezichtigt wurden, die ganz in ihrer Nähe lebten, und hatte alles bestätigt, freilich ohne einen Beweis zu haben. Aber sie vertraute voll und ganz darauf, dass der Pfarrer nichts von ihr verlangen würde, das gegen Gottes Gesetz war.

»Aber sie, die eine so gute Frau war, mein Herr, hat schnell bereut, was sie getan hatte.« Die Tochter fing an zu weinen. »Aber da war es zu spät. Die Urteile wurden verlesen und … na ja … den Rest kennt Ihr ja. Meine Mutter konnte nachts nicht schlafen. Sie sagte, sie höre die Schreie der Verurteilten auf dem Scheiterhaufen, sie zeigten aus den Flammen mit Fingern auf sie und riefen ihr zu: ›Durch deine Schuld, durch deine Schuld.‹ Ihr Gewissen ließ ihr keine Ruhe. Sie bat den Pfarrer um Rat, aber der versicherte ihr, es sei alles in Ordung, sie habe das Richtige getan. Und ich sagte ihr, wenn der Pfarrer das sagte, dann müsse sie ihm glauben. Aber nein, sie war durch nichts zu überzeugen. Sie wollte ihre Aussage widerrufen. Deshalb wollte sie mit Euer Gnaden sprechen … deshalb hat sie um das Gespräch gebeten. Sie wollte Euch sagen, alles, was sie ein Jahr zuvor erklärt hatte, sei falsch gewesen, sie habe noch nie im Leben Hexen gesehen und den Teufel erst recht nicht. Sie wollte, dass Ihr ihr die Absolution erteilt, damit sie endlich Ruhe findet, damit die Verurteilten und ihr Gewissen sie nachts wenigstens ein paar Stunden schlafen ließen.«

»Warum hast du mir das neulich nicht erzählt, als ich dich besucht habe?«, fragte Salazar.

»Ich hatte Angst. Wenn man glaubte, sie … dass ihre inneren Qualen … dass sie vielleicht den Entschluss gefasst haben könnte … ihr wisst schon … sich das Leben zu nehmen. Aber ich glaube das nicht … das kann nicht sein … das müssen sie gewesen sein … sie waren es.«

»Sie?«, fragte Salazar.

»Es war die Rache der Hexen, wie Pfarrer Borrego Solano sagt.« Sie bekreuzigte sich und kramte in ihrer Schürzentasche. »Meine Mutter hat etwas für Euer Gnaden hinterlassen. Ich habe dem Pfarrer davon erzählt und er hat mir geraten, es Euch nicht auszuhändigen. Ich wollte seinem Rat folgen und es zerreißen … nun ja, aber dann habe ich gedacht, dass sie so vielleicht in Frieden ruhen kann, an einem besseren Ort.« Sie hielt ihm ein blaues Pergament hin, auf dem stand: »Zu Händen Alonso de Salazar y Frías.

»Deine Mutter konnte schreiben?«

»Der Pfarrer hat es uns beiden beigebracht.«

»Aber hier steht nur mein Name.« Salazar drehte das Blatt um, doch außer seinem Namen in der Kopfzeile war nichts zu erkennen. Das Blatt war leer. »Bist du sicher, dass das alles ist?«

»Ja, ganz sicher.«

Sie ging zur Tür und war schon fast draußen, da hielt Salazar sie zurück.

»Verzeihung, ich muss dich das noch einmal fragen: Hatte deine Mutter wirklich keinen Gehfehler?«

»Ich versichere Euch, nein. Und diesmal habe ich nichts zu verbergen. Ich habe Euch alles erzählt.«

Als sie gegangen war, verspürte Salazar den dringlichen Wunsch, mit jemandem zu teilen, was er in der letzten Zeit in Erfahrung gebracht hatte. Er beschloss seinem Mentor, dem Generalinquisitor, zu schreiben. Bis jetzt hatte Bernardo Sandoval y Rojas ihm immer sein Vertrauen geschenkt und ihn unterstützt, dafür wollte er ihm danken. In dem Brief wies er ihn darauf hin, dass die Zeit gegen sie arbeitete. Zwei Monate war er bereits aus Logroño fort, und der Gnadenerlass war erst in Santesteban zur Anwendung gekommen, obwohl sie alle unermüdlich arbeiteten und er seinen Gehilfen Höchstleistungen abverlangte. Wenn sie in dem Tempo weitermachten, würden sechs Monate für das gesamte Gebiet nicht ausreichen. Am Ende des Briefes erklärte Salazar, seine Nachforschungen hätten bis zum gegenwärtigen Zeitpunkt nicht ergeben, dass es tatsächlich Hexen oder Teufel gäbe, doch auch das Gegenteil sei nicht bewiesen.

Mir liegt ein wichtiges Indiz vor, das uns vielleicht helfen kann, die Wahrheit herauszufinden. Heute hat mich die Tochter der verstorbenen Juana de Sauri aufgesucht, um mir zu berichten, wie verzweifelt ihre Mutter war. Offensichtlich plagten sie Gewissensbisse wegen ihrer Aussagen vor dem Tribunal von Logroño während des Hexenprozesses im vergangenen Jahr. Ihre Tochter teilte mir mit, Juana de Sauri habe – beeinflusst von Pfarrer Borrego Solano – gelogen, habe es aber sogleich bereut und den Wunsch gehabt, wir mögen ihr die Sünde vergeben. Die Tochter hat mir heute einen Brief übergeben, den die Verschiedene zu meinen Händen zurückgelassen hat, und ich habe das Gefühl, es befindet sich ein Hinweis darin, was in diesen Landen tatsächlich vorgeht. Doch wo? Ich weiß, das Geheimnis ist irgendwo auf diesem unbeschriebenen Blatt versteckt, aber mein Verstand hat es noch nicht erfasst.

Er endete mit der Bemerkung, dass er nicht ruhen werde, bis er alle Antworten gefunden habe. Dann faltete er das Papier, steckte es in den Umschlag, versah ihn mit seinem Siegel und übergab ihn einem seiner Boten.

»Macht Euch sofort auf den Weg. Ich will, dass dieser Brief den Adressaten so schnell wie möglich erreicht.«

XII

Wie man die schädliche Wirkung eines Giftes lindert und die Weisheit fördert

Wie geht es den Inquisitoren Valle und Becerra?«

»Nun … sie waren ein wenig, sagen wir, verwirrt. Ihnen war nicht klar, wie sie vorgehen sollten. Aber zum Glück haben sie ja mich, damit ich ihnen helfen kann, ›die richtigen Entscheidungen zu treffen‹.«

Rodrigo lachte selbstgefällig. Er nahm eine Traube aus der Obstschale, warf sie in die Luft und fing sie dann mit dem Mund auf. Dann lehnte er sich in seinem Stuhl zurück, legte unbefangen die Füße auf den Tisch und sprach weiter.

»Ich habe den Herren Inquisitoren aus Logroño ein Mädchen namens Morguy vorgestellt, das angeblich in der Lage ist, das Teufelsmal zu finden, und einen Hexenjäger namens Pedro Ruiz de Eguino, der Ambitionen hat, Inquisitionskommissar zu werden. Sie stehen voll und ganz hinter der Sache. Sie werden die Gebiete durchkämmen, in die Salazar mit seinem Gefolge noch nicht gekommen ist. Ihr werdet sehen, Patrón«, Calderón sprach das Wort mit einer gewissen Ironie aus, »wie viele Hexenmeister und Hexen in ein paar Wochen die geheimen Gefängnisse füllen werden.«

»Was habt Ihr mir über Salazars Visite zu berichten?«

»Offen gesagt«, Calderón sah ihn unehrerbietig an, »weiß ich so manches … für etwas müssen meine Informanten ja gut sein, die Tag und Nacht arbeiten. Aber wenn jemand alle Details der Visite kennt, dann wohl Euer Gnaden.«

»Wie ich sehe, trifft zu, was man über Euch sagt: großspurig, eitel, herrschsüchtig und unfähig, Eure arroganten Worte zurückzuhalten.«

Rodrigo Calderón schwieg und griff wieder nach den Weintrauben.

»Was ich euch gesagt habe, ist kein Kompliment.«

»Bedauerlich, dass ich Euch für die Krone von so großem Nutzen bin, *n'est-ce pas*?« Calderón grinste hämisch.

Sein Gesprächspartner sah ihn kalt an. Ihm war klar, dass das eine Anspielung auf Heinrich IV. war, der ein Jahr zuvor in den Straßen von Paris von einem gewissen Ravaillac getötet wurde. Dem Gerücht nach ging dessen Tod auf eine Verschwörung zurück, die am spanischen Hof geschmiedet wurde. Mit dem Tod des französischen Königs wurden dessen Pläne hinfällig, ein Bündnis mit dem Herzog von Savoyen zu schließen, um gemeinsam Mailand anzugreifen, das Zentrum der spanischen Macht auf der italienischen Halbinsel. Man hatte es nicht beweisen können, aber man sprach davon, dass möglicherweise die Jesuiten darin verwickelt und der Duque de Lerma und sein Sekretär Calderón die Drahtzieher waren. Auch wenn die Krone die Ermordung von Heinrich IV. verurteilte, hatte der Favorit des Königs inoffiziell eines seiner rauschenden Feste gegeben, mit Spanferkel, Truthähnen und Wein, und man hatte skrupellos auf die neue Zukunft der französischen Nachbarn angestoßen.

»Nun«, seufzte der Patrón, »wollen wir unsere Wortgefechte fortsetzen oder wollt Ihr mir berichten, was Ihr wisst?«

Calderón nahm die Füße vom Tisch, stützte die Ellbogen auf die Knie und setzte eine ernste Miene auf.

»Um die Wahrheit zu sagen … das Verhalten von diesem Salazar bereitet mir Sorgen. Es ist mir schleierhaft, warum man ihn für die Besuchsreise ausgewählt hat und nicht Valle oder Becerra, die weit weniger unbequem sind und sich besser führen lassen. Dieser Salazar stiftet Verwirrung unter der Bevölkerung: Seine Untersuchungsmethoden sind seltsam und völlig absurd und seine Schlussfolgerungen sind noch absurder. Die Leute begreifen das nicht. Sie sehen in ihm einen Halbgott, dessen Entscheidungen Gesetz sind. Sein Wort ist ihnen heilig«, seufzte er. »Ich weiß nicht, ob es das ist, was wir anstreben.«

»Aber ja, Calderón, das ist genau das, was wir wollen«, erwiderte der Patrón. Dann stand er auf und ging im Zimmer umher. »Sie sollen glauben, wir könnten alles Übel dieser Welt beseitigen. Das Volk muss uns dankbar sein für das, was wir tun. Die Leute sollen sich geschützt fühlen, wissen, dass jemand Höheres über ihren Seelenfrieden wacht. Vergesst nicht, dass es mir einzig und allein um die religiöse Einheit geht.«

»Schön, jeder hat seine eigenen Interessen bei dieser Sache. Aber trotzdem glaube ich, dass so viel Ruhe nicht gut ist. Wir müssen mehr Wirbel machen. Der Schaden durch die Hexen muss noch deutlicher zutage treten, zumindest, wenn Salazar in bestimmten Gebieten unterwegs ist. Dann würde auch er Angst bekommen und nicht mehr so selbstsicher auftreten. Das wäre bestimmt kein Fehler … es würde die Leute in Panik versetzen.«

»Woran denkt Ihr genau?«

»Die Befragungen, zum Beispiel … überall weinende, flehende Reuige«, Calderón äffte die Geständigen nach. »Das erscheint mir zu einfach, zu wenig eindrucksvoll. Ich habe daran gedacht, eine meiner Informantinnen einzuschleusen, damit sie einen Skandal provoziert. Ein Geständnis wie es sich gehört, ein Geständnis, wie es dem Teufel gefällt.« Calderón lachte über das in seinen Augen gelungene Wortspiel.

»Diesen Auftritt überlasse ich Euch«, der Patrón sah ihn mit strengem Blick an, »aber haltet Euch im Zaum, Calderón. Ich möchte nicht, dass noch so ein ›Unglück‹ wie das mit Juana de Sauri passiert. Wir dürfen es nicht übertreiben. Die Sache darf uns keinesfalls aus dem Ruder laufen.« Er hielt inne, setzte sich und fragte dann unvermittelt: »Ich habe gehört, die Verstorbene habe Salazar einen Brief hinterlassen. Könnte da etwas drinstehen, das uns verdächtig macht?«

»Verdächtig macht? Niemand kann diese Frau mit uns in Verbindung bringen. Beruhigt Euch.« Calderón sah ihm direkt in die Augen. »Meine Informanten haben mir versichert, sie hätten nichts mit Juana de Sauris Tod zu tun. Es handelt sich um einen unangenehmen Zwischenfall, und ganz gleich, was Salazar mit seinen lächerlichen Methoden herausfindet, wir haben damit nichts zu tun. Was den Brief angeht … ich wusste nichts von seiner Existenz. Eine so einfache Frau konnte schreiben?«

»Offensichtlich. Die Tochter hat den Brief wohl gefunden, und er war an Salazar gerichtet. Er hat ihn bereits, aber nach meinen Informationen hat er die Nachricht noch nicht entschlüsseln können.«

»Wenn der Brief in der Hand des Inquisitors ist, werden meine Informanten ihn an sich bringen und vernichten. Macht Euch keine Sorgen.«

Es folgte ein betretenes Schweigen.

»Eure Informanten … kennen meine wahre Identität nicht, nicht wahr, Calderón?«

»Für wen haltet Ihr mich? Ich kümmere mich seit vielen Jahren um die heikelsten Angelegenheiten in diesem Reich, und man hat mir nie etwas vorwerfen können. Ich bin absolut diskret. Sie wissen lediglich, dass der Auftrag von einem gewissen Patrón kommt.«

»Und so muss es auch bleiben, Calderón, vergesst das nicht. So muss es bleiben.«

Nach dem Versöhnungsakt hielt sich das Gefolge von Salazar noch ein paar Tage in Santesteban auf. Die Habseligkeiten mussten gepackt, die Akten gebündelt und verstaut werden. Inmitten des Trubels bewegte sich Iñigo de Maestu wie ein Schlafwandler. Er gab Befehle, war aber nicht bei der Sache und antwortete kaum hörbar, wenn ihm jemand eine direkte Frage stellte. Sein Verhalten machte Salazar allmählich Sorgen. Das Gespräch, das er am Vortag mit dem Novizen geführt hatte, hatte nichts gebracht. Und so begab er sich am Abend in Iñigos Schlafgemach, um ihn, wenn er ihn schon nicht aufheitern konnte, zumindest ein wenig abzulenken. Außerdem verspürte er selbst das Bedürfnis, mit jemandem über den Brief von Juana de Sauri zu sprechen, hinter dessen Geheimnis er noch nicht gekommen war. Vier Augen würden mehr sehen als zwei, und vielleicht würde die Erfahrung des Novizen, der sich im Spurensuchen auskannte, nützlich sein, um hinter den Sinn dieses leeren Blattes zu kommen.

Er klopfte zweimal an Iñigos Tür und öffnete sie, ohne eine Antwort abzuwarten. Er fand ihn auf seinem Bett liegend vor, die Bibel in der Hand, eingehüllt von dunklen Schatten. Nur auf dem Nachttisch sah man den Lichtkegel der Kerze.

Er fuhr hoch, als er den Inquisitor zu dieser späten Stunde mit einem Blatt Papier in der Hand auf sich zukommen sah.

»Iñigo, ich brauche deine Hilfe.«

Der Wunsch, Salazar nicht zu enttäuschen, riss den Novizen aus seiner Versunkenheit. Er legte die Bibel auf den Nachttisch und betrachtete neugierig das Blatt.

»Wie du siehst, handelt es sich um einen Brief an mich. Juanas Tochter hat ihn mir gebracht. Sie sagt, ihre Mutter habe ihn geschrieben. Aber es steht nichts darin, und ich verstehe einfach nicht, was sie mir damit sagen wollte. Aber ich habe das Gefühl, es handelt sich um etwas Wichtiges.«

»Ein unbeschriebener Briefbogen, aha.« Iñigo setzte eine gelehrte Miene auf. Er wendete das Blatt hin und her, hielt es gegen das Licht, um die Spur eines nicht sichtbaren Zeichens erkennen zu können, aber da er nichts finden konnte, fing er an zu spekulieren. »Zu Händen Alonso de Salazar y Frías. Vielleicht ein Abschiedsbrief.«

»Einen Abschiedsbrief schreibt man an jemanden, den man liebt, dem man die Gründe erklären will, warum man aus der Welt scheidet … nun ja. Ich glaube nicht, dass jemand die letzten Augenblicke seines Lebens darauf verschwendet, Nachrichten an Unbekannte zu schreiben, oder?«

»Ich weiß es nicht. Ich habe nie daran gedacht, einen solchen Brief zu schreiben. Nun …« Iñigo richtete seinen Blick wieder auf das Blatt. »Es könnte sich um eine verschlüsselte Nachricht handeln.« Iñigo hob die rechte Augenbraue und spekulierte weiter. »Vielleicht wollte sie zeigen, dass ihr Leben zu diesem Zeitpunkt leer war … leer wie das Blatt.«

Salazar sah ihn skeptisch an.

»Glaubst du, eine Frau wie Juana de Sauri wäre zu solch einer Abstraktion fähig?« Er seufzte. Er hatte das Gefühl, nie hinter das Geheimnis der Botschaft zu kommen. »Ich weiß nicht, Iñigo, vielleicht hast du doch recht. Was mich am meisten wurmt ist, dass wir Santesteban bald verlassen werden, ohne herausgefunden zu haben, was mit Juana de Sauri wirklich geschehen ist. Ich mag keine unvollendeten Sachen. Du hast doch gesagt, Juanas Spuren hätten gezeigt, dass sie gehinkt hat?« Iñigo nickte. »Ich habe ihre Tochter nochmal gefragt, und die hat mir wieder versichert, ihre Mutter habe keine Probleme beim Gehen gehabt.«

»Seht, mein Herr, es gibt fast nichts, worin ich mich wirklich auskenne, und deshalb bin ich bei keinem Thema ein Fachmann. Aber im Deuten von Spuren macht mir keiner etwas vor. Ich sage euch, Juana ist gerannt und hat gehinkt. Den Grund kann ich euch nicht sagen. Vielleicht ist sie an dem Tag gestürzt, das kann ihre Tochter schließlich nicht wissen.«

»Warte, warte!« Salazars Miene hellte sich auf. »Vielleicht hat sie nicht gehinkt, vielleicht hat etwas anderes die seltsame Bewegung ihres rechten Fußes ausgelöst. Kannst du mir sagen, wie genau die Spuren aussahen?«

Iñigo ging mit großen Schritten durch den Raum, und drehte bei jedem dritten oder vierten Schritt den Fuß, dass sein Körper sich zur Seite neigte.

»Das ist es! Du bist ein Genie, Iñigo.«

»Wirklich, mein Herr?«

»Sie hatte nichts mit dem Fuß.«

»Nein?«

»Sie hat sich einfach nur umgeschaut, deshalb ist die Spur des Fußes verdreht«, Salazar lachte. »Und warum dreht sich jemand um, wenn er rennt?«

»Sie hat sich umgedreht, weil sie verfolgt wurde!«, rief Iñigo aufgeregt.

»Genau!«

»Dann stimmt es also, dass die Hexen und der Teufel sie getötet haben?«, fragte der Novize ängstlich.

»Wenn sie es nicht waren, dann jemand, der ihnen ähnlich sah. Hast du nicht gesagt, die anderen Spuren, die von den Hufen des Ziegenbocks, sahen aus, als ob er geschlurft wäre, und parallel dazu seien menschliche verlaufen?«

»Ja.«

»Ich habe darüber nachgedacht. Wie könnte ein Tier wie der Ziegenbock, der normalerweise auf allen vieren geht, sich locker auf zwei Beinen bewegen? Und warum sollte er schlurfen?«

»Keine Ahnung.«

»Ich bin zu dem Schluss gelangt, dass jemand sich ein paar Ziegenhufe vorgeschnallt hat. So eine Art Schürze aus dem Fell des Tieres, die er sich um die Hüfte gebunden hat. Das würde erklären, warum du einen einzelnen Huf auf dem Boden von Juanas

Haus gefunden hast. Sie werden sich der zwei vorderen Hufe entledigt haben, weil sie störten.«

»Eine Verkleidung, aber natürlich! Die Spuren stammten nicht von einem Ziegenbock, der auf zwei Beinen ging, sondern …«

»… wenn der Mann sich bewegte«, vollendete Salazar den Satz, »schleiften die Hufe über den Boden, und wenn er stehen blieb, war der Abdruck vollständig. Und da Juana in Panik war, hat sie wirklich geglaubt, sie habe den Leibhaftigen vor sich.«

»Glaubt ihr, der mit der Verkleidung hat sie in den Fluss gestoßen?«

»Nicht direkt. Ich glaube, Juanas Seele war in der letzten Zeit sehr angeschlagen. Bestimmt hatte sie den Stein mit dem Seil schon bei der Brücke bereitliegen, falls sie ihre Gewissensbisse nicht mehr länger ertragen könnte. Aber im Grunde war es nicht ihr eigenes Gewissen, sondern die prächtige Inszenierung, die sie davon überzeugt hat, diese Welt besser zu verlassen. Die Angst hat Juana in den Fluss getrieben. Und jetzt müssen wir diese Komödianten finden, die sich als Ziegenböcke verkleiden, um die Leute aus dem Gleichgewicht zu bringen. Und was noch wichtiger ist, wir müssen herausfinden, warum sie das tun.«

Salazar verließ Iñigos Zimmer mit einem Lächeln und wünschte ihm eine gute Nacht, ohne zu merken, dass er Juanas Brief auf dem Bett des Novizen vergessen hatte.

Hexen hatten in Mayo schon immer widersprüchliche Gefühle hervorgerufen. Ein Teil von ihr hatte Angst vor ihnen, und zwar eine so schlimme Angst, dass sie sich nachts an Ederra klammerte, wenn sie glaubte, es wären welche in der Nähe. Andererseits fühlte sie sich von ihnen angezogen. Sie wollte immer wissen, wo ihre Versammlungen stattfanden, um sie zwischen den Farnen kauernd beobachten zu können. Ederra erklärte ihr, diese Wesen hätten nichts mit ihnen zu tun.

»Unsere Kraft kommt aus der Natur. Wir nutzen die Luft, das

Wasser, die Erde, die Blumen und die anderen Pflanzen, und manchmal hilft uns aus reiner Großzügigkeit ein Waldgeist. Aber die Hexen, Liebes, die beziehen ihre Kraft aus der Hölle. Sie schließen einen Pakt mit dem Teufel, und fort ist ihre Seele«, sie schnippte mit den Fingern, »im Handumdrehen.«

Doch Mayo fragte sich, ob der Teufel nicht auch ohne jeden Pakt Herr ihrer Seele war, vom Moment ihrer Empfängnis an. Denn wenn sie manchmal das Treiben der Hexen beobachtete, hatte sie das Gefühl, dass sie ihr ähnlich waren. Ederra sagte sie nichts davon, um sie nicht zu beunruhigen.

Sie hatte bei ihren Versammlungen in der Johannisnacht gesehen, wie sie aßen, tanzten und sangen. Sie bewegten sich in einem umgekehrten Reigen und schauten dabei nach außen, um einander nicht ansehen und am nächsten Tag vor Scham vergehen zu müssen. Sie spürte sie, sie konnte sie riechen – Mayo konnte die Anwesenheit von Hexen über die Entfernung von vielen Meilen spüren, als hätte sie einen sechsten Sinn dafür. Deshalb wusste sie, dass diese behaarten Kerle, die den jungen Gehilfen von Salazar überfallen hatten, keine Hexenmeister waren.

Sie waren schon wieder da. Sie lungerten vor dem Gebäude herum, in dem der Inquisitor und sein Gefolge untergebracht waren, und Mayo hegte den Verdacht, dass auch sie den Inquisitor verfolgten, aus welchem Grund auch immer. Sie versteckte sich in der Nähe der beiden Männer, um ihr Gespräch zu belauschen.

»Der Patrón will, dass wir einen Brief suchen.«

»Einen Brief«, wiederholte der mit dem weißen Auge und kaute lustlos an seinen Nägeln.

»Wiederhole nicht immer alles wie ein Schwachsinniger. Weißt du, was ein Brief ist?«

»Ein Blatt Papier.«

»Ja, aber ein spezielles Papier. Es ist an den Inquisitor Salazar gerichtet.«

»Und woher soll ich das wissen?«, bellte der Junge.

»Sprich leise. Schnapp dir alles, was auf dem Tisch des Inquisitors liegt, und dann haben wir's. Aber denk daran, dass du ihm erst dieses Pulver in den Mund streust, während er schläft.« Er reichte dem Jungen ein Säckchen, in dem sich offensichtlich ein kleines Fläschchen befand, das Mayo nicht sehen konnte. »Damit wird er schlafen wie ein Murmeltier, und du kannst in Ruhe arbeiten. Gib ihm nicht zu viel, wir wollen ihn schließlich nicht ins Jenseits befördern.«

»Jenseits«, wiederholte der Junge.

Sie traten ein Stück vor, um zu schauen, wo Licht im Gebäude brannte. Es war nur ein Fenster erleuchtet.

»Das da ist es. Er ist immer lange wach. Lass uns warten, bis er das Licht ausmacht und zu Bett geht.«

Mayo erschrak. Sie konnte nicht zulassen, dass man der einzigen Person, die sie zu Ederra führen konnte, etwas antat. Daher suchte sie in Beltráns Satteltaschen nach einem Mittel gegen Vergiftungen, steckte die bunten Steine, die sie unsichtbar machten, in die Tasche, und wartete. Als das Licht im Fenster ausging, kletterte der Junge mit dem weißen Auge an der Wand hoch, verharrte einen Moment auf der Fensterbank, stieß dann das Fenster auf und verschwand im Zimmer.

Mayo rannte zum Haupteingang. Ihre Füße berührten kaum den Boden, um ja kein Geräusch zu erzeugen. Mit aller Kraft drückte sie die bunten Steinchen, die sie unsichtbar machten, und huschte hinein. Zum Glück war keine Wache da. Sie lief durch die Flure und überlegte, in welches Zimmer der Junge eingestiegen war, aber als sie vor der Tür stand, stellte sie fest, dass es nicht Salazars Schlafgemach war. Der Junge hatte sich vertan.

Sie drückte vorsichtig die Klinke herunter und lugte durch den Spalt hinein. Sie sah den Jungen mit dem weißen Auge im Mondschein, der ein merkwürdiges Pulver, das aussah wie gemahlener Ziegelstein, in den Mund der Person streute, die im Bett lag. Als er sicher war, dass es wirkte und dass sein Opfer friedlich schlummerte, entzündete er die Kerze auf dem Nachttisch und ging zum Schreibtisch. Dort blieb er eine Weile stehen, kratzte sich am Kinn, unschlüssig, was er mitnehmen sollte. Bücher, lose Blätter, Federn, Zeichnungen, ein Tintenfass – da fiel es schwer, sich zu entscheiden. Schließlich raffte er die losen Blätter wahllos zusammen und steckte sie in die Hose. Er schaute sich noch einmal um, ob das Opfer auch wirklich schlief, und verschwand auf demselben Weg, auf dem er gekommen war.

Mayo wurde flau im Magen. Einen Moment lang fürchtete sie, ihr Gegengift wäre womöglich nicht stark genug, um die Wirkung der Substanz rückgängig zu machen. Mit pochendem Herzen ging sie auf das Bett zu und war überrascht, als sie den jungen Novizen im Bett liegen sah.

»Der Arme … er hat aber auch ein Pech«, murmelte sie.

Das Gift zeigte bereits Wirkung, denn er atmete tief und ungleichmäßig, so wie sie, wenn sie einen ihrer Anfälle hatte. Unverzüglich deckte Mayo seine Nase ab, und als Iñigo nach Luft schnappte, flößte sie ihm den Saft von einem Dutzend vierblättrigen Kleeblättern ein, mit denen man die schädliche Wirkung von Hexengiften mildern und die Weisheit fördern konnte.

Dann setzte sie sich auf die Bettkante. Mayo hatte noch nie einen so schönen Mann gesehen. Sie wunderte sich, dass ihr das vorher nicht aufgefallen war. Sie ging mit der Nase ganz dicht an seinen Hals heran, um den Duft der Patschuliseife einzuatmen, den sein ganzer Körper verströmte. Unverhohlen betrachtete sie seine blonden Locken, das anmutige Kinn, seine sinnlichen, seidigen Lippen. Sie gab dem kindlichen Wunsch nach, mit der Kuppe ihres winzigen Zeigefingers darüber zu streichen. Er öffnete den Mund und seufzte. Mayo sah die perfekte Zahnreihe, die seine rosafarbene, feuchte Zunge schützte, und plötzlich weckte dieser Mund eine ihr bis dahin ungekannte Gier. Sie beugte sich hinunter zu seinen Lippen, ohne sie zu berühren. Sie wollte lediglich die Luft des nur von einer Kerze erhellten Zimmers mit ihm teilen. Sie atmete ein paarmal tief ein, und dann fuhr sie plötzlich, ohne dass sie recht wusste, wie ihr geschah, mit der Zunge über sein Lippen. Als die Lippen ihr nicht mehr genügten, schob sie ihre Zunge weiter vor, berührte seine Zähne und spürte zum ersten Mal, wie wunderbar samtweich und feucht sich eine andere Zunge anfühlte. Noch Jahre später konnte sie sich an diesen Moment erinnern.

Nach dieser innigen, endlosen Liebkosung war sie ermattet. Sie verspürte einen Schmerz in der Brust und ein Bedürfnis nach menschlicher Nähe, das stärker war als alles, was sie je zuvor gespürt hatte. Sie musste sich beherrschen, denn sie fürchtete, sonst vor Aufregung einen dieser Anfälle zu bekommen, bei denen ihr die Luft wegblieb.

Keuchend stützte sie den Kopf in die Hände und versuchte, ruhig zu atmen. Dann fiel ihr Blick wieder auf Iñigo. Er schlief tief und fest, und sie empfand große Zärtlichkeit bei seinem Anblick. Langsam streckte sie ihren zarten Körper neben ihm auf dem Bett aus. Sie verharrte einen Moment reglos, das Blut pochte in ihren Schläfen. Dann streckte sie ihre zarte Hand aus und legte sie vorsichtig auf Iñigos Brust. Sie spürte, wie sein Herz schlug, und plötzlich drängte sie eine unbezwingbare Macht, ihm ihre ganze Geschichte zu erzählen. Von ihrer Zeugung durch den Teufel an bis hin zu dem Verlust von Ederra. Sie erzählte ihm von all ihren Ängsten und ihren Zweifeln, davon, dass sie das Wasser nicht finden konnte, um Beltrán zu entzaubern, und dass sie eine Holzkiste mit Metallbeschlägen besitze, in der sich Erinnerungen von Menschen befanden, die schon tot waren. Ein Kutscher habe sie ihr gegeben. Sie würde sie schon seit Wochen verfolgen, und ein paar seltsame Gestalten ebenfalls. Aber er brauche sich keine Sorgen zu machen, auch wenn Ederra behauptete, alle Geistlichen seien überhebliche, gefräßige Taugenichtse, sei sie sich sicher, dass das bei Salazar und ihm nicht der Fall sei. Sie würde schon auf sie aufpassen. Und sie erzählte ihm, dass sie keine Tränen vergießen könne, und genau das mache sie seltsamerweise zum traurigsten Menschen der Welt, denn sie hätte jetzt in dem Moment so gern geweint, geweint bis zum Morgengrauen.

Sie redete und redete, bis sie feststellte, dass es schon fast Morgen war. Iñigo hatte die ganze Zeit gleichmäßig geatmet. Die Gefahr war gebannt. Sie nahm die Hand vorsichtig von seiner Brust und seufzte erleichtert.

»Danke, dass du mir zugehört hast«, flüsterte sie.

Aber als sie sich aufrichtete, sah sie die Ecke von einem Papier unter dem Arm des Novizen hervorschauen. Offensichtlich war er mit dem Blatt in der Hand eingeschlafen. Sie zog es langsam heraus, damit er nicht aufwachte. Dann hielt sie es dicht an die Kerze heran, um es besser betrachten zu können. Es war unbeschrieben, nur oben hatte jemand etwas daraufgekritzelt.

»Das war es wohl, was sie gesucht haben«, murmelte sie.

Doch als sie darauf schaute, tauchten durch die Wärme der Kerze auf einmal verborgene Buchstaben auf, die ihr nichts sagten, weil sie nicht lesen konnte. Wer das geschrieben hatte, hatte sehr viel Wert darauf gelegt, dass fremde Augen es nicht sehen konnten. Sie freute sich, dass die finsteren Gesellen die Botschaft nicht gefunden hatten. Als sie vollständig lesbar war, legte sie sie auf den Nachttisch des Novizen.

»Ich hoffe, sie ist dir nützlich«, flüsterte sie ihm ins Ohr.

Sie blies die Kerze aus, schob die Hand in die Tasche, umklammerte die bunten Steinchen und verließ unbemerkt das Gebäude.

XIII

Wie man unsichtbare Botschaften schreibt und zutage fördert,
wie man die Ernten der Nachbarn ruiniert,
wie man Hexen besticht, dass sie die Hausarbeit erledigen

Nachdem sie die Botschaft Juanas an Salazar gelesen hatten, bekam ihre Besuchsreise einen neuen Sinn. Seit Wochen umschifften sie alle möglichen Hindernisse und kratzten am Schein der Dinge, um der Wahrheit auf die Spur zu kommen. Sie hatten geistige Schwerstarbeit geleistet, weil der Herr Inquisitor sich in den Kopf gesetzt hatte, sich nicht von Vorurteilen leiten zu lassen. Und jetzt lag ihnen schwarz auf weiß die Erklärung von jemandem vor, der die dunkle Seite kennengelernt hatte. Es war wie eine flüsternde Stimme aus dem Jenseits, die Antworten auf irdische Fragen gab, aber flüchtig wie Geister nun mal sind, war die Botschaft ein wenig verworren. Salazar hielt das Blatt in der Hand und konnte nicht glauben, was er da las.

»Wie hast du es geschafft, die Buchstaben sichtbar zu machen?«

»Ich versichere Euch noch einmal, das war ich nicht«, protestierte Iñigo. »Sie war es.«

»Sie?«, fragte Bruder Domingo spöttisch.

»Der blaue Engel«, sagte er zum wiederholten Male.

»Engel haben kein Geschlecht«, murmelte Domingo verächtlich.

»Doch, natürlich haben sie das. Zumindest dieser.« Iñigo errötete. »Es war der blaue Engel. Ich weiß es.«

»So langsam habe ich einen Verdacht, wie es gewesen sein könnte«, murmelte Salazar. Und dann fuhr er laut fort: »Juana hat den Brief mit dem Saft einer Zitrusfrucht geschrieben, einer Zitrone oder einer Orange … man kann beides dafür verwenden. Ist der Saft getrocknet, sind die Buchstaben vollkommen unsichtbar.«

Der Inquisitor erzählte, seine Brüder und er hätten diesen Trick verwendet, um sich geheime Botschaften zu schicken. Später brauche man das Papier nur an eine Flamme zu halten, und schon tauchten wie von Zauberhand die Buchstaben auf.

»Du hast den Brief in die Nähe der Kerze gehalten, nicht wahr, Iñigo?« Salazar wartete die Antwort nicht ab und murmelte vor sich hin: »Wieso bin ich da nicht früher darauf gekommen? Aber wieso sollte ich auf den Gedanken kommen, dass diese Frau einen Trick anwendet, um …«

»Nein, ich war das nicht …« Iñigo fiel ein, dass er noch etwas vergessen hatte zu erwähnen. »Heute Nacht war jemand in meinem Schlafgemach, und das ist keine Einbildung. Ich bin mir ganz sicher, denn da ist nicht nur der entschlüsselte Brief, sondern es sind Papiere von meinem Schreibtisch verschwunden. Es waren unwichtige Notizen, aber sie sind weg. Jemand hat sie mitgenommen.«

»Hoppla.«, blies sich Bruder Domingo auf, »dein Engel scheint ja ganz schön lange Finger zu haben. Erst dein Beutel und jetzt deine Papiere …«

»Spart Euch Euren Sarkasmus«, ging Salazar dazwischen. »Einen Diebstahl finde ich sehr beunruhigend. Wenn das stimmen sollte, wenn jemand einfach so mitten in der Nacht in unsere Gemächer eindringen konnte, befinden wir uns in Gefahr.«

»Ach, bestimmt sind die Dokumente, von denen Iñigo behauptet, sie wären verschwunden, irgendwo in einer dieser Truhen, die wir schon auf die Wagen verladen haben. Durch die Reisevorbereitungen sieht es in meinem Schlafgemach auch ziemlich durcheinander aus.«

»Vielleicht hast du recht«, sagte Salazar nachdenklich, »aber was mich im Moment am meisten beschäftigt, ist die Frage, was dieser Brief genau bedeutet. Bei diesem rätselhaften letzten Satz, den Juana schrieb, stehen mir wirklich die Haare zu Berge.«

Die drei schauten wieder auf die Botschaft der Verstorbenen.

Und die übrigen Leute … taten nicht Buße für die Werke ihrer Hände, dass sie nicht anbeteten die Teufel … und sie taten auch nicht Buße für ihre Morde, Zauberei, Hurerei und Dieberei.

»Entweder war sie etwas sonderlich, oder sie wollte Euch eine Nuss zu knacken geben«, bemerkte Iñigo, »denn wenn sie uns mit dem Brief die Umstände ihres Todes erklären wollte …«

»Dann ran an die Arbeit«, befahl Salazar. »Ich will, dass mir morgen jeder von euch eine Vermutung präsentiert, was Juana uns mit diesen Worten sagen wollte.«

Beltrán hatte die ganze Nacht unter den Fenstern auf Mayo gewartet, und als er sie gemächlichen Schrittes leicht wie eine Sommerbrise auf sich zukommen sah, wusste er, dass sie etwas Besonderes erlebt hatte. Sie legte die Hand auf sein Eselmaul, sah ihm zärtlich in die schwarzen Augen und seufzte. Dann schwang sie sich auf seinen Rücken, schlang die Arme um seinen Hals, tauchte mit der Nase in den vertrauten Geruch seiner Mähne ein und flüsterte ihm zu, Richtung Wald zu verschwinden. Das Bild von dem jungen Mann war in ihrem Kopf, sie spürte seinen Körper immer noch. Sie begehrte ihn mit Haut und Haar, wollte in die Welt seiner Gedanken eintauchen, alles über ihn wissen. Wer seine Eltern waren, wo er aufgewachsen war; seine Lieblingsfarbe und seinen Namen, denn sie war überzeugt, wenn sie ihn leise aussprach, würde sie ein Stück seiner Seele erhaschen. Sie hätte gerne darüber gesprochen, was sie empfand, sie brauchte jemanden, dem sie ihr Herz ausschütten konnte, und wieder musste sie an Ederra denken.

Mayo durchfuhr ein Schauer. Sie hatte von der Liebe und ihrer faszinierenden Kraft gehört, aber sie hätte nie gedacht, dass sie so überwältigend war.

Sie richtete sich auf, atmete tief ein und langsam wieder aus, damit die Erregung nachließ, und dann widmete sie sich wieder ihren ursprünglichen Plänen. Am Tag zuvor hatte sie erfahren, dass das Gefolge sich auf den Weg nach Elizondo machen würde. Sie hatte nachgerechnet und war zu dem Schluss gekommen, dass ihr Zeit genug bliebe, nach Urdax zu reiten, um ihr Versprechen gegenüber Pelotas zu erfüllen, und dann würde sie wieder zu Salazars Gruppe stoßen. Sie hatte die Hoffnung nicht aufgegeben, dass einer der Angehörigen der Verurteilten ihr einen Hinweis, irgendeine Information geben könnte, die sie auf Ederras Spur führte. Sie nahm die Zügel und trieb Beltrán an.

»Los, Beltrán, wir haben eine Menge zu tun. Hier entlang.« Sie wies ihn an, in einen kleinen Pfad zu ihrer Linken einzubiegen.

Durch die Zeit des Alleinseins ging sie beherzter und aufmerksamer durch die Welt. Sie hatte angefangen, auf die kleinen Zeichen zu achten, die es ihr erlaubten, die Himmelsrichtungen auszumachen, die Uhrzeit zu schätzen und zu erraten, wo es wilde Früchte gab oder Höhlen, in die sie sich flüchten konnte. Ederra wäre stolz auf sie.

Das Haus von Estevanía de Petrisancena und ihrem Mann befand sich am Rande von Urdax. Es war ein freundlicher, heller Bau aus weißen Steinen mit grünen Fensterläden, der auf einem Hügel lag. In der Nähe des Eingangs wuchs ein jahrhundertealter, riesiger Holunderstrauch. An den Rabatten mit Lavendel und Stiefmütterchen rund um das Haus sah man immer noch, dass eine weibliche Hand gewirkt hatte, aber durch die monatelange Abwesenheit der Frau hatte sich eine Matte aus Unkraut darübergelegt. Die Tür war in der Mitte geteilt, und beide Hälften, oben und unten, waren verriegelt. Mayo klopfte vorsichtig und wartete nervös. Das Kribbeln in ihrem Bauch war unerträglich, und so klopfte sie noch einmal kräftiger. Da niemand antwortete, drückte sie die Nase an die Scheibe und schützte das Gesicht mit den Händen, damit die Sonne sie nicht blendete. Sie suchte in der Dunkelheit des Hauses nach einem Zeichen von Leben.

»Wenn du Estevanía suchst, kommst du zu spät«, hörte sie eine raue Stimme hinter sich sagen.

Sie vermutete, dass es sich um Estevanías Ehemann Juanes handele, denn er trug Schwarz. Er war korpulent, um die vierzig und hatte kräftige, sonnengegerbte Hände. Ederra sagte immer, man brauche sich nur die Hände eines Menschen anzuschauen und wisse sofort, was er mache. Mayo benutzte lieber ihre Nase, denn für sie war es leichter, die Beschäftigung der Menschen anhand des Geruchs zu erkennen. Dieser Mann roch nach feuchter Erde, nach frischem Spinat und neuen Saatkörnern.

»Was willst du?«, fragte er und musterte sie von oben bis unten.

»Jemand, der in den letzten Stunden bei Eurer Frau war, hat mir etwas aufgetragen.« Mayo suchte schnell in Beltráns Satteltasche nach der Holzkiste mit den Metallbeschlägen. Juanes beobachtete sie neugierig und zugleich misstrauisch. »Hier, nehmt! Estevanía hat das für Euch hinterlassen.« Sie hielt ihm die Haarsträhne mit dem grünen Band hin.

Mit unermesslicher Zartheit nahm er sie, legte sie in seine schwielige Hand und strich mit dem Finger darüber, bis dicke Tränen über seine Wange kullerten. Da verspürte Mayo einen tiefen Neid auf seine Tränen. Hätte sie welche gehabt, sie hätte mit ihm geweint und seinen Herzschmerz, seine Einsamkeit geteilt. Sie verstand ihn so gut, auch sie fühle so wie er, das alles war ein schrecklicher Irrtum, welche Ungerechtigkeit, bei all dem Gesindel auf der Welt, das Missetaten begeht, und ausgerechnet ihnen nahm man den Menschen, den sie liebten. Doch sie schwieg und sah ihn ununterbrochen an, denn sie war sich nicht sicher, ob einen völlig Unbekannten ihre Gefühle tatsächlich interessierten.

»Meine Estevanía hatte wunderschönes Haar.« Er fuhr sich mit dem Hemdsärmel über die Nase. »Danke, dass du mir eine Locke gebracht hast. Möchtest du einen Moment hereinkommen und ein Glas Wein trinken?«

»Nein, nein … Danke.«

»Komm rein und mach die Tür hinter dir zu.«

Mayo brachte es nicht übers Herz, ihm zu widersprechen, und so folgte sie ihm in das Innere des Hauses.

»Meine Frau hat das also für mich hinterlassen«, sagte er und stellte zwei Weingläser auf den Tisch.

»Sie hat es dem Mann gegeben, der sie nach Logroño gefahren hat, und er hat mich gebeten, es Euch zu bringen.« Mayo sah sich das Haus an. Sie glaubte, irgendwo in den Ecken den Geist von Estevanía zu spüren, die ihr dankte.

»Setz dich!« Juanes deutete auf einen Stuhl und sah sie argwöhnisch an. »Die Leute sind schlecht, sehr, sehr, schlecht. Es gibt viel Neid, sehr viel Neid!«, sagte er. »Sie verzeihen es einem nicht, wenn es einem gutgeht, nicht wahr?« Mayo nickte, ohne recht zu wissen, was er meinte. Er fuhr fort: »Weißt du, ich verstehe das nicht. Wenn für jemanden, den ich kenne, alles gut läuft, dann freue ich mich. Ich denke, wenn es ihm gutgeht, warum soll es mir dann nicht auch gutgehen? Aber die meisten denken nicht so. Sie glauben, wenn es ihnen gelingt, dass es dir schlechtgeht, wird es ihnen umso bessergehen.« Er stürzte seinen Wein hinunter, ließ das Kinn auf die Brust sinken und fuhr mit dem Zeigefinger über den Glasrand. »Du weißt, was passiert ist, oder?«

»Also, ehrlich gesagt … die Leute reden nicht viel mit mir.«

»Es ist alles gelogen!«

Juanes schien ihr gar nicht zuzuhören.

»Meine Frau hat sich gerne mit María de Echalecu und Gracia de Iturralde getroffen. Die beiden waren von Kindheit an enge Freundinnen. Aber dann hat Gracia diesen Mistkerl geheiratet, und wir hatten alle darunter zu leiden. Er bekommt, was er verdient, dieser schamlose Kerl!« Er schaute angewidert drein und goss sich noch ein Glas Wein ein. »Trink!« Mit geneigter Flasche wartete er darauf, dass das Mädchen ihres leerte, damit er nachfüllen konnte.

Mayo stürzte alles auf einmal hinunter, denn gegen solch entschiedene Befehle war sie machtlos. Sie verspürte erst ein Brennen und dann lief ein Schauer durch ihre Eingeweide.

»Die Leute hatten Spaß daran, überall herumzuerzählen, sie wären Hexen. Alle drei. Ja, sie haben sich gerne getroffen, über ihre Sachen geredet, sich herausgeputzt und so, und ich hatte nichts dagegen. So oft war Estevanía auch nicht dort, den einen oder anderen Abend, um ein wenig Unterhaltung zu haben. Ich gehöre nicht zu den Männern, die der Ansicht sind, eine Frau gehöre nach der Hochzeit eingesperrt, verstehst du. Aber der Kerl ist nicht so wie ich, ich meine Gracias Ehemann. Solange der Mann von María de Echalecu noch lebte, hat er sich zurückgehalten, aber dann hat er angefangen, uns das Leben schwerzumachen …«

Mayo erinnerte sich, dass Pelotas gesagt hatte, Ederra sei auf der Fahrt in das Gefängnis in Logroño einer Witwe aus Urdax mit Namen María de Echalecu nicht von der Seite gewichen. Vielleicht könnte die ihr weiterhelfen.

»Wo finde ich María de Echalecu?«

Er redete unbeirrt weiter: »Er behauptete, María habe ein Bündel Stroh verbrannt, um seine Ernte zu ruinieren, sie habe den Hexen am Abend zu essen gegeben, damit sie für sie die Feldarbeit erledigten, und nachts wären sie auf einem Besen zum Hexensabbat in Zugarramurdi geflogen. Dort hätte mich meine Estevanía mit Satan persönlich betrogen, ein Haufen Leute hätte sie dort gesehen. Dabei hat sie immer bei mir im Bett gelegen. Glaubst du wirklich, ich würde nach fünfzehn Jahren Ehe meine eigene Frau nicht erkennen?« Er deutete mit dem Kopf auf ihr Glas, während er seines leerte. »Trink!« Er wartete, bis sie ihres an den Mund geführt hatte. »Und am siebenundzwanzigsten August kamen sie, um mir zu sagen, meine Frau sei gestorben, ohne zu bekennen, dass sie eine Hexe sei. Angeblich gab es eine Seuche. Und daran ist sie gestorben und direkt in die Hölle gekommen, ohne Vergebung.« Seine Augen füllten sich wieder mit Tränen. »Ich weiß nicht, ob ich fortan ein guter oder ein schlechter Mensch sein soll, denn wenn ich mich verhalte, wie der Pfarrer es verlangt, komme ich in den Himmel und werde sie nie mehr wiedersehen. Also gehe ich nicht mehr in die Messe und, wer weiß, vielleicht begehe ich eines Tages eine Schandtat, für die es keine Vergebung gibt, damit ich zu meiner Estevanía in die Hölle komme und bis in alle Ewigkeit mit ihr zusammen sein kann.«

Er machte eine lange Pause, und die Stille breitete sich im ganzen Haus aus. Mayo sah den Mann mitleidig an. Sie hätte so gerne etwas Tröstliches gesagt, etwas, das seinen Schmerz hätte lindern können, aber ihr fiel nichts ein. Dann fuhr Juanes fort: »Ich habe gehört, dass bei dem Autodafé das Abbild von Estevanía verbrannt wurde. Ich blieb allein zurück. Die Hennen legen keine Eier mehr und die Kuh gibt keine Milch. Tiere sind sehr schlau und wittern das Unglück.« Er schaute aus dem Fenster und seufzte. »Aber du wolltest wissen, wo María de Echalecu lebte, nicht wahr?«

Mayo nickte.

»Sie und meine Ziehmutter haben sich während der Fahrt angefreundet. Der Kutscher, der sie nach Logroño brachte, hat mir erzählt, die Frau aus dem Haus neben dem von María sei hinausgelaufen gekommen, und sie hätten sich umarmt und geweint, bis man sie auseinanderriss.«

»Ja … das war Gracia. Es wundert mich, dass ihr Mann sie überhaupt hinausgelassen hat, um sich zu verabschieden.«

»Warum sollte er sie nicht hinauslassen?«

»Ich habe dir ja schon gesagt, Gracias Mann ist ein gemeiner Kerl, abgrundtief schlecht, völlig zerfressen von Neid und Missgunst. Er hatte seiner Frau verboten, mit María zu sprechen. Er konnte nicht akzeptieren, dass Gracia einen anderen Menschen außer ihm gernhatte. Und so trafen sie sich hinter seinem Rücken. Sie waren wie Schwestern, sie hingen immer zusammen. Es gab sogar Gerede im Dorf. Du weißt schon, was ich meine.« Mayo schüttelte den Kopf. »Aber ja doch … zwei Frauen, die immer zusammen sind … nun denn … Als María de Echalecus Eltern starben, überließen sie ihr als Ältester das Haus. Gracia besuchte sie so oft, dass sie am Ende mit dem Nachbarssohn anbandelte. María heiratete ebenfalls, und so wurden sie Nachbarinnen. Niemand weiß genau, was vorgefallen ist, aber von jetzt auf gleich sprachen die beiden Ehepaare plötzlich nicht mehr miteinander. Es begann ein Streit um die Grundstücksgrenzen, der in einen Kampf ausartete. An einem Tag riss der eine den Zaun nieder, den der andere am Tag zuvor errichtet hatte, und tags darauf stand er wieder da: zwei Meter weiter. Eine Katastrophe. Sie lebten nur noch, um sich zu bekriegen. Das ging so, bis Marías Ehemann unter mysteriösen Umständen ums Leben kam, und der von Gracia, Mariano de Aitajorena, versuchte sich mit allen Mitteln die Ländereien der Nachbarn unter den Nagel zu reißen. Erst, indem er Kaufangebote unterbreitete, später mit Drohungen … Es heißt, er habe María de Echalecu angezeigt. Jetzt gehörte das Anwesen ihm. Da die Inquisition María enteignet hatte, bekam er es fast geschenkt.«

»Wo befinden sich diese Ländereien?«

»Dort oben auf dem Hügel«, sagte er und zeigte auf die andere Seite des Dorfes. »Aber es ist nicht ratsam, dass du dort hingehst, allein schon gar nicht. Mit dem Kerl ist nicht zu spaßen.«

»Tut mir leid, aber ich bin nicht hierhergekommen, um jetzt aufzugeben«, sagte sie und sah ihn fest an.

Schließlich erhob sie sich und musste sich am Tischrand abstützen, denn sie spürte langsam die Wirkung des Weines. Sie verließ das Haus, fasste Beltráns Zügel und begab sich auf den Weg, den Juanes ihr genannt hatte. Sie hatte das Gefühl, dass der Boden unter ihr nachgab. Sie drehte sich noch ein paarmal um und sah den Witwer mit gesenktem Kopf und der Weinflasche in der Hand auf einer kleinen Bank unter dem Holunder sitzen. Bestimmt schmerzte ihn die Erinnerung an die grausamen Gerüchte, die aus seiner Frau ein gefühlloses Wesen machten, das sich unzüchtig mit dem Teufel verlustiert, während er ahnungslos wie ein Heiliger schläft. Sie dachte, es wäre gut, wenn jemand seinen Schmerz linderte und ihm die bizarre Idee ausredete, sich in einen Unhold zu verwandeln, nur um seiner Frau in die Hölle folgen zu können. Mayo war sicher, dass er ein guter Mensch war.

Sie merkte, dass sie ihr Ziel fast erreicht hatte, als der Wind ihr vom Haus den unverwechselbaren Intrigantengeruch zutrug. In der Ferne zeichnete sich die Gestalt eines dicken Mannes mit gebeugtem Kopf, vorgeschobenem Kinn und fliehender Stirn ab. Man sah sofort, dass das Land einmal durch einen Zaun geteilt gewesen war, den man inzwischen abgerissen hatte. Jetzt war alles in einer Hand, aber es sah nicht so aus, als ob der Besitzer das Land bebauen würde.

Das frühere Haus von María de Echaleco und ihrem Ehemann machte einen verlassenen Eindruck, die Scheiben waren kaputt, und alles war von Unkraut überwuchert. Mariano war wie ein Kind: Er hatte bekommen, was er wollte, und augenblicklich das Interesse daran verloren. Der Mann sah Mayo auf sich zukommen und schaute sie grantig an.

»Wer oder was bist du?«, schleuderte er ihr unfreundlich entgegen. Mayo musste zweimal schlucken, bevor sie antworten konnte.

»Ich heiße Mayo Labastide d'Armagnac und möchte den Herrschaften meine Dienste anbieten. Ich kann Zähne ziehen, Pocken heilen, gebrochene Knochen richten, den Kühen beim Kalben helfen …« Sie änderte den Tonfall, als sie seine missbilligende Miene sah. »Oder ich habe auch Schönheitsmittel für Eure Frau im Angebot …«

»Verschwinde, wir haben kein Interesse.«

»Kann ich mit Eurer Frau sprechen? Vielleicht ist sie interessiert …«

Da kam Mariano mit großen Schritten und finsterem Blick auf sie zu, seine Hacke schwingend. Eine Handbreit vor Mayos Gesicht blieb er stehen. Wie in einem Reflex schloss sie die Augen und zog die Schultern hoch.

»Meine Frau ist tot«, blaffte er und sprach dabei das letzte Wort mit einer solchen Wut aus, dass er Spuren von Schaum in den Mundwinkeln hatte. »Dort ist sie.« Er deutete in die Ferne, und Mayo vermutete, dass dort der Friedhof war. »Tot und begraben, und wenn ich die noch einmal hier sehe, werde ich ihr höchstpersönlich den Schädel spalten, damit sie in die Hölle zurückkehrt, aus der sie kam, diese verkommene Ehebrecherin! Also lass mich in Frieden. Ich weiß, was du treibst, und ich weiß auch, wie ich Missgeburten wie dich loswerde. Und jetzt verschwinde, bevor ich deine Beine in zwei Teile hacke, dann werden wir ja sehen, wie gut du gebrochene Knochen flicken kannst.«

Er hob die Hand mit der Hacke und hielt sie über ihren Kopf. Mayo war klar, dass er es ernst meinte. Hastig schnappte sie Beltráns Zügel und schalt ihn, weil er Löwenzahn gefressen hatte, anstatt auf das Gespräch zu achten, denn sonst hätte er gemerkt, dass sie in Gefahr waren. Während sie flohen, so schnell Beltráns Beine es zuließen, kam ihr der Gedanke, der Kerl könne die Hacke schon einmal zweckentfremdet haben. Sein brutales Verhalten und seine Bemerkungen legten nahe, dass Gracia keines natürlichen Todes gestorben war. Plötzlich wurde der Gedanke zur

Gewissheit: Mariano de Aitajorena hatte María de Echalecu angezeigt und seine Frau getötet, um beide loszuwerden und an die Grundstücke zu kommen. Nein, Gracia war keines natürlichen Todes gestorben.

XIV

Wie man erreicht, dass alles in einem Raum schwarz wird,
wie man es schafft, dass ein Zimmer aussieht,
als wäre es voller Schlangen

In der Nacht, bevor sie nach Elizondo aufbrachen, schlief Salazar sehr unruhig. Er träumte von Königin Margarete. Es kam nicht oft vor, dass er sich an seine Träume erinnern konnte. Nur manchmal hatte er, wenn er gerade aufgestanden war, Bilder vor Augen, die er mit Worten nicht beschreiben konnte, und den ganzen Tag über ein beklemmendes Gefühl. Die Geschichten in seinen Träumen waren nie friedvoll, sie boten sich stets in schrillen Farben dar, versetzten ihn in Angst und Schrecken und führten ihn häufig über enge, feuchte, dornige Wege. Wenn er aufwachte, war er überzeugt, dass diese Albträume, unangenehme Ereignisse ankündigten. Und diesmal war es nicht anders.

Im Traum hatte er Königin Margarete in einem sehr feinen Leinenhemd gesehen, das wie ein Leichentuch aussah. Barfuss schritt sie mit wallendem Haar über einen Weg voller Steinsplitter, doch sie zeigte keine Anzeichen von Schmerz. Ihre Arme hingen neben dem Körper, die Handflächen zeigten nach vorn, und auf ihnen waren kreuzförmige Stigmata, aus denen blaues

Blut floss. Sie hinterließ ein Rinnsal, das den Weg markierte, den sie gegangen war, und dieses Rinnsal dehnte sich hinter ihr zu einer Landschaft aus Seen, Meeren und Wasserfällen aus, in denen Tausende hilfesuchend mit den Armen rudernde Menschen ertranken. Die Königin kam ruhig und mit ausdruckslosem Gesicht auf ihn zu. Salazar spürte, wie ihr Atem über seinen Hals strich, und auf einmal schrie Margarete ihm mit aller Kraft ins Ohr: »Der Teufel ist im Palast!«

Der Inquisitor schreckte schweißgebadet hoch. Unmittelbar danach klopfte es an der Tür, die Post war gekommen. Mit vor Angst zugeschnürter Kehle ging er zur Tür, riss dem Boten die Umschläge aus der Hand und schlug sie wortlos wieder zu. Er hatte recht gehabt: Ein Brief stammte von der Königin.

Salazar fand, das könne kein Zufall sein, und hielt sich nicht an das übliche Ritual, ihre Briefe erst am Ende des Tages zu lesen. Sie brauchte ihn, die Zeichen waren eindeutig gewesen. Sie hatte im Traum Verbindung zu ihm aufgenommen und gleichzeitig auf die normale, weniger übersinnliche, aber verlässlichere Post gesetzt. Salazar spürte ihre Angst. Ungestüm entfernte er das Siegel und breitete das Blatt auf dem Tisch aus. Die Königin begann ihren Brief mit den üblichen Höflichkeitsworten, doch er glaubte die Unruhe schon an ihren Schriftzügen zu erkennen. Irgendetwas stimmte nicht. Margarete versicherte, die Zeit habe ihr gezeigt, dass sie auf seine bedingungslose Loyalität vertrauen konnte, aber nicht allein die Freundschaft dränge sie, sich ihm zu offenbaren. Sie hoffe, seine Erfahrung als Inquisitor könne ihr helfen, Klarheit zu gewinnen, was da vor sich ging. Margarete hegte den Verdacht, jemand aus ihrem näheren Umfeld füge ihr durch schwarze Magie Böses zu.

Folgendes hatte sich zugetragen: Eine Woche zuvor, sie saß in ihrem Schlafgemach und stickte, war die Gesellschaftsdame hereingekommen, um eine Lampe anzuzünden. Kaum war sie fort, wurde die Welt mit einem Schlag schwarz, und die Königin konnte das Bild nicht mehr sehen, an dem sie stickte. Vor Schreck wurde sie ohnmächtig, und als sie wieder zu sich kam, saß ihr Mann bei ihr und sagte, er habe nichts bemerkt, der Palast sei hell erleuchtet gewesen wie immer. Weil sie zu erschöpft war, ging sie nicht zum Abendessen hinunter – ein Fehler, wie sich herausstellen sollte, denn erneut kam es in ihren Gemächern zu einem dramatischen Vorkommnis. Als sie die Bettdecke aufschlug, war das Bett voller Schlangen, die sich in Windeseile über den ganzen Boden verteilten. Die Königin konnte keinen Schritt mehr tun, ohne das Gefühl zu haben, ihre schuppige Reptilienhaut an den Knöcheln zu spüren. Sie schrie laut um Hilfe, aber als die anderen kamen, waren alle Schlangen verschwunden.

Der König ließ den Arzt rufen. Er war überzeugt, die Halluzinationen hingen damit zusammen, dass sie guter Hoffnung war. Doch sie hatte ihn weggeschickt, denn in dieser Situation war ein Arzt nicht der geeignete Ansprechpartner. Es handelte sich keineswegs um Ausgeburten ihrer Phantasie, wie alle behaupteten, sondern um einen Angriff durch übernatürliche Kräfte, und dafür brauchte sie eine andere Art von Hilfe.

Die Königin gestand, sie habe Kontakt mit einem Astrologen und Kabbalisten aufgenommen, der am Hof berühmt war und sein umfangreiches Wissen an der Universität von Valladolid lehrte. Nachdem der Mann sie angehört und sich mit ihrem Fall beschäftigt hatte, habe er ihr versichert, es handele sich um einen simplen Zauber, der darin bestand, den Docht einer Lampe mit aufgeschlagenem Meerschaum zu besprühen. Zündete man ihn an, wurde alles schwarz. Was die Schlangen anging, so habe man Schlangenfett genommen, Salz hinzugefügt, ein Leichentuch in vier Teile geteilt, jeweils vier Knoten in die Ecken gemacht und die Mischung darauf verteilt. Später habe man die Stoffstücke mit Öl getränkt, sie auf je eine Lampe gelegt und die Lampen in den vier Ecken des Zimmers angezündet. So hätte man sie glauben gemacht, es befänden sich Schlangen im Zimmer. Der Astrologe habe ihr geraten, sehr auf der Hut zu sein, denn die Magie sei eine Kunst, die nur die Weisen handhaben sollten. Es gäbe zwei Richtungen: eine gute, die ihre Wurzeln in der Naturmagie hatte, und eine andere, deren Wunderwerke dem Teufel geschuldet waren. Die Grenze zwischen beiden war so fließend, dass man manchen Gelehrten für einen Hexenmeister und manchen Hexenmeister für einen Gelehrten halten könnte. Die Zauber, deren Opfer die Königin geworden war, gehörten in den Bereich der schwarzen Magie, und die Leute, die sich diesen Zauber ausdachten, hatte gewöhnlich keinerlei Skrupel. Sie waren gefährlich.

»Sucht unter Euren Feinden, Majestät. Bestimmt findet Ihr dort den Verantwortlichen. Und macht Euch keine Sorgen. Normalerweise wendet sich die schwarze Magie gegen denjenigen, der sie praktiziert. Früher oder später wird er dafür bezahlen.«

Margarete von Österreich war es nicht neu, dass sie seit einiger Zeit Feinde im Palast hatte, aber sie hätte nie gedacht, dass diese sich einen so hinterhältigen Plan ausdenken könnten, um ihr zu schaden. Sie hatte Angst um sich und das ungeborene Kind. Ein solches Vorgehen lag außerhalb ihrer Vorstellungskraft, und sie fühlte sich ohnmächtig. Seit einer Woche mied sie den Duque de Lerma und seinen servilen Sekretär Calderón. Sobald sie auftauchten, zog sie sich sofort in ihre Gemächer zurück; wenn sie in den Speisesaal kamen, schützte sie Unpässlichkeit vor, um nicht mit ihnen an einem Tisch sitzen zu müssen. Sie wich ihren Grüßen, ihren Blicken aus, und wurde dennoch das unangenehme Gefühl nicht los, in ihrem eigenen Haus in Gefahr zu sein. Am Ende des Briefs äußerte die Königin eine Bitte: Falls ihr etwas zustieße, sollte er persönlich ihren Verdacht an jemanden weiterleiten, der etwas zu unternehmen vermochte. Margarete war sich sicher, dass es Calderón war, der auf Befehl des Duque diesen Zauber in Auftrag gegeben hatte.

Salazar konnte nicht glauben, was er las. Königin Margarete war ihm nie so vorgekommen, als ließe sie sich von solch einem Mumpitz einschüchtern. Also gab es nur zwei mögliche Erklärungen: Entweder sie litt aufgrund der Schwangerschaft tatsächlich unter Halluzinationen, wie ihr Mann vermutete, oder es gab wirklich Leute, die sich mit dem Teufel persönlich verbündeten, um das Böse heraufzubeschwören.

Hastig riss der Inquisitor den zweiten Brief aus Logroño auf. Becerra und Valle informierten ihn darin, dass sie angesichts des unerhörten Ausmaßes des Bösen nicht länger tatenlos zusehen könnten. Die Verzögerung der Visite sorge offensichtlich dafür, dass die Hexenmeister und Hexen sich allmählich stark fühlten und den gesellschaftlichen Status privilegierter Bürger für sich beanspruchten. Mit erstaunlicher Kaltblütigkeit ließen sie sich in der Umgegend von Álava nieder, hielten regelmäßig ihre Hexensabbate ab, auf denen sie bis zum Morgengrauen tanzten, sangen, musizierten, aßen und tranken, und versetzten die rechtschaffenen Bürger in Angst und Schrecken, dass diese sich nicht mehr trauten, nach Sonnenuntergang das Haus zu verlassen.

Nach Ansicht von Valle und Becerra wurde dies durch die nachgiebige Haltung des Heiligen Offiziums in der letzten Zeit noch befördert, vor allem durch den Gnadenerlass, der die Teufelsanhänger von allem freispräche, als sei Hexerei eine lässliche Sünde, die man einfach so mit ein paar Vaterunser und Avemaria abbüßen könne. Die Hexenmeister und Hexen hatten jeden Respekt verloren, und wenn die verängstigten Dorfbewohner ihnen drohten, sie vor dem Heiligen Offizium zu denunzieren, lachten sie ihnen frech ins Gesicht. Und so setzten die Inquisitoren Salazar davon in Kenntnis, dass sie parallel zu ihm ermitteln würden, Verhaftungen und Verhöre eingeschlossen. Es sei an der Zeit, mit harter Hand eine gründliche Säuberung durchzuführen. Sie behaupteten, in Besitz einer Liste mit den Namen von mehr als hundert der Hexerei verdächtigten Personen zu sein, darunter nicht weniger als zehn Geistliche, einer davon ein gewisser Diego de Basurto, der höchst gefährlich sei. Bei den Verhaftungen könnten sie auf die Unterstützung des erfahrenen Hexenjägers Pedro Ruiz de Eguino zählen, und eines Mädchens namens Morguy, das auf wundersame Weise das Teufelsmal auf der Haut der Verhafteten aufspüren konnte.

Wütend ballte Salazar die Fäuste. Seine Kollegen kamen seinen Schritten zuvor. Sie würden die Justiz selbst in die Hand nehmen und über einsame alte Menschen herfallen, genau wie bei dem Prozess im vergangenen Jahr. Dem Inquisitor kamen all die schmerzlichen Bilder wieder in Erinnerung, die er seit Langem vergessen wollte. Oft schon hatte er sich vorgeworfen, dass er nicht mit größerer Entschlossenheit vorgegangen war und seine Kollegen beim Generalinquisitor angezeigt hatte. Er war zu feige gewesen. Er war der Jüngste im Tribunal und als Letzter dazugestoßen, und daher dachte er, wenn er Bernardo de Sandoval y Rojas von Unregelmäßigkeiten bei dem Prozess berichtete, würde man ihn als Denunzianten brandmarken.

Seine Kollegen hatten absichtlich die Aussage eines Insassen der geheimen Gefängnisse, eines gewissen Martín Igoarzábal, unterschlagen. Dieser hatte behauptet, er habe von draußen das Gespräch zweier angeklagter Frauen in ihrer Zelle mit angehört. Sie hatten sich gegenseitig zugeredet, sich geständig zu zeigen und zu Hexen zu erklären, damit man sie endlich freiließe. Valle und Becerra wollten das als Beweismittel nicht zulassen, und so blieb es unberücksichtigt. Auch die offenkundigen Widersprüche, in die sich die Ankläger der beiden Priester Juan de la Borda und Pedro de Arburu und ihrer alten Mütter verwickelten, blieben außen vor. Man musste schon blind sein, um nicht zu sehen, dass die Beweise gegen sie nicht ausreichten. Stattdessen zogen sie im Verhör die Schrauben immer weiter an, aber es gelang ihnen nicht, ein Schuldeingeständnis aus ihnen herauszupressen.

Das bereitete Salazar Sorgen. Der höchste Rat der Inquisition beharrte weiterhin darauf, die Nichtgeständigen zum Tode zu verurteilen. Wenn die Geistlichen weiter hartnäckig ihren Umgang mit dem Teufel bestritten, würden sie auf dem Scheiterhaufen enden. Salazar wollte das um jeden Preis verhindern. Als das Tribunal, das aus den drei Inquisitoren und fünf Beratern bestand, über die Todesstrafe für diejenigen abstimmte, die sich weigerten, ihre Schuld einzugestehen, war Salazar der Einzige, der dagegen stimmte.

»Es gibt nicht genügend Beweise, um sie auf den Scheiterhaufen zu bringen«, argumentierte er. »Außerdem sind die Aussagen der Zeugen zweifelhaft. Die Angaben sind größtenteils so vage, dass man sie leicht falsch auslegen kann.« Er holte seine Notizen hervor, um sein Plädoyer zu untermauern. »So sind sie zum Beispiel nicht in der Lage, die Nacht zu benennen, in der die Aufnahme in die Teufelssekte stattgefunden haben soll. Einige haben sich in diesem Punkt sogar widersprochen. Zudem haben sie sich bis zum heutigen Tag geweigert, Juan de la Borda und Pedro de Arburu namentlich als Mitglieder der Teufelssekte zu benennen. Das ist doch in der Tat merkwürdig, denn andere der Hexerei Angeklagte hatten ausgesagt, sie hätten einen hohen Rang unter den Anbetern innegehabt, der Teufel habe ihnen große Ehrerbietung entgegengebracht und ihnen sogar erlaubt, an der schwarzen Messe teilzunehmen. Oder findet Ihr es nicht merkwürdig, dass beiden Geistlichen bei den Hexensabbaten angeblich eine herausragende Rolle zukam, die Hälfte der Sekte sie aber nicht einmal gesehen haben will?«

Salazars Gegenstimme verärgerte Inquisitor Valle derart, dass er vor dem gesamten Tribunal wutentbrannt aufsprang, seinen arthritischen Finger auf ihn richtete und ihn anschrie: »Wenn Ihr mir noch einmal widersprecht«, seine Unterlippe zitterte, »dann könnt Ihr Gift darauf nehmen, dass ich Euch keine Ruhe mehr lasse, bis Ihr Euch der Entscheidung der anderen anschließt.«

Durch seine Gegenstimme erreichte Salazar, dass die beiden Geistlichen gefoltert wurden. Er war sicher, dass sie der Qual nicht standhalten und am Ende gestehen würden.

Das Tribunal von Logroño wendete die Methode der Folterbank an. Der Angeklagte wurde mit mehreren Seilen an die Bank gefesselt. Dann wurden die Seile mittels einer Eisenstange so weit festgezurrt, bis sie in das Fleisch einschnitten. Gemäß den Regeln der Inquisition mussten dabei die drei Inquisitoren und der Ordinarius des Bischofs anwesend sein. Jeder einzelne Schritt wurde im Protokoll festgehalten.

Man führte die beiden Geistlichen in den Folterraum, um zu sehen, ob sie in der Kammer, in der unheimliche Seile und Hölzer in verschiedenen Formen und Größen von schrecklichen Qualen zeugten, und in der es nach Blut, nach Exkrementen und nach Angst roch, von ihrer Starrköpfigkeit abließen. Doch Juan de la Borda und Pedro de Arburu leugneten weiterhin, der Teufelssekte anzugehören. Also musste man zu brutaleren Methoden greifen.

Als Bruder Pedro den Druck der Seile auf seiner Haut spürte, schrie er, er würde gestehen, aber als man die Folter stoppte, zeigte er sich wieder verstockt und flehte, man möge ihn aus Barmherzigkeit gehen lassen.

»Natürlich lassen wir Euch gehen«, flüsterte Valle ihm fast väterlich zu. »Nichts ist uns fremd, wir verstehen sehr wohl, dass es menschliche Schwächen gibt, die man nicht immer kontrollieren kann. Wir wollen nur, dass Ihr gesteht, dann werdet Ihr Euch besser fühlen. Alles wird leichter sein, und der Schmerz wird ein Ende haben. Seid vernünftig und gesteht.«

Bruder Pedro schwieg einen Moment mit geschlossenen Augen. Es hatte den Anschein, als würde er sich den Rat des Inquisitors durch den Kopf gehen lassen, doch dann holte er tief Luft und sagte: »Nein.«

Und dann begann er wie ein Irrer zu schreien und zu strampeln, der ganze Körper zuckte, und Schaum trat aus seinem Mund. Er geriet in einen solchen Ausnahmezustand, dass es sinnlos gewesen wäre, die Folter fortzusetzen.

Als sein Cousin Juan de la Borda an die Reihe kam, wurde es für die Folterer noch enttäuschender. Bei der ersten Spannung des Seils verspürte der Geistliche einen stechenden Schmerz, und in seiner Angst wurde ihm sofort schwarz vor Augen. Der Folterknecht beugte sich zu ihm herab und hob seine Lider an. Dann drehte er sich zu den drei Inquisitoren um, schüttelte den Kopf und versicherte, es habe keinen Sinn weiterzumachen, denn der Mann würde noch eine gute Weile brauchen, bis er das Bewusstsein wiedererlangte.

Das Tribunal teilte dem Rat der Inquisition mit, man habe beschlossen, erneut über den Fall abzustimmen, da viele Zeugen, die gegen die beiden Geistlichen ausgesagt hatten, sich später in Widersprüche verstrickt hatten. Einstimmig erging der Beschluss, dass man ihnen das Leben lassen würde, die Strafe aber der Todesstrafe gleich sein müsse. Sie würden in Büßergewändern zum Autodafé erscheinen, man würde das Urteil verlesen, sie würden der Hexerei abschwören, man würde sie all ihrer religiösen Ämter entheben, und sie müssten sich als Galeerensträflinge auf den Schiffen seiner Majestät verdingen. Sollten sie die Galeeren überleben, würden sie bis zum Ende ihres Lebens in einem Kloster bleiben.

Salazar freute sich, dass es ihm – wenn auch mit einer List – gelungen war, das Leben der beiden Geistlichen zu retten. Er beschloss, dieselbe Strategie bei ihren Müttern anzuwenden, die ebenfalls ihre Unschuld beteuerten. Er wollte sie durch die Folter vor dem Tod retten, das war die einzige Möglichkeit.

In der Nacht vor der Folterung ging er in die Keller des Inquisitionssitzes hinunter und besuchte die Zelle, in der die beiden Frauen gefangen gehalten wurden.

»Ihr guten Frauen, der Herr will keine Kämpfer, sondern Gläubige«, sagte er. »Die Sünde der Lüge wiegt geringer, als wenn man sich in den Tod ergibt. Versteht Ihr?«

Doch da erwiderte eine der beiden, durch kein Geständnis der Welt würden sie sich besser fühlen. Sie könnten vielleicht ihren Körper erlösen, aber wenn sie zugäben, Umgang mit dem Teufel gehabt zu haben, wäre ihre Seele für immer gefangen. Sie bescheinigten ihm, sie seien gar nicht so unglücklich, denn es sei ihnen gelungen, sich von diesem Knoten aus Beklemmung und Angst zu befreien, der ihnen eine Zeit lang die Kehle zugeschnürt hatte. Nicht sich würden sie bedauern, sondern all diejenigen, die gestanden hatten, um ihr Leben zu retten.

»Wir haben sogar mehr Mitleid mit Euch, denn Ihr werdet uns überleben, und Euch wird das schlechte Gewissen plagen, dass hier Unrecht geschehen ist.«

Salazar würde diese Worte nie mehr vergessen. Sie waren wie ein Urteilsspruch.

Die beiden Frauen ertrugen das Martyrium erhobenen Hauptes, stärker als so mancher junge Mann, und am Ende landeten sie auf dem Scheiterhaufen, wo sie nach wie vor beteuerten, keine Hexen zu sein. So wurde der Ruf Salazars weiter genährt, ein grausamer, erbarmungsloser Inquisitor zu sein, der seinen Spaß daran hatte, harmlose alte Frauen zu foltern.

Salazars Hände hielten den Brief der beiden Inquisitoren fest umklammert. Sie setzten ihn lediglich über ihr Handeln in Kenntnis. Sie hatten längst mit den Verhaftungen, den Befragungen und den Folterungen begonnen; es war ihnen völlig egal, was er dazu sagte. Sie nutzten seine Abwesenheit, um zu tun, was ihnen beliebte. Das verdarb ihm gründlich die Laune. Angewidert warf er den Brief auf den Tisch und begann, wie ein gefangenes Tier im Käfig im Zimmer auf und ab zu gehen. Er musste unbedingt etwas unternehmen. Diesmal würde er nicht stillschweigend mit ansehen, wie die beiden sich in seine Arbeit einmischten. Es war ihm gleich, was über ihn geredet wurde. Diesmal würde er seine brüderliche Verbundenheit zu dem Generalinquisitor nutzen, um Valle und Becerra anzuschwärzen.

In einem Brief informierte er Bernardo de Sandoval y Rojas über die Verschwörung. Er bat ihn, sich nicht von den eventuellen Beweisen, die sie ihm zukommen ließen, beeinflussen zu lassen. Er höchstpersönlich würde diesen selbsternannten Hexenjäger Pedro Ruiz de Eguino aufsuchen und befragen – seinen Informationen zufolge war dieser ein niederträchtiger Geselle, der um jeden Preis Inquisitionskommissar werden wollte.

Er rief den Boten und befahl ihm, den Brief als Eilpost aufzugeben. Dann blickte er aus dem Fenster: Alles war bereit für den Aufbruch nach Elizondo. Man wartete auf ihn. Er packte die letzten Dinge in seinem Zimmer zusammen und schloss die Tür, ohne sich noch einmal umzudrehen.

Er stieg mit Iñigo und Domingo in die Kutsche und ließ sich auf das dunkelrote Samtpolster sinken. Er wollte die schlechten Gedanken verscheuchen, schloss die Augen und konzentrierte sich auf seinen Atem, in der Hoffnung, der Schlaf möge ihn übermannen. Doch er verspürte einen bitteren Geschmack im Mund und konnte keine Ruhe finden. Er kämpfte mit Gewalt gegen Vorstellungen, die sich in allen Hirnen festgesetzt zu haben schienen, außer in seinem. Sollte er der einzige Mensch sein, der die Wirklichkeit klar erfasste?

Vielleicht war er zu sehr darauf erpicht, die Existenz des Teufels zu leugnen, und vielleicht zeigte sich das Böse deshalb immer wieder von Neuem. Sogar seine geliebte Königin glaubte fest an die Macht der schwarzen Magie. Hatte er sich womöglich selbst eine Augenbinde angelegt, die ihn daran hinderte zu sehen, was alle anderen sahen? War er so furchtbar stolz, dass er unfähig war einzugestehen, dass er sich irrte?

Er öffnete die Augen. Die Landschaft erstreckte sich vor ihm wie ein endloser grüner Teppich. Die Farben der Wiesen und Felder, der Duft des Sommers, die zarte Berührung der Sonnenstrahlen, war all dies allein ein Werk des Zufalls? Er schob die Hand in die Tasche, in der er den merkwürdigen Brief aufbewahrte, den Juana de Sauri ihm geschrieben hatte. Bevor er ihn gelesen hatte, war er absolut sicher gewesen, dass sie die Gewissensbisse wegen ihrer Falschaussagen in den Tod getrieben hatten. Jemand hatte sich als Ziegenbock verkleidet, um sie zu erschrecken, und genau das hatte er Iñigo de Maestu eingeredet. Und der hatte das für bare Münze genommen. Er sah den Jungen an, der ihm gegenübersaß und sich ebenfalls an der Landschaft erfreute, und dieser Anblick versetzte ihm einen Stich. Er säte im Geist der künftigen Priester die Vorstellung, dass weder Teufel noch Hexen existierten, dass alles Übel der Welt seinen Ursprung im Menschen selbst hatte. Sollten sie so werden wie er? Priester, denen es an Glauben und Hoffnung mangelte?

Er zog Juanas Brief hervor und las den so sorgfältig versteckten Satz:

> *Und die übrigen Leute … taten nicht Buße für die Werke ihrer Hände, dass sie nicht anbeteten die Teufel … und sie taten auch nicht Buße für ihre Morde, Zauberei, Hurerei und Dieberei.*

Da gab es nichts zu deuteln, diese Worte bescheinigten, dass es Hexen gab, die weiterhin ohne jede Reue ihren schändlichen Praktiken frönten. Sollte das etwa heißen, dass die, die um den Gnadenerlass baten, ihnen nur etwas vorspielten und weiterhin dem Teufel dienten? Allein bei dem Gedanken wurde ihm flau im Magen. Vielleicht gab es eine winzige Hoffnung, dass es wirklich ein teuflisches höheres Wesen gab, das einen Kampf um die Seelen der Menschen führte.

Doch Juanas Tod blieb nach wie vor ein Rätsel. Jetzt musste er erst recht die vier angeblich Reuigen finden, die sich in den Tagen vor dem Eintreffen seines Gefolges in Santesteban aufgehalten hatten. Salazar war überzeugt, dass sie der Schlüssel zu Juanas Tod waren.

Mayos Verdacht führte sie zu der kleinen Kirche von Urdax und dem angrenzenden Friedhof. Der Himmel war bedrohlich grau, aber sie bemerkte es nicht und ging mit Beltrán im Schlepptau zwischen den Gräbern entlang. Sie lief an den Marmorgrabsteinen und den andächtigen Engeln vorbei, auf der Suche nach irgendeinem Hinweis auf Gracias Grab. Sehr bald wurde ihr klar, dass sie die langen gotischen Lettern der Namen niemals würde entziffern können, also fasste sie sich ein Herz, ließ Beltrán am Eingang zurück und betrat die Kirche.

»Kann ich dir helfen, mein Kind?«

Ein kleiner alter Priester kam mit beseeltem Gesichtsausdruck auf sie zu, die Hände vor der Brust gefaltet.

»Gracia de Iturralde«, brachte sie keuchend hervor, »ist keines natürlichen Todes gestorben. Ihr Mann hat sie mit der Hacke erschlagen.«

»Beruhige dich, Mädchen, ich verstehe kein Wort. Gracia ist nicht tot. Es sei denn, du meinst einen seelischen Tod, weil sie das Versprechen nicht gehalten hat, das sie ihrem Mann am Hochzeitstag gab. Wie heißt es doch so schön«, der Priester schaute gen Himmel und murmelte: »Bis dass der Tod Euch scheidet« – er schaute wieder zu Mayo und deutete mit dem Zeigefinger auf sie –, »und sie haut einfach ab, lange vor ihrem Tod. Nein, nein, so etwas macht man nicht. Das ist eine große, große Sünde. Mariano steht im Dorf da wie ein Trottel, du weißt ja, wie die Leute sind. Sie reden gern und erfinden Geschichten.«

»Ja, das hat man mir gesagt.«

»Gracia war sehr wütend auf ihren Mann und auf mich, als sie hörte, dass er ihre Freundin bei mir denunziert und dass ich die Liste der Verdächtigen in Urdax verfasst hatte. Sie wollte nichts mehr mit mir zu tun haben und kam nicht mehr in die Kirche. Möge Gott ihr verzeihen.«

Der Priester erzählte Mayo, Gracia sei außerordentlich betrübt gewesen, als die Männer des Heiligen Offiziums kamen, um María de Echalecu abzuholen, und sie machte sich selbst für ihr Unglück verantwortlich. Sie schlief nicht mehr, magerte immer mehr ab und weinte unaufhörlich.

»Ihr Mann erzählte mir, Gracia befinde sich in einem erbärmlichen Zustand, und so ging ich zu ihr, um mit ihr zu reden. Ich empfahl ihr, sich ihrer Hausarbeit und ihrem Mann zu widmen, doch sie sah mich nicht einmal an. Sie drehte sich auf dem Absatz um und arbeitete einfach weiter, bis ich ging.«

Seit der Verhaftung der Hexen hatte das Ehepaar kaum noch miteinander gesprochen. Mariano ging jeden zweiten Tag in die Kirche, um sich bei dem Priester nach dem Autodafé zu erkundigen, denn er wollte wissen, ob María endlich zum Tod auf dem Scheiterhaufen verurteilt worden war. Wenn er nach Hause kam, erzählte er Gracia die schaurigsten Geschichten und übertrieb dabei maßlos, bis sie zu weinen anfing.

»Wir erfuhren, dass María noch vor dem Autodafé an einer Seuche gestorben war. Mariano nahm gleich Kontakt zum Heiligen Offizium auf und kaufte ihr Land.«

Eines schönen Tages verschwand Gracia. Ihr Mann war nach Zugarramurdi gereist, um Samen und Dünger zu kaufen, und als er zurückkehrte, war er überrascht, dass kein Rauch aus dem Schornstein kam, obwohl es Zeit für das Abendessen war. Es brannte auch kein Licht, und auf sein Rufen antwortete niemand. Ihm schwante nichts Gutes. Er riss die Tür auf, schaute ins Schlafzimmer, ob sie womöglich krank daniederlag, und auch unter das Bett, um sicherzugehen, dass sie sich nicht versteckt hatte. Dann ging er in das Haus gegenüber. Vielleicht hatte sie an ihre tote Freundin denken müssen und sich in einem Anfall von Wehmut dort eingeschlossen.

Aber dort war sie auch nicht. Er kehrte in sein Haus zurück und öffnete die Holzkiste, in der er seine Ersparnisse aufbewahrte. Zu seiner Überraschung befand sich darin nur noch eine Spinne, die mit langen dünnen Beinen darin herumspazierte. Gracia hatte das gesamte Geld mitgenommen, und als er in den Stall ging, stellte er fest, dass auch das einzige Pferd verschwunden war, ein plumpes, leicht x-beiniges Zugpferd, das sie heiß und innig liebte, weil sie es als Kind geschenkt bekommen hatte, und das er trotz ihres Protestes zum Ackergaul gemacht hatte. Als ihm bewusst wurde, dass sie ihn verlassen hatte, musste man ihn fast anbinden, denn in seiner Wut hätte er am liebsten das halbe Dorf kurz und klein geschlagen.

»Weiß man, wo Gracia hingegangen ist?«, fragte Mayo den Priester.

»Nun, Genaues weiß man nicht. Aber die Leute reden, du weißt ja, wie sie sind.«

»Ja, ich weiß«, stimmte ihm Mayo zu.

»Es heißt, sie habe Angehörige in Rentería, und zu denen sei sie gegangen.« Und dann blickte er erneut gen Himmel und bekam wieder diesen beseelten Gesichtsausdruck wie am Anfang des Gesprächs: »Möge Gott dieser verirrten Seele verzeihen.«

»Danke, Pater«, sagte Mayo und nahm Beltráns Zügel. Sie wollte sich schon auf den Weg machen, da fiel ihr noch etwas ein. »Entschuldigt, Pater, darf ich Euch noch um einen letzten Gefallen bitten?«

»Wenn es in meiner Hand liegt.«

»Nicht in Eurer Hand, sondern in Eurem Stall. Habt Ihr Hühner oder ein anderes Tier mit weißen Federn?«

»Ja, im hinteren Teil des Hauses. Vier Hennen, einen Hahn und eine Gans. Aber von der Gans hältst du dich am besten fern, sie hat die üble Angewohnheit, Leute, die sie nicht kennt, in den Hintern zu zwicken.«

Es war gerade eine Stunde her, dass Mayo die Kirche verlassen hatte, als Mariano de Aitajorena wie der Blitz hineinstürmte.

»Pater, die Hexen sind wieder da!«, rief er.

»Wovon redest du?«

»Eine stand heute Morgen plötzlich vor meinem Haus. Es war furchtbar. Ein Teufel in Eselsgestalt war bei ihr.«

Mariano überschlug sich förmlich beim Sprechen. »Sie wollte meine Frau sehen und ihr ihre Zauberkünste andienen.«

»Eine Hexe?«, fragte der Pfarrer besorgt. »Da war ein Mädchen hier, das ...«

»Sie war hier?«, unterbrach ihn Mariano. »Was wollte sie?«

»Sie suchte das Grab deiner Frau. Sie dachte, sie sei tot und ...«

»Das ist ja noch schlimmer, als ich dachte.« Mariano setzte sich in eine Kirchenbank und vergrub das Gesicht in den Händen. »Sie wollen sich rächen! Warum verfolgen sie uns? Ich glaubte, wir hätten sie uns vom Hals geschafft, als wir María de Echalecu vor dem Heiligen Offizium angezeigt haben. Doch sie sind wieder da!« Er schaute auf. »Was hat sie zu Euch gesagt?«

»Sie hat mich nach Marías Grab gefragt, ich habe ihr gesagt, sie sei nicht tot. Dann fragte sie nach Federn und ...«

»Federn?«

»Nun ja, ich habe sie in den Hühnerstall gelassen«, gestand der Priester mit gesenktem Blick.

»Wir sind verloren! Verloren, verloren ...«

Kurzzeitig ließ sich auch der Priester von seiner Panik anstecken. »Verloren«, murmelte er.

»Sie wird die Federn verwenden, um uns zu verhexen. Das Unglück wird wiederkommen.«

Da hob der Priester den Kopf und sah Mariano in die Augen. Er als Vertreter des gerechten Gottes würde nicht zulassen, dass das Böse nach Urdax zurückkehrte.

»Beruhige dich. Das Heilige Offizium hat einen Hexenjäger in Dienst genommen. So wie ich verstanden habe, ist er bereits in der Nähe. Ich weiß, welchen Weg die Hexe mit ihrem diabolischen Esel eingeschlagen hat. Wenn sie noch in Urdax sind, wird der Jäger sie fassen. Da kannst du Gift drauf nehmen«, befand er und legte Mariano väterlich die Hand auf die Schulter.

XV

Wie man herbeizaubert, dass einem die Flammen nichts anhaben können

Die Ankunft in Elizondo verlief ganz dem Protokoll entsprechend. Das Gefolge wurde mit Glockengeläut und allem Brimborium von den lokalen Würdenträgern empfangen.

Kaum hatte sich Salazar in seiner neuen, vom Bürgermeister ausgewählten Residenz eingerichtet, überprüfte er als Erstes, ob die Büßergewänder und die Namensschilder der von der Inquisition Hingerichteten sich noch am Kirchenportal befanden. Hin und wieder verschwand ein Gewand oder die Buchstaben auf dem Schild waren nicht mehr lesbar. Manchmal waren Unbilden der Witterung daran schuld, doch meistens war es auf Menschenhand zurückzuführen. Die Angehörigen wollten die Schande und die Benachteiligungen um jeden Preis loswerden, die es mit sich brachte, wenn man einen Ketzer in der Familie hatte. Die von einem einzigen Menschen begangene Schmach wurde auf Kinder und Kindeskinder übertragen, als handele es sich um eine Erbkrankheit, und sie blieben ihr Leben lang von allen wichtigen Ämtern in der Gesellschaft ausgeschlossen. Sie durften weder Seide noch Gold- oder Silberschmuck tragen, und es war ihnen verboten, zu reiten oder Waffen mit sich zu führen.

Einige Leute wurden regelrecht zu Spezialisten darin, Büßerhemden auszutauschen oder im Handumdrehen aus Fernández Hernández zu machen. Natürlich waren alle dafür, dass die Figuren als abschreckendes Beispiel in der Kirche ausgestellt werden sollten, aber nur, solange nicht ihr Name auf dem Schild stand.

Nachem Salazar angeordnet hatte, die Gewänder und Schilder in Ordnung zu bringen, bereitete er alles Notwendige vor, um ohne weitere Verzögerung die Aussagen der Reuigen aufzunehmen. Die Türen sollten dabei offen bleiben, denn er war der Ansicht, wenn die Bewohner hörten, dass diese Menschen um Verzeihung baten und darum ersuchten, wieder in den Schoß der Mutter Kirche aufgenommen zu werden, würden sich die Gemüter beruhigen. Doch er irrte. Er konnte gerade mal ein Geständnis aufnehmen, und das war mehr als genug für diesen Tag.

Das Mädchen war erst sechzehn Jahre alt und sagte, sie hieße Catalina de Sastrearena. Sie hatte rotes Haar, grüne Augen und Sommersprossen auf ihrer Stupsnase. Eigentlich war sie hübsch, hätte sie nicht so viel gestikuliert und dieses nervöse Augenzwinkern gehabt. Zudem fuhr sie sich ständig mit einer Hand durch die Haare. Catalina erzählte haarklein von ihrem abenteuerlichen rasanten Besenflug zusammen mit ihren Gefährten von Arizcún nach Elizondo. Sie behauptete steif und fest, während sie auf der Bank im Flur auf ihre Wiederaufnahme in die Kirche gewartete habe, hätten sich ihre Füße plötzlich vom Boden erhoben und sie sei geflogen.

Schon früher hätten die Hexen einen Zauber angewendet und sie durch den Schornstein aus dem Zimmer geholt, um sie zum Hexensabbat zu bringen, ohne dass jemand etwas hätte dagegen tun können. Aber damit noch nicht genug: Catalina behauptete weiterhin, sie sei eine der Favoritinnen des Teufels. Während des Hexensabbats säße sie an seiner rechten Seite, und nach dem Essen würden sie gemeinsam den Rest der Nacht verbringen – was ihr offensichtlich sehr zu gefallen schien.

Ein Aufruhr ging durch den Saal, man hörte überall »mein Gott, wie schamlos, wo soll das noch hinführen, das ist der Anfang vom Ende, diese jungen Mädchen haben keine Moral mehr, was für eine Schande«. Eine Frau in der ersten Reihe, die in Elizondo für ihre Tugendhaftigkeit bekannt war, erlitt einen Ohnmachtsanfall, und sie wurde von einem zum anderen gereicht, damit man sie nach draußen bringen konnte.

In dem Moment bereute Salzar, dass er zugelassen hatte, die Geständnisse der Öffentlichkeit zugänglich zu machen. Die Sache verbreitete sich wie ein Lauffeuer, und binnen fünf Minuten hatte sich das Publikum verdoppelt. Anstatt die Gemüter zu beruhigen, hatten Catalinas Aussagen eine krankhafte Neugier geweckt. Die Leute konnten hören, wie das Mädchen erzählte, es sei in der Lage, wie ein Rabe von einem Dorf zum anderen zu fliegen, und es habe an einem vom Teufel organisierten Autodafé teilgenommen, bei dem Salazar bei lebendigem Leib verbrannt worden sei.

Wieder ging ein Raunen durch den Saal, gefolgt von Grabesstille. Alle warteten, wie der Inquisitor reagieren würde, der plötzlich ganz Ohr war.

»Ach ja, erzähl mal.«

»Wir haben ein Autodafé abgehalten wie die Heilige Inquisition und Euch zum Tode durch das Feuer verurteilt. Euch« – sie zeigte auf Salazar –, »die beiden« – sie zeigte auf Iñigo und Domingo, und dann deutete sie auf den Gemeindepfarrer. »Euch vier!«, verkündete sie stolz.

Nachdem Iñigo Catalinas Worte aus dem Baskischen übersetzt hatte, stieg eine Hitzewelle seine Wirbelsäule hinauf. Er senkte den Kopf, damit das junge Mädchen nicht sah, wie sehr die Worte ihn erschreckt hatten. Domingo hörte sofort auf zu schreiben, und die Tinte tropfte von der in der Luft schwebenden Feder auf das Holz. Der Einzige, der völlig ungerührt schien, war Salazar, der die Befragung mit einem Schmunzeln fortsetzte.

»Und wenn ihr uns verbrannt habt, wie erklärst du dir dann,

dass wir immer noch hier sitzen?« Alle Köpfe wandten sich zu dem Mädchen.

»Nun …« – sie merkte, dass der Inquisitor versuchte, ihr den Wind aus den Segeln zu nehmen –, »wir wollten Euch ja nur erschrecken, nicht gleich töten. Also haben wir einen Zauber angewendet, der verhinderte, dass Eure Kleider Feuer fingen.«

»Und wie geht das?«

»Wir haben Eure Soutanen mit einer Mischung aus Alaun und Eiweiß eingerieben und sie dann in Salzwasser gewaschen. Ist der Stoff trocken, kann man ihn in die Nähe von Flammen halten, und er brennt nicht.«

»Aber daran müssten wir uns doch erinnern, oder habt ihr vielleicht auch einen Zauber angewendet, der unsere Erinnerung ausgelöscht hat?«

Doch noch bevor Catalina erklären konnte, warum der böse Zauber dem Inquisitor nichts anhaben konnte, sank sie in sich zusammen, vergrub ihr Gesicht zwischen den Händen und fing an zu heulen, als würde die Welt untergehen. Sie hob die Augenbrauen, schnitt Grimassen, deutete mit den Fingern zur Decke und fuchtelte mit den Armen, als würde sie von einem Bienenschwarm angegriffen. Damit gab sie ihnen zu verstehen, dass sie nicht weiter aussagen konnte, weil der Teufel und die Hexen, wenngleich unsichtbar, so doch in der Nähe waren, um zu verhindern, dass sie weitersprach.

»Nein … nein, ich kann nicht. Wrrrg.« Sie fasste sich an den Hals, als bekäme sie keine Luft mehr. »Hilfe! Oder sie werden mich töten.« Und man musste sie aus dem Saal bringen, denn sie warf sich auf den Boden, raufte sich die Haare und schrie wie eine Besessene.

Alle waren so durcheinander von Catalinas Auftritt, dass Salazar beschloss, an diesem Tag niemanden mehr zu empfangen. Er würde nicht zulassen, dass die Bewohner weiterhin den Befragungen beiwohnten. Derartige Szenarien brachten die guten Leute nur völlig aus der Fassung. So hielt er es in dem Tagebuch fest, in dem er alle Einzelheiten der Reise notierte. Er hatte Bücher angelegt, nach Personen klassifiziert, Alter, Dorf und Datum – es gab in jenen Tagen keinen Zugvogel, der nicht Eingang in Salazars Notizen gefunden hätte. Und das Mädchen gehörte für ihn in die Kategorie größenwahnsinnige Reuige mit Hang zur Selbstdarstellung. Jedenfalls beauftragte er Iñigo damit, Nachforschungen über diese Catalina anzustellen. Er glaubte ihren Aussagen nicht, aber er wollte unbedingt mehr über sie wissen – wer ihre Eltern waren, bei wem sie lebte, was sie machte, ob sie Freunde hatte.

Ihre ungestüme Aussage machte es ihm unmöglich, ihr die Gnade des Erlasses zuteil werden zu lassen, ohne dass man ihm nachsagte, er griffe nicht genügend durch. Dieser Auftritt durfte auf keinen Fall seinen Kollegen zu Ohren kommen, sonst würde Catalina im Gefängnis landen und nur noch Brot und Wasser bekommen. Er musste herausfinden, ob dieses bedauernswerte Geschöpf tatsächlich vom Bösen besessen oder vom Wahn befallen war. Tage zuvor hätte er zu Letzterem tendiert, aber Juana de Sauris Worte hallten noch in seinem Kopf wider. Er wollte keine voreiligen Schlüsse ziehen.

Zwei Stunden später fegte Iñigo de Maestu durch die Gänge zu Salazars Zimmer, wobei er ins Straucheln geriet und einige Blumentöpfe umstieß. Dringlich klopfte er an die Tür und wartete kaum Salazars »Herein« ab. Nach Luft ringend hielt er sich die Brust und stützte sich mit der anderen Hand am Tischrand auf.

»Ich muss Euch etwas sagen, mein Herr«, keuchte er. »Etwas Wichtiges.«

»Ich brenne vor Neugier.« Salazar lächelte. Er führte ihn zu einem Stuhl. »Aber ich denke, das kann warten, bis du wieder zu Atem gekommen bist. Ich werde dir ein wenig Wein eingießen. Die Franzosen sagen, Rotwein erweitert die Blutgefäße und löst auf wundersame Weise die Zunge.«

Iñigo de Maestu nahm einen Schluck und wurde sofort ein wenig ruhiger.

»Jetzt hol mal tief Luft, und dann erzählst du mir, was es Spannendes zu berichten gibt.«

Der Novize erzählte, diese Catalina sei in Elizondo anscheinend völlig unbekannt. Alle hätten ausgesagt, sie sei mit einer Gruppe gleichaltriger Mädchen gekommen. Er habe sich erkundigt, wo sie abgestiegen waren, und sie aufgesucht. Die fünf hätten sogleich erklärt, sie würden Catalina schon von klein auf kennen und könnten ihre Aussagen nur bestätigen. Übereifrig hatten sie die Liebestreffen geschildert, und bei Iñigo war der Eindruck entstanden, sie schwindelten ihm etwas vor. Aufmerksam habe er eine von ihnen betrachtet, die in einer Ecke des Raumes saß, seinem Blick auswich und an den Nägeln kaute. Sofort habe er gewusst, dass sie diejenige war, mit der er reden musste. Er wartete, bis sie allein war.

Als sie sich ertappt fühlte, fing sie an zu weinen und sagte aus, besagte Catalina sei nicht aus ihrem Dorf, sie würden sie überhaupt nicht kennen. Auf dem Weg nach Elizondo, wohin sie sich mit ihren Freundinnen wegen des Gnadenerlasses aufgemacht hatte, seien sie auf eine Gruppe von vier Leuten auf einem Wagen gestoßen, zwei Männer, eine Frau und dieses Mädchen. Und man hatte ihnen versprochen, wenn sie Catalina mitnähmen und als ihre Freundin ausgäben, würde jede von ihnen eine Perlenkette bekommen.

»Vier Leute?«, unterbrach ihn Salazar. »Glaubst du, dass …«

»Mehr als glauben, mein Herr. Ich bin mir sicher.« Aufgeregt sprang Iñigo auf. »Und jetzt kommt es: Erinnert Ihr Euch an den Satz von Juana de Sauri?« Salazar nickte. »Ich wusste, dass ich das schon mal gelesen hatte: ›Und die übrigen Leute, die nicht getötet wurden von diesen Plagen, taten nicht Buße für die Werke ihrer Hände, dass sie nicht anbeteten die Teufel und goldenen, silbernen, ehernen, steinernen und hölzernen Götzen, welche weder sehen noch hören noch wandeln können, und sie taten auch nicht Buße für ihre Morde, Zauberei, Hurerei und Dieberei‹«, rezitierte er auswendig. »Offenbarung, 9, 20–21.«

»Richtig, das ist aus der Offenbarung.«

»Der Satz enthält an sich bereits eine interessante Botschaft. Aber angesichts der Ereignisse sollten wir uns die Stelle mal genauer ansehen.«

»Was willst du damit sagen?«

»Kurz vor diesem Vers kommt in der Bibel die Beschreibung der vier Reiter, die den Tod säen werden.« Iñigo ließ sie gedanklich Revue passieren. »Einer sitzt auf einem weißen Pferd und siegt mit Pfeil und Bogen, ein anderer galoppiert auf einem roten Pferd und hat die Macht, den Frieden von der Erde zu verbannen, der dritte sitzt mit einer Waage auf einem schwarzen Pferd.« Er schwieg einen Moment. »Der vierte Reiter ist der schlimmste, er sitzt auf einem Falben und symbolisiert den Tod, und mit ihm kommt die Hölle, denn er vermag Hunger und Seuchen zu verbreiten.«

»Die vier Reiter der Apokalypse«, murmelte Salazar, »vielleicht ist das die Spur.«

»Das ist es in der Tat, mein Herr, denn das junge Mädchen hat mir erzählt, der Wagen, in dem Catalina und ihre Freunde saßen, sei von zwei Pferden gezogen worden, und weitere zwei wären hinten angebunden gewesen. Könnt Ihr Euch vorstellen, welche Farbe die Pferde hatten?«

»Weiß, Rot, Schwarz und Falb?«, fragte Salazar gespannt.

»Genau!«, erwiderte Iñigo lachend. »Das wäre schon etwas zu viel Zufall, dass immer die vier auftauchen, wenn etwas Seltsames vor sich geht.« Dann sagte er leise: »Vier Reiter.«

»Juana wollte uns einen Hinweis geben«, bemerkte Salazar.

Aber noch bevor die beiden Männer weiter über die Botschaft und das Unheil der Apokalypse diskutieren konnten, wurden sie durch einen Tumult auf der Straße unterbrochen. Sie beugten sich aus dem Fenster und sahen eine Gruppe von mit Stöcken,

Hacken und Schlachtermessern bewaffneter Männer. Salazar fragte laut, was denn da los sei.

»Die Frauen haben nach der Befragung auf diese Catalina gewartet, um sie der Probe zu unterziehen«, rief ihm ein Mann zu.

»Was für eine Probe?«, wollte der Inquisitor wissen.

»Euer Hochwürden wissen schon …« – er war betreten, weil er nicht wusste, wie er es einem Kirchenmann erklären sollte –, »die, die man macht, um festzustellen, ob eine Frau mit einem Mann zusammen war, und wisst Ihr was? Diese Catalina ist Jungfrau … nach allem, was sie da über den Teufel und so erzählt hat. Sie hat uns und Euch tüchtig an der Nase herumgeführt.«

»Ja, an der Nase herumgeführt«, riefen die Leute aufgebracht im Chor.

»Die verlogene Hexe ist uns durch das Fenster entkommen. Wir werden sie suchen«, schrie eine Frau.

»Es heißt, sie verstecke sich mit drei anderen im Wald«, sagte eine andere. »Wir wollen sie nicht im Dorf haben.«

Salazar packte Iñigo am Arm, und sie eilten stolpernd die Treppe hinunter. Sie rannten die Straße entlang, bis sie die Anführer der rasenden Meute eingeholt hatten. Salazar wusste, er würde sich etwas einfallen lassen müssen, um sie zu überzeugen, Catalina und ihren Gefährten nicht sofort den Garaus zu machen. Er musste die vier unbedingt befragen. Er würde auf seiner Besuchsreise keine Lynchjustiz dulden.

Die Gruppe bewegte sich auf den Wald zu. Ein paar Männer waren zu Pferd unterwegs, aber sie mussten die Tiere bald zurücklassen, denn das Geäst wurde immer dichter. Irgendwann kam man sogar zu Fuß kaum noch vorwärts. Es wurde dunkel, denn die Sonne verschwand hinter den Bergen, und die Feuchtigkeit machte das Gebiet zu einem gefährlichen Sumpf voller Binsen und Lurche. Teilweise war der Sumpf von einer dünnen Schicht aus getrocknetem Lehm und verfaulten Blättern bedeckt.

»Gebt acht, wo Ihr hintretet, mein Herr«, flüsterte ihm einer der Männer zu. »Der Boden kann einen Menschen im Nu verschlingen, ohne dass man Zeit hat, auch nur einen Mucks von sich zu geben. Der Lehm ist so brüchig wie das Eis auf den Seen im Winter.«

»Das fehlte mir noch, dass ich hier im Sumpf versinke«, murmelte Salazar.

Mann an Mann durchkämmten sie die Zone, einige hatten sich sogar an den Händen gefasst. Die Ketzer sollten ihnen nicht entkommen. Auf einmal war es still. Man hörte nur noch die Schrittgeräusche. Die letzten Sonnenstrahlen durchschnitten die Baumkronen und tauchten den Wald in ein unwirkliches blaues Licht.

Es dauerte noch eine weitere halbe Stunde, bis sie zwischen den Bäumen Rauch aufsteigen sahen. Vorsichtig schlichen sie sich heran. Man hörte Feuer knistern, das Geräusch von Pferdehufen und menschliche Stimmen, bis sie auf einer Lichtung schließlich das Lager der angeblichen Teufelsanbeter sahen. Sie saßen entspannt um das Feuer herum.

»Habt Ihr die Pferde gesehen?«, flüsterte Iñigo Salazar ins Ohr.

»Ja, wie Ihr gesagt habt: weiß, rot, schwarz und falb.«

Ihre Kehlen waren trocken vor Angst, und die Kleider klebten ihnen an den Körpern. Von Mund zu Mund wurde der Befehl weitergegeben, die vier einzukreisen, damit sie nicht entwischen konnten. Doch als sie ausschwärmten, begann es von allen Seiten zu klimpern. Sie hatten die feinen Fäden mit den Schneckenhäusern und Muscheln nicht bemerkt, die rund um das Lager zwischen den Ästen gespannt waren und die Gruppe vor möglichen Angriffen warnen sollten. Die Pferde fingen an zu wiehern. Die vier Gestalten sprangen auf und eilten zu dem Wagen, bei dem zwei Pferde eingespannt waren. Die anderen beiden waren hinten an den Wagen gebunden. Salazar sah, wie Catalina zu der anderen Frau auf den Bock stieg, während die von oben bis unten mit Fell bedeckten Männer sich die beiden anderen Pferde schnappen wollten, um auf ihnen davonzureiten.

Eine Welle der Panik breitete sich aus. Die Leute aus dem Dorf marschierten mit erhobenen Waffen und Fackeln und einem markerschütternden Geheul auf das Lager zu. Salazar versuchte, die aufgebrachte Menge zu beruhigen, indem er seine Stimme erhob und beschwichtigend sagte: »Bleibt stehen! Wir wollen nur reden. Durch den Gnadenerlass werden euch alle Sünden erlassen, wenn ihr dem Teufel abschwört.«

Doch die angeblichen Teufelsanbeter hörten ihn nicht. Sie waren zu sehr damit beschäftigt, die Pferde loszubinden. Der Mann, der Salazar wegen des Sumpfes gewarnt hatte, packte den Jungen mit dem weißen Auge am Knöchel, als er sich gerade auf den Rücken des Fuchses schwingen wollte. Er stürzte zu Boden und starrte seinen Angreifer mit weit aufgerissenen Augen an, während er etwas Unverständliches stammelte. Da stürzte der Mann sich auf ihn und packte ihn an der Kehle. Sie fingen an zu kämpfen. Salazar bat sie, Ruhe zu bewahren, doch keiner schenkte ihm Gehör.

Sie rollten über den Boden, bis dicht an das Lagerfeuer heran. Der Mann spürte die Hitze über seinem Gesicht. Das Feuer brannte noch, und wenn er die Hand ausstreckte, würde er eines der Scheite fassen und es dieser Teufelsbrut über den Schädel ziehen können. Salazar ahnte, was in seinem Kopf vorging, und sah schon vor sich, was gleich geschehen würde. Der Mann drehte sich zur Seite, fasste einen glühenden Ast und schlug ihn dem Jüngling mit aller Kraft ins Gesicht. Als er den brennenden Schlag spürte, stieß der Junge mit dem weißen Auge einen gellenden Schrei aus, der die Eulen von den umliegenden Bäumen verscheuchte, die das Spektakel verdutzt beobachtet hatten. Der Schrei erschreckte auch den Angreifer selbst, der entsetzt zusah, wie der Junge, die Hand auf das Gesicht gedrückt, flüchtete und zu dem Wagen rannte. Mit einem Satz war er auf der Ladefläche. Catalina setzte sich mit einer Bratpfanne gegen die Dorfbewohner zur Wehr, während die Frau die Pferde antrieb. Mit einem Ruck setze sich der Wagen in Bewegung, gefolgt von dem anderen Teufelsanbeter auf dem Rappen, der den Fuchs am Zügel mit sich führte. Die Dorfbewohner folgten ihnen, die Arme in der Luft, und riefen ihnen Schmähworte und Rachedrohungen nach.

Erst war Salazar erleichtert, doch dann wurde ihm bewusst, dass diese seltsamen Gestalten wahrscheinlich die einzige Spur im Fall von Juanas Tod gewesen waren. Außerdem waren sie die Einzigen, die ihm das absurde Theater vom Morgen erklären könnten. Er war enttäuscht, dass sie ihm durch die Lappen gegangen waren.

Iñigo riss ihn aus seinen Gedanken. Er hatte ein Sammelsurium von Papieren und Gegenständen in der Hand.

»Mein Herr, Ihr werdet es nicht glauben.«

»Lass mal sehen.«

»Unser Quartett hat auf der übereilten Flucht ein paar Dinge zurückgelassen.« Aufgeregt hielt er sie ihm hin.

Zunächst warf Salazar nur einen flüchtigen Blick darauf, doch dann konnte er nicht fassen, was er sah. Er riss Iñigo die Sachen förmlich aus der Hand. Die Teufelsanbeter hatten am Lagerfeuer den Beutel liegen lassen, den Iñigo an dem Tag verloren hatte, als er in Juanas Haus war, und in dem sich immer noch der Ziegenhuf befand. Außerdem lag ein elfenbeinfarbenes Taschentuch mit einem großen eingestickten M dabei, das viel zu fein war, um solchen Leuten zu gehören. In dieses Taschentuch war ein kleines, mit einem Korken versehenes Glasröhrchen mit einem goldbraunen Pulver eingewickelt.

»Seht nur, mein Herr, sie waren auch in Besitz der Papiere, die aus meinem Gemach verschwunden sind. Erinnert Ihr Euch?«

»Natürlich erinnere ich mich.« Stirnrunzelnd sah er sich Stück für Stück an. Sein Atem ging schneller.

Es war ihm unerklärlich, wie all das in den Besitz dieser Gestalten kommen konnte. Informationen über Juana de Sauri, ein detaillierter Reisebericht, Landkarten von dem Gebiet …

»Das ist unsere Reiseroute«, knurrte er, »Karten, die Namen

von Angeklagten ... Wo haben sie das her?« Iñigo sah ihn beunruhigt an. »Das ist unmöglich ... völlig unmöglich.« Salazar schaute auf. »Das ist ein ganz besonderes Papier. Einzigartig! Den Prozess, den es durchlaufen muss, um diese perlmutterne Farbe zu bekommen, ist so aufwendig und teuer, dass es nur von zwei Institutionen verwendet wird.«

Iñigo wartete gespannt.

»Das Papier wird nur vom Königshaus und vom Heiligen Offizium verwendet!«, platzte es aus dem Inquisitor heraus. Dann schwieg er eine Weile. »Das ist unmöglich!«

Der quälende Traum kam ihm wieder in den Sinn, in dem Königin Margarete ihm als Fee erschienen war und blaues Blut aus ihren stigmatisierten Händen geflossen war. Die Worte, die sie ihm zugerufen hatte, hallten plötzlich in seinem Kopf wider, wie eine eingetretene Prophezeiung.

»Der Teufel ist im Palast«, murmelte Salazar, und Iñigo sah ihn verständnislos an.

Mayo kehrte mit drei in ein Stück Stoff gehüllten schneeweißen Federn zum Haus von Juanes de Azpilcueta zurück. Er saß immer noch unter dem Holunder und starrte resigniert auf die Weinflasche.

»Ich weiß nicht, wo ich meinen Kopf hatte«, sagte Mayo zu ihm. »Ich habe vergessen, Euch etwas zu geben.« Er schaute auf, und da sah Mayo, dass er geweint hatte. »Der Fuhrmann, der mir die Haarsträhne von eurer Frau gegeben hat ... nun ja ... der hat mir gesagt, dass er dabei war, als sie diese Welt verließ. Alle bemerkten mit Erstaunen, dass Estevanía seltsame Ausstülpungen am Rücken hatte. Sie konnte nur noch auf dem Bauch liegen. Alle dachten, das käme von der Krankheit, aber als sie genauer hinschauten, entdeckten sie etwas auf Höhe der Schulterblätter. So wie bei den kleinen Kindern, wenn sich das Zahnfleisch öffnet, und der Zahn herauskommt – nur bei ihr waren es Flügel, ganz klein, aber echte Flügel. Und wie die Inquisitoren sagten (die müssen es ja wissen), war das ein Zeichen, dass Estevanía dabei war, sich kurz vor ihrem Tod in einen Engel zu verwandeln. Was beweist, dass die Anschuldigungen gegen sie aus der Luft gegriffen waren. Sie ist sofort in den Himmel gekommen, weil sie ein guter Mensch war. Ein sehr guter, sagen die Leute.« Mayo präsentierte ihm die Federn wie einen Fächer. »Der Fuhrmann hat die Federn von den Flügeln abgezupft und sie mir gegeben, nachdem er mir die Geschichte erzählt hatte.«

Juanes betrachtete sie gerührt. »Ich habe es immer gewusst. Das ist der endgültige Beweis, dass meine Estevanía unschuldig war.«

»Jetzt könnt Ihr Euch bemühen, weiterhin ein rechtschaffener Mann zu sein«, riet ihm Mayo mit einem zufriedenen Lächeln. »Jetzt habt Ihr die Gewissheit, dass sie im Himmel auf Euch wartet.«

Dann drehte sie sich um und zog los, gefolgt von Beltrán. Sie war lange nicht so glücklich gewesen. Die kleine Lüge würde sie für sich behalten. Sie selbst hatte sie sich längst verziehen, denn schließlich stammten die Federn direkt aus dem Pfarrhaus, und das konnte der Vergebung nur zuträglich sein. Außerdem hatte sie genug Sorgen, um sich auch noch wegen einer mildtätigen Lüge zu quälen. Sie wusste nicht genau, ob ihr Eintritt in das Paradies von der Göttin Mari, dem Gott der Christen oder ihrem Vater abhing. Sie war überzeugt, dass sie nichts Schlechtes getan hatte, denn wenn dem so wäre, dann hätte sie jetzt nicht das Gefühl, mit sich selbst und der Welt in perfektem Einklang zu sein. Ihr Atem, der von Beltrán, die sich wiegenden Äste – alles war ein einziges Fließen, alles war vollkommen: das Rot des Sonnenunterganges, der Duft nach Kiefern und süßen Früchten in der Luft, das schwirrende Glücksgefühl, das ihre Sinne erbeben ließ. Endlich hatte sie verstanden, was Ederra damit gemeint hatte, als sie sagte, dass die guten Taten früher oder später zu einem zurückkommen. Denn aus einer guten Tat entstehen viele andere, und die Menschen werden davon angesteckt. Die Welt erschien Mayo nicht länger kompliziert: Manchmal hielt sie einen verhängnisvollen Schlag bereit, manchmal öffnete sie aber auch eine Tür der Hoffnung. Da küsste sie Beltrán zwischen die Ohren und fing an, wie eine Wilde um ihn herumzutanzen und ihm zu erzählen, was der Pfarrer gesagt hatte. Sie müssten sich fortan bemühen, viele gute Werke für die anderen zu tun, damit durch das Gesetz des Ausgleichs Ederra an ihre Seite zurückkehrte.

»Weißt du, Beltrán, wir müssen ja auch nicht alles dem Schicksal überlassen. Es schadet nicht, ihm ein wenig auf die Sprünge zu helfen.«

XVI

Wie man einen Hexenmeister am Teufelsmal erkennt

Salazar dachte unermüdlich darüber nach, wie die vier Verdächtigen an den Beutel, Iñigos Papiere, die Informationen zu seiner Reise, die Karten und vor allem, wie sie an das feine Taschentuch mit dem eingestickten M gekommen waren, in dem das Röhrchen mit dem rätselhaften goldbraunen Pulver verpackt war. Die Sache ließ ihm keine Ruhe. Er wollte sich nicht einmal vorstellen, dieses M könnte irgendetwas mit der Königin zu tun haben, denn das würde bedeuten, jemand hatte sich ihres Taschentuchs bemächtigt und nutzte es für ein Ritual der schwarzen Magie, um ihr zu schaden – ausgerechnet jetzt, wo er so weit weg vom Hof war und sie nicht schützen konnte. Er fühlte sich ohnmächtig. So sehr er auch darüber nachdachte, er konnte in all den seltsamen Vorkommnissen keinerlei Sinn erkennen.

Irgendjemand verfolgte ihn, anders konnte es nicht sein. Er musste seine Trümpfe klug ausspielen und herausfinden, wer das war und warum er das tat. Das Papier, das nur vom Hof oder vom Heiligen Offizium stammen konnte, grenzte den Kreis der Verdächtigen ein. Er blickte auf die letzten Monate zurück. Diejenigen, die am meisten gegen ihn arbeiteten, waren seine Kollegen aus Logroño, Valle und Becerra. Beide waren brüskiert gewesen, als der Generalinquisitor ihn auserwählte, um den Gnadenerlass in den Gebieten im Norden umzusetzen. Sie hatten Zugang zu dem Papier, und sie verachteten seine Methoden. Aber er durfte auch den Verdacht der Königin in Bezug auf den Duque de Lerma und seinen Sekretär Rodrigo Calderón nicht außer Acht lassen. Sie stand derart unter Beobachtung, dass man womöglich ihre Post abgefangen hatte und von der Freundschaft wusste, die sie und ihn verband. Vielleicht versuchte man, ihr über ihn zu schaden. Fortan würde er auf der Hut sein müssen.

Von da an wurde Salazar misstrauischer. Er blickte finster und gab sich streng und schroff wie an den ersten Tagen der Besuchsreise. Eigenmächtig änderte er die Reiseroute und sprach mit keinem darüber, wo er als Nächstes hinging. Er wusste, einer seiner schlimmsten Fehler war der Hochmut, und normalerweise versuchte er, ihn zu beherrschen. Doch jetzt schien es ihm angemessen, niemandem mehr zu trauen außer sich selbst. Schließlich hatte sich deutlich gezeigt, dass er in diesem Land der Ränkeschmiede jederzeit ein Messer in den Rücken gejagt bekommen konnte. Lediglich Bruder Domingo und den Novizen Iñigo behandelte er gewohnt herzlich. In ihrer Gesellschaft fühlte er sich wohl. Bei ihnen konnte er ganz er selbst sein, was bei anderen Menschen nicht der Fall war. Er empfand ihnen gegenüber eine Art väterlichen Stolz.

Bruder Domingo hatte, seit sie sich kannten, verschiedene Phasen durchlaufen. Anfangs hatte er sich von der beeindruckenden Persönlichkeit Salazars einschüchtern lassen. Er hatte sich nicht getraut, ihm in die Augen zu sehen, er hatte ihn bewundert, auf jede noch so kleine Andeutung sogleich reagiert und jedes seiner Worte aufgesaugt, auch wenn der Inquisitor nur über das Wetter gesprochen hatte. Aber seit dem Tag, an dem er ihn gezwungen hatte, der Obduktion von Juana de Sauri beizuwohnen, hatte sich sein Verhalten geändert. Er war noch reservierter geworden und blickte ihm immer noch nicht in die Augen, jedoch eher aus Misstrauen als aus Unsicherheit. Wenn der Inquisitor ihn fragte, ob etwas los sei, schaute er zu Boden und murmelte ein wenig überzeugendes Nein. Salazar hatte beschlossen, ihn in Ruhe zu lassen. Vielleicht würde er mit der Zeit, wenn er an seiner Seite Neues entdeckte und die Dinge nicht mehr allein nach dem Schein beurteilte, sein Vertrauen zurückgewinnen. Domingo hatte die Vorurteile, die Valle ihm vor zwei Jahren eingetrichtert hatte, schon abgelegt und er fing an, sich eine eigene Meinung zu bilden. Seine Predigten waren gemäßigter geworden, und er drohte den Leuten von der Kanzel aus nicht mehr mit ewigem Fegefeuer und dem Raub der Kinder, dass den Frauen die Haare zu Berge standen und die Kinder nachts Albträume bekamen. Salazar schrieb sich selbst diesen Wandel zu und genoss insgeheim den kleinen Triumph. Er betrachtete Domingo als eine Art Werk, dem er den letzten Schliff gab.

Bei Iñigo empfand er anders. Der junge Mann hatte ihn von Anfang an akzeptiert. Er hatte keine Vorbehalte gegen ihn, er senkte nicht die Stimme, wenn er mit ihm sprach, und er schaute ihm immer in die Augen. Salazar wertete das als eindeutiges Signal, dass der Novize nichts zu verbergen hatte. Seine Schwäche für den Novizen war offenkundig. Kleine Details verrieten ihn: Er tadelte ihn nie, und wenn er sprach, lächelte Salazar, sogar wenn ihre Gespräche sich im Bereich des Phantastischen verloren, denn Iñigo war ein Träumer. Salazar hatte nie jemanden gebraucht, aber es gefiel ihm, dass der Junge an ihm hing.

Trotzdem öffnete der Inquisitor sich gegenüber niemandem. Er hatte Angst, etwas von dem, was er tun oder sagen könnte, würde seinen mangelnden Glauben offenlegen. Und er hegte die Befürchtung, Iñigo oder Domingo könnten hinter die Gründe kommen und sich am Ende anstecken lassen. Wenn er sie schützen wollte, war es das Beste, sie im Zustand der Unwissenheit zu lassen. Er konnte sich kaum noch an diesen Zustand erinnern, den er während seiner Kinderzeit erlebt hatte, als Gott ihm wie eine riesige Hand vorgekommen war, die einen vor den Qualen des Bösen schützt. Wann hatte er aufgehört, diese Hand zu spüren? Vielleicht als ihm bewusst wurde, dass diese Hand nicht groß genug war, die ganze Welt umfassen zu können. Er hatte sich privilegiert gefühlt, und das wiederum hatte Schuldgefühle in ihm ausgelöst. Warum er und andere nicht? Als er die Gründe herausfinden wollte, warum diese riesige väterliche Hand bei seinen Kindern Unterschiede machte, konnte er keine finden. Und wenn sich die nicht finden ließen, gab es dafür nur eine Erklärung: Es gab diese Hand, diesen Vater, nicht. Da war niemand, der die Geschicke der Welt lenkte. Und diese Erkenntnis tat weh. Es war besser, wenn er sie vor den anderen verborgen hielt, denn die Menschen mussten an etwas glauben, was auch immer, damit sie nicht der Verzweiflung anheimfielen, so wie es ihm ergangen war. Er würde nicht zulassen, dass seine Schüler den Rest ihres Lebens litten.

Die Stimme des Ausrufers hallte am Nachmittag durch die Straßen und verkündete, Königin Margarete habe in El Escorial einen Sohn mit Namen Alfonso geboren.

»Sehr schön«, sagte Bruder Domingo laut und vernehmlich.

Niemand bemerkte es, aber es war der einzige Moment, in dem ein Lächeln über Salazars Gesicht huschte.

Später würde sich kaum noch jemand an den vornehmen Namen des Neugeborenen erinnern, denn die Umstände, unter denen er das Licht der Welt erblickte, sorgten dafür, dass er unter dem Pseudonym »El Caro«, der Teure, in die Geschichte einging. Und so wurde er von jedem genannt.

Es wehte eine warme Julibrise, als Pedro Ruiz de Eguino nach Urdax kam, um eine weitere Hexe für die wöchentliche Lieferung zu holen. Man habe ihm gesagt, eine Verdächtige streiche in der Gegend herum, und als er den Pfarrer aufsuchte, sagte dieser ihm, es handele sich um ein seltsames junges Mädchen mit einem Esel, das möglicherweise irgendeinen Zauber mit Federn ausgeführt habe, die es aus seinem Stall entwendet habe.

»Ich will euch nichts vormachen, Pater. Zauber mit Federn bringen großes Unglück«, klagte Pedro Ruiz de Enguino unter dem aufmerksamen Blick von Morguy, die mit ernster Miene zustimmte.

»Möge Gott uns beistehen!«, flüsterte der Pfarrer.

»Gott und ich werden Euch helfen, keine Sorge«, beruhigte ihn der Hexenjäger. »Wo, sagt Ihr, wollte das Geschöpf hin?«

Der Pfarrer zeigte Richtung Hügel, und der Hexenjäger fuhr mit ratternden Wagenrädern los. Er suchte jeden Winkel des Weges, die Höhlen, den Fluss und die Waldlichtung ab, doch er konnte sie nicht finden. Er befürchtete schon, die Hexe sei ihm durch die Lappen gegangen. Seine Miene verfinsterte sich. Er wollte seinen guten Ruf nicht aufs Spiel setzen. Bis dahin hatte er zwei Ladungen an Hexen und Hexenmeistern zum Tribunal von Logroño gebracht, und die Inquisitoren Valle und Becerra schienen sehr zufrieden mit ihm zu sein. Wenn alles so weiterlief wie bisher, würde er bald zum Inquisitionskommissar ernannt. Von der Anhöhe aus konnte er das Treiben im Dorf beobachten. Auf die Entfernung wirkten die Menschen wie Insekten.

»Wir gehen ins Dorf, und dort teilen wir uns mit den anderen auf«, sagte er zu Morguy, die die ganze Zeit über schwieg. »Wir müssen sie fassen.«

Mayo wollte sich schon auf den Weg nach Elizondo machen, um sich wieder an Salazars Gefolge zu hängen, da hörte sie, dass in Urdax Markttag war. Und so beschloss sie, bevor sie aufbrach, eine Runde über den Markt zu schlendern. Hin und wieder gefiel es ihr, unter Leuten zu sein, andere menschliche Körper flüchtig zu berühren, all die Gerüche einzuatmen. Sie genoss es, sich an den Markttagen unbemerkt unter die Menschen mischen zu können.

Die Hauptstraßen waren voll mit Ständen. Es herrschte ein buntes Treiben. Man hörte die Rufe der Händler, sah Hühner- und Eierverkäufer, Gerber, Korbflechter und Spitzenklöpplerinnen, die ihre Kunst vor den bewundernden Blicken der Leute ausübten. Verkaufsstände so weit das Auge reichte, knusprige Brotlaibe, Krüge mit Honig und so riesige Käselaibe, dass man sie mit Stöcken hätte die Straße hinunterrollen können.

Über allem lag ein stetiges Stimmengewirr. Es wurde über Preise und Qualität debattiert und gefeilscht, die Interessenten versuchten den Händler zu einem Nachlass zu bewegen, doch wenn dieser merkte, dass der andere längst angebissen hatte, bestand er auf dem höheren Preis und feierte danach das gute Geschäft, indem er in die Hände klatschte und lachte. Wer unachtsam war, wurde von den Leuten angerempelt, und überall roch es nach Wildheit und Pferdedung.

Mayo spazierte durch die vollen Straßen. Sie stellte sich vor, sie gehörte zu einer normalen Familie, die sie Brot, Käse und Honig kaufen geschickt hatte. Später würden sie alle gemeinsam am Herd essen. Verstohlen schielte sie zu den Leuten, ob jemandem ihre koboldhafte Erscheinung auffiel, doch niemand schien sie zu bemerken. Sie schloss die Augen und atmete tief diesen Menschenduft ein, der ihr, würde er noch intensiver, Angst einjagen würde. So war es ihr während des Autodafés in Logroño ergangen, als sie verzweifelt nach Ederra Ausschau gehalten hatte. Klein, wie sie war, war sie in der Menge einfach untergegangen. Sie hatte nur noch Rücken und Brustkörbe gesehen, die sie hin- und herschoben und sie fast erdrückten.

Die Erinnerung an das Autodafé schnürte ihr die Kehle zu. Plötzlich wollte sie nur noch weg. Mit den Armen rudernd schwamm sie gegen den Strom, schob sich durch die winzigen Spalten zwischen all den Beinen, Hüften, Ellbogen und Armen, halb tot vor Angst, bis sie die einsame, dunkle Gasse gefunden hatte, in der sie Beltrán zurückgelassen hatte. Mayo kauerte sich hin, die Arme vor der Brust verschlungen, und versuchte, ruhig zu atmen. Da merkte sie, dass sie jemand beobachtete. Langsam schaute sie auf, und da sah sie, genau ihr gegenüber, das Mädchen.

Die Hexenjäger hatten sich am Ortseingang getrennt und waren samt Helfern ausgeschwärmt. Der Befehl lautete, den anderen umgehend Bescheid zu geben, falls das Mädchen und der teuflische graue Esel gesichtet wurden. Morguy war sofort stutzig geworden, als sie den Esel im Dunkel der Gasse gesehen hatte, und so hatte sie beschlossen abzuwarten und zu sehen, wem er gehörte.

Morguy trug einen braunen Wollrock, der ihre Knie vollständig bedeckte, und eine über der Taille geschnürte Weste. Ihr Haar war im Nacken zu einem Knoten gebunden, und ihre braunen Augen starrten Mayo mit einer Mischung aus Neugier, Freude und Hass an. Mayo sah die geballten Fäuste und die zusammengebissenen Zähne.

»Hexe!«, schrie das Mädchen ihr gellend entgegen. »Teufelsanhängerin! Du kannst mir nichts anhaben, verfluchte Brut!«

Morguy verpasste ihr einen Tritt, der sie jedoch nicht traf, sondern so viel Staub aufwirbelte, dass Mayo nichts mehr sehen konnte.

Als sie sich später an diesen Moment erinnerte, konnte Mayo sich immer noch nicht erklären, woher sie die Kraft genommen hatte, sich auf das Mädchen zu stürzen und ihr den Mund zuzuhalten. Sie wollte sie zum Schweigen bringen, damit sie nicht länger Aufmerksamkeit erregte. Sie hatte Morguy einen Stoß versetzt, dass diese zu Boden ging, und dann hatte sie sich auf das Mädchen gesetzt und ihr den Ellbogen auf die Kehle gedrückt.

»Woher weißt du, dass ich eine Hexe bin?« Mayo war wirklich neugierig.

»Wegen des Teufelsmals in deinem linken Auge«, presste das Mädchen heraus.

Sie musterten sich eine Weile wortlos. Mayo spürte den raschen Atem und die angespannten Muskeln unter ihr. Sie schätzte, dass sie ungefähr in ihrem Alter sein musste, aber ihr Gesichtsausdruck war so ernst und weise, als sei sie viele Jahre älter. Einen Moment lang sah es so aus, als ob Morguy aufgeben wollte.

»Seit einiger Zeit schon kämpfe ich gegen Leute wie dich«, sagte sie. »Aber mein Chef Pierre de Lancre wird euch alle ausmerzen … ihr Teufelsbrut.« Und dann spuckte sie ihr voller Verachtung ins Gesicht.

»Aber jetzt erklär mir mal genau, woher du weißt, dass ich eine Hexe bin!«

»Ich bin Morguy«, erklärte sie stolz, »und ich bin Expertin darin, das Teufelsmal zu finden. Wen, glaubst du, kannst du mit deiner nichtssagenden Erscheinung täuschen? Du bist anders, und das weißt du auch. Was ist dein Gebiet? Beschwörungen? Verzauberungen? Zaubertrünke? Wer sind deine Eltern? Wo lebst du?« Sie lachte sarkastisch. »Ich kann das Zeichen in deinem Auge sehen … es ist klein, aber ich kann es sehen. Ein Fleck in Form einer Kröte, daran kann man deinesgleichen erkennen. Du lebst davon, Menschen zu verhexen, sintflutartige Regenfälle heraufzubeschwören und Unglück über die Menschen zu bringen. Mein Herr hat mich gewarnt. Er sagte mir, ich solle mich hüten, am Ende kämst du mich holen, weil ich deine Gefährtinnen verraten habe.« Überrascht von dem, was sie da hörte, lockerte Mayo den Druck auf ihren Hals. Morguy herrschte sie an: »Du wirst mich nicht zum Schweigen bringen, du Hexe. Ich weiß, dass du nach Frankreich willst, aber das wird dir nicht gelingen!«

Und dann nutzte sie Mayos kurze Unachtsamkeit und überwältigte sie. Jetzt drückte Morguy Mayo mit ihrem Körpergewicht nieder. Sie legte die Hände um ihren Hals und würgte sie. Mayo spürte, wie sich das Blut in ihrem Kopf staute. Sie konnte nicht schlucken, nicht atmen, und es wurde dunkel um sie. Sie war sicher, dass sie sterben würde.

Da mobilisierte sie ihre letzten Kräfte, stampfte mit den Füßen auf den Boden, zog die Beine an und versuchte, sie zwischen die ihrer Gegnerin zu bringen. Die beiden Mädchen wälzten sich auf dem Boden, durch den Schlamm der Pfützen, der ihr Haar und ihrer Kleider mit einer zähen braunen Schicht überzog. Mayo konnte sich nicht aus der schrecklichen Umklammerung befreien, bis sie die andere endlich zu fassen bekam und wegstoßen konnte. Die Angreiferin lockerte den Druck. Diese kleine Verschnaufpause nutzte Mayo und drückte beide Daumen in Morguys Augen. Sie drückte, so fest sie konnte, bis Morguy aufschrie und die Hände von ihrem Hals löste. Die junge Hexenjägerin stand taumelnd auf, den Arm schützend vor die Augen gelegt.

»Verdammte Hexe!«, schrie sie. »Verflucht seist du, verflucht, verflucht …«

Halbblind suchte sie nach Mayo und trat ihr in die Rippen. Dann lief sie Hilfe rufend davon.

Mayo lag im Schlamm und schnappte röchelnd nach Luft. Sie spürte, dass sie gleich einen Anfall bekommen würde, und versuchte, den Atem ihren Herzschlägen anzupassen, genau wie Ederra ihr geraten hatte. Als sie halbwegs wieder Luft bekam, wurde ihr klar, dass sie so schnell wie möglich dort verschwinden musste. So stieg sie auf Beltráns Rücken und trieb ihn an.

Noch nie war sie dem Tod so nahe gekommen. Es war schrecklich gewesen. Es erschien ihr wie ein Wunder, dass sie noch lebte. Ihr ganzes Leben war an ihr vorbeigezogen und hatte ihr gezeigt, wie viele Dinge sie noch nicht erledigt hatte. Sie musste Gracia in Rentería aufspüren, Ederra finden, Beltrán entzaubern … doch was ihren Lebenswillen am meisten beflügelte, war die Hoffnung, noch einmal eine Nacht mit dem Novizen verbringen zu können, der Salazar begleitete.

Beltrán trabte, so schnell er konnte. In der glühenden Mittagshitze verließen sie Urdax. Auf ihrer hastigen Flucht kamen ihr Morguys Worte wieder in den Sinn. Sie hatte sie eine Hexe genannt und behauptet, sie trage in einem Auge ein Zeichen, welches das beweise. Ederra hatte nie von einem Zeichen in den Augen der Hexen gesprochen. Bis dahin hatte Mayo insgeheim immer gehofft, alles wäre ein Irrtum und sie wäre in Wirklichkeit nicht die Tochter des Teufels. Sie verstand sich schließlich nicht einmal aufs Zaubern. Doch Morguy hatte sie gleich erkannt.

Vielleicht hatte Morguy recht. Vielleicht war sie tatsächlich eine Hexe.

XVII

Wie man glänzendes Haar bekommt, wie man Pulver herstellt, um die Zähne zu bleichen, wie man Liebe herbeizaubert

Gemäß seiner neuen Strategie, die Reisepläne kurzfristig zu ändern, zog Salazar den Besuch in Fuenterrabía vor. Er sandte einen Boten voraus, um den Besuch des Gefolges anzukündigen. Seine Gehilfen informierte er ohne jede Erklärung erst am Vorabend der Abreise. Er verabschiedete sich von den Bewohnern von Elizondo mit einer hochtrabenden Rede und einer Segnung. Als sie losfuhren, winkte er ihnen gleichgültig aus dem Innern der Kutsche zu.

Kurz nach Mittag kamen sie in Fuenterrabía an, wo man sie inmitten von Glockengeläut, Kutschen und Pferden, Truhen und Soutanen mit allem Prunk empfing. Die Würdenträger hatten alles vorbereitet, damit der Gnadenerlass während der Hauptmesse am Nachmittag verkündet werden konnte. In der Kirche drängten sich die Leute. Monatelang hatten sie auf diesen Augenblick gewartet, und keiner konnte sich den Luxus erlauben, nicht zu erscheinen, wenn er nicht auf der Liste der Ketzer landen wollte. Die Predigt hielt Bruder Domingo. Er erläuterte die Regeln für die Zulassung zu der Befragung, beantwortete die offenen Fragen und verabschiedete die Gläubigen bis zum nächsten Tag. Die schweren Türflügel der Kirche öffneten sich. Lustlos verließen die Ersten das Gotteshaus, als hätten sie sich mehr von der Ankündigung versprochen. Andere knieten noch in den Bänken und beteten mit geschlossenen Augen. Eine Gruppe frommer Frauen zündete Kerzen für den heiligen Antonius an, und mehrere Männer kamen zum Altar, um Bruder Domingo zu seiner Predigt zu gratulieren.

Da beschlich Salazar das Gefühl, dass ihn jemand beobachtete. Misstrauisch drehte er sich um und kniff die Augen zusammen, denn im Kerzenlicht konnte man die Menschen nur undeutlich erkennen. Er ließ seinen Blick in jede Ecke, zu jeder Säule wandern, bis er schließlich am anderen Ende des Ganges jemanden entdeckte.

Der Hauch einer leichten Sommerbrise wehte in die Kirche hinein, die Flammen flackerten, und plötzlich war die seltsame Gestalt von grauem Rauch umgeben, der ihr etwas Unwirkliches verlieh. Salazar lief es eiskalt den Rücken hinunter. Inmitten all dem Kommen und Gehen rührte sich die Gestalt nicht vom Fleck und starrte ihn unentwegt an. Sie war dunkel gekleidet, aber viel mehr konnte Salazar nicht erkennen. Eine Minute lang verharrten sie so, schweigend, eingehüllt von dem Raunen derjenigen, die noch in der Kirche verweilten. Dann entschied der Inquisitor, der Ungewissheit ein Ende zu machen.

Er ging zwischen den Bänken entlang und nahm nur flüchtig Notiz von den Gläubigen, die ihm die Hand küssten. Er versuchte den geheimnisvollen Schatten nicht aus den Augen zu verlieren, der manchmal hinter Rücken, Armen und Köpfen verschwand. Einen Moment lang hatte er den Eindruck, der Schatten bewege sich auf ihn zu, aber es war nur eine optische Täuschung. Dann plötzlich wandte er sich um und entfernte sich ohne Eile. Am Eingang drehte sich die Gestalt noch einmal zu ihm um. Salazar glaubte, ein paar rötliche Haare zu erkennen und glänzende Rattenaugen, die ihm eine Gänsehaut über den Rücken jagten. Vor

Schreck wie gelähmt, blieb er mitten im Gang stehen. Aber als er feststellte, dass der verdächtige Schatten verschwunden war, kam wieder Leben in ihn. Er marschierte mit großen Schritten zwischen den Kirchgängern hindurch, um die Person einzuholen. Ein wenig außer Atem rannte er die Eingangsstufen hinunter, gefolgt von den neugierigen Blicken der Bettler, die die Vorbeigehenden um ein Almosen baten. Salazar schaute rechts und links die Straße hinunter und ging sogar bis zur nächsten Ecke, um zu sehen, ob die Gestalt dort abgebogen war, doch nichts war zu sehen. Er fragte die Passanten, die Leute, die vor den Türen standen, doch die seltsame Gestalt war wie vom Erdboden verschluckt.

Während des Abendessens erzählte Salazar seinen Gehilfen, der Generalinquisitor habe ihm die Liste mit dem Namen der Hexen und Hexenmeister zukommen lassen, die vor der Verfolgung in Frankreich nach Spanien geflohen waren.

»Wir müssen sie fassen«, bemerkte Bruder Domingo. »Wir können doch nicht zulassen, dass sie sich in unserem Land breitmachen, oder?«

»Natürlich müssen wir die Flüchtigen finden, aber ich bin zu dem Schluss gelangt, dass wir sie nicht den französischen Behörden übergeben müssen, wenn wir sie haben.«

»Heißt das, sie kommen nach Logroño?«, fragte Iñigo.

Salazar schwieg. Er hatte lange darüber nachgedacht. Er konnte seinen Kollegen Valle und Becerra nicht mehr trauen.

»Nein, wir schicken sie nicht nach Logroño«, sagte er bestimmt. »Bei den Voraussetzungen für den Gnadenerlass steht nirgends, dass dafür nur Personen in Frage kommen, die in Spanien geboren sind, oder?«, fragte Salazar, ohne die Antwort abzuwarten. »Ich werde sie finden, ihnen die Beichte abnehmen und ihnen die Möglichkeit geben, in den Genuss der Gnade zu kommen.«

Später am Abend, als Salazar allein war, fühlte er Enttäuschung. Ein Gefühl der Leere hatte sich in seiner Brust festgesetzt, und er fragte sich immer wieder, wonach er eigentlich suchte. Er beschloss, einen Spaziergang zu machen. Die Straßen waren leer, das gelbliche Mondlicht verlieh dem Dorf einen zarten Bernsteinschimmer. Er machte sich auf den Weg, ohne zu bemerken, dass ihn jemand vom Hauseingang gegenüber beobachtete. Der Schatten wartete, bis der Inquisitor weit genug weg war, dass er seine Schritte nicht hören konnte, und folgte ihm.

Salazar spazierte im Umkreis des Dorfes umher und haderte mit seinem Schicksal. Hin und wieder blieb er stehen, um den gedämpften Geräuschen aus den Häusern zu lauschen, die die wohlige Wärme eines Heimes ausstrahlten: Rauch aus dem Schornstein, Geruch nach Eintopf, Hundegebell. Er musste an Königin Margarete denken, die sich bestimmt gerade um ihr Neugeborenes kümmerte, und es kam ihm das Bild *Madonna dem Kind die Suppe reichend* von Gerard David in den Sinn. Er unterdrückte einen Seufzer. Wenn er den Teufel doch nur endlich finden würde, käme er sich nicht so unwürdig vor, wenn er an sie dachte.

»Ich konnte auch nicht schlafen«, kam eine krächzende Stimme aus der Dunkelheit. »Ich hoffe, ich habe Euch nicht erschreckt.«

Salazar fuhr auf, denn er hatte nicht damit gerechnet, dass ihn jemand um diese nachtschlafende Zeit beobachtete. Er spähte in die Dunkelheit, aber genau in dem Moment war der Mond hinter Bäumen verschwunden, und er konnte nur den Teil eines Gesichtes erkennen, in dem winzige Rattenaugen glänzten. Diese Augen …

»Wer spricht da?«, fragte er unsicher.

»Ich sehe, ich habe Euch doch erschreckt«, sagte die merkwürdige Gestalt und kam auf ihn zu.

Einen Moment lang glaubte Salazar, sein Flehen sei erhört worden, und der Teufel persönlich sei gekommen, um ihm seine sündige Seele abzukaufen. Er hatte Angst, aber es war eine tröstliche Angst, so belebend, dass es ihn schaudern machte. Aber als er die Gestalt erkennen konnte, stellte er fest, das es sich um einen alten Mann handelte, gerade mal sieben Handbreit groß, mit einem Buckel, fast kahl und zahnlos. Er trug ein Kollar und eine braune, an der Brust zu enge Soutane. An den Ellbogen war sie so verschlissen, dass man darunter die dürren, knochigen Arme erkennen konnte. Es musste ein Geistlicher sein.

»Ich erkenne Euch wieder«, sagte Salazar leise, »ich habe Euch heute Nachmittag gesehen, beim Verlassen der Kirche …«

»Ja, ich war in der Kirche, aber ich habe mich nicht getraut, Euch anzusprechen. Mein Name ist Diego de Basurto. Vor ein paar Tagen habe ich Eure Kollegen im Sitz von Logroño getroffen«, stellte er sich vor.

Der Inquisitor wusste sofort, um wen es sich handelte. Valle und Becerra hatten ihn auf der Liste der Hexenmeister, die Pedro Ruiz de Eguino übergeben wollte, besonders unterstrichen. Er wurde als höchst gefährlich, lüstern und verderbt beschrieben, und man hatte den Rat der Inquisition ersucht, die Regeln des Erlasses in dem Fall außer Kraft zu setzen und ihm zu verbieten, sein Priesteramt weiter auszuüben. Der Rat hatte sich nicht daran gestört und geantwortet, die Bedingungen des Erlasses seien eindeutig: Wer beichte, habe keinerlei Repressalien zu befürchten.

»Diego de Basurto«, murmelte Salazar. »Ich wollte Euch auch aufsuchen.«

Er sah ihn genauer an. Der alte Mann wirkte gebrechlich und zitterte am ganzen Körper. Er wirkte alles andere als gefährlich. Der Inquisitor hielt ihm seinen Arm hin, damit er sich darauf stützen konnte.

»Kommt mit mir«, sagte er, »wir gehen zur Residenz, dort können wir in Ruhe sprechen.«

Sie brauchten eine Weile, bis sie dort ankamen, denn der alte Mann kam nur sehr langsam vorwärts. Bei jedem Schritt hörte man seinen pfeifenden Atem und das Knacken der Knochen. Sie setzten sich in den kleinen Empfangsraum, und Salazar goss zwei

Gläser süßen Weines ein. Er wartete, bis der alte Mann einen Schluck genommen hatte, und fragte dann: »Sagt mir, was hat Euch dazu bewegt, mich aufzusuchen?«

Diego de Basurto schloss die wimpernlosen Augen, sein Kinn zitterte.

»Ich habe mich beeilt, und wie ich sehe, bin ich vor den Nachrichten eingetroffen.« Er räusperte sich. Dann seufzte er, blickte aus dem Fenster und fügte hinzu: »Ich bin während einer Befragung aus dem Sitz der Inquisition geflohen.«

»Was sagt Ihr da?«

»Ich weiß, ich weiß … Ich hätte das nicht tun sollen, aber ich bekam es mit der Angst.«

»Das müsst Ihr mir erklären.«

»Nun … jemand, dem ich vertraut habe, von dem ich geglaubt habe, er sei mein Freund, hat mich verraten.«

»Ich verstehe nicht.«

»Pedro Ruiz de Eguino«, sagte der alte Mann und nahm noch einen Schluck aus seinem Weinglas.

»Pedro Ruiz de Eguino?«, fuhr Salazar auf. »Ihr seid befreundet? In den Berichten, die mir vorliegen, steht nichts davon. Ihr taucht nur als geständiger Hexenmeister auf, auf den er zufällig gestoßen ist.«

»Mein Herr, die Wahrheit ist, ich habe keinen blassen Schimmer von all diesen Dingen mit der Teufelssekte.«

Der betagte Geistliche erklärte ihm, er habe Pedro Ruiz vor einiger Zeit in Eguino kennengelernt, wo er Pfarrer war. Dort las er täglich die Messe. Eines Tages kam das Thema Hexen auf, und sie hatten Scherze gemacht. Irgendwann fing Pedro Ruiz an, über Hexerei zu sprechen, über Pakte mit dem Teufel, und er witzelte, Diego kenne sich aber gut aus. Bis dahin war alles noch Spaß.

»Doch dann trieb er den Scherz weiter«, sagte Basurto mit gesenktem Blick. »Er sagte, ich hätte eine Narbe an der linken Schläfe, und das sei das untrügliche Zeichen, dass ich ein Hexenmeister sei. Ich versicherte ihm, es handele sich um eine Narbe, die von einem Sturz während meiner Kindheit herrührte, aber er ließ sich nicht davon abbringen … Und da beging ich einen großen Fehler …«

»Was für einen Fehler?«

»Ich sagte ihm, ich habe genauso viel mit Hexerei zu tun wie er. Aber er fing immer wieder mit dem Thema an, und als ich genug hatte, sagte ich ihm, als ich ein kleiner Junge war, hätte eine Hexe Gelegenheit gehabt, mich zu salben, aber sie hätte es nicht getan.«

Eines Tages bat ihn Pedro Ruiz de Eguino, ihn auf eine Reise zu begleiten. Der alte Mann sagte zu, ohne zu wissen, wo es hinging. Ruiz fuhr mit ihm nach Logroño und brachte ihn in seinem Haus unter, wo er ihm das beste Essen auftischte und ihm das beste Bett gab. Doch dann fing er an, den alten Geistlichen unter Druck zu setzen. Er solle gestehen, dass er ein Hexenmeister sei, doch Diego de Basurto hatte sich standhaft geweigert. Am Ende verlor der Hexenjäger die Geduld. Er drohte ihm, ihn der Inquisition zu übergeben, in deren Gefängnissen er verfaulen würde, wenn er nicht gestünde. Wenige Tage später zerrte er ihn – zusammen mit zwei Frauen, die genauso verwirrt zu sein schienen wie er – vor das Tribunal und überließ ihn Valle. Der Inquisitor nahm den alten Mann in die Mangel, bis er völlig am Ende war.

»Da bin ich abgehauen.«

»Aber wie ist Euch das gelungen? Ich kenne die Örtlichkeiten … es ist fast unmöglich …«

»Der Gerichtsdiener hatte mich hinausgebracht, damit ich frische Luft schöpfen konnte«, der alte Mann sprach sehr langsam, »er setzte mich auf eine Bank im Patio und ging vor mir in die Hocke, um sich mein Gesicht anzusehen, und da …«

»Was?«

»Da gab ich ihm den Schlafkneifer.«

Salazar sah ihn verdutzt an.

»Den Schlafkneifer?«

Langsam bekam der Inquisitor den Eindruck, dass der alte Mann womöglich doch verrückt sein könnte.

»Das habe ich vor langer Zeit im Priesterseminar gelernt: Wenn man einen Menschen an einer bestimmten Stelle am Hals kneift, versinkt er für etwa zwanzig Minuten in tiefem Schlaf. So …«

Und er streckte die Hand nach dem Hals des Inquisitors aus, auf Höhe der Halsschlagader. Salazar schob sie nervös beiseite.

»Schon gut, schon gut, das müsst Ihr mir nicht demonstrieren«, sagte er verärgert. »Ihr habt den Gerichtsdiener also in Schlaf versetzt.« Der Alte nickte. »Aber das Tor des Sitzes ist doch ständig bewacht.«

»Als der Gerichtsdiener zu Boden fiel, gab es einen gewaltigen Tumult, und ich flüchtete, so schnell es mir meine alten Beine erlaubten. Ich versteckte mich in einem Treppenschacht. Der Wachtposten lief hinüber zu seinem Kollegen, um ihm zu helfen, und ich nutzte die Gelegenheit zur Flucht.«

»Gütiger Gott«, murmelte Salazar. »Und jetzt suchen sie Euch. Sie werden denken …«

»Ich weiß, ich weiß … deshalb brauche ich ja Eure Hilfe. Auf manche Dinge, die ich in meinem Leben getan habe, bin ich nicht stolz. Manchmal habe ich mich vom Fleisch in Versuchung führen lassen – aber ich versichere Euch, bei weitem nicht so, wie mir nachgesagt wird –, und mit Teufelssekten habe ich nichts zu tun. Ich hatte nicht erwartet, dass ich die Strafe für meine Verfehlungen noch antreten muss, solange meine Kleider noch warm sind. Ich dachte, der Herr würde sein Urteil über mich sprechen, wenn die Zeit dazu gekommen ist. Verzeiht mir, ich flehe Euch an.«

»Ihr könnt unbesorgt sein«, redete ihm Salzar zu, »ich kümmere mich darum. Und jetzt sagt mir den Namen der beiden Frauen, die an dem Tag mit Euch im Tribunal waren.«

Gleich am nächsten Morgen begann Salazar mit seinen Nachforschungen. Er erfuhr, dass eine der beiden Frauen, die vor dem Tribunal von Logroño standen, bezichtigt wurde, dem Teufel drei Zehen ihres linken Fußes angeboten zu haben, um in die Sekte aufgenommen zu werden. Es handelte sich um eine alte Frau, die schwer hörte und unter Wahnvorstellungen litt. Die drei Zehen fehlten ihr, seit ihr als Kind ein Pferd auf den Fuß getreten war. Da beschloss Salazar kurzerhand, alle Aussagen zu überprüfen, die die Unterschrift von Pedro Ruiz de Eguino trugen. Er stellte fest, dass dieser in drei Monaten nicht weniger als fünfzig Personen gezwungen hatte, sich der Hexerei für schuldig zu bekennen. Und so hatten Valle und Becerra dem Rat der Inquisition empfohlen, ihm für seine guten Dienste das Amt des Inquisitionskommissars zu geben.

Er hielt alles in seinem Bericht fest und schrieb einen Brief an den Generalinquisitor, in dem er ihn in allen Einzelheiten über die Angelegenheit informierte. Er betonte, wie gefährlich Pedro Ruiz de Eguino sei und dass man ihm auf keinen Fall Vergünstigungen gewähren dürfe. Allmählich wurde ihm klar, dass die Sache mit der Teufelssekte eine Lüge sei, und das würde er diesem Ruiz de Eguino ins Gesicht sagen. Er würde nicht ruhen, bis er herausgefunden hatte, was jenen dazu trieb, gebrechliche alte Menschen als Hexen abzustempeln. Vielleicht hatte Ruiz sogar mit diesen vier Gesellen zu tun, die ihn überallhin verfolgten. Letzten Endes hatte er auch Zugang zu dem makellosen Papier, das sie bei den vermeintlichen Teufelsanbetern gefunden hatten, da er sich ständig im Sitz der Inquisition aufhielt. Zum Schluss versicherte Salazar dem Generalinquisitor, über kurz oder lang die ganze Wahrheit herauszufinden.

Jetzt galt es nur noch, sich der Geständigen anzunehmen, die aus Frankreich geflohen waren. Unter ihnen befanden sich hochrangige Persönlichkeiten aus Lapurdi, die unter größter Geheimhaltung gekommen waren, um in den Genuss des Gnadenerlassens zu kommen. Salazar behandelte sie genauso wie die Einheimischen. Der Versöhnungsakt ging reibungslos vonstatten, und alle waren mit dem Inquisitor und seinem Gefolge zufrieden.

Zwei Tage später hatten sie alles vorbereitet, um zu dem nächsten Ziel aufzubrechen, das sie jedoch geheim hielten. In diesem Punkt blieb Salazar misstrauisch.

Mayo hatte Schönheitsmittel immer für Zeitverschwendung gehalten. Sie konnte nicht nachvollziehen, was manche Frauen daran fanden, sich eine Paste aus Ei und Honig in die Haare zu schmieren, nur um glänzenderes Haar zu bekommen, oder warum sie sich dem Zwang aussetzten, sich jeden Abend die Zähne mit einer Mischung aus fünf Unzen Alabaster, vier Unzen Porzellan, sechs Unzen Feinzucker, einer Unze weißer Koralle, einer Unze Zimt, einer halben Unze Perlenstaub und einer halben Unze Moschus abzuschrubben, nur weil sie davon angeblich weißer wurden.

Hübscher auszusehen hielt sie für ein sinnloses Unterfangen. Es schaute sie ja sowieso niemand an. Außerdem besaß für sie nur eine Person echte, wahre Schönheit: Ederra. Diese überwältigende Schönheit, die dazu führte, dass sich Frauen wie Männer nach ihr umdrehten, wenn sie durch das Dorf ging, war angeboren. Die konnte man nicht mit irgendeiner Mixtur herbeizaubern. Da halfen weder Eier noch Honig, Moschus oder Alabaster. Außerdem fand sie, dass man nicht unbedingt schön sein musste, um ein glückliches Leben zu führen.

Doch seit der Nacht, in der sie für einige Stunden neben Salazars Gehilfen gelegen hatte, begann sie sich für Schönheitsmittel zu interessieren. Zum ersten Mal in ihrem Leben wollte sie nicht mehr länger unbemerkt bleiben. Sie hätte alles darum gegeben, hübsch zu sein. Vor Tagen hatte sie sich nackt im Spiegel der Bäche betrachtet. Sie wusste, dass der Novize an diesem Chaos schuld war, das in ihrem Inneren tobte. Sicherlich würde es ihr bessergehen, wenn sie hemmungslos weinen könnte, aber nicht einmal dieses kleine Glück war ihr beschieden. Sie wünschte sich, die weise Ederra möge ihr erklären, was mit ihr los war. Wie konnte es sein, dass immer wieder derselbe Mensch in ihren Gedanken auftauchte, dass sie in seinem Blick sterben und in jedem seiner Atemzüge wiederauferstehen wollte?

Wenn ihre Traurigkeit so übermächtig wurde, dass sie nicht einmal mehr ein Stück Brot essen konnte, kam Beltrán, sah sie sanft aus seinen großen Eselsaugen an und versetzte ihr als Zeichen der Verbrüderung einen Stüber mit dem Maul. Da wurde ihr klar, dass sie so nicht weitermachen konnte. Sie musste alle Kraft zusammennehmen und Ederra finden, um dieses friedvolle Leben zurückzugewinnen, von dem sie manchmal glaubte, sie habe es nur geträumt.

Sie erfuhr, dass Salazars Gefolge am anderen Morgen aufbrechen würde, und vor Aufregung schlief sie ganz unruhig. Sie erwachte mit pochendem Herzen. Es war so früh, dass sie noch beobachten konnte, wie die hinter den Berggipfeln aufsteigende Sonne den nächtlichen Sternenhimmel allmählich verdrängte. Es würde ein schwüler Tag werden, und Mayo zog ein leichtes weißes Hemd über. Dann ging sie zum Flussufer.

Durch die wärmende Sonne erhob sich der Morgentau in einem feinen Nebel. Sie spürte die feuchte Kühle des Bodens an ihren Fußsohlen. Ihre Sinne waren aufs Äußerste geschärft. Mit dem Instinkt eines Wolfes nahm sie den Duft der feuchten Erde, der heruntergefallenen toten Blätter wahr. In der Ferne glänzten die Harztropfen an den Bäumen wie Honigperlen. Die Grillen hatten aufgehört zu zirpen, und man hörte die ersten Vögel zwitschern. An diesem Tag konnte sie sogar die Insekten hören, die zwischen den Blättern herumhüpften, und die erwachende Erde, die wie ein müder Riese gähnte.

Sie tauchte die Füße in den eiskalten Fluss, und ein Schauer lief durch ihren Körper. Mit der Fußsohle ertastete sie die weiche, glatte Oberfläche der von einer samtigen grünen Schicht überzogenen Steine. Die Kühle stieg langsam die Waden hinauf, dann die Schenkel, weiter zu ihrem Bauchnabel, zu ihrer Brust ... Sie hob die Arme und ließ sich von der Strömung wiegen. Sie war Teil der Natur, des Wassers, der Erde, der Luft, und auch Teil von Beltrán, der ihr vom Ufer aus zuschaute, und Teil von Ederra und all der Menschen, die sie in ihrem Leben getroffen hatte und die sie nie mehr wiedersehen würde. Sogar der Novize war ein Teil von ihr, und die Vorstellung, dass ihre Körper eins würden, löste in ihr eine angenehme Beklemmung aus. Sie verließ den Fluss in der Überzeugung, nur ein Liebeszauber könnte sie erlösen.

Ederra war bei diesem Zauber immer sehr zurückhaltend gewesen. Man durfte ihn nur ausführen, wenn man sich sicher war, dass man bereit dazu war, das Ergebnis anzunehmen.

»Das ist nicht dasselbe, als würde man ein Übel heilen«, pflegte sie zu sagen, »im Gegenteil, man erzeugt vielleicht eines, weil man den Willen eines anderen bezwingt.«

Und Mayo hatte immer genickt, ohne richtig hinzuhören, denn damals hatte ihr Ederras Liebe genügt, um ihr Bedürfnis an Zuneigung zu stillen. Damals hatte sie noch nicht gewusst, dass es verschiedene Arten von Liebe gab und dass man einen Schmerz empfinden konnte, der nur durch Erwiderung der Leidenschaft gelindert werden konnte.

Wenn eine Frau verzweifelt bei ihnen anklopfte und nach einem Liebeszauber verlangte, der ihr die Aufmerksamkeit des Angebeteten verschaffen sollte, machte sich Ederra erst einmal ein Bild von dem Ganzen. Sie prüfte, ob die Frau tatsächlich verliebt war, dass es sich nicht nur um reine Vernarrtheit handelte, die ebenso schnell verschwand, wie sie sich einstellte, und die nichts mit wahrer Liebe zu tun hatte. Sie erkundigte sich, ob beide auch noch zu haben waren, damit es nicht passierte, dass ein verheirateter Familienvater von der Nachbarin verführt wurde. Hatte

Ederra sichergestellt, dass der Liebeszauber den Beteiligten nur Glück schenken würde, führte sie ihn aus.

Der Zauber hat eine derartige Macht, dass er den Betroffenen in einen Zustand versetzt, in dem er dem Verführer oder der Verführerin völlig ausgeliefert ist. Die sterbliche Seele wird gefangen genommen von Liebreiz, Zärtlichkeit, Bewunderung und Wollust – ein einziger ekstatischer Liebesrausch. Der Zauber verfehlt seine Wirkung nie. Mayo schloss die Augen. Sie wollte nicht allzu lange nachdenken, welche Probleme es mit sich bringen konnte, einen Novizen verliebt zu machen; die würde sie lösen, wenn es so weit wäre. In dem Moment war sie sicher, dass ihre Liebe alles besiegen würde, und so war sie bereit, das Risiko einzugehen.

Als Erstes war es geboten, sich, auf welchem Weg auch immer, in die Phantasie der geliebten Person zu schmuggeln. Zu diesem Zeitpunkt war Mayo bereits sicher, dass der Novize ihre permanente Anwesenheit spürte. Sie nutzte die Gelegenheit, dass es sich um den ersten Freitag bei Neumond handelte, und kaufte sich ein rotes Band. Sie machte eine Schlinge, sagte das Vaterunser auf, bis zu der Stelle, an der es heißt »in Versuchung«, und ersetzte es durch *sed libero nos a malo por ludea – ludei – ludeo.* Währenddessen zog sie die Schlinge zu einem Knoten zusammen. Das Ganze wiederholte sie neunmal, und dann band sie das Band direkt auf der Haut um ihren linken Arm, den Arm auf der Herzseite. Jetzt musste sie nur noch mit ihrer linken Hand die Hand der geliebten Person berühren, und die Liebe würde auf sie übergehen, für immer.

Salazar weckte Iñigo schon in aller Herrgottsfrühe auf, damit er alles für die Reise vorbereiten konnte. Der Novize tat, wie ihm geheißen. Der blaue Engel war ihm wieder im Traum erschienen, aber es war keine tröstliche Erscheinung gewesen. Im Gegenteil. Der Traum hatte eine starke Unruhe in ihm ausgelöst. In seinen Gedanken war der Engel so real, so zum Greifen nah gewesen, dass er auf wundersame Weise in seinem klösterlichen Bett die Wärme seiner Haut und den sanften Hauch seines Atems spüren konnte. Der Engel seiner Träume brachte ihm keine Verheißungen von Ruhe und Wohlbefinden, sondern er brachte sein Blut in Wallung. Er fühlte sich schuldig, unwürdig, schmutzig, da half auch die Dunkelheit der Nacht nichts. Als der Tag anbrach, schwor er sich, den blauen Engel nie mehr in seine Gedanken und in sein Bett zu lassen. Er musste so bald wie möglich eine Bleifolie beschaffen, aus der er das Kreuz herstellen könnte, das ihn vor wollüstigen Träumen schützte.

Er packte alles in die Truhen, verteilte sie auf den Kutschen und gab den Fuhrmännern entsprechende Anweisungen, so wie Salazar es ihm aufgetragen hatte.

Am Ortsausgang warteten die Menschen mit Jubel- und Hochrufen auf sie. Die Männer hatten vor Dankbarkeit Tränen in den Augen, die Frauen hielten ihre Kinder in die Höhe, damit Salazar ihren Kopf berühren konnte, und die alten Frauen versuchten, seinen Habit zu ergreifen, so dass der Inquisitor aufpassen musste, nicht in Unterhosen dazustehen, bevor er die Kutsche erreicht hatte.

In diesem Moment tauchte eine winzige Hand aus der Menge auf. Eine kleine Hand mit einem roten Band am Handgelenk, die jemand verzweifelt in die Höhe streckte.

Es waren zu viele Leute da, aber Mayo war entschlossen, den Liebeszauber zu vollenden. Sie wurde hin- und hergeschoben und konnte daher ihren Angebeteten nicht deutlich sehen, aber sie spürte, dass er da war. Das war das Gute an der Liebe. Sie streckte den Arm noch weiter aus, und da bekam sie ihn zu fassen. Nur einen kurzen Moment berührte sie die Hand des Geliebten. Sie spürte seine zarte Haut, die feinen Knöchel, genauso wie sie es sich vorgestellt hatte, und sie war erleichtert, denn der Zauber war nun vollbracht. Jetzt musste sie nur noch abwarten.

Sie sah, wie sich die dunklen ledergepolsterten Holztüren der

Kutsche schlossen. Durch die Spitzengardinen hindurch konnte sie die Umrisse des Novizen erkennen, der verwirrt über seine rechte Hand strich und sie an seine Lippen führte. Mayo verharrte reglos mitten auf der Straße. Sie spürte, wie sie von den Leuten geschubst wurde, die das Gefolge weiter mit Hochrufen bedachten, bis die letzte Kutsche um die Ecke gebogen war. Allmählich ließen die Rufe nach, und die Leute zerstreuten sich. Mayo blieb allein zurück und blickte zum Horizont. Danach stieg sie auf Beltrán und trieb ihn an, die Verfolgung aufzunehmen.

Wenn alles gutgegangen war, wenn der Zauber wirkte, würde er sie jetzt bereits lieben.

XVIII

Wie man jemanden mit dem bösen Blick behext

Rodrigo Calderón war auf Widrigkeiten nicht eingestellt. Er hatte als kleiner Page angefangen, und jetzt mussten die Leute sich vor ihm verbeugen, ihre federgeschmückten Hüte schwenken und ihn Marqués nennen, wenn sie ihm auf den Fluren am Hof begegneten. Das Leben hatte sich ihm immer von der Sonnenseite gezeigt. Deshalb wurde er an diesem Abend in der Herberge so wütend, als er die Geschichte hörte, die diese albernen Gesellen ihm erzählten. Mit Niederlagen konnte er nicht umgehen. Er selbst hatte der jungen Catalina Anweisungen gegeben, Salazar ein Schauspiel an satanischen Riten und Hexentreiben darzubieten, dass die Leute eine Gänsehaut bekamen. Und was hatten diese Tölpel erreicht? Eine Hetzjagd in Elizondo, die um ein Haar übel ausgegangen wäre.

Calderón schaute auf und blickte direkt in das Gesicht des Jungen mit dem weißen Auge. Die Hälfte seines Gesichtes war von einer eitrigen Kruste bedeckt – die Folge seiner unglücklichen Begegnung mit dem brennenden Ast, als sie sich mit den Leuten aus dem Dorf geprügelt hatten. Er grinste Calderón an, aber dieser warf ihm nur einen angewiderten Blick zu.

»Was genau habt ihr bei eurer Flucht alles zurückgelassen?«

»Nun, mein Herr, ein paar Papiere«, sagte der Ältere leise, »Karten, den Beutel, den wir dem Gehilfen gestohlen haben, das Röhrchen mit dem Pulver, mit dem wir Salazar in Schlaf versetzen sollten …«

»Also alles!«, unterbrach ihn Calderón. Er ließ seine Faust donnernd auf den Tisch sausen, dass der Wirt misstrauisch herüberschaute und die vier erschreckt auffuhren. »Erst schafft ihr es nicht, an Juanas Brief zu kommen, und jetzt verliert ihr auch noch alles. Ihr seid wirklich zu nichts zu gebrauchen!«

»Vielleicht hat Salazar die Sachen ja gar nicht gefunden«, wagte sich der Bärtige vor, »vielleicht hat der Wind die Blätter weggeweht … Es herrschte ein riesiges Durcheinander, vielleicht sind sie längst zerstört.«

»Betet, dass dem so ist. Diese Dokumente könnte man mit dem Patrón oder mit mir in Verbindung bringen, versteht ihr?« Und dann murmelte er: »Als wenn diese Trottel irgendwas verstünden!«

Calderón schwieg eine Weile und kratzte sich am Bart. Es war zu spät, um andere zu finden, die den Auftrag stattdessen erledigen könnten. Er musste sich mit diesen Idioten zufriedengeben.

»Von jetzt an müsst ihr vorsichtiger sein«, sagte er resigniert. »Salazar hat eure Gesichter gesehen, vor allem das von Catalina. Sie muss sich verstecken.« Das Mädchen sah ihn unwillig an. »Wenn sie uns entdecken, sind wir erledigt. Der Patrón darf nichts davon erfahren. Und jetzt spitzt eure Ohren: Diesmal will ich keine Fehler und keine Überraschungen im letzten Moment.«

Er hielt ein neues Röhrchen mit goldbraunem Pulver in der Hand, doch bevor der Bärtige es an sich nehmen konnte, zog ihn Calderón am Revers zu sich heran.

»Der Arzt hat mich darauf hingewiesen, dass die Dosis diesmal höher sein muss. Ihr müsst ihm das ganze Röhrchen verabreichen. Der Mann muss binnen einer Woche sterben.« Calderón sah die vier misstrauisch an. »Habt ihr das kapiert?« Sie nickten.

»Seid unbesorgt, mein Herr, wir werden alles richtig machen.«

Getreu den Anweisungen Calderóns hatten sie damit begonnen, Pedro Ruiz de Eguino zuzusetzen. Sie beobachteten ihn auf Schritt und Tritt und gaben sich wenig Mühe, sich zu verstecken. Er sollte merken, dass die Hexen ihm auf den Fersen waren, und es mit der Angst bekommen. Seit über einer Woche belagerten sie ihn nun schon, und die Strategie ging auf. Es kam der Moment, da konnte er vor lauter Angst nicht mehr schlafen. Er wurde im Tribunal vorstellig, um die Inquisitoren Valle und Becerra ins Bild zu setzen. Die Teufelssekte verfolge ihn. Er fühle sich bedroht. Er spüre, dass sie ihm an den Kragen wollten.

»Ich bin ein starker Feind«, sagte Pedro Ruiz de Eguino verzweifelt. »Das wissen sie. Mir ist zu Ohren gekommen, dass jemand um mein Haus streicht, der die Leute mit dem bösen Blick verhext, und dass er mein Leben zerstören will. Neulich habe ich ihn gesehen. Er stand da und starrte mich an. Wenn er mir dreimal in Folge die Hand auflegt, kann er mir dank der bösen Macht, die Satan ihm gewährt, Schaden zufügen.«

Die Angst des Hexenjägers war so groß, dass er beschloss, sein Amt niederzulegen. Valle und Becerra versuchten ihn zur Vernunft zu bringen. Sie sprachen vor der ehrenwerten Aufgabe, die er habe, von dem Dienst, den er der Gemeinschaft erweise, und von dem Lohn, der ihn erwarte, wenn er in das Reich Gottes einträte. Doch Ruiz de Eguino war nicht gewillt, für eine Ehrung im Himmel sein Leben aufs Spiel zu setzen, und so verließ er bekümmert den Sitz, entschlossen, Morguy und alle anderen Helfer zu entlassen. Er wollte sich in seinem Haus verbarrikadieren und es nicht mehr verlassen, bis diese ganze Teufelsbrut verbrannt war.

Eines Morgens direkt nach dem Aufstehen, bemerkte Pedro Ruiz de Eguino eine undefinierbare klebrige Substanz an seinem rechten Bein. Er versuchte, sie mit dem Nagel abzukratzen. Als ihm das nicht gelang, seifte er die Stelle ein und rieb sie mit einem Lappen ab. Schließlich gelang es ihm, die Substanz mit Schweinefett abzulösen.

Im Laufe des Tages fühlte er sich immer erschöpfter, als wiche mit jedem Atemzug seine Seele aus ihm. Voller Panik fing er an, gellende Schreie auszustoßen, die einem eine Gänsehaut machten. Seine Haushälterin rief den Arzt, denn das Geschrei verschreckte die Nachbarn. Der Arzt untersuchte die Überreste der Substanz mit der Lupe und sah sich jede Handbreit der Haut des Kranken an. Er untersuchte seine Augen und seine Zunge und kam schließlich zu dem Schluss, dass Pedro Ruiz de Eguino im schlimmsten Fall eine Magenverstimmung habe. Er verordnete ihm Kamillentee und Bettruhe.

Als es Nacht wurde, hatte sich der Zustand des Hexenjägers nicht gebessert, im Gegenteil, er hatte Fieber und Schmerzen bekommen. Am Morgen darauf verspürte er in Mund und Kehle einen Belag, der sich anfühlte wie gemahlener Ziegelstein. Er musste literweise Wasser trinken, um den Belag loszuwerden. Die Haushälterin rief erneut den Doktor, der ihn weiß wie eine Altarkerze vorfand. Die Augen lagen tief in den Höhlen, umrahmt von violetten Augenringen. Der Arzt stellte die gleiche Diagnose wie am Morgen zuvor, obwohl Pedro behauptete, schon seit Tagen nichts gegessen zu haben.

»Es waren die Hexen. Sie versuchen mich zu vergiften«, jammerte der Kranke und krallte seine Fingernägel in den Unterarm des Arztes. »Ihr müsst mir helfen.«

»Ob Gift oder verdorbener Magen, in beiden Fällen hilft nur gezuckerter Kamillentee. Eine Tasse am Morgen, eine am Nachmittag und eine am Abend«, sagte der Arzt stur.

Doch der Magen behielt nicht mal Wasser bei sich, geschweige denn gesüßten Kamillentee. Pedro litt unter schrecklichem Bauchgrimmen, wälzte sich schreiend auf dem Boden, die Eingeweide brannten wie Feuer. Valle und Becerra besuchten ihn. Er war in einem solch erbärmlichen Zustand, dass sie ihm sofort glaubten, als er sagte, er würde vergiftet werden.

»Ich gebe auf«, sagte er mit halb geöffneten Augen. »Die Hexen haben all das mit Hilfe des Teufels angerichtet, man kann nichts mehr für mich tun. Ich bitte Euch nur um eines. Erteilt mir die Sterbesakramente.«

Drei Tage lang litt er unter Bauchkrämpfen und spie sich die Seele aus dem Leib. Dann starb er.

Salazar änderte die Reisepläne in letzter Minute. Er wollte einen Umweg machen, denn er hatte gehört, an dem Freitag solle ein Hexensabbat auf dem Monte Jaizkibel in Pasajes stattfinden. Da keine Zeit mehr blieb, die örtlichen Behörden zu informieren, war bei ihrer Ankunft nichts vorbereitet. Und so wurden sie kurzerhand ohne jeden Luxus im Castillo de Santa Isabel untergebracht, einer berühmten Festung, die seinerzeit Karl I. am Meer hatte errichten lassen, um die Einfahrt in den Hafen zu schützen. Man stellte ihnen keine Fragen, denn jeder wusste, in welcher Mission Salazar unterwegs war.

Die Unannehmlichkeit, in einer Festung ohne Personal untergebracht zu sein, störte Salazar nicht. Sie konnten sich selbst versorgen. Sie würden ja auch nicht lange bleiben. Sie wollten sich lediglich vor Ort überzeugen, ob diese Hexenversammlungen tatsächlich stattfanden oder ob es sich nur um Hirngespinste handelte, wie einige behaupteten. Viele Menschen vertraten diese Ansicht, darunter Bischof Antonio Venegas de Figueroa, mit dem Salazar vor der Reise ein langes Gespräch geführt hatte. Der Bischof hatte an dem Autodafé in Logroño nicht teilnehmen wollen, weil er davon überzeugt war, dass dort eine schreckliche Greueltat begangen wurde. Für ihn war das mit den Hexen völliger Schwachsinn, bestenfalls dazu geeignet, den Kindern Angst einzujagen. Er hatte versucht, Beweise zu finden, die seine Annahme bestätigten, und seine Nachforschungen hatten im Reich so viel Staub aufgewirbelt, dass der Generalinquisitor selbst das Treffen zwischen den beiden Männern befürwortet hatte. Salazar und er waren sich auf Anhieb sympathisch gewesen.

Bischof Antonio Venegas de Figueroa hatte ihn über die letzten Denkrichtungen informiert. Er hatte ihm von einem gewissen Pedro de Valencia erzählt, einem scharfsinnigen Humanisten, der mit seinen Theorien ein wenig Licht in die Beziehung zwischen Mensch und Teufel bringen wollte. Eine zeigte die Möglichkeit auf, dass es tatsächlich Menschen gab, die sich versammelten, um im Mondlicht zu singen, zu tanzen, zu essen und ihre niederen Instinkte zu befriedigen, aber der Teufel war dabei nicht anwesend. Möglich, dass einer der Teilnehmer sich mit Hörnern, Schwanz und Fell verkleidete und dass man ihn im Mondschein während des Saufgelages für den Teufel hielt. Eine weitere Hypothese von Valencia war, dass es sich um eine Halluzination, ausgelöst durch eine giftige Salbe, handelte, die, wie die Befragten ausgesagt hatten, auf den Handflächen, den Fußsohlen, unter den Achseln und zwischen den Beinen verteilt wurde. Der Humanist schloss auch die Möglichkeit nicht aus, dass der Teufel gelegentlich Leute tatsächlich mit zum Hexensabbat nahm, sie also wirklich dort waren, während er sie andere Male täuschte und sie das Ganze lediglich in ihren Träumen erleben ließ. Aber wie dem auch sei, Pedro de Valencia war zu dem Schluss gekommen, es handele sich um ein Phänomen, dessen Existenz oder Nichtexistenz nicht zu beweisen war, und folglich könne man darüber auch nicht urteilen.

Der Bischof erzählte Salazar, manchmal seien die Heilerinnen in den Dörfern eine starke Konkurrenz für die ausgebildeten Ärzte, die versuchten, sie schlecht zu machen, indem sie sie vor den Dorfbewohnern als Teufelsanhängerinnen darstellten.

»Manchmal wird einem besonders intelligenten jungen Mann das Medizinstudium aus dem Stadtsäckel bezahlt«, erklärte Venegas. »Das kostet viel Geld, aber ein Dorf gilt als wohlhabender, wenn es einen Arzt hat. Und so ist es nicht verwunderlich, dass die Ärzte verärgert sind oder sich sogar bedroht fühlen, wenn eine undurchsichtige Heilerin mehr Zulauf hat als sie. Die Tradition bringt es mit sich, dass die Frauen bei der Niederkunft ihnen mehr vertrauen … sie haben schließlich schon ihren Müttern und Großmüttern in solchen Momenten beigestanden. Das bringt den Ärzten finanziellen Schaden. Viele von ihnen haben sich mit dem Heiligen Offizium verbündet und sich darauf spezialisiert, während der Folter Zeichen am Körper der Hexen aufzuspüren.« Der Bischof verstellte seine Stimme und hob theatralisch den Zeigefinger. »Das *stigma diaboli*! Für manche Ärzte ist das zu einer profitablen Einnahmequelle geworden. Eine Hexe erkennen sie schon durch einen einfachen Blick auf das Weiße des Augapfels, und sollte das Zeichen gut verborgen sein, finden sie es spätestens am nackten Körper der Angeklagten.«

»Ich weiß«, erwiderte Salazar, »uns hat bei dem Prozess in Logroño ein Chirurg assistiert. Er hat die Achsel- und Schambehaarung wegrasiert und dann jede Handbreit der Haut untersucht, bis er das Teufelszeichen gefunden hatte, das mal größer und mal kleiner war.«

»Und wenn Ihr genau hinschaut, sind immer mehr Frauen unter den Angeklagten als Männer.«

»Stimmt.«

»Dafür gibt es eine Erklärung«, meinte Bischof Venegas. »In manchen Büchern werden die Frauen verleumdet, wie im *Hexenhammer* von Heinrich Kramer und Jakob Sprenger. Dieses Machwerk voller Verirrungen ist ja inzwischen fast zu einer Art Handbuch für die Inquisitoren geworden. Dann gibt es da noch das andere von Jean Bodin, *Von der Teufelsmanie der Hexen*, in welchem er fordert, eine Frau gehöre auf den Scheiterhaufen, sobald der geringste Verdacht besteht, sie sei einmal beim Hexensabbat gewesen.«

Venegas teilte mit Salazar die Überzeugung, dass diese Versammlungen nicht wirklich stattfanden, dass sie nur die Ausgeburt einer entfesselten Phantasie waren, angestachelt durch die Nachbarn oder die Gemeindepfarrer. Er glaubte sogar, dass manche

Anklagen schlicht durch Rachegelüste motiviert waren. Die beiden Männer kamen sich während des Gesprächs so nah, dass der Bischof Salazar für die Besuchsreise sogar sein Pallium aus Damast lieh.

Salazar wollte, dass sein Novize Iñigo de Maestu die Umgebung des Monte Jaizkibel überwachte, wo der Hexensabbat stattfinden sollte. Die Wahl war auf ihn gefallen, weil er am besten Spuren lesen konnte, er der am wenigsten Ängstliche war und außerdem zur Schlaflosigkeit neigte, so dass die Gefahr gering war, dass er vor Ort einschlief und unverrichteter Dinge zurückkehrte.

Iñigo verließ die Festung am Abend. Von der Höhe aus konnte man die sich im Hafen von Pasajes wiegenden Schiffe sehen. Er sah die einzige Straße des Ortes mit ihren bunten kleinen Häusern und der Kirche San Juan Bautista, in der die sterblichen Überreste der heiligen Faustina ruhten. Er bekreuzigte sich und empfahl sich der Heiligen. In zunehmender Dunkelheit folgte er einem nur vage zu erkennenden Pfad, der in einem Wald mit Moos bewachsenen Bäumen und Pilzen von der Größe einer Melone endete. Hier sollte das Ganze angeblich stattfinden. Er setzte sich mit klopfendem Herzen ins Gras und lehnte sich gegen einen Baum. Er sah, wie die Sonne wie eine glühende Kugel im Meer versank und den Himmel in flammendes Rot tauchte. Später wurde das Rot blasser, und die Nacht kündigte sich geheimnisvoll mit einer Palette an Violett- und Blautönen an.

Iñigo war es gewohnt, in der Dunkelheit durch Wälder zu streifen, aber die Aussicht, dass irgendwo hinter einem Felsen der Teufel lauern könnte, löste bei ihm ein flaues Gefühl im Magen aus. Zum Glück war es eine sternklare Nacht, ein voller Mond erschien am Himmel und brachte das ruhig daliegende Meer zum Glitzern.

Iñigo entspannte sich und genoss die Stille, die nur durch das aufdringliche Zirpen einer Grille und den matten Ruf einer Eule gestört wurde. In der Brise lag ein intensiver Geruch nach Salz und Fisch, und inmitten all dieser Ruhe war es schwer vorstellbar, dass eine Rotte Verhexter auftauchen und den Zauber zerstören könnte. Er atmete tief ein und schloss die Augen, um den göttlichen Frieden des Augenblicks in sich aufzusaugen, und da hörte er es. Es war die Stille. Und diese Stille wäre erdrückend gewesen, hätte er nicht plötzlich die Geräusche in seinem Innern wahrgenommen, die Luft, die in seine Lungen drang, und das rhythmische Pochen seines Herzens. Er hätte nicht zu sagen vermocht, wie lange dieser Moment angedauert hatte, als plötzlich etwas geschah.

Erst hörte er das Rascheln von Schritten auf den Blättern, dann eine Art Kaugeräusch und das Klimpern von Zaumzeug. Iñigo wurde mulmig zumute. Er spähte in die Richtung, aus der die Geräusche kamen. Er rechnete damit, dass jeden Moment aus dem dichten Wald der Teufel auftauchen würde, doch dann sah er, dass er nichts zu befürchten hatte.

Es war sein blauer Engel. Nackt kam sie auf dem Rücken ihres silbernen Rosses im Glanz des Mondlichtes auf ihn zugeritten. Iñigo stand langsam auf. Ihm stockte der Atem, denn sie kam immer näher, ohne den Blick von ihm abzuwenden, stolz wie eine Amazone. Iñigo hatte nie etwas Schöneres gesehen. Als sie nah genug war, dass er ihr Knie hätte berühren können, stieg sie graziös aus dem Sattel und blieb ihm gegenüber stehen, still, inmitten der unermesslichen Weite der Nacht.

»Du bist der Tau in den Gärten der Welt«, flüsterte der Novize.

Da verspürte Mayo einen heftigen Stich im Leib, als hätten diese Worte in ihr etwas ausgelöst. Sie schloss die Augen und legte mit einem tiefen Seufzer den Kopf in den Nacken. Dieser Seufzer war so ansteckend, dass Iñigos Atem schneller ging und sich in glühenden Wellen das Begehren in seinem Leib ausbreitete. Mayo legte ihre Stirn auf seine, sah ihm in die Augen und sog den Duft der Patschuliseife ein, den er ausströmte. Dann berührte sie mit den Lippen sein bartloses Kinn und küsste es. Iñigo hielt sein Begehren zurück, während die Zunge des blauen Engels sein Gesicht erkundete. Sie fuhr über seinen Mund, seine Nase, hinauf zur Stirn. Dort hielt sie inne, und Mayo tauchte in das blonde Haar ein.

Iñigo konnte sich kaum noch auf den Beinen halten, denn ihn hatte ein seltsames Beben erfasst. Er kämpfte nicht länger dagegen an, lehnte sich an den Baum hinter ihm und ließ sich am Stamm hinabgleiten. Mayos vollkommen nackte Haut hatte einen seidigen blauen Schimmer. Iñigo streckte die Hand aus und berührte mit den Fingerspitzen ihre Knöchel, die Waden und die zarte Haut der Kniekehlen. Er schloss die Augen. Die Lust war so groß, dass er glaubte, er müsse sterben. Sie kniete neben ihm nieder und ließ zu, dass er ihren Körper vorsichtig erkundete.

Wenn Iñigo de Maestu sich Jahre später an diese magische Begegnung erinnerte, hätte er nicht zu sagen vermocht, wer von beiden die Soutane hochgeschoben und ihn von den weltlichen Fesseln befreit hatte. Er erinnerte sich nur noch daran, dass der blaue Engel über ihm atmete, den Leib im selben Rhythmus mit seinem wiegte, auf und ab, wie die Strömung am Ufer, und Schwindel ihn erfasste. Mal versank er, mal tauchte er wieder auf, und das ging lange so. Er erinnerte sich, wie ihre Brüste wie zwei weiße duftende Blüten über ihm schwebten, er erinnerte sich an die Rundungen ihrer Hüften, die sich so samtig weich in seinen Händen anfühlten, an den versunkenen Ausdruck im Gesicht des Engels bei seinem letzten Seufzer.

»Niemand hat mir geglaubt«, flüsterte Iñigo Mayo zu, als sie auf seiner Brust lag. »Domingo behauptete, ich hätte dich erfunden. Er hat nicht geglaubt, dass ein Engel bei mir war … mein blauer Engel.«

Da hob sie den Kopf und sah ihn überrascht an, das Haar fiel ihr wirr über die Augen. Zum ersten Mal hörte Iñigo ihre Stimme: »Du hältst mich für einen Engel?«

Es war, als erwachten sie beide aus einem hundertjährigen

Traum und müssten die Welt ganz neu kennenlernen. Sie sahen sich aufmerksam an, doch es geschah nichts. Es tat ihr unendlich leid, als sie sah, wie sich die Zärtlichkeit im Gesicht ihres Geliebten in Angst verwandelte. Sie wünschte so sehr, es möge ein Irrtum sein … das konnte nicht sein, da war der Liebeszauber, er musste sie so lieben wie sie ihn … er musste sie lieben. Sie nahm das Gesicht des Novizen in ihre Hände, auf der Suche nach einer Antwort, doch er konnte ihrem Blick nicht standhalten.

»Sag mir, dass das hier kein Hexensabbat ist, dass ich nicht verzaubert bin und dass du kein Sukkubus bist.« Iñigo verzagte, als er daran dachte, warum er in dieser Nacht dort war. Er flehte, das alles möge nicht wahr sein.

Der Novize schob Mayo sanft beiseite, stand auf und blieb schweigend mit dem Rücken zu ihr stehen. Sie saß nackt im Gras und wartete auf eine Reaktion, etwas, das den Schmerz der Zurückweisung linderte. Sie wünschte sich, Iñigo möge zu ihr kommen und sie umarmen, damit sie noch einmal die Wärme seines Körpers spüren konnte, die ihre Seele einhüllte. Aber das tat er nicht. Zitternd stand er da. Irgendwann wandte er den Kopf, mit dem Wunsch, all das möge nur ein Traum gewesen sein. Doch da saß sie und sah ihn verständnislos an. Der Novize umfasste mit den Händen seinen Kopf, fiel auf die Knie und raufte sich die Haare.

»Mein Gott! Verzeih mir, verzeih mir!« Iñigo fing bitterlich an zu weinen wie ein Kind, dass es die Seele rührte.

Mayo empfand solches Mitleid, dass sie beschloss, ihn zu belügen. Wenn sie ihm die Wahrheit sagte, wenn sie ihm erzählte, dass sie die Tochter des Teufels war, eine umherziehende Zauberin, die einen Trick angewandt hatte, damit er in ihr einen blauen Engel sah, wäre er am Boden zerstört. Seine Verzweiflung und seine Gewissensbisse würden ihn erdrücken. Sie erinnerte sich daran, dass Ederra immer gesagt hatte, Heilerinnen hätten auf dieser Welt die Aufgabe, den Schmerz der Sterblichen zu lindern, egal, ob körperlicher oder geistiger Natur. Wenn sie ihn belog, fügte sie niemandem Schaden zu, im Gegenteil. Es war nicht gut, vollkommen ehrlich zu sein, wenn die Wahrheit nur Schmerz mit sich brachte.

Und so schob sie ihre Traurigkeit beiseite – sie gewöhnte sich allmählich daran, die Schläge des Lebens hinzunehmen –, ging zu Iñigo und fasste ihn am Kinn, damit er ihr in die Augen sah.

»Natürlich bin ich dein Engel, wie kannst du daran zweifeln? Ich bin dein blauer Engel, der immer über dich wachen wird.«

Mayo blieb noch eine Weile mit einem sanften Lächeln auf den Lippen so stehen, bis der Novize sich beruhigt hatte. Dann drehte sie sich langsam um, als würde sie dem Rhythmus der Nacht folgen. Sie betrachtete den Himmel und stellte fest, dass sie lange zusammen gewesen waren, denn der Mond und sein Sternengefolge waren bereits über das gesamte Firmament gewandert. Ohne Abschiedsgruß wandte sie sich um, nahm Beltráns Zügel und ging fort.

Iñigo blickte ihr hinterher. Das Mondlicht umspielte die langen Haare und verlieh ihr etwas himmlisch Unwirkliches. Er kniete nieder und betete.

XIX

Wie man es anstellt, dass die Liebe durch einen Zauber schwindet und dass man sie durch einen anderen vergisst

An dem Morgen wollte es nicht recht hell werden. Der Himmel war bleiern grau. Tau lag auf den Feldern, und die Wolken sonderten unsichtbare Tropfen ab; die Feuchtigkeit zog bis in die Knochen. Es war ein regnerischer Tag, und das trug mitnichten dazu bei, dass Iñigo das unangenehme Schuldgefühl loswurde, das sich zusammen mit der Verzückung in seinem Herzen festgesetzt hatte. Er war auf dem Weg zum Castillo Santa Isabel, und im ersten Morgenlicht sah es wie der Bug eines riesigen Schiffes aus, das ein Meer aus Gräsern durchpflügt. Er meldete, er habe keine Anzeichen von einer Hexenversammlung feststellen können, und zog sich niedergeschlagen in sein Zimmer zurück. Von der Begegnung mit dem blauen Engel erzählte er niemandem. Man gab ihm die Erlaubnis, sich zur Ruhe zu begeben, aber er konnte nicht einschlafen. Immer wenn er die Augen schloss, sah er Bilder von Armen und Schenkeln, von verschlungenen Haaren und Körpern. Er konnte sich nicht länger selbst betrügen. Eine innere Stimme flüsterte ihm zu, dass der blaue Engel kein solcher gewesen war. Es war ein Mädchen, dessen Rücken er gestreichelt hatte, von den Schultern über die Schulterblätter und die Rippen, als handele es sich um ein fein gearbeitetes Musikinstrument. Und als er genüsslich die Rundungen ihres Gesäßes umfasste, hatte er festgestellt, dass das Wesen ja gar keine Flügel hatte. Es war kein Engel gewesen. Bestimmt hatte das Böse ihn in dieser Nacht mit der einzigen Sünde in Versuchung geführt, bei der es Macht über ihn hatte.

Der Teufel kannte die Schwächen eines jeden Sterblichen sehr gut, und er, Iñigo, war schwach gewesen, unfähig, die erste Prüfung zu bestehen, die ihm das Böse auferlegte. Er war nicht würdig, die Novizensoutane zu tragen. Zu seiner Verteidigung konnte er nur anführen, dass in dem Moment, als er seine Hände auf den Körper des Mädchens legte und er sich von der berauschenden Bewegung hatte einlullen lassen, die Welt stillgestanden hatte. Alles andere, alles, was sich außerhalb dieses magischen Kreises befand, der sie umschloss, war ihm unbedeutend und absurd vorgekommen. Sein Gelübde, seine Familie, seine Zukunft, alles hatte seinen Sinn verloren. Nichts mehr hatte Bedeutung für ihn gehabt.

Jetzt, nachdem ein paar Stunden vergangen waren, war Iñigo furchtbar unglücklich. Er wusste, was er getan hatte, war nicht richtig gewesen, doch er konnte in seinem Herzen keinen Funken Reue finden. Sein Leib hatte die Herrschaft über ihn übernommen. Und das Schlimmste war, dass die Wonne, die er empfand, wenn er an die Begegnung dachte, nicht auf die Erregung des Leibes beschränkt war. Er erinnerte sich an das Gesicht des Mädchens, den Glanz ihrer Augen, die zärtlichen Berührungen ihrer Nasenspitze. Er sah, wie sie im Mondlicht erstrahlte, und er wollte mehr über sie wissen, ihren Namen erfahren. Er wollte ihr einen Kranz aus Margeriten flechten und ihren Kopf schmücken, sie in eine lange Tunika voller Bänder hüllen und jedes einzelne selbst binden. Er wollte sie in seinen Armen wiegen und ihr ein Lied vorsingen und sie vor allem Bösen schützen. Er erinnerte sich, wie ihr Lächeln die Nacht erhellt hatte, und hatte das Gefühl, ohne ihren Liebreiz wäre die Welt ein trostloser Ort.

Alles an diesem Mädchen zeugte von Liebe und Güte, und wenn sie zu einem Instrument des Teufels geworden war, dann mit Sicherheit gegen ihren Willen. Sie war gut, da war er sicher, völlig rein und sanft. Er wollte ihr helfen, dem Joch des Teufels zu entkommen, er wollte sie beschützen, ihr Bollwerk sein. Er wollte ihr Bild jeden Morgen beim Aufwachen und jeden Abend bei Einschlafen sehen, auch wenn er sie nie mehr würde berühren können. Sie war das Universum. Die Luft, die durch seine Brust strömte und über sein Gesicht strich, die Geräusche des Morgens, der süße Geschmack langsam verzehrten Brotes. Iñigo wünschte, die Augen des Mädchens mögen jeden Augenblick seines Lebens erhellen, und er war sicher, sie würden das Letzte sein, was er sah, wenn er diese absurde Welt verließ.

Ohne sie hatte sein Leben keinen Sinn mehr, aber mit ihr würde es kein Leben geben. Denn dann würde er seine Prinzipien verraten, die religiöse Bestimmung, der er gelobt hatte, bedingungslos zu dienen. Er wäre verdammt. Und wollte der Teufel nicht genau das, indem er ihn in Versuchung führte? Sein Schmerz war so groß, dass sich seine Augen mit Tränen füllten. Er flüchtete aus dem Zimmer, denn es wurde ihm dort zu eng.

Salazar fand ihn auf einer Steinbank zwischen zwei Apfelbäumen in Innenhof sitzend. Er hatte den Kopf auf die Hände gestützt und starrte auf den Boden. Er schien in einer anderen Welt zu sein. Der Inquisitor näherte sich vorsichtig, bis Iñigo seine Füße sah und aufschaute.

»Pater … ich habe gesündigt«, flüsterte er. »Erinnert Ihr Euch an meinen blauen Engel?«

»Ja, natürlich.«

»Ich glaube, es ist kein Engel, Pater, ich glaube, es ist ein Sukkubus … und er hat mich verhext. Ich bin krank … ich bekomme keine Luft mehr. Ihr müsst mir helfen.«

»Krank? Was tut dir denn weh?«

»Es ist kein körperlicher Schmerz, mein Herr. Es ist etwas tief in mir, es hat keine bestimmte Form, aber es füllt mich ganz aus. Mein Geist hat Schaden genommen, mein Herr. Der Schmerz sitzt in meiner Brust. Ich kann nicht schlafen, ich sehe ihr Bild überall, ihre Augen in denen der anderen. Ich glaube, ihren Geruch zu vernehmen, wenn ich mich bewege, ich spüre, wie sie mich ansieht ... und ich wünsche mir, dass sie das tut, denn allein bei dem Gedanken beginnt mein Herz zu rasen, und meine Seele gerät in Verzückung. Sie beherrscht mich. Die unermessliche Liebe, die ich für Gott zu empfinden glaubte, ist in den Hintergrund getreten. Der Wunsch sie wiederzusehen, löscht alles andere aus.«

Salazar schwieg. Einen Moment lang fürchtete er, all die vielen Beichten um den Teufel und die einsame Nacht in einem scheinbar verzauberten Wald hätten den jungen Mann in den Wahnsinn getrieben. Er musste tröstliche Worte finden.

»Kennst du die Geschichte von Eugenio de Torralba?«, fragte er.

Iñigo sah ihn verständnislos an.

»Nein, mein Herr«, sagte er schüchtern.

»Eugenio de Torralba war ein junger Spanier, der Anfang des letzten Jahrhunderts in Rom Medizin und Philosophie studiert hat. Torralba stammte aus einer Familie von Altchristen, die nicht im Traum daran gedacht hätten, dass sie mit ansehen müssten, wie einem ihrer Verwandten vom Heiligen Offizium der Prozess gemacht wurde.«

»Was ist geschehen?« Langsam erwachte Iñigo aus seiner Versunkenheit.

»Auf einer seiner Reisen schloss er Freundschaft mit einem Dominikanermönch namens Pedro. Der sagte zu ihm, wenn er das Wissen ferner Zeiten kennenlernen oder in Erfahrung bringen wolle, was die Zukunft bringe, wenn er wissen wolle, wie man medizinisch nicht heilbare Krankheiten kurieren könne und die Antwort auf alle Fragen haben wolle, könne er ihm den Kontakt zu einem guten Engel namens Zachariel herstellen, der ihm all das und noch eine Menge mehr an Gutem bieten könne.«

»Zachariel? Ich weiß nicht, wie mein Engel heißt«, murmelte Iñigo enttäuscht.

Salazar fuhr mit der Geschichte fort.

»Das erste Mal, als Torralba Zachariel traf, handelte es sich um einen alten weißhaarigen Mann mit einer Art rotem Achseltuch, über dem er ein schwarzes Gewand trug. Er sprach fließend und akzentfrei Latein und Italienisch, und Torralba durfte ihn nicht anfassen.«

»Ich kann meinen Engel anfassen. Es wäre aber besser, wenn ich das nicht könnte, denn ich kann Euch versichern, mein Herr, er sieht ganz und gar nicht wie ein alter Mann aus.«

Salazar erzählte weiter.

»Zachariel sagte Torralba den Tod von Ferdinand dem Katholischen voraus. Aber der Engel hatte nicht nur die Fähigkeit, die Zukunft vorauszusagen, sondern er verteidigte ihn gegen sündhafte Angriffe, und er flog mit ihm in eineinhalb Stunden hin und zurück von Valladolid nach Rom, damit er während des Angriffs der kaiserlichen Truppen dort sein konnte.«

»Stimmt das wirklich?«, fragte der Novize erstaunt.

»Das Heilige Offizium glaubte ihm nicht. Die mit dem Fall betrauten Inquisitoren hielten Eugenio de Torralba für verrückt. Folter, Bestrafung oder Todesstrafe, befanden sie, seien in diesem Fall völlig nutzlos.«

»Die Moral von der Geschichte ist also, dass Ihr denkt, ich sei geistig verwirrt?« Iñigo wirkte verärgert. »Ich wünschte, es wäre so, mein Herr, aber ich weiß genau, dass es sich nicht um Wahnvorstellungen handelt. Das ist alles wirklich passiert! Es handelt sich nicht um einen Engel wie bei Torralba.« Er sah sich nach allen Seiten um und flüsterte: »Es ist eine junge Frau, die nach Wald duftet, sie hat samtweiche Haut und feste Schenkel.« Er schloss die Augen, weil er sich schämte, das Salazar gestehen zu müssen. »Ich habe gesündigt, Pater, ich habe mein Keuschheitsgelübde gebrochen. Ich glaube, es ist ein Sukkubus, und ich bin in seine Fänge geraten. Er hat sich meines Körpers und meiner Seele bemächtigt.«

»Bist du sicher, dass du dir das nicht eingebildet hast, Iñigo?«

»Oh Herr, wie glücklich würde ich mich schätzen, wenn dem so wäre.«

Iñigo erzählte ihm, wie die Begegnungen abgelaufen waren. Er kam auch wieder auf Juanas Brief zu sprechen und betonte noch einmal, dass nicht er die Botschaft zutage gefördert hatte. Es sei sie gewesen, die nachts in sein Zimmer eingedrungen ist und ihm geholfen hat, den Brief zu entschlüsseln.

»Es könnten diese vier seltsamen Gestalten gewesen sein«, meinte Salazar. »Sie waren im Besitz der Papiere, die an dem Abend von deinem Schreibtisch verschwunden sind. Vielleicht war es dieses junge Mädchen, diese Catalina, die …«

»Nein, mein Herr, nein.« Iñigo war erzürnt. »Die war es nicht. Ich weiß nicht, wie die vier an meine Notizen gekommen sind, aber ich versichere Euch, die vier haben mit meinem blauen Engel nichts zu tun.« Er fuhr mit seiner Erklärung fort: »Am nächsten Morgen, als ich Juanas Brief auf meinem Nachttisch fand, haftete der Geruch des blauen Engels an meinen Kleidern und an den Laken. Es roch nach Farn und Minze.«

Salazar lächelte geheimnisvoll.

»Ich glaube nicht, dass es sich um einen Sukkubus handelt, und ich glaube auch nicht, dass du verhext bist. Es ist etwas viel Alltäglicheres, auch wenn es dir jetzt einzigartig erscheint.« Salazar sah im fest in die Augen und rückte dann mit seinem Vorschlag raus. »Wir könnten eine Übereinkunft treffen, wenn du das möchtest. Ich werde dir deine Sünden vergeben, wenn du dafür dasselbe mit meinen machst. So befreien wir uns von ihnen, und alles ist durch das Beichtgeheimnis geschützt. Was meinst du?«

»Aber, mein Herr, ich bin doch noch nicht autorisiert …«

»Aber, aber, Iñigo, das muss man doch nicht so eng sehen.« Und dann fing er an: »O Maria …«

Iñigo sagte nichts. Da wiederholte er: »O Maria …«

»Ohne Sünde empfangen …«, fuhr der Novize nicht sonderlich überzeugt fort.

»Weißt du, warum ich glaube, dass dein Engel kein Sukkubus ist?« Iñigo schüttelte den Kopf. »Nun, weil ich weder an Succubi noch Incubi glaube, mehr noch, ich glaube nicht einmal, dass der Teufel existiert, und der soll sie ja erschaffen haben. Also«, Salazar zuckte die Achseln, »du siehst …«

»Ihr glaubt nicht an die Existenz des Teufels? Aber dann …«

»Dann nichts. Ich habe die Absicht, ihn weiter zu suchen, um sicherzugehen. Nichts anderes tue ich gerade, mein lieber Iñigo.«

»Aber wenn das Wesen, von dem ich spreche, kein Sukkubus ist, was ist es dann? Ich versichere Euch, ich habe mir das nicht eingebildet.«

»Ich glaube dir ja, und wären wir nicht auf dieser Besuchsreise, wo wir meines Erachtens beobachtet und von diesen Hexenjägern verfolgt werden, die Anklagen erfinden und die Bevölkerung in Angst und Schrecken versetzen, würde ich dir sagen, dass du schlichtweg verliebt bist. Das kommt bei uns Menschen nun mal vor … wenigstens einmal im Leben. Und wie traurig wäre der dran, dem das nie passiert!« Salazar lachte. »Ich weiß, du würdest es lieber hören, wenn ich dir versicherte, dass diejenigen, die das Keuschheitsgelübde ablegen, davon ausgenommen sind. Aber wie du selbst siehst, ist dem nicht so. Ich habe im Leben festgestellt, dass das Verbotene immer sehr viel mehr reizt als das, was erlaubt ist. Natürlich soll das nicht heißen, dass ich dich dazu ermuntern will, die Sache weiterzubetreiben, schließlich hast du Keuschheit gelobt, und das unterscheidet den Menschen vom

Tier: Er kann sich zu etwas verpflichten. Aber ich will dich nicht belügen, Iñigo. Ich werde dir nicht erzählen, du hättest schwerstens gesündigt, denn nie mehr in deinem Leben wirst du dich so lebendig fühlen wie jetzt. Du wirst auf die Bewegung der Insekten zwischen den Blättern lauschen und darauf hoffen, es mögen ihre Schritte sein, wie ein Hund wirst du die Nase in die Luft strecken und nach ihrem Duft suchen. Der Himmel wird intensiver blau sein und die Sonne strahlender, denn wenn du sie anschaust, weißt du, dass sie auch für den Menschen da sind, den du liebst.«

»Aber wenn ich mich so fühle, sündige ich dann nicht auch?«

»Gott ist die Liebe, nicht wahr?«

»Ja.«

»Seine Liebe steckt in jedem Teil seiner Schöpfung. In den Blumen, der Erde, dem Wasser, den Menschen … Weißt du, was das Gute an dieser Liebe ist?« Iñigo sah ihn erwartungsvoll an. »Das Gute ist, dass sie in deinem Kopf besteht, genährt von deinen eigenen Sehnsüchten, und der geliebte Mensch verwandelt sich in ein makelloses Wesen ohne Fehl und Tadel. So wird er in deinem Kopf weiterleben, bis die Erde aufhört sich zu drehen oder du deinen letzten Atemzug tust. Lieber Iñigo, jeder Mensch braucht seinen blauen Engel, um durchzuhalten.« Iñigo glaubte einen Anflug von Traurigkeit im Gesicht das Inquisitors zu sehen. »Glaub weiter an die Existenz eines Engels, der dich begleitet, der dich beschützt, dann bist du nicht so allein. Der Mensch ist so allein …« Salazar schien einen Moment lang abwesend, doch dann fuhr er fort: »Jetzt betest du drei Vaterunser, eines für deine Seele und zwei für meine. Aber vergiss nicht«, seine Miene wurde streng, »wenn ich höre, dass du dich weiterhin mit diesem Mädchen triffst, werde ich dich hinauswerfen und persönlich dafür sorgen, dass du in der Kirche kein Bein mehr auf die Erde bekommst. Es ist eine Sache, wenn du sie dir vorstellst und dich daran ergötzt, und eine andere, sie tatsächlich zu treffen. Du wirst sie nie mehr sehen! Ist das klar?« Iñigo nickte erschrocken. »Wir müssen auf der Hut sein … vielleicht ist das Mädchen nur eine weitere Falle.«

Mayo wurde klar, was Ederra gemeint hatte, wenn sie von den Gefahren des Liebeszaubers sprach. Den Willen eines anderen zu bezwingen, um die eigenen Gefühle zufriedenzustellen, konnte nur Probleme mit sich bringen. Trotzdem war dieser magische Moment, in dem sie gespürt hatte, dass er ihre Schönheit bewunderte, in dem er unter ihr vor Erregung gebebt hatte, das Leiden wert gewesen. Schließlich besteht das Leben aus süßen und bitteren Momenten. Es war eine stetige Wanderschaft über Hügel und durch Täler. Man musste sich damit abfinden. Das Einzige, was sie störte, war, dass ihr Geliebter ebenfalls litt, und keine Ahnung hatte, warum. Sie hatte über sie beide entschieden und ihn in ein Gefühlschaos gestürzt, das er nicht verdient hatte. Sie konnte nicht zulassen, dass er litt. Und so beschloss sie schweren Herzens, die Gefühle rückgängig zu machen, die sie unter dem aufmerksamen Blick von Beltrán ausgelöst hatte.

Zauber, damit die Liebe schwindet

- *ein Glas mit Quellwasser*
- *ein Blatt Papier*
- *eine weiße Rose*
- *eine kleine Kordel*
- *ein rotes Taschentuch*

Mayo zeichnete, so gut sie konnte, das Gesicht ihres Geliebten auf ein Blatt Papier. Dann band sie es mit der kleinen Kordel an die weiße Rose, stellte diese in das Wasserglas, bis es überlief, und fing das Wasser mit dem roten Taschentuch auf.

»Möge der Liebeszauber, durch den ich deine Gefühle verletzt habe, schwinden«, murmelte sie mit geschlossenen Augen und stellte sich das Gesicht ihres Geliebten vor. »*Alicui in amore respondere, termino.*«

Dann drückte sie das Taschentuch über der Erde aus. Sie hatte das Gefühl, alles richtig gemacht zu haben. Sie hatte den Bann, unter dem der junge Mann stand, aufgehoben. Doch jetzt musste sie sich selbst auch noch von ihrer Liebe zu dem Novizen befreien. Niemand konnte von ihr verlangen, das Unglück stoisch zu ertragen, wenn es doch eine Formel gab, mit der man den Schmerz lindern konnte. Jetzt musste sie sich nur noch an das Rezept halten, das ihr den Abstieg in das Tal der Enttäuschung erträglicher machen würde.

Zauber, um eine Liebe zu vergessen

- *eine Haarsträhne von demjenigen,*
  der seine Liebe vergessen will
- *ein vierblättriges Kleeblatt*
- *eine verwelkte rote Rose*
- *ein hoffnungsgrünes Band*

Sie zündete ein kleines Feuer an, band alle Ingredienzien mit dem grünen Band zusammen und murmelte dabei:

Nie war das Glück mir hold,
Himmelsvogel, Erdenwurm.
Einen Handel schlag ich dir vor,
Sonne in der Nacht, neuer Mond.
Mein gefangen Herz
gegen stilles Feuer.

Mayo warf alles in die Flammen und hörte im Inneren ihrer Brust ein Knacken wie von einem abbrechenden Ast. Das musste von ihrer Entschlossenheit kommen. Sie prüfte ihr Herz, aber es war noch zu früh, dass der Zauber Wirkung zeigte. Sie liebte Iñigo de Maestu immer noch, aber die Heilung hatte begonnen.

Die Nachricht erschütterte das Reich wie ein Kanonenschlag. Pedro Ruiz de Eguino, der eifrige Hexenjäger, der in der letzten Zeit die Inquisitoren Valle und Becerra dabei unterstützt hatte, die Teufelsanhänger zu entlarven, war vergiftet worden. Es gab Unruhen in der Bevölkerung. Man sah, wie die Gottlosen trotz des Drucks der Inquisition, der Verfolgungen und der Scheiterhaufen die guten Christen unermüdlich geißelten und quälten, bereit, jeden über die Klinge springen zu lassen, der sich ihren Plänen in den Weg stellte. Die Furcht, die eine Zeit lang im Verborgenen gelauert hatte, kehrte mit noch größerer Macht zurück, als man feststellte, dass die Hexen sich diesmal mit keinen Geringeren als mit den Inquisitoren und ihren Helfern anlegten. Wenn sie es mit solch illustren Persönlichkeiten aufnahmen, was würden sie dann erst mit ihnen, den gemeinen Sterblichen, machen?

Bald ging das Gerücht um, dass die Teufelsanhänger immer mutiger wurden. Hatten sie vorher noch ihre Behausungen in den Wäldern gehabt, so breiteten sie sich jetzt überall aus, denn sie schienen sich ihres Sieges sicher zu sein. Mit Getöse und Hochrufen hielten sie Einzug in den Provinzstädten und prahlten damit, die Namen der frommsten und angesehensten Persönlichkeiten zu kennen.

Die Teufelsanhänger verfolgten sie zu Land, zu Meer und auch auf dem Luftweg, denn sie waren bekannt dafür, dass sie alle Elemente beherrschten. Sie fügten ihnen Schaden zu und erpressten sie damit, ihnen auf dieselbe Weise den Garaus zu machen, wie sie es bei Pedro Ruiz de Eguino getan hatten.

Alarmiert setzten sich Valle und Becerra mit dem Rat der Inquisition in Verbindung und teilten ihm mit, die Gottlosen hätten ihr Lager bereits mitten in Logroño aufgeschlagen. Sie würden sich jede Nacht auf der Plaza de San Francisco versammeln, genau gegenüber vom Sitz der Inquisition, und wie die Verrückten zu Schalmei- und Trommelmusik um ein riesiges Feuer tanzen, dass die Anwohner keinen Schlaf fänden. Die Inquisitoren forderten mehr Hilfe, die Aufhebung des Gnadenerlasses, der ja offenkundig nichts brachte, und ein weiteres Autodafé, das das Reich von all der Verderbtheit befreie.

Für Salazar war der rätselhafte Tod des Hexenjägers Pedro Ruiz de Eguino ein herber Rückschlag. Er hatte alles vorbereitet, um mit ihm zu sprechen und seinen Verdacht zu bestätigen. Nach seiner Begegnung mit dem Priester Diego de Basurto war er zu dem Schluss gekommen, dass es diesem Mann mehr einbrachte, normale Menschen als Ketzer zu enttarnen, als zuzugeben, dass er keinen finden konnte. Für diese Farce konnte es nur zwei Gründe geben: Entweder wollte er Meriten sammeln, damit der Rat der Inquisition ihn zum Inquisitionskommissar ernannte, oder er war ein Komplize seiner Kollegen in Logroño und steckte hinter der Sache mit den vier angeblichen Teufelsanbetern, die versuchten, seine Besuchsreise zu boykottieren. Salazar hatte darauf vertraut, dass seine nachhaltigen Verhörmethoden Ruiz de Eguino schon dazu gebracht hätten, seine wahren Gründe zu offenbaren. So hatte er es dem Generalinquisitor erklärt. Aber nachdem der Hexenjäger nicht mehr unter ihnen weilte, konnte er nichts beweisen. Im Gegenteil, die seltsamen Umstände seines Todes machten ihn zu einer Art Märtyrer.

Am selben Abend erreichte Salazar ein Brief des Generalinquisitors, in welchem er die Arbeit von Salazar und seinem Gefolge ausdrücklich lobte und ihm versicherte, sie genössen sein vollstes Vertrauen. Er fügte hinzu, der Rat der Inquisition stimme mit Salazar darin überein, dass bei dem Thema Hexen viel Phantasie im Spiel sei, und sie sollten so weitermachen, sie seien auf einem guten Weg. Er bedauerte, dass der rätselhafte Tod von Pedro Ruiz de Eguino ihn daran hindere, die Angelegenheit weiterzuverfolgen. Aber er solle das nicht zu hoch hängen, vielleicht handele es sich um eine einzeln agierende Gruppe, vier unwürdige Gesellen, die ohne nachvollziehbaren Grund so gehandelt hatten.

Versteif Dich nicht auf Verschwörungen und Intrigen, lieber Alonso, das kann dem guten Abschluss Deiner Arbeit und unseren Interessen nur abträglich sein.

Andererseits bat ihn der Generalinquisitor dringlichst, mit ein paar Geistlichen zu sprechen, die, wie er gehört hatte, sich weigerten, die Reuigen an der Kommunion teilhaben zu lassen. Sie behaupteten, sie seien nicht ganz überzeugt, dass diese Leute ihrem teuflischen Glauben abgeschworen hatten. Das gefährdete das Ziel der Besuchsreise, denn so konnten die Leute weiter Vorurteile gegen ihre Nachbarn schüren, und man lief Gefahr, dass diese erneut angegriffen wurden, sobald das Gefolge den Ort verlassen hatte. Der Generalinquisitor bat Salazar, von den Geistlichen ihre Mitarbeit einzufordern und ihnen notfalls die Anweisungen zu zeigen, in denen klar und deutlich stand, dass keine Repressalien gegen diejenigen ergriffen werden dürfen, die sich in den Schutz des Gnadenerlasses begeben haben. Für den Fall, dass die Geistlichen die Regeln nicht akzeptierten, ließ er Salazar freie Hand, gegen sie vorzugehen.

Aber das wirklich Beeindruckende an dem Brief war die Entscheidung des Generalinquisitors, die Gültigkeit des Gnadenerlasses um vier Monate, also bis zum 29. März 1612, zu verlängern. Salazar hatte in seinen Briefen nicht gewagt, auch nur anzudeuten, dass er gern mehr Zeit hätte. Seine Kollegen Valle und Becerra waren so erpicht darauf, ihm Steine in den Weg zu legen, dass es Salazar für ratsam gehalten hatte, ihm nichts von den Verzögerungen zu sagen.

Die viermonatige Verlängerung war eine gute Entscheidung, Salazar bereitete es nur Sorgen, wenn er an die Reaktion von Valle und Becerra dachte. Sie waren ja seit jeher gegen ihn gewesen und glaubten, der Generalinquisitor würde ihn vorziehen. Jetzt würden sie ihm mit Sicherheit nachsagen, er sei ein Opportunist. Aber darüber wollte er jetzt nicht nachdenken. Er hatte Wichtigeres zu tun.

XX

Wie man Warzen loswird

Obwohl Salazar ein großes Geheimnis um die Reiseroute machte, hatte Mayo herausgefunden, dass das Gefolge als Nächstes nach San Sebastián wollte. Sie redete sich ein, dass Ederra der einzige Grund war, warum sie ihnen weiter folgte, doch in Wahrheit hing sie immer noch an dem Novizen. Sie versuchte, ihr gebrochenes Herz zu flicken, all die nutzlosen romantischen Gedanken aus ihrem Kopf zu verbannen, aber es gelang ihr nicht. Da half nichts, sie musste den Tatsachen ins Auge sehen: Ein Zauber, der ein Herz fesseln soll, das sich einem Gott verschrieben hatte, musste zwangsläufig Unglück bringen. Sie hätte wissen sollen, dass die Schlacht verloren war, noch bevor sie sie angetreten hatte. Und sie sah sich noch einmal über diese verschlungenen Pfade, durch diesen verzauberten Wald wandeln, der sich ihr erst jetzt, da sie fern von dem Mann war, den sie geliebt hatte, erschloss. Sie war vollkommen allein, nicht einmal die eine Spur zu Ederra hatte sie weiterverfolgt.

Mayo fasste Mut und überlegte. Der Ort Rentería lag ganz in der Nähe. Sie konnte zuerst dorthin reiten, die Angehörigen von Gracia de Iturralde aufsuchen und nach ihr und ihrer Freundin María de Echalecu fragen. Tief in ihrem Herzen sagte ihr eine Stimme, das könnte ein Faden sein, der sie zu Ederra führen würde. Wenn sie sich beeilte, wenn sie frühmorgens aufbrach, könnte sie später in San Sebastián wieder zu dem Gefolge stoßen. Sie wollte nichts unversucht lassen, um Ederra zu finden, aber sie wollte auch die Verbindung nicht abreißen lassen.

Sie stieg mit Beltrán einen flachen Hügel hinauf, und als sie oben angekommen war, hielt sie an und blickte noch einmal zurück. Sie sah das weite Meer und die aufgereihten Häuser von Pasajes, die aus der Entfernung aussahen, als wären sie aus buntem Papier. Irgendwo dort schlief der Mann, den sie liebte. Sie spürte einen Stich im Herzen und bekam es mit der Angst. Wenn der Zauber wirkungslos blieb, müsste sie für den Rest ihres Lebens diesen stechenden Schmerz mit sich herumschleppen. Manchmal misslangen ihre Zauberversuche, auch wenn es in der letzten Zeit so aussah, als habe sie ihre Fähigkeiten deutlich verbessert. Es wäre schon ein Riesenpech, wenn ausgerechnet der Zauber, der sie von ihrer unglücklichen Liebe befreien sollte, fehlschlüge.

Mayo seufzte vernehmlich, worauf Beltrán die Ohren spitzte und sie fragend ansah. Dann drehte sie sich um und blickte auf den Weg, der vor ihr lag. Sie schwor sich, sie würde den Novizen vergessen, seine blauen Augen, sein Engelshaar, seine Lippen, seine Zärtlichkeiten. Es würde der Moment kommen, in dem sie nicht mehr diese Qual empfinden würde, wenn sie an ihn dachte, ja sie würde nicht einmal mehr an ihn denken, weil sie ihn irgendwann vergessen hatte. Und als sie ihre Gedanken ordnete und wusste, wie ihre Zukunft aussah, war sie mit der Welt versöhnt. Es tat gut, Entscheidungen zu treffen und sein Leben in die Hand zu nehmen.

Kurz nach Mittag erreichte sie ihr Ziel. Die Häuser von Rentería stammten aus dem Mittelalter und waren in sieben Straßen angeordnet, die auf einen Platz zuliefen, auf dem die gotische Kirche und ein neu gebautes Rathaus standen.

Mittlerweile fiel es Mayo nicht mehr so schwer wie früher, auf

Menschen zuzugehen. So hatte sie schnell herausgefunden, wo das Haus der Familie Iturralde zu finden war. Es lag etwas abseits vom Zentrum, war aus kleinen brauen Steinen gebaut, die von der Feuchtigkeit glänzten, und es hatte ein Schieferdach. Ein rot gefleckter Hund bellte sich die Kehle aus dem Leib. Enttäuscht, dass Mayo sich nicht sonderlich beeindruckt zeigte, änderte er seine Taktik und hängte sich schnüffelnd und leise knurrend an die Fersen des Mädchens. Seitlich gab es einen kleinen Stall mit Holzzaun, wo ein paar Hühner auf dem Boden herumpickten. Mayo holte tief Luft, ging entschlossen auf die Eingangstür zu und klopfte sanft. Es öffnete eine rundliche Frau mit schneeweißem Haar, das Gesicht über und über mit Warzen bedeckt. Sie rieb sich die Hände an der Schürze trocken und musterte Mayo von oben bis unten.

»Was willst du, mein Kind?«

»Sind Sie Gracia de Iturralde?«

Wortlos trat die Frau einen Schritt zurück und knallte ihr die Tür vor der Nase zu.

»Bitte, Señora«, flehte Mayo und drückte das Gesicht gegen die Tür. »Man hat mir gesagt, ich würde Euch hier finden. Ich muss mit Euch reden. Es geht um Leben und Tod. Bitte!«

Sie wiederholte ihr Flehen, bis sie merkte, dass das Herz der Frau nicht so leicht zu erweichen war. Der Hund setzte sich neben sie, um sich das Schauspiel anzusehen, und Mayo kam es so vor, als deute sich in seiner Schnauze ein spöttisches Grinsen an. Mehr als eine halbe Stunde blieb sie vor der Tür stehen und wusste nicht, was sie tun sollte. Sie schimpfte leise vor sich hin über die Ungerechtigkeit und Bösartigkeit mancher Menschen, die nicht bereit waren, ihren Nächsten zu helfen. Als sie kurz davor war aufzugeben, erschien der Kopf der Frau im Türrahmen. Sie hielt einen Besen in der Hand.

»Willst du mich vielleicht mit dem bösen Blick verhexen?«, fragte sie bärbeißig. »Was murmelst du da, du Hexe?«

»Nein, nein … ich …«

Die Frau hob drohend ihre Waffe.

»Verschwinde hier oder ich jage dich mit dem Besen davon!«

»Ich will Euch keinen Schaden zufügen, Señora, ich schwöre es!« Mayo schloss die Augen und duckte sich, die Unterarme schützend vor dem Gesicht. »Ich kann hier nicht fortgehen, ohne mit Gracia zu sprechen.«

»Wer bist du? Was machst du?« Langsam schien die Neugier über die Furcht zu siegen.

»Ich heiße Mayo de Labastide d'Armagnac, Ich bin Heilerin, Seherin, Gesundbeterin und Parfümeurin, und Gott und Euch zu Diensten«, sagte sie, ohne Luft zu holen.

»Eine Zauberin also?« Die Alte sah sie mit ihren stechenden kleinen Augen verächtlich an.

Mayo schwieg. Sie wusste nicht, ob sie ja oder nein sagen sollte, denn es waren keine Zeiten, in denen man stolz darauf sein konnte, den Leuten mit magischen Kombinationen aus Beschwörungen und Kräutern das Leben zu erleichtern. Vielleicht hatte die Frau Angst vor Hexen und hielt sie für eine solche. Oder, was noch schlimmer war, vielleicht würde sie Alarm schlagen, und sie verschwand ebenfalls im Netz der geheimen Verliese der Inquisition. Die Frau sah sie weiter schweigend an, taxierte ihre Gestalt, ihre Kleidung, die großen, glänzenden schwarzen Augen. Mayo kam es wie eine Ewigkeit vor.

»Du verschwendest deine Zeit, Kleine, Gracia ist nicht da, und selbst wenn, würde ich es dir nicht sagen.« Sie wandte sich ab, und es sah so aus, als wollte sie ihr wieder die Tür vor der Nase zuknallen. Dann aber drehte sie sich um und fragte: »Darf man fragen, was du von ihr willst?«

Mayo spürte, dass dies ihre einzige Chance war.

»Nun, der Priester aus Urdax, übrigens ein reizender Mann«, sie räusperte sich ein paarmal, um Zeit zu gewinnen, eine glaubwürdige Lüge zu erfinden, denn die Wahrheit war einfach zu unglaublich, »bedurfte meiner Dienste, um eine Vogelseuche zu heilen, durch die seinen Hühnern fast alle Federn ausgegangen waren … Ihr wisst ja, wie das ist.«

Mayo setzte ein Lächeln auf und zeigte auf die Vögel im Stall zu ihrer Rechten. Da die Frau nicht reagierte, fuhr sie fort.

»Nachdem ich das Problem gelöst hatte, erzählte ich ihm, ich wolle in den nächsten Tagen nach Rentería aufbrechen, und er sagte, dort sei eines seiner liebsten Gemeindemitglieder … Gracia Iturralde und … nun, er gab mir ein paar Dinge, die sie zu Hause vergessen hatte, und bat mich, sie mitzunehmen und ihr …« Als sie den Argwohn in dem von Warzen übersäten Gesicht sah, fing sie an zu stottern.

»Ja, ja … du bist die Botin des Priesters, und ich bin die Kaiserin von Frankreich.« Die Alte richtete drohend den Zeigefinger auf sie. »Ich werde dir sagen, wer du bist. Du bist eine Lügnerin, und wenn du nichts willst, dass ich dich totprügele, dann sagst du mir jetzt sofort, was verdammt nochmal du hier zu suchen hast. Und sag die Wahrheit! Ich erkenne am Zucken der Wimpern, wenn jemand lügt.«

Mayo traute ihr das und vieles andere zu und erzählte ihr die ganze Geschichte von Anfang an. Wie Ederra sie Kräuter suchen geschickt hatte, und dass sie bei ihrer Rückkehr nach Zugarramurdi nicht mehr da war. Sie erzählte von der Holzkiste mit den Erinnerungsstücken, die ihr Pelotas gegeben hatte, und die Geschichte von María de Echalecu und ihrem unseligen Besuch bei Gracias Ehemann. Sie sagte, sie sei überzeugt davon, dass dieser Mann von Grund auf böse sei, sehr, sehr böse, und es würde sie nicht wundern, dass Gracia ihn verlassen habe. Sie habe ja selbst geglaubt, er hätte sie umgebracht. Aber der Pfarrer habe gesagt, nein, er hätte sie nicht getötet, irgendwo müsse sie sein, vielleicht bei ihrer geliebten Familie, vielleicht wisse Gracia ja etwas über María und María vielleicht etwas über Ederra, die sie liebte wie ihre Mutter, auch wenn sie das nicht war. Mayo hielt inne, denn ihr war die Luft ausgegangen. Sie stieß einen mutlosen Seufzer aus.

»Vielleicht ist Gracia die Einzige, die mir helfen kann, meine Ziehmutter zu finden.«

»Das ist die wahnwitzigste und verworrenste Geschichte, die ich je gehört habe«, lachte die Frau.

»Ihr glaubt mir also nicht?«

»Ach was! Im Gegenteil. Gerade weil sie so seltsam ist, glaube ich dir. Niemand kann binnen weniger Minuten eine so vertrackte Lügengeschichte erfinden.«

»Das heißt, Ihr werdet mir helfen?«

»Nur weil ich glaube, dass du ganz schön in der Patsche sitzt, heißt das noch lange nicht, dass ich auch nur die geringste Absicht habe, dir da rauszuhelfen. Um ehrlich zu sein, ich habe mit meinem eigenen Kummer genug zu tun. Weißt du, Kleine, solange mir nichts Schlechtes widerfährt … das Unglück der anderen kümmert mich nicht die Bohne, erst recht nicht, wenn ich sie nicht mal kenne.«

»Bitte, Señora, ich flehe Euch an …«

»Halt den Mund, mein Kind, ich bin noch nicht fertig.« Sie sah sie mit grenzenloser Verachtung an. »Bitte versuch es nicht auf die Mitleidstour. Wenn du willst, dass dir jemand einen Gefallen tut, dann finde heraus, was du ihm dafür anbieten kannst, sonst endest du als armselige Bettlerin, und das willst du doch nicht, oder?«

»Nein, nein, natürlich nicht«, stammelte Mayo. Sie wusste nicht recht, was die Frau von ihr wollte. »Und wäre es allzu vermessen, wenn ich Euch fragte, was ich Euch als Gegenleistung dafür anbieten kann, dass Ihr mir Gracias Aufenthaltsort verratet?«

Sie warf den Kopf in den Nacken und lachte aus vollem Halse.

»Ich sehe, du lernst schnell. Natürlich kannst du mir etwas anbieten.« Und dann flüsterte sie ihr in vertraulichem Ton zu: »Deine zarte Haut.«

Mayo lief es eiskalt den Rücken hinunter. Einen Moment lang dachte sie, die Alte wollte ihr die Haut abziehen und sich ein Gewand daraus nähen. Doch die Frau fuhr fort: »Ich werde dir helfen, so wie du mir helfen wirst. Du sagst, du bist Zauberin?« Mayo nickte. »Wenn du mir sagst, wie ich diese widerlichen Warzen loswerden kann, sage ich dir, wo Gracia ist und diese andere Frau, mit der sie zusammen verschwunden ist.«

»Eine andere Frau?« Mayos Augen begannen zu leuchten. »Ihr hattet mir gar nicht gesagt, dass eine andere Frau bei ihr war. War sie schön?«

»Ich konnte ihr Gesicht nicht sehen, sie war verhüllt. Möglich, dass es deine Ziehmutter war, denn sie verhielt sich äußerst seltsam. Sie war von Kopf bis Fuß von einem Umhang bedeckt, als wollte sie sich vor der Welt verstecken. Aber ich bin ja nicht dumm, ich habe gesehen, dass ihr Kopf kahl rasiert war. Sie sind zusammen fortgegangen. Gracia sagte, wahrscheinlich würden wir uns nie mehr wiedersehen.«

Mayo hatte das Gefühl, zum ersten Mal eine handfeste Spur zu haben. In dem Moment war sie voll und ganz davon überzeugt, dass die seltsame Frau, die Gracia auf ihrer Reise begleitete, nur Ederra sein konnte.

»Ich kann Eure Warzen heilen, aber das geht nicht sofort«, sagte Mayo nervös, »es dauert ein paar Tage.«

»Gut. Das Fachliche überlasse ich dir.« Sie lachte, gab sich dann aber gleich wieder barsch. »Ich werde meinen Teil erfüllen, wenn du deinen erfüllt hast, und mein Gesicht so aussieht wie deines.« Begehrlich streichelte sie Mayos Wange.

Mayo strengte sich an wie noch nie zuvor in ihrem Leben. Sie nahm einen Apfel und viertelte ihn. Mit jedem Viertel rieb sie vorsichtig die Wucherungen im Gesicht und an den Handflächen der Frau ein und achtete sorgfältig darauf, dass der Saft wirklich in jede Falte drang. Als sie fertig war, fasste sie sie am Kinn, legte den Kopf in den Nacken und betrachtete ihr Werk wie ein Künstler.

Dann rannte sie aus dem Haus, und die Frau musste ihr versprechen, ihr nicht zu folgen, sie dürfe keinesfalls versuchen herauszufinden, wo sie die Apfelstücke versteckte. Als sie weit genug weg war, warf sie die Reste einen Abhang hinunter, der steil genug war, dass niemand sie dort wegholte. So lange die Apfelstücke brauchten, um zu verfaulen, bis von ihnen nichts mehr übrig war, so lange würde es auch dauern, bis die Warzen verschwunden waren. Mayo rannte zurück zum Haus.

»Das war's!«, keuchte sie, die Hand an der Brust. »Bald habt Ihr keine Warzen mehr.«

»Gut. Dann werde ich dir bald sagen, wo Gracia ist.« Sie schlug ihr die Tür vor der Nase zu.

In der Nacht schlief Mayo furchtbar schlecht. Sie träumte von einer riesigen dunklen Höhle, durch die sie die Frau mit den Warzen verfolgte. Sie hörte ihr irres Lachen und konnte nur ihren Schatten sehen, der sich hinter den Felsen verbarg. Plötzlich wurde es totenstill. Mayo wusste, dass etwas Schreckliches geschehen würde. Da stürzte sich die Frau auf sie, warf sie zu Boden und riss ihr hastig die Kleider vom Leib. Dann hielt sie ihr ein Messer an die Kehle und schlitzte sie bis zur Scham auf. Ohne dass sie den geringsten Schmerz verspürte, musste Mayo mit ansehen, wie die Frau ihr feinsäuberlich die Haut abzog. Die Alte wiederholte das Ritual an sich selbst und legte ihre Haut ab, als handele es sich um ein altes Hemd. Dann streifte sie sich Mayos über und dehnte und zupfte hier und da ein wenig, bis sie ihr passte. Mit einem Schrei wachte Mayo auf. Sie war schweißgebadet und brauchte eine Weile, bis ihr klarwurde, dass alles nur ein Traum gewesen war und ihre Haut und ihre Hoffnungen unversehrt waren.

Als die Sonne am Horizont aufging, hörte sie allmählich auf zu zittern. Und doch war sie unruhig. Es würde mindestens eine Woche dauern, bis die Apfelstücke und die Warzen verschwunden waren, und so lang konnte sie unmöglich bleiben. Sie wusste nicht, wie lange Salazar und sein Gefolge in San Sebastián bleiben würden, und sie durfte sie auf keinen Fall verpassen. Also nahm sie allen Mut zusammen und ging noch einmal zum Haus der Iturraldes.

»Was willst du? Sie sind noch nicht weg«, begrüßte sie die Frau.

»Aber sie sind schon eingetrocknet. Sie werden abfallen, das versichere ich Euch. Sagt mir, wo ich Gracia und ihre Freundin finden kann, bitte. Ich muss fort, es geht um Leben und Tod.« Die Frau sah sie argwöhnisch an. »Bitte …«

»Schwörst du mir, dass die Dinger weggehen?«

»Ich schwöre«, bekräftigte Mayo und küsste ihre gekreuzten Finger.

»Wenn dem nicht so ist, werde ich dich finden, ganz gleich, wo du dich versteckst, und ich werde dir den Hintern versohlen, bis er abfällt«, sagte sie und zwinkerte ihr zu. »Ist das klar?«

»Sonnenklar.«

»Gracia und diese geheimnisvolle Frau hatten Angst vor Gracias Mann. Sie glaubten, dass er kommen und sie holen würde, ich habe ihnen zu essen gegeben und Geld geliehen. Sie sagten, sie wollten nach Vitoria und würden dort gemeinsam ein neues Leben anfangen. Mehr weiß ich auch nicht.«

XXI

Wie man die heilige Barbara anruft,
damit sie uns vor Sturm schützt

Iñigo und Domingo brachten in Erfahrung, dass der angenehmste und landschaftlich reizvollste Weg von Pasajes nach San Sebastián der zur See sei. So ersparten sie sich die unwegsamen Strecken, auf denen die Kutschen womöglich stecken blieben. Mit dem Kapitän handelten sie den Preis für die Überfahrt aus.

Um fünf Uhr nachmittags füllte sich der Hafen von Pasajes mit den Gepäckstücken des Inquisitionsgefolges. Acht schwere Holztruhen verschiedener Größe mit Berichten, Büchern, Tintenfässern und Federn, zudem vierzehn Töpfe mit ekelerregenden Mixturen, denen die Hexen außergewöhnliche Kräfte zuschrieben. Salazar nahm sie mit, in der Hoffnung, dass sie unterwegs nicht verdarben. In Logroño wollte er sie von einem Spezialisten untersuchen lassen. Des Weiteren eine Christusfigur in Lebensgröße mit einer Perücke aus Totenhaar, welche der Bürgermeister von Fuenterrabía ihnen als Zeichen der Dankbarkeit geradezu aufgedrängt hatte und der bei der Rüttelei der Fahrt ein Dorn aus der Krone gebrochen war. Und schließlich zwei Gläser mit riesigen Kröten voller warziger Höcker, die den Hexen angeblich bei ihren Beschwörungen halfen. Sie machten ständig das Maul auf und zu und verstanden es meisterlich, mit beiden Augen zu blinzeln. Einer von Salazars Gehilfen war extra für sie abgestellt. Er sollte sie feucht halten und ihnen Insekten besorgen, damit sie gesund und munter im Tribunal in Logroño ankamen.

Es war gar nicht so einfach, die Sachen alle auf dem Schiff unterzubringen, und unter den alten Männern aus dem Dorf, die am Hafen herumstanden, entbrannte eine hitzige Diskussion.

»Nein, nein … Erst die Truhen, schön übereinander.«

»Blödsinn, erst der Christus. Es sieht nach Regen aus, dann sind die Haare hin, sonst setzt ihm wenigstens eine Kapuze oder etwas anderes auf, ihn an einem solchen Tag im Freien stehen zu lassen, grenzt schon an Respektlosigkeit.«

Salazar verdarb dieses Durcheinander gründlich die Laune. Kurz entschlossen legte er selbst mit Hand an und begann, Sachen auf das Schiff zu tragen. Er verstaute sie, wo immer er eine Lücke sah, ohne sich um die Ratschläge des Schiffskapitäns zu scheren. Dann schnappte er sich den Jesus, schleppte ihn samt Thron über die Rampe, stellte ihn mitten auf das Deck, nahm einen Stuhl, setzte sich neben ihn und murmelte eine unverständliche Litanei. Iñigo und Domingo trieben die Stauer an: um Gottes und um der Barmherzigkeit willen, tut mir den Gefallen, keinen Radau und keine Scherben, sonst bekommt der Herr Inquisitor einen Anfall. Zwei Stunden später segelten sie ohne Verluste Richtung San Sebastían, und der Christus blickte zum Horizont wie Rodrigo de Triana, jener Matrose, der auf der Seefahrt von Christoph Kolumbus als Erster Land gesehen hatte.

Die Bürger von San Sebastián drängten sich im Sonntagsstaat in den Straßen am Hafen, um die Vertreter des Heiligen Offiziums gebührend zu empfangen. Endlich würde man sie von dem diabolischen Übel befreien, das sie alle in Unruhe versetzte. An den Balkonen hingen Willkommensgrüße, und kleine Mädchen in weißen Kleidern mit Blumenkränzen im Haar warteten am Kai, um Blumen ins Wasser zu werfen, wenn Salazar ankam. Man hatte einen grünen Teppich ausgelegt, der die Anlegestelle mit einem überdachten Podium verband. Es befand sich direkt neben den Musikern, die Anweisung hatten, zu spielen, sobald das Schiff in Sichtweite war.

Um elf Uhr abends kündigte die Schiffssirene die Ankunft des Gefolges an. Steif und selbstzufrieden warteten festlich gekleidet die Bürgermeister hinter den Blumenmädchen, während das Schiff langsam einfuhr. Und da geschah es, ohne jede Vorwarnung. Aus den Flammen eines Feuers, auf dem gerade eine Suppe für die Gäste zubereitet wurde, sprühte plötzlich laut knisternd ein Funkenregen, und Schwefelgeruch erfüllte die Luft. Der Dampf aus dem Topf verdichtete sich zu dickem Rauch, der in einer riesigen wogenden Säule gen Himmel aufstieg. Nach und nach nahm die Säule menschliche Gestalt an.

»Es ist eine Hexe auf einem Besen«, sagten die einen.

»Es ist der Teufel als Ziegenbock«, sagten andere.

Die Leute schrien wild durcheinander, das Orchester spielte eine misstönende Melodie aus schrillen Tönen. Die Männer fielen auf die Knie und baten um göttliche Gnade, die Frauen rannten kopflos hin und her, und mit der Haltung der Würdenträger war es vorbei. Sie verschwanden, so schnell sie konnten, in den Seitengassen. Die Blumenmädchen fingen an zu weinen, und inmitten des Tumultes fiel eines ins Wasser. Triefend nass wurde es mit einer Heugabel wieder herausgefischt.

Ganz gleich, was da am Himmel schwebte, ob Hexe oder Ziegenbock, alle waren sich darin einig, dass die Kreatur zornig wirkte. Man sah es am Ausdruck des Gesichtes mit den markanten Wangenknochen, den schräg zulaufenden Augenbrauen, den schmalen Lippen, aus denen spitz die Schneidezähne herausragten, und den zu Krallen gebogenen Fingern. Eine solche Erscheinung konnte nur das Zeichen des Bösen tragen. Der Spuk dauerte etwa fünf Minuten, dann begann die Gestalt sich aufzulösen. Schließlich verwandelte sie sich in eine schwere tiefschwarze Wolke, und Sekunden später begann ein sintflutartiger Regen zu fallen. Die Leute, die noch nicht die Flucht ergriffen hatten, falteten die Hände und flehten die heilige Barbara um Schutz an.

Heilige Barbara, segensreiche,
die du am Himmel warst geschrieben
auf Papier und von geweihter Hand,
heilige Barbara, holde Maid,
mach, dass wir gegen Blitz gefeit.

Auf dem Schiff hatte niemand etwas mitbekommen. Sie erfuhren erst von dem Ereignis, als sie von Bord gingen und die entgeisterten Gesichter sahen. Salazar hatte den Fuß noch nicht ganz auf den Boden gesetzt, da fielen die gläubigen Frauen schon auf die Knie und baten ihn um Hilfe, als wäre er ein Heiliger, ohne sich um den Wind und den Regen zu scheren, der sie bis auf die Haut durchnässte. Die Bürgermeister kehrten zurück und versuchten, ihre lächerliche Flucht herunterzuspielen. Feierlich geleiteten sie Salazar zu dem überdachten Podium, damit er vor dem Regen geschützt war. Sie hielten ihre vorbereiteten Reden und berichteten über das Geschehnis, das offensichtlich kein Einzelfall waren.

»Das haben die Hexen inszeniert, damit Euer Hochwürden sehen, über welch große Macht sie verfügen. Sie wollen, dass Ihr Angst bekommt und uns unserem Schicksal überlasst.«

»Bedauerlich, dass ich mich nicht persönlich von dieser großen Macht überzeugen konnte«, erwiderte Salazar.

Mayo hatte Rentería sogleich verlassen, nachdem die Frau mit den Warzen ihr gesagt hatte, wohin Gracia und ihre rätselhafte Begleiterin gegangen waren. Sie war kurz vor den seltsamen Vorkommnissen in San Sebastián eingetroffen und hatte sich hinter dem Orchester postiert, denn Beltrán liebte Musik. Sie erinnerte ihn wahrscheinlich an seine Zeit als Gaukler. Vergnügt beobachtete Mayo, wie er mit den Ohren wackelte – im Rhythmus der Musik –, da kam es zu der Szene mit dem Feuer. So etwas hatte sie noch nie im Leben gesehen. Es wunderte sie nicht, dass die Leute schreiend davonliefen. Selbst für sie, die schon allerhand Außergewöhnliches erlebt hatte, war diese Szene ergreifend. Wie versteinert hatte sie dagestanden und auf dieses Ungeheuer am Himmel gestarrt, in dem einige den Teufel zu erkennen glaubten, und auf ihr Herz gehorcht, ob sich irgendwelche töchterlichen Gefühle regten. Aber da war nichts, ihr wurde nur ein wenig kalt, als sich der Rauch zu der Regenwolke zusammenballte.

Mayo stand immer noch im Freien, als Salazar das Schiff verließ. Sie sah ihn das Podium besteigen und glaubte zu wissen, was in seinem Kopf vorging. In all den Wochen, in denen sie ihm auf den Fersen war, hatte sie gelernt, seine Mimik und Gestik zu deuten. Sie hatte keine Angst mehr vor ihm, im Gegenteil, sie empfand eine Art unerklärlicher Zuneigung. Dieser strenge Mann vergab jedem, der seinen Umgang mit dem Teufel beichtete, ohne ihn zu bestrafen, und tief in ihrem Innern fühlte sie, dass man ihm vertrauen konnte.

Er war ein guter, mitfühlender, sanfter Mensch, das spürte sie, und manchmal, selbst auf die Entfernung, nahm sie auch seine Einsamkeit wahr und wie sehr die Last der Verantwortung und die Seelenzweifel ihn niederdrückten. Doch die meisten Leute sahen nur seine raue Schale, den Panzer aus Arroganz und Reserviertheit. Sie aber konnte in sein Inneres blicken, und das erfüllte sie mit Stolz. Zu gern wäre sie hingegangen und hätte ihm gesagt: »Ich kenne Euch, ich weiß, wie Ihr seid.« Doch wer sollte sich schon für ihre Worte interessieren? Sie war nur ein kleines, unbedeutendes Geschöpf, ein Missgeschick der Natur, die bei ihrer Geburt nicht ganz bei der Sache gewesen war.

Mayo wartete, bis die Leute den Kai verlassen hatten, und

passte auf, ob noch etwas Ungewöhnliches geschah. Sie beobachtete den Himmel, doch es passierte nichts. Es hatte aufgehört zu regnen, und man sah die ersten Sterne. Auf einmal bemerkte sie, dass sich auf der anderen Seite des Hafens etwas bewegte, und sie meinte die beiden Gestalten zu erkennen, die ihren geliebten Novizen angegriffen hatten. Langsam schlich sie sich heran und versteckte sich in den Nischen, in denen es nach Fisch und Urin stank. Ja, sie waren es. Sie sahen immer noch furchterregend aus, aber jetzt trugen sie keine Felle, sondern ganz normale Kleider. Der Junge mit dem weißen Auge hatte eine riesige Narbe, die quer über das halbe Gesicht lief. Mayo wollte herausfinden, was sie diesmal im Schilde führten. Und da entdeckte sie, dass sie im Besitz des Kessels waren, aus dem der magische Rauch aufgestiegen war. Jeder hatte einen Henkel gefasst, und unter lautem Gelächter kippten sie die Brühe ins Meer. Dann gesellten sich zwei Frauen zu ihnen, und alle vier verschwanden in einer Straße. Mayo sah ihnen nach, bis die Dunkelheit sie verschluckt hatte.

Jetzt wusste sie, wer den Teufel beschworen hatte.

XXII

Wie man den Hexen Milchzähne von Kindern als Opfergabe darbringt, damit sie nicht wütend werden

Nach der Flut an Teufeln, Hexen, Schrecken und Regen des Vorabends erwachte San Sebastián unter einem klaren Himmel. Die Sonne strahlte, und ihr güldener Glanz überzog die Dächer und Fassaden. Wären da nicht die Pfützen auf den Bürgersteigen gewesen, hätte man meinen können, die Sintflut und den Tumult, der Stunden zuvor die Stadt in Aufruhr versetzt hatte, hätte es nie gegeben. Salazar stand früh auf und bat Bruder Domingo und Iñigo de Maestu, ihm bei den Vorbereitungen für die öffentliche Verkündung des Gnadenerlasses zu helfen. Er nutzte die Gelegenheit, dass sie unter sich waren, und fragte, ob die beiden irgendeine seltsame Beobachtung auf dem Kai gemacht hatten. Die Gehilfen verneinten, wunderten sich jedoch ebenfalls, dass sie nichts gesehen hatten, obwohl die Leute behaupteten, die verfluchte Wolke in Form des Teufels hätte den ganzen Himmel eingenommen. Nahe genug am Hafen waren sie ja bereits gewesen. Salazar war erleichtert. Einen Moment lang hatte er befürchtet, seine Skepsis mache ihn blind für das Offenkundige.

Früh am Morgen füllte sich der Audienzsaal mit geständigen Hexen und Hexenmeistern und konfrontierten ihn wieder mit der Teufelssekte. Männer, die ihre Frauen nicht mehr befriedigen konnten, weil die Hexen sie mit einem Bann belegt hatten, Frauen, die sich nach Belieben in Katzen, Hunde oder Raben verwandeln konnten, Männer und Frauen, die Angst vor ihren eigenen Kindern hatten, weil diese die Wände hochgehen und sich mit einem Fingerschnippen in Luft auflösen konnten. Das interessierte Salazar sehr. Am nächsten Tag beraumte er eine Sonderaudienz für die verhexten Kinder an, denn man hatte ihm gesagt, der Teufel rekrutiere jetzt seine Anhänger sogar bei den unter Siebenjährigen von San Sebastián. So wie es aussah, hatten vierzehn ruchlose Hexen sich der Kinder bemächtigt, weil die Eltern sich geweigert hatten, eine jahrhundertealte Tradition fortzusetzen und ihnen die Milchzähne ihrer Sprösslinge zu opfern, sobald diese ausgefallen waren. Der Brauch verlangte, dass die Mutter der Hexe den Milchzahn mit folgender Formel als Opfer darbrachte:

Andra Mari, otson zarra tekatzan berria.

(Herrin Mari, nimm den alten und schenk mir einen neuen.)

»Wenn es doch so simpel ist, warum habt ihr es dann nicht gemacht?«, fragte Salazar verdutzt.

»Aber, Euer Hochwürden, das darf man doch nicht, es sind doch schließlich Hexen.« Einer der Väter schien von der Reaktion des Inquisitors überrascht zu sein.

»Nun ja, es ist in jedem Fall das geringere Übel«, sagte Salazar. Er hielt das Ganze für reine Einbildung, auch wenn die Eltern und die ebenfalls anwesenden Würdenträger das nicht so sahen. »Warum wollt ihr die Zähne eurer Kinder aufbewahren?«

»Die andere Frage ist doch, was wollen die Hexen damit, meint Ihr nicht?«, erwiderte einer der Väter. »Vielleicht wollen sie die Kinder verhexen.«

Salazar gelangte zu der Überzeugung, dass irgendein der Opferung ähnlicher Ritus die Eltern beruhigen würde. So scharte er die Kinder um sich und sprach feierlich ein paar Sätze auf Latein aus einem Exorzismenbuch der Kirche, die ihre Wirkung nicht verfehlten. Sogleich fühlten sich alle besser. Die Kinder kletterten nicht mehr länger die Wände hoch und sie verschwanden auch nicht mit einem Fingerschnippen, und die Eltern konnten sie wieder unbefangen in ihre Arme schließen, denn sie wussten, sie waren nicht vom Teufel besessen. Doch der Schuss ging nach hinten los. Schnell ging das Gerücht um, die Inquisitoren könnten ungezogene, schreiende, wild mit den Füßen stampfende Kinder in Heilige verwandeln, und vor dem Audienzsaal bildeten sich endlose Schlangen mit quengelnden Rotznasen, die Salazar den letzten Nerv raubten.

Trotz alledem verlangten die Bewohner Strafe. Sie fanden, es reiche nicht aus, die Kinder zu heilen, denn wenn das Gefolge fort war und ihnen niemand mehr mit irgendwelchen lateinischen Formeln den Teufel vom Leib halten könnte, würden die Hexen sich wieder ihrer bemächtigen. Die Behörden verhafteten die vierzehn von den Kindern denunzierten Frauen und sperrten sie im Keller des Rathauses in finstere Zellen, in denen es nur einen Strohsack auf dem Boden und ein kleines Becken gab, in dem man seine Notdurft verrichten konnte.

Als Salazar sie befragte, erklärte sich nur eine vierzigjährige Frau für schuldig, und sie wurde wieder in die Kirche aufgenommen. Heikel wurde es, als die Älteste und Gefürchtetste unter ihnen den Raum betrat.

»Ich flehe Euch an, lasst mir die Gnade des Erlasses zuteilwerden!«, rief sie mit Tränen in den Augen. »Bitte! Bitte!«

Salazar holte seinen berühmten Fragebogen heraus, der ihm in der Mehrzahl der Fälle Aufschluss darüber gab, wann jemand die Wahrheit sagte und wann er log. Doch nicht eine Antwort der Frau war auch nur im Mindesten glaubwürdig. Darauf verlangte Salazar eine Demonstration ihrer Zauberkräfte. Sie solle ihnen ihre besonderen Fähigkeiten beweisen, irgendetwas, das bestätigte, dass sie zu der Teufelssekte gehörte. Doch die Hexe hatte nichts Teuflisches vorzuweisen, sie wirkte eher wie eine heruntergekommene Kupplerin. Als sie merkte, dass sie mangels Beweisen von der Gnade des Erlasses ausgeschlossen blieb, war sie vollkommen verzweifelt. Sie warf sich auf den Boden, stampfte mit den Füßen, und Schaum trat aus ihrem Mund, doch Salazar blieb stur: Dieses Schauspiel bewies noch lange nicht, dass sie Umgang mit dem Teufel hatte.

Die anderen zwölf Frauen beharrten auf ihrer Unschuld, und der Inquisitor übergab sie wieder den Behörden, denn es gab auch hier keinen Beweis, dass es sich um Hexen handelte. Die Bürgermeister und die Bürger waren enttäuscht. Dieselben Leute, die zuvor in den Hafen gekommen waren, um ihn mit offenen Armen zu empfangen und ihn um Hilfe zu bitten, die stoisch dem Regen und den Teufelsgebilden am Himmel getrotzt hatten, wendeten sich jetzt gegen den Inquisitor und beschuldigten ihn, die Hexen zu verteidigen, anstatt sie zu bestrafen.

Die Bürgermeister, die all ihre Hoffnung auf Salazar und sein Gefolge gesetzt hatten, entschieden, die einzige Lösung für die missliche Lage sei, die alte Frau, die sie für die gefährlichste hielten, für Lebzeit zu verbannen. Die anderen sollten eingesperrt werden – ein Dilemma für Salzar. Einerseits wollte er die Angeklagten schützen, andererseits wollte er es sich aber auch mit den Bewohnern von San Sebastián nicht verscherzen, die mehr und mehr den Mut verloren, weil sie glaubten, er stünde aufseiten der Hexen. Da entschloss er sich, fünfe gerade sein zu lassen, und versicherte entgegen seinen Prinzipien, alle hätten gebeichtet, dass sie Umgang mit dem Teufel gepflegt hatten, und dass sie folglich am nächsten Sonntag während des Hochamtes wieder in den Schoß der Kirche aufgenommen würden.

An dem Tag, als der Gnadenerlass verlesen wurde, war die Kirche San Vicente zum Bersten voll. Viele gut situierte Familien der

Stadt waren gekommen. Der kürzlich eingeweihte Altar, der ganze Stolz der Stadt, der von den Nachbarstädten voller Neid betrachtet wurde, war zum Zeichen der Trauer über das Böse, das in der Gegend wütete, mit einem schwarzen Tuch abgedeckt. Es war nicht der geeignete Moment, dass die über und über mit Gold, Silber und Edelsteinen geschmückten himmlischen Heerscharen ausgestellt wurden wie an einem Festtag. Der gewaltige Klang der Orgel hallte durch das Kirchenschiff. Salazar fand schon immer, dass sie eher dafür geeignet war, Kinder zu erschrecken, als eine Messe zu untermalen.

Ein Dominikaner aus dem Kloster San Telmo hielt die Predigt. Er galt als streng und unbeugsam. Mehr als einer, der ihm über den Weg gelaufen war, wurde am Ende wegen irgendeiner Nichtigkeit exkommuniziert. Niemand war gegen seine Angriffe während der Messe gefeit, aber genau das war auch der Grund, warum seine Predigten so viel Zulauf hatten. Die Leute hörten es gerne, wenn er schlüpfrige Details aus unzüchtigen Begegnungen zwischen lasterhaften Frauen und dem Teufel anbrachte.

»Ich weiß, dass ihr täglich unreine Gedanken und Begierden habt. Ich weiß auch, dass ihr bereit seid, deswegen die Gesetze des Herrn zu missachten.« Er schlug mit der Hand auf die Kanzel, denn er hatte gesehen, dass jemand in der letzten Reihe eingenickt war. »Es ist nicht verwunderlich, dass der Herr euch für all die Sünden und unkeuschen Taten bestraft, die ihr mit euch herumtragt. Das ist der Moment, euch mit Gott wieder gutzustellen!« Und er schwieg länger als notwendig, um das Gewissen der Leute wachzurütteln.

Die Besucher rutschten nervös in den Bänken hin und her, und Salazar bereitete es ein wenig Sorge, welche Wendung die Predigt nahm, denn sie drohte all seine Anstrengungen, wieder Ruhe in die Bevölkerung zu bringen, zunichte zu machen. Er sah Iñigo und Domingo an, die sich zu beiden Seiten der Kanzel postiert hatten und auf sein Zeichen warteten.

»Oder glaubt ihr vielleicht, der Hagel, die Blitze und Donnerschläge, die teuflischen Winde und vernichteten Ernten seien ein Werk der Natur?«, fuhr der Dominikaner fort. »Seit vier Monaten ist das Unglück nicht mehr auf die Natur zurückzuführen. Die Hexen haben da ihre niederträchtigen Hände im Spiel!« Er kniff die Augen zusammen und suchte in der Menge nach den vierzehn Frauen, die das Volk zu Hexen erklärt hatte. Als er sie gefunden hatte, zeigte er schonungslos mit zornigem Blick auf sie. »Sie sind an all unserem Unglück schuld! Sie und niemand anderes!«

Salazar schüttelte den Kopf, und Domingo stellte sich neben den Geistlichen. Er ergriff das Wort und hielt eine Predigt, in der nicht ein einziges apokalyptisches Bild vorkam. Derweil geleitete Iñigo den Dominikaner unauffällig in die Sakristei. Dort wartete Salazar schon auf ihn und bat ihn, mehr Zurückhaltung zu üben und die Bevölkerung nicht unnötig zu erschrecken und aufzuwiegeln.

»Ich warne Euch nur, damit das Böse Euch nicht unvorbereitet trifft«, erwiderte der Dominikaner.

»Daraus schließe ich also, dass Ihr Beweise habt, dass die Ernten nicht durch die Witterung vernichtet wurden, und dass diese Rauchsäule, die sich in den Teufel verwandelte, wie die Leute sagen, keine durch derartige Predigten ausgelöste kollektive Halluzination ist«, sagte Salazar. »Ihr seid ein Mann Gottes, und wir haben eine Verantwortung, und zwar die, den Menschen Seelenfrieden zu schenken und nicht, sie zu peinigen. Predigten wie die Eure versetzen die Leute, die ohnehin nach einem Schuldigen für ihr Unglück suchen, in Angst und Schrecken. Versichert mir, dass die Hexen an all dem schuld sind! Tut das, und ich werde Euch glauben, aber gebt mir einen Beweis. Einen einzigen Beweis!«

Der Dominikaner schwieg. Er hatte keinen Beweis. Seine Behauptungen stützten sich auf das, was er auf der Straße aufschnappte.

Salazar kehrte gleich nach Verkündigung des Gnadenerlasses in die Residenz zurück. Er war erschöpft, aber bevor er sich in sein Schlafgemach zurückziehen konnte, kam die Köchin und meldete, in der Bibliothek warte jemand auf ihn. Als er die Tür öffnete, kam ein Mann auf Salazar zu und streckte ihm die Hand hin.

»Ich bin Staatsanwalt San Vicente«, stellte er sich vor. »Eure Kollegen aus Logroño haben mich gebeten, einen Bericht über diese Besuchsreise zu verfassen.«

»Einen Bericht?«

»Die Herren Inquisitoren sind wirklich besorgt über die Nachrichten, die in Logroño eintreffen, was die Methoden von Euer Hochwürden im Umgang mit der Teufelssekte angeht. Sie haben ihre Bedenken wohl schon dem Rat der Inquisition mitgeteilt, aber sie wünschen, dass jemand von außen, jemand, der unparteiisch ist, einen Bericht über den Besuch erstellt.«

In dem Moment bedauerte Salazar, dass er über keinerlei diplomatisches Geschick verfügte. Das hätte er in diesem Moment gut brauchen können, um das Missfallen zu verbergen, das sein Gegenüber auf den ersten Blick bei ihm auslöste. Er fragte nach den Informationen, die Salazar in den letzten Wochen zusammengetragen hatte, und der Inquisitor nahm ihn mit in sein Gemach, wo er die Protokolle und Berichte aufbewahrte. San Vicente zog das erstbeste Blatt mit spitzen Fingern vom Schreibtisch und zog es zu sich heran. Er holte eine kleine Brille aus der Tasche und überflog die Zeilen.

»So viel Information«, befand er, ohne die Seite zu Ende gelesen zu haben.

»Ist das eine Aussage oder eine Frage?« Salazar hatte das Gefühl, sich verteidigen zu müssen.

Der Staatsanwalt lächelte zynisch und fing an, im Zimmer umherzugehen. Er ließ den Blick gleichgültig über Ecken und Wände wandern und blickte hin und wieder zu den Protokollen, von denen er demonstrativ kaum Notiz nahm.

»Man hat mir bereits gesagt, dass Euer Hochwürden sehr pedantisch seid … dass Ihr alles aufschreibt, stets alles unter Kontrolle haben wollt. Und jetzt stelle ich fest, das stimmt.«

»Nun ja, das ist genau meine Aufgabe: Nachforschen, Überprüfen, Informieren … Was genau sucht Ihr eigentlich hier?«

»Ich habe schon immer gesagt, keiner ist blinder als der, der nicht sehen will«, murmelte Staatsanwalt San Vicente. Er hatte immer noch das spöttische Lächeln im Gesicht. »Nicht einmal die heiligsten Männer waren gegen dieses Übel gefeit. Sogar einer der Jünger unseres Herrn« – er hob die Hände, als würde er den Himmel anrufen (wahrscheinlich hatte er selbst nicht genügend Beweise) – »musste den Finger auf die Wunde legen. Ja, ja … keiner ist blinder als der, der nicht sehen will.«

»Meinetwegen, wenn Ihr das sagt. Aber was genau führt Euch denn nun hierher?«

Mit einer Miene des Bedauerns kam San Vicente auf Salazar zu und drückte seine Hand mit beiden Händen. Sie waren feucht und kalt wie Fische.

»Ich bin gekommen, denn ich soll Euch dabei helfen zu sehen«, sagte er feierlich.

»Zu sehen? Was zu sehen?«

»Das Böse. Es treibt ganz in der Nähe sein Unwesen, aber für Eure Augen ist es unsichtbar.«

»Ich sehe ganz gut, danke«, sagte Salazar und zog seine Hand weg. »Wie Ihr Euch selbst überzeugen könnt, brauche ich nicht einmal eine Brille zum Lesen. Und so wäre ich Euch dankbar, wenn …«

»Hört auf, mit mir Katze und Maus zu spielen, Euer Hochwürden.« San Vicentes Ton war jetzt nicht mehr väterlich, sondern offen feindselig. »Ich bin gekommen, weil Eure Kollegen beunruhigt sind. Angesichts dieser Ungeheuerlichkeiten bereitet Eure laxe Haltung uns allen Sorge.«

»Ich weiß nicht, wovon Ihr sprecht. Ich halte mich bei meiner

Arbeit lediglich an objektive Informationen. Wenn es als lax gilt, an die Beichten nicht mit Mutmaßungen, Vorurteilen und Phantastereien heranzugehen, dann ist dem wohl so … *mea culpa.* Außerdem denkt nicht jeder wie Ihr und meine Kollegen Valle und Becerra. In seinem letzten Brief hat der Generalinquisitor mir zu meiner Arbeit gratuliert.«

Salazar bedauerte, dass er ausgerechnet den Generalinquisitor als Trumpf ausspielte, um sich über den Staatsanwalt zu stellen. Er benahm sich wie ein kleiner Junge. Beide schwiegen.

»Habt Ihr Euch schon mal gefragt, warum wir die Gesellschaft der einen suchen und die der anderen nicht?«, nahm Salazar das Gespräch wieder auf. Er versuchte, in dem ruhigen Ton zu sprechen, der ihm sonst eigen war.

Staatsanwalt San Vicente sah ihn verständnislos an.

»Ehrlich gesagt, nein … und ich weiß nicht, was das damit zu tun haben soll, dass …«

»Ich werde es Euch sagen«, unterbrach ihn Salazar. »Wenn wir sagen, dass jemand uns gefällt, dann stimmt das eigentlich nicht. Nicht die Person an sich gefällt uns, sondern die Person, die *wir* in ihrer Gegenwart sind.« Unwillkürlich musste er an den Novizen denken. »Uns gefällt, dass wir in ihrer Gegenwart das Beste aus uns herausholen. Alles reiner Egoismus.«

»Ich verstehe immer noch nicht …«

»Und genauso verhält es sich im umgekehrten Fall. Es gibt Menschen, die bringen unsere schlechtesten Seiten zum Vorschein. Und da ist es für unsere geistige Gesundheit besser, wenn wir uns von ihnen fernhalten. Das geht mir mit Euch so. Also, wenn es recht ist, möchte ich Euch bitten zu gehen. Ich werde mich in Eure Arbeit nicht einmischen, aber ich ziehe es vor, nicht mit Euch reden zu müssen.«

Salazar ging zur Tür und öffnete sie ohne jede Regung. Staatsanwalt San Vicente erwiderte nichts. Er ließ im Gehen seinen Blick noch einmal über die Papiere wandern, die sich auf den Tischen, Stühlen und in den übervollen Truhen stapelten. Mit abgrundtiefer Verachtung verließ er grußlos den Raum.

Staatsanwalt San Vicente verfolgte Salazar etwa eine Woche lang und schrieb einen Bericht, in dem er erklärte, der Inquisitor sei für einen solchen Fall nicht die geeignete Person, denn er neige zu Selbstverherrlichung und Anmaßung. Als er ging, hatte er eine Unmenge Notizen gemacht. Er verfasste ein Memorandum, aus dem hervorging, dass die Entscheidung des Rates der Inquisition, den Gnadenerlass zu verlängern, ein Irrtum war. Er war der Ansicht, es sei an der Zeit, die Hexen nicht mehr länger mit Glacéhandschuhen anzufassen, sondern die Gewalt mit Gewalt zu bekämpfen.

Valle und Becerra sandten das Memorandum weiter an den Rat der Inquisition, zusammen mit einem Brief, in dem sie Salazar beschuldigten, ihrem Wunsch nicht Rechnung zu tragen, das Tribunal von Logroño, bei dem sie den Vorsitz führten, regelmäßig über die Ergebnisse seiner Besuchsreise zu informieren. Außerdem wollten auch sie festhalten, dass sie keineswegs mit der viermonatigen Verlängerung des Gnadenerlasses einverstanden waren. Staatsanwalt San Vicente habe vollkommen recht, wenn er sage, dass der Erlass nur bei den jüngsten Teufelsanhängern etwas gebracht habe. Die wahre Ruchlosigkeit aber lauere in der Seele der Alten. Der Generalinquisitor müsse davon in Kenntnis gesetzt werden, dass er einen schweren Fehler begangen habe, Salazar mit einer so heiklen Aufgabe zu betrauen.

Doch der Verdruss über das Memorandum trat in den Hintergrund, als Salazar die schreckliche Nachricht erhielt. Sie warf ihn völlig aus der Bahn. Noch Jahre später erinnerte er sich klar und deutlich an diesen Augenblick. Er war überzeugt, dass alle Elemente der Schöpfung sich verbündet hatten, um die Katastrophe anzukündigen. An jenem Tag lag eine dichte Wolkendecke über dem Himmel, und es erhob sich ein unheilverkündender Wind, der die gefallenen Blätter vom Boden fegte und vor sich hertrieb. Um vier Uhr nachmittags war es schon dunkel. Über dem Meer zog ein Gewitter heran. Der Himmel wurde hin und wieder von Blitzen durchschnitten, die kurzzeitig die Dunkelheit erleuchteten, und dann fiel ein schwarzer Vorhang aus Regen.

Der Inquisitor zog sich in sein Schlafgemach zurück, um seine Unterlagen durchzugehen. Gewitter stimmten ihn immer melancholisch. Er ging den Flur entlang, und die durch die Ritzen der Läden eindringenden Blitze tauchten die Umrisse der Möbel in ein gespenstisches Licht. Als er die Türklinke öffnete, kam aus seinem Zimmer ein warmer Hauch, der ihm fremd vorkam. So viele Wochen war er schon unterwegs. Er wusste schon gar nicht mehr, wie ein Heim roch.

Für Salazar war sein Zimmer immer eine Art Heiligtum gewesen. Wenn all die Gegenstände, die ihn an die Welt banden, in greifbarer Nähe waren, gab ihm das ein Gefühl von Sicherheit. Er liebte das bis zur Decke reichende Bücherregal mit den vielen kostbaren Bänden. Manchmal strich er im Vorbeigehen über die Buchrücken oder er nahm einen Band heraus, atmete den Ledergeruch des Einbandes ein und fuhr mit der Fingerkuppe vorsichtig über die vergoldeten Ränder, die manchmal ganz schön scharfkantig waren. Er liebte seinen Schreibtisch mit den Schubladen zu beiden Seiten, in denen er dieses exquisite weiße Papier aufbewahrte, das ihm jetzt den Schlaf raubte. Seinen schwarzen Narbenledersessel mit der bequemen Rückenlehne, in dem man so wunderbar schreiben oder lesen konnte. Die schweren granatroten Vorhänge, den Damastteppich, die Holzbalken an der Decke, den Geruch nach Möbelwachs und Sicherheit ... Das war der Ort, den Salazar aufsuchte, um nachzudenken, seine Theorien zu entwickeln, der Königin zu schreiben oder wo er sich in Momenten der Angst und Unsicherheit gehen lassen konnte, weil er sich dort unbeobachtet fühlte. Aber jetzt war all das weit fort. Die Welt schien sich gegen ihn verschworen zu haben, und es würde noch lange dauern, bis er zurückkehren konnte. Er schaute auf seine Truhe, die in einer Ecke dieses fremden Schlafgemachs stand. Er hatte versucht, ein wenig von seinem Heim mitzunehmen, das er so vermisste. Seine Lieblingsbücher, seine Tintenfässer aus getriebenem Silber, Margaretes Briefe …

Seufzend legte er sich aufs Bett. Er kreuzte die Hände hinter dem Kopf und betrachtete die Lichtspiele an der Decke. Da klopfte es an der Tür. Es war Iñigo.

»Es ist ein Eilbrief gekommen!«, rief er.

Als Salazar den Brief in den Händen hielt, ahnte er schon Schlimmes. Er wusste es, noch bevor er an die Stelle kam, wo es klar und deutlich geschrieben stand. Es war, als hätte er das alles schon erlebt. Trotzdem konnte er es nicht fassen. Er musste den Brief noch einmal lesen, um sich zu vergewissern, dass es sich nicht um einen Albtraum handelte.

Die Königin war tot. Tot. Sie lebte nicht mehr. Sie war von dieser Welt gegangen, und wenn es, wie ihm schwante, keine andere Welt gab, hatte er sie für immer verloren. Er hatte sie verloren. Er würde sie nie mehr wiedersehen. Wie lange würde dieses »nie mehr« für ihn dauern? Er hatte so viel an sie gedacht … Und er war glücklich, wenn er sie vor sich sah: schwanger, ein Baby wiegend, mit Goldfäden für die Nonnen stickend, im Königsgewand, aber auch ohne Krone und Juwelen, sogar im Arm ihres Mannes hatte er sie sich vorgestellt, auch wenn es schmerzlich war. Aber er hatte sie nie für sterblich gehalten.

Den ganzen Tag sprach er kein Wort mehr. Auch während des Abendessens, bei dem es nur ein Thema gab, schwieg er. Welch gute Mutter sie war, welch gute Ehefrau, wie gerecht und umsichtig, schön und sanft … Nach dem Essen zog er sich eilig in sein Schlafgemach zurück, und als er allein war, ließ er seine Wut an den Büchern auf dem Tisch, den Tintenfässern, den Federn, dem Stuhl aus, bis er sich beruhigt hatte. Er setzte sich auf das Bett, vergrub das Gesicht in den Händen und weinte wie ein kleines Kind. Er ertappte sich dabei, dass er Flüche ausstieß, und er gab Gott die Schuld an diesem unbegreiflichen Ereignis, an seinem Unglück, am Unglück der gesamten Menschheit. Doch dann mahnte er sich zur Besonnenheit. Seit Langem schon dankte er Gott nicht mehr für die guten Dinge, die geschahen, weil er schon seit Langem nicht mehr an Seine unergründlichen Wege glaubte. Also konnte er ihn nun auch nicht für das Schlechte auf der Welt verantwortlich machen.

Seine Schreie drangen bis auf den Flur hinaus. Die Mitglieder des Gefolges sahen einander ratlos an, das Geschrei beunruhigte sie mehr als das Gewitter. Sie beschlossen, hineinzugehen und nachzusehen, nicht dass es die Hexen am Ende doch gab, auch wenn er das immer bestritt, und dass sie ihn malträtierten, oder, schlimmer noch, dass er gar von ihnen besessen war. Doch als sie an die Tür klopften und öffneten, warf Salazar sie gleich wieder hochkantig hinaus.

»Ihr Ignoranten!«, schrie er. »Ihr habt doch keine Ahnung vom Leben. Wagt es ja nicht noch einmal hereinzukommen, oder ich werde euch mit Fußtritten hinausbefördern.«

Die ganze Nacht saß er auf dem Bett und verfluchte das vergängliche, sinnlose Dasein. Er fragte sich immer wieder, warum, warum, warum … Als er feststellte, dass er keine Antwort darauf hatte, wurde er noch verzweifelter.

Im Grunde hatte er nicht mehr als die flüchtigen Blicke, die er ihr zu schenken gewagt hatte, und das, was sie ihm während der Beichte oder in ihren Briefen offenbart hatte. Er kannte sie nicht wirklich, er hatte ein vollkommenes Bild von ihr erschaffen, niemand konnte mit ihr mithalten. Einmal hatte er sie streng getadelt, weil sie gesagt hatte, sie betrachte das Leben als eine Reise in den Tod, als einen glücklichen Übergang in eine bessere Welt.

»Das ist ein Lob auf den Selbstmord«, hatte er gerufen. »Ein solch makabrer Gedanke kann doch nur Sünde sein.«

Und jetzt hatte sie es geschafft, jetzt befand sie sich auf dem glücklichen Übergang, für immer von ihm getrennt.

Er schwankte zwischen Wut und Traurigkeit hin und her, bis er sich erschöpft und niedergeschlagen auf sein Kopfkissen fallen ließ.

Am nächsten Morgen wachte er auf, kleidete sich an und verhielt sich wie gewöhnlich. Er fuhr mit seinen Befragungen fort, machte sich Notizen und misstraute, wie gehabt, allen. Aber etwas hatte sich verändert, denn er suchte den Teufel nicht mehr. Er hatte nicht den geringsten Zweifel: Es gab keinen Teufel und folglich auch keinen Gott.

Salazar setzte sich ans Fenster und beobachtete, wie es Abend wurde. Die Sonne setzte ihren täglichen Kampf fort, sie klammerte sich an die Wolken, krallte sich in den Himmel, um nicht ins Wasser zu sinken. Aber es war vergeblich. Die Königin des Himmels wurde von ihrem Thron gestoßen, ins Wasser getaucht, bis sie erloschen war, und dann war alles dunkel.

Doch das Gestirn dahinscheiden zu sehen, war nicht so traurig, weil man genau wusste, dass es am nächsten Tag in einem Prozess fortlaufender Erneuerung wieder seinen triumphalen Einzug am Himmel halten würde. Verhielt sich das beim Menschen auch so? Bald würde der Winter kommen und irgendwann enden, dann käme der Frühling und mit ihm die Vögel mit ihrem Gezwitscher und die Pflanzen und die Blumen … doch irgendwann käme der Winter, und die Zeit würde wieder unerträglich und sinnlos. Alles war sinnlos, die Naturgesetze und die Sucherei, die nicht dazu diente, das Glück zu finden, im Gegenteil … Alles reduzierte sich auf ein verhängnisvolles Ereignis. Er würde sie nie mehr wiedersehen, nie mehr. Nie mehr – wie lange war das noch für ihn?

XXIII

Wie man Schluckauf kuriert,
wie man den gefährlichen Schabernack
von bestimmten Waldgeistern meidet

Bei dem ganzen Hin und Her der letzten Monate hatte Mayo fast völlig vergessen, dass es Menschen gab, die sich über die Gesetze der Welt hinwegsetzen konnten. Ederra vertrat die Theorie, dass alle Menschen, ohne jede Ausnahme, irgendeine übersinnliche Fähigkeit haben. Doch der graue Alltag, gepaart mit mangelndem Vertrauen, ließe die meisten vergessen, dass man in die Zukunft schauen konnte, wenn man in den Linien einer Hand las, tief in eine Pupille blickte oder Träume zu deuten verstand. Dass man auf die Entfernung kommunizieren oder durch Handauflegen oder geschickte Anwendung von Kräutern und Beschwörungen die seltensten Krankheiten heilen konnte, so wie sie es taten.

»Die Ärzte wollen das nicht wahrhaben, denn das Studium hat ihnen so sehr den Verstand vernebelt, dass sie jeden Kontakt zu ihren natürlichen Fähigkeiten verloren haben, wie dieser Arzt aus … ach, ich weiß nicht mehr.« Sie lachte. »Es ist, als sähe ich ihn noch vor mir, erinnerst du dich? Ach was, du wirst dich nicht mehr erinnern, du warst ja noch viel zu klein. Er kam sehr ernst, schwarz gekleidet und mit einem Kneifer auf der Nase von der Universität. Er behauptete, das sei jetzt die neueste Mode in der Hauptstadt, und man könne damit besser sehen. Aber wenn du mich fragst, das war reine Extravaganz. Wie ein Held wurde er empfangen, man warf ihm sogar Blumen aus den Fenstern zu. Er wurde auf den Balkon des Rathauses gebracht, wo er eine Rede hielt, und man richtete ihm eine Praxis ein, damit er dort die Kranken behandelte. Zwei Wochen lang saß er wie ein Trottel hinter dem Schreibtisch, ohne das ihn jemand aufgesucht hätte. Er glaubte schon, er lebe im gesündesten Dorf der Welt, bis er feststellte, dass die Frauen mehr Vertrauen zu uns hatten, denn wer sollte besser wissen, wie die Kinder auf die Welt kommen, als eine andere Frau. Vor lauter Ärger bekam der Arme einen Schluckauf. Du musst dich doch erinnern« – Mayo sah sie amüsiert an –, »aber ja doch, er musste ständig hicksen, Tag und Nacht, er musste sogar den Kneifer absetzen, weil er ihm ständig von der Nase rutschte. Ich gab ihm Zitronenscheiben, die er langsam kauen sollte, bis der Bauch voller Säure war. Dann ließ ich ihn siebenmal seinen Namen wiederholen, ohne dass er dabei atmen durfte, sah ihm fest in die Augen und fragte ihn, welche Farbe die vierblättrigen Kleeblätter haben, doch es half nichts ... Weil der Schluckauf einfach nicht verschwinden wollte, und das schon seit einer Woche, behauptete er, wir hätten ihn verhext, und wir mussten das Dorf verlassen, erinnerst du dich wirklich nicht?« Mayo schüttelte den Kopf, und Ederra führte den Zeigefinger an die Lippen und sagte leise mit verschmitzter Miene: »Es heißt, er hüpfe immer noch leicht in seinem Sessel, wenn er seine Patienten behandelt. Horch, man kann den Schluckauf bis hierher hören.« Ederra seufzte auf, und am Ende kugelten sie sich halbtot vor Lachen am Boden.

Obwohl Mayo schon wirklich außergewöhnliche Dinge gesehen hatte, wusste sie aus eigener Erfahrung, dass es nicht einfach war, die Elemente der Natur zu beherrschen. Sie kannte nur einen Menschen, der das meisterlich konnte, und das war Ederra.

Ihre Ziehmutter besaß ein erstaunliches Talent, und sie versuchte immer wieder, es ihr gleichzutun. Irgendetwas musste sie ja schließlich von ihrem diabolischen Vater mitbekommen haben.

Mayo war es von Kindesbeinen an gewöhnt, von durchsichtigen Waldgeistern umgeben zu sein, die sich vor Ederra, ihr und Beltrán völlig frei bewegten. Es störte sie nicht, wenn sie im Fluss badete und sich Erensugue, die siebenköpfige Schlange, plötzlich um ihre Knöchel wand. Sie wusste, das machte sie nur zum Spaß. Menschen interessierten sie nicht, denn sie ernährte sich von Vieh, das sie mit ihrem nach Gras duftenden Atem anlockte. Auch vor dem schrecklichen Torto hatte Mayo keine Angst, der angeblich die jungen Mädchen fing, die sich in seine Höhle verirrten, sie vierteilte, briet und verspeiste. Torto war relativ harmlos, denn er hatte einen schwachen Punkt: Er war ausgesprochen einfältig, und mit ein paar Wortspielen konnte man ihn leicht betören. Wenn man nicht sehr beredt war oder vor Schreck kein Wort herausbrachte, musste man nur einen Finger in das Zyklopenauge in der Mitte seiner Stirn drücken und davonlaufen, während er sich unter Schmerzen wand. Und vor Ieltxum, einem feuerspeienden Nachtgeist in Vogelgestalt, fürchtete sie sich auch nicht. Er sah zwar spektakulär aus, war aber vollkommen zahm. Man musste lediglich aufpassen, dass man sich nicht von den Lichtern an seinem Schnabel täuschen ließ, denn es machte ihm Spaß, verirrte Reisende zu Schluchten zu locken, nur um sie dann hinunterstürzen zu sehen.

Aber den Teufel zu beschwören war etwas anderes. Mayo wusste, wenn man sich mit dem Teufel einließ, gab es kein Zurück mehr. Binnen Sekunden brachte er den Körper und die Seele seiner Anhänger in seine Gewalt. Deshalb suchte sie nie Kontakt zu ihm, nicht einmal in dem schrecklichen Moment, als sie erfuhr, dass sie Ederra verloren hatte, und Trauer und Verzweiflung ihren Blick trübten. Allein bei der Vorstellung, dem Teufel mit seinem glühenden Blick gegenüberzustehen, dem Vater, der sie längst vergessen hatte, bekam sie schon eine Gänsehaut. Gelegentlich hatte sie ihn in seinem apokalyptischen Glanz gesehen, wenn Ederra und sie in der Nacht unfreiwillig Zeugen eines Hexensabbats wurden. Er war riesengroß, hatte fünf Hörner auf dem Kopf, tanzte wie ein Besessener, trommelte und trank Unmengen Wein, als wollte er die ewigen Feuer seiner Seele löschen. Mayo fragte sich, wie man seine Nähe suchen konnte, wenn man ihm, wie alle wussten, für ein paar vermeintliche Vorteile seine Seele überlassen musste und als sein Gefangener endete.

»Das ist der Unterschied zwischen uns und den Hexen«, sagte Ederra immer. »Sie haben einen Pakt mit dem Teufel geschlossen, ihre Macht gehört ihnen nicht. Irgendwann ist der Teufel mal sauer und nimmt sie ihnen wieder. Unsere Kraft gehört uns und währt, solange unser Verstand funktioniert.

»Ach«, sagte Mayo mutlos. »Bei mir reicht es nicht einmal zur Gauklerin … und auch mit den Beschwörungsformeln klappt es nicht so recht.«

»Das kommt schon noch, dafür brauchst du ihn nicht«, beruhigte sie Ederra, »das ist alles eine Frage der Übung.«

Doch die Macht, deren Zeugin Mayo in jener Nacht am Kai von San Sebastián wurde, ging weit über einen simplen Teufelspakt hinaus. Sie war überwältigt gewesen, wie diese finsteren Gesellen die Gestalt Luzifers aus einem einfachen Kessel an den Himmel gezaubert hatten. Das war außergewöhnlich, erschreckend. Die vier konnten den Teufel heraufbeschwören, und er zeigte sich ihnen gegenüber willfährig, ja fast schon unterwürfig. Wie hatten sie das geschafft? Mayo beschloss, ihre Angst zu überwinden und herauszufinden, was sie vorhatten. Wenn sie ihrem geliebten Novizen schaden wollten, würde sie das nicht zulassen.

Mayo sah die vier Gestalten in aller Seelenruhe in eine Straße einbiegen. Sie wartete, bis sie weit genug weg waren, denn sie hatte Beltrán bei sich und wollte nicht, dass das Hufgetrappel sie warnte. Die Nacht war nach dem Regen feucht und kalt. Man sah kaum Sterne, nur hin und wieder schaute der Mond zwischen den Wolken hervor. Ihr war mulmig zumute, die vier machten ihr mehr Angst als jeder Kobold.

»Sei leise, Beltrán, denn wenn sie uns entdecken, werden sie uns töten«, flüsterte sie dem Esel ins Ohr.

Sie gingen aus der Stadt hinaus und nahmen dann einen Weg hinter einem Abhang, wo der Wald dichter wurde. Der nächtliche Nebel hüllte sie ein. Der Boden war mit Farnen bedeckt, die ihre Knöchel streiften, und die Äste der Bäume sahen aus wie ein riesiges Netz, das jeden Moment herabfallen und sie einfangen konnte.

Die vier erreichten eine von Koniferen umsäumte Lichtung. Dort befanden sich der Wagen und vier Pferde. Offensichtlich hatten sie dort ihr Lager aufgeschlagen. Sie stellten den Wagen auf die Nordseite, wo die Brise vom Kantabrischen Meer herkam, und zündeten zwei Feuer an, so waren sie gegen die Unbilden der Witterung und die wilden Tiere geschützt. Während die Männer mit dem Feuer beschäftigt waren, holten die Frauen ein riesiges Knäuel aus dem Wagen – ein Faden mit unzähligen Muscheln daran, den sie rund um das Lager spannten. Die Jüngere zog an dem Faden, und sogleich hörte man es klimpern. Sie schien zufrieden zu sein. Die Ältere stellte einen großen Topf auf eines der Feuer, und die Männer legten ihre Kleider ab und schlüpften wieder in die Felle, in denen sie wie Bären aussahen. Der Kräftigere mit dem Stiernacken nahm eine Axt und verschwand im Wald, um Brennholz zu hacken, wie Mayo vermutete. Die ältere Frau, die etwa fünfzig Jahre alt war, und etwa genauso viele Armbänder trug wie sie Falten hatte, rief ihm wütend etwas nach, aber durch das Echo konnte Mayo nicht verstehen, was.

Im Topf begann es zu brodeln, und ein undefinierbarer Geruch stieg auf. Das junge Mädchen streckte ihre Arme aus, gähnte laut, schüttelte das strohblonde Haar und band es zu einem Knoten im

Nacken. Mit melancholischem Blick setzte sie sich vor den Topf und rührte lustlos darin herum.

Mayo merkte nicht, wie die Zeit verging, denn die beiden Feuer hatten sie hypnotisiert. Es war, als wären zwei Sterne vom Himmel gefallen und flackerten mit betörenden Erinnerungen. Schon seit einiger Zeit hatte sie die beiden Männer nicht mehr gesehen, und sie spürte Unheil nahen. Sie kauerte sich zusammen, ihre Hände waren kalt und feucht und ihre Kehle trocken. Der Ort war erfüllt von der verhängnisvollen Macht ihres Vaters, und sie spürte, dass jemand sie beobachtete. Sie traute sich nicht einmal, sich umzuschauen, aus lauter Angst, ihr Verdacht würde sich bestätigen. Dunkelheit hüllte sie ein, und sie fühlte sich, als wäre sie im Innern der Hölle gefangen. Blätter raschelten, und das riss sie aus ihrer Starre. Sie sprang auf und schwang sich auf Beltráns Rücken. Etwas packte sie an der rechten Schulter, und ein Schrei des Entsetzens, den sie selbst nicht als ihren eigenen erkannte, kam aus ihrem Mund und alarmierte die beiden Frauen, die sogleich in ihre Richtung schauten.

»Wer ist da?«, riefen sie.

Mayo ruderte mit den Armen und schrie wie eine Besessene, um sich von dieser Macht zu befreien, die sie festhielt. Während des Kampfes hatte sie sich umgedreht und den durchdringenden Blick aus zwei grünen glänzenden Augen gesehen. Die Augen des Teufels. Sie konnte sich nicht erinnern, je in ihrem Leben eine solche Angst gehabt zu haben. Sie hatte das Gefühl zu ersticken.

»Ich bin deine Tochter, tu mir nichts, Vater, tu mir nichts«, murmelte sie wie bei einem Gebet.

Doch dann merkte sie, dass es sich um die knotigen Klauen eines Astes handelte, der sich im Kragen ihres Kleides verhakt hatte, als sie auf Beltrán geklettert war. Mit einem Ruck befreite sie sich aus der Umklammerung und riss sich dabei ein Loch ins Kleid. Sie trieb Beltrán an wie nie, und als der Esel den Druck von Mayos Schenkeln spürte, galoppierte er, so schnell er konnte, obwohl er eigentlich von Natur aus eher träge war. Wie der Blitz fegten sie durch die Dunkelheit, ohne sich umzusehen. Sie galoppierten weiter, bis der verfluchte Wald im Morgennebel verschwunden war und sie sicher sein konnten, dass niemand ihnen folgte.

Schließlich stieg Mayo aus dem Sattel und stellte fest, dass ihre rechte Hand von dem Kampf mit dem Ast blutig war. Sie konnte sich nicht erklären, was geschehen war. Sie umschlang Beltráns Kopf und ließ das Gesicht in die silbrigen Locken auf seiner Stirn sinken.

»Kannst du mir sagen, was passiert ist?«, flüsterte sie erschöpft.

Doch Beltrán sah sie erstaunt an. Er hatte nichts von alledem mitbekommen.

Der Tod von Königin Margarete erschütterte die Bevölkerung. Zu einer Zeit, in der die Monarchie Zielscheibe von Hohn und Spott war, war sie die Einzige, die einen festen Platz im Herzen ihrer Vasallen hatte, denn man sah sich in ihr widergespiegelt. Zerbrechlich, isoliert, von Lerma und seinen Gefolgsleuten herabgewürdigt, so fühlten auch sie sich. Ihre tiefe Religiosität rührte selbst noch den Verbohrtesten, und ihr Tod wurde überall im Reich beweint. Man war überzeugt, dass sie mit ihrem Dahinscheiden auch einen Teil von ihrem Volk mitgenommen hatte – den Wunsch nach einer Verbesserung der Lage eingeschlossen. Jetzt konnte man nur noch darauf hoffen, dass sie im Jenseits den Lohn für ihre guten Taten erhielt, denn das Diesseits war durch und durch verderbt. Manch einer wagte sogar zu behaupten, die Königin würde im Zustand der Heiligkeit beerdigt. Jedenfalls zweifelte niemand daran, dass sie direkt in den Himmel kommen würde.

Die Tage um ihren Tod herum waren ein einziges Durcheinander. Die Nachrichten von der Geburt des Kindes und des Todes der Mutter überschnitten sich, weil die Post so lange brauchte. In

Valladolid hatte man alles für einen Maskenumzug vorbereitet, der durch die Straßen ziehen sollte, um die Geburt des Königssohnes zu feiern, und dann wurde alles abgesagt und Trauer angeordnet.

Am dritten Tag nach der Geburt hatte die Königin angefangen zu fiebern. Zitternd hatte sie mit hochroten Wangen und glasigen Augen zwischen den elfenbeinfarbenen Laken gelegen. Manchmal war sie in eine Art Delirium gefallen und hatte ihre Gesellschaftsdame mit ihrer Mutter verwechselt.

Don Rodrigo Calderón kümmerte sich um alles. Er ließ Doktor Mercado rufen, eine Koryphäe in Valladolid. Er wandte moderne, in Rom erlernte Methoden an, die ganz anders waren als die der Ärzte am Hof. Er kam nach El Escorial, entfernte all die Blutegel, die die anderen Ärzte auf ihren Rücken gesetzt hatten, und versicherte, es sei hinlänglich bewiesen, dass die Heilung durch Schröpfen eine Verirrung sei. Denn dabei verließen nicht nur die schlechten Säfte den Körper, sondern auch die Energie, die man für die Genesung benötige.

»Außerdem«, erklärte Doktor Mercado dem Monarchen, der nicht so ganz von seiner Erklärung überzeugt schien, »hat sie durch die Niederkunft schon einen natürlichen Aderlass gehabt.«

Er verlangte nach einem Apotheker seines Vertrauens namens Espinar und rieb sie mit einem Mittel ein, das nach verbrannten Wanzen roch, er legte Kompressen auf, die einige Stunden einwirken sollten, und empfahl, sie solle weder essen noch trinken, man solle ihr nur alle zwei Stunden eine rötliche Flüssigkeit verabreichen. Trotzdem wurde die Kranke immer schwächer und blasser. Sie verwechselte auch ihre Gesellschaftsdame nicht mehr länger mit ihrer Mutter, denn sie öffnete die Augen gar nicht mehr.

Eine Prozession von glühenden Anhängern der Königin zog durch die Straßen und flehte zum Himmel, sie möge wieder genesen. Man hatte eigens die Figur des heiligen Pedro Regalado herausgeholt, der als wundertätig galt, und trug ihn feierlich auf und ab, angeführt vom Bischof, der sich an einen riesigen Stab mit Kreuz klammerte. Die Gesichter der Leute waren betrübt, sie beteten mit geschlossenen Augen den Rosenkranz oder murmelten Litaneien. Sie hatten die Kirche noch nicht wieder erreicht, als aus dem Klosterschloss El Escorial der Befehl kam, die Beerdigung vorzubereiten.

Es hieß, sie sei um neun Uhr morgens gestorben, als der Himmel von Blitzen und Donnerschlägen erschüttert wurde, dass allen die Haare zu Berge standen. Der König kniete mit gefalteten Händen in der Kapelle und versuchte, die ganze ihm noch verbliebene Kraft in das Bittgebet zu legen. Zwei Stunden blieb er dort, bis das Weinen der Hofdamen ihn aufschreckte. Da wusste er, was geschehen war. Mit gesenktem Kopf ging er durch die Flure. Der Kummer machte seine Füße schwer wie Blei. Als er zu ihrem Zimmer kam, schoss ihm ein kindlicher Gedanke durch den Kopf: Wenn er die Tür nicht öffnete, wenn niemand sagte, dass sie tot war, wenn er sie nicht leblos daliegen sähe, dann wäre es, als ob es nicht geschehen sei. Aber als er schon im Begriff war, auf dem Absatz kehrtzumachen und davonzulaufen, kam eine der Frauen, die bei seiner Frau Totenwache hielt, weinend heraus, sah ihn bekümmert an und sprach ihm ihr Beileid aus. Da wusste er, dass Margarete wirklich tot war.

Philipp III. betrat das Gemach, und da lag sie, die Augen für immer geschlossen. Er ging zum Bett, zeichnete ihr mit dem Daumen das Kreuz auf die Stirn, beugte sich zu ihr herunter und küsste sie. Er sagte kein Wort. Er kehrte in die Kapelle zurück und fing an zu weinen wie ein kleines Kind, während irgendwo im Palast ein anderes Kind weinte – sein Sohn, das neugeborene Kind, das nach seiner Mutter verlangte, die nicht mehr da war, die nicht mehr da sein würde.

»Das Kind ist uns teuer zu stehen gekommen«, sagte eine der Ammen.

Und so erhielt der Kleine den Spitznamen »el Caro«, der Teure, um ihn tagtäglich daran zu erinnern, dass seine Geburt seine Mutter das Leben gekostet hatte.

In El Escorial wurde die ganze Nacht Totenwache gehalten. Philipp III. erlaubte nur der Condesa de Lemos und Doña María de Sidonia, die Königin anzufassen. Sie sorgten dafür, dass alle den Raum verließen, nahmen die elfenbeinfarbenen Laken vom Bett und zogen der Königin das Nachthemd aus, das durch die Kompressen völlig verklebt war. Dann bereiteten sie Margarete auf ihre lange Reise vor. Sie wuschen sie mit Rosenseife und rieben sie von Kopf bis Fuß mit einem alexandrinischen Parfüm ein, das die Königin immer aus Österreich hatte kommen lassen. Am Ende lag sie barfuß im Habit der Franziskanerinnen im Bett, das Haar zu einem anmutigen Pferdeschwanz gebunden. Der König wurde gerufen, der jetzt vollends die Haltung verlor, weil es so aussah, als würde sie nur friedlich schlafen und könnte jeden Moment wieder aufwachen.

»Meine tote Heilige, wozu lebe ich noch?«, soll er ausgerufen haben.

Salazar hatte den ganzen Tag darüber nachgedacht. Schließlich machte er sich in der Nacht heimlich auf den Weg, ohne jemandem vorher Bescheid zu geben. Er hatte nur eine Nachricht auf dem Bett hinterlassen, dass er aus persönlichen Gründen eine Woche fort sei, und eine Liste mit genauen Anweisungen. Das Gefolge solle sich als Nächstes nach Tolosa begeben und sofort mit den Befragungen beginnen. Er würde bald dazustoßen. Er übertrug Bruder Domingo und Iñigo de Maestu die Verantwortung.

Er hatte eines der besten Pferde genommen und galoppierte in rasendem Tempo durch die Nacht, in der Hoffnung, die kühle Brise möge seinen Kummer vertreiben. Ein riesiger, metallisch schimmernder Mond kam immer wieder hinter den Wolken hervor und erleuchtete den finsteren Weg. Da es in den letzten Tagen nicht aufgehört hatte zu regnen, achtete Salazar auf die Pfützen, die sich wie riesige Tintenflecke vor ihm erstreckten. Feuchtigkeit lag in der Luft, sie kroch unter seine Kleider, in seine Seele. Er malte sich aus, dass es sich um eine Verwechslung handelte, dass irgendein Trottel Geburt und Tod durcheinandergebracht hatte. Doch nach und nach löste die Dunkelheit sich auf und mit ihr das Gefühl, dass alles nur ein schlechter Traum war. Sie war tot, und ihn überkam eine große Müdigkeit. Die Zeit hatte ihre Spuren an ihm hinterlassen, er war die Anstrengung eines langen Rittes nicht mehr gewöhnt. In der Ferne gewahrte er den warmen Schein der Lichter einer Herberge und er beschloss, Rast zu machen.

Der Wirt empfing ihn gut gelaunt, was Salazar angesichts der Umstände für ungebührlich hielt. Er war schon versucht, ihm das ins Gesicht zu sagen, tat es aber nicht. Schließlich war keiner dazu verpflichtet, den Tod der Königin zu beweinen, und außerdem war die Nachricht vielleicht noch gar nicht bis zu diesem entlegenen Ort vorgedrungen. Er wollte ohnehin nicht lange bleiben.

»Ich brauche nur ein frisches Pferd«, sagte er.

Er musste noch weitere viermal das Pferd wechseln, bis er El Escorial erreichte, das Gesicht fast ganz von einem schwarzen Umhang verdeckt. Wie ein Schlafwandler ging er umher, wich den Leuten aus, die er nicht wahrnahm, denn alles war verschwommen, die Gesichter, die Hauswände ... Je näher er dem Kloster kam, desto dichter drängte sich die Menge. Alle wollten der Königin die letzte Ehre erweisen. Einige Frauen in der ersten Reihe weinten untröstlich. Es war herzzerreißend. Salazar stellte sich neben einen etwa fünfjährigen schwarz gekleideten Jungen, der ihn bekümmert anschaute.

Trauer legte sich über das Kloster. Die Glocken läuteten so langsam, dass einem zwischen den Schlägen fast das Herz stehenblieb. Zum ersten Mal stellte Salazar fest, dass ein bestimmter Klang das schreckliche Gefühl von Verlassenheit auslösen konnte. Die königlichen Wachen schoben die Menge beiseite und schufen einen Gang, den sie, die Lanzen mit einem Trauerflor geschmückt, Mann an Mann absicherten. Kurz darauf kam eine offene schwarze Kutsche mit dem Sarg der Königin angefahren. Gezogen wurde sie von sechs schwarzen Pferden. Auf dem Bock saßen zwei Kutscher in schwarzer Uniform mit kniehohen Stiefeln. Den einzigen Kontrast zu all dem Schwarz bildeten die großen weißen Blumen, die um die Verstorbene herum drapiert waren. Genau in dem Moment fing es an zu regnen.

»Auch der Himmel weint um die tote Königin«, hörte man die Leute sagen.

Der Sarg hatte eine gläserne Abdeckung, damit das Volk sich von Angesicht zu Angesicht von ihr verabschieden konnte. Sie machte einen so friedlichen Eindruck. Drei Tage war sie schon tot, aber ihr Gesicht hatte an Jugendlichkeit und Liebreiz nichts eingebüßt. Sie war viel schöner, als Salazar sie in Erinnerung hatte. Sie trug ein Franziskanerhabit, und zwischen ihren gefalteten Händen lag ein Rosenkranz. Hinter der Kutsche gingen der Duque de Lerma, die Condesa de Lemos, Rodrigo Calderón und der Monarch.

»Der Leichnam der Königin wird jetzt aus der Obhut des Duque de Lerma und der Condesa de Lemos in die des Gemeindepriors übergeben«, rief Calderón. Da kam jemand auf ihn zu, flüsterte ihm etwas ins Ohr, und er verzog das Gesicht zu einem spöttischen Grinsen. Die Trauernden waren erbost.

»Habt ihr diese Dreistigkeit gesehen? Dieser schamlose Kerl«, flüsterte der Mann neben Salazar.

»Ich habe gehört, was er gesagt hat: ›Niemand ist unersetzlich‹«, sagte ein anderer. »Der Kerl ist ein Mörder.«

»Dieser Calderón macht gemeinsame Sache mit den Hexen«, sagte wieder ein anderer. »Er hat einen gewissen Doktor Mercado aus Valladolid und einen schäbigen Apotheker angeschleppt, damit sie sich um die Königin kümmern. Es heißt, er habe sie gekauft ... der Arzt habe sie mit einem braunen Pulver vergiftet.«

Salazar schnürte es den Hals zu. Tausende von Gedanken rauschten durch seinen Kopf. Er dachte an den Brief der Königin, in dem sie ihm von ihrem Verdacht bezüglich Lerma und Calderón erzählte, die Vergiftung von Pedro Ruiz de Eguino, die angeblichen Hexen, das Röhrchen mit dem goldbraunen Staub in dem Taschentuch, dieses feine Taschentuch mit dem großen M, von dem er geglaubt hatte, es stünde für Margarete. Doch womöglich gehörte es diesem Doktor Mercado … ein Gift von einem Arzt, konnte das sein?

Die Kutsche mit dem Sarg verschwand hinter den Toren des Klosters. Die Menge zerstreute sich allmählich, aber Salazar blieb mit der quälenden Gewissheit dort stehen, dass der Tod von Königin Margarete nichts mit der Geburt ihres Kindes zu tun hatte. Der Regen wurde stärker und durchnässte ihn bis auf die Haut. Es war kein tragischer Unfall gewesen – man hatte sie getötet. Er hatte das Gefühl, versagt zu haben. Es hatte genügend Hinweise gegeben, dass es zu diesem Unglück kommen könnte, und er hatte sie nicht zu deuten verstanden. Er, der versprochen hatte, sie zu beschützen. Der Regen schlug ihm ins Gesicht, und er konnte das Tor kaum sehen, hinter dem seine Königin verschwunden war … für immer.

Viele Stunden vergingen. Es wurde Nacht, und der Inquisitor ging zu seinem Pferd zurück. Er fragte sich immer wieder, warum. Warum nur? Hatten seine Ermittlungen im Norden etwas mit dem Tod von Königin Margarete zu tun? Er schwor sich, die Schuldigen zu finden und zu Fall zu bringen.

XXIV

Wie man gefahrlos über das Meer segelt,
wie man vermeidet, vom Blitz erschlagen zu werden,
wie man Hartleibigkeit und Nierenprobleme heilt,
wie man Angst und Wahn ausmerzt,
wie man künstliche Sterne erschafft

Die Sonne hatte auf Mayo immer schon beruhigend gewirkt. Sie gab ihr ein Gefühl von Verbundenheit und Neuanfang. Auf der Suche nach einem Zufluchtsort, fern vom Lager der Hexen, war sie den ganzen Morgen ziellos herumgelaufen, in Gedanken immer noch bei der vergangenen Nacht und den anderen Malen, als ihr die seltsamen Männer in ihren Fellen begegnet waren. Bis sie den Teufel in dem dampfenden Kessel beschworen hatten, waren sie ihr wie Bauerntölpel vorgekommen. Wenn sie die Augen schloss, sah sie immer noch die beiden grünen Punkte, die sie aus der Dunkelheit anstarrten, und es lief ihr eiskalt den Rücken hinunter.

Sie legte sich unter einen Baum. Die Verfolgungsjagd, die Verwirrung und die schlaflose Nacht forderten ihren Tribut. Sie schaute in die Sonne – ein neuer Tag, eine neue Chance –, doch sie musste den Blick abwenden, denn der Morgen war so strahlend, dass ihr die Augen wehtaten. Da merkte sie es. Der grüne

Punkt blieb auf ihrer Netzhaut, ganz gleich, wo sie hinschaute. Das gleißende Sonnenlicht rief diesen merkwürdigen Effekt an ihren Augen hervor, der erst nach einer Weile wieder verschwand. Die zwei grünen Punkte, die sie in der Nacht zuvor in der Dunkelheit gesehen hatte, waren also eine Folge davon, dass sie allzu lange verzückt in das Feuer geschaut hatte.

»Es waren nicht die Augen des Teufels!«, schrie sie hüpfend Beltrán zu. »Die grünen Lichter! Es waren nicht die Augen des Teufels. Nur Lichtblitze in meinen Augen, durch das Feuer.«

Beltrán stieß ein »Iah!« der Freude und Zustimmung aus.

Von da an hatte Mayo zwar immer noch Respekt vor den vieren, aber keine Angst mehr. Sie versteckte sich in der Nähe des Lagers und beobachtete ihr Treiben. Sie waren linkisch, schmutzig – Gauner eben. Sie lernte von ihren Lippen zu lesen und ihre Körpersprache zu deuten; sie vermutete, der große Mann und die ältere Frau waren ein Paar und der Junge mit dem weißen Auge und das Mädchen mit den dürren Beinen und der gleichgültigen Miene die Kinder. Bei Tageslicht machten sie einen nichtssagenden Eindruck. Aber sie bekam nicht heraus, warum sie hinter Salazars Gefolge her waren, und auch nicht, warum sie ihrem Liebsten schaden wollten.

Mayo war so sehr auf ihre eigenen Ermittlungen konzentriert, dass sie gar nicht bemerkte, dass Salazar verschwunden war. Sie merkte es erst an dem Tag, als das Gefolge seine Habseligkeiten zusammenpackte, um nach Tolosa aufzubrechen, und sie ihn nirgends entdecken konnte. Kurz dachte sie, das wäre ein Zeichen, dass der Zeitpunkt gekommen war, ihnen nicht länger zu folgen. Sie hatte ja die Spur, die sie zu Ederra führte. Alles deutete darauf hin, dass ihre Ziehmutter mit Gracia Iturralde in Vitoria war, sie brauchte sich also nicht länger an Salazar und sein Gefolge zu hängen. Aber sie verscheuchte den Gedanken sogleich wieder. Sie wollte noch ein wenig bei ihnen bleiben, nur noch ein wenig, sie konnte nicht anders.

Mayo musste lernen, sich damit abzufinden, dass ihr Zauber, die Liebe zu vergessen, fehlgeschlagen war. Im Grunde war ihr das egal. All diese Qualen wurden durch die Gewissheit aufgewogen, dass dieses Gefühl sie aus dem Mittelmaß geholt und aus ihr einen besonderen Menschen gemacht hatte. Jetzt schätzte sie das Leben eines anderen mehr als ihr eigenes. Und ihr Novize war immer noch in Gefahr. Das wurde ihr klar, als sie sah, dass auch die vier Gauner sich auf die Abreise vorbereiteten – bestimmt führten sie Böses im Schilde. Mayo konnte ihn nicht im Stich lassen. Sie verwendeten Gifte und andere schädliche Substanzen, die tödlich sein konnten. Sie musste ihn vor der Gefahr warnen, bevor sich ihre Wege für immer trennten. Das war sie ihm schuldig, sie waren so lange gemeinsam gereist. Es wäre sozusagen ihr Abschiedsgeschenk. Dann würde sie sich nach Vitoria aufmachen, zu Ederra. Dort bekäme sie ihr Leben zurück.

Gleich nach ihrer Ankunft in Tolosa schmiedete Mayo ihren Plan. Sie brauchte ein paar Tage für die Vorbereitungen. Sie besorgte ausreichend Phosphor, um daraus Böller und bengalische Lichter herzustellen. In all den Jahren, in denen sie durch die Dörfer gezogen war und ihre Dienste auf den Jahrmärkten angeboten hatte, hatte sie genügend Feuerwerker kennengelernt, um sich ein paar Tricks von ihnen abzuschauen.

Als Nächstes kümmerte sie sich um ihre Verwandlung. Sie badete sich von Kopf bis Fuß, rieb Ellbogen und Knie mit Zitrone ab, bis die Haut rosig und zart war wie bei einem Baby. Sie bürstete das Haar, bis es trocken war und wunderbar glänzte. Wenn sie es offen ließ, reichte es ihr bis zu den Hüften. Sie gab etwas Farbe auf die Wangen, zauberte mit den Kohleresten aus dem Feuer einen Schatten auf ihre Lider und suchte in Ederras Sachen nach etwas Hübschem zum Anziehen. Sie wählte eine fast nahtlose, luftige, himmelblaue Leinentunika und flocht einen Blütenkranz, den sie auf ihr Haar setzte. Sie betrachtete sich im Fluss und war zufrieden mit dem Anblick. Sie sah aus wie ein Engel, wie er gesagt hatte. Als sie an ihn dachte, verspürte sie einen Stich, aber sie versuchte, den Gedanken sogleich wegzuschieben.

Mayo nutzte die Qualitäten des Sphalerits. Ederra sagte, dieses Mineral sei das reinste Wunderwerk, überhaupt kein Vergleich mit den christlichen Reliquien. Das seien größtenteils nur abgenagte Hähnchenknochen und von den Priestern verschmähte Abfälle von Rippenstücken, die nur Wirkung zeigten, weil die Leute fest daran glaubten. Der Sphalerit hingegen erleichterte Fahrten über Gewässer, denn hatten die Seeleute ihn dabei, wehrte er die Blitze ab, wenn man ihn während des Gewitters in der Hand hielt. Man konnte mit ihm Hartleibigkeit und Nierenprobleme vermeiden und Angst und Wahnanfälle kurieren. Doch sie wollte etwas anderes.

Vor Einbruch der Nacht nutzte sie den Faden mit den Muscheln, den die vier Gestalten verwendeten, um ihr Lager zu sichern, und band vorsichtig Hunderte von Sphaleritsteinen daran, denn wenn der Stein im Dunkeln einen Lichtstrahl auffing, glitzerte er wie ein Stern. Sie nutzte einen Moment der Unaufmerksamkeit und deponierte in der Asche der beiden Feuerstellen Böller und bengalische Lichter und verband sie über einen Faden mit weiteren, über die Bäume hinweg, bis das ganze Lager von ihnen eingekreist war. Am Ende des Feuerwerksfadens stellte sie einen Ast in Menschengröße auf, auf dem sie ein wenig Pulver verteilt hatte. Dann wartete sie geduldig, bis es Nacht wurde.

Als die beiden Frauen Feuerholz in den steinernen Feuerstellen aufschichteten, bekreuzigte Mayo sich. Ederra würde das für unnützen Schwachsinn halten, aber sie fand, in dieser Situation konnte sie sich nur dem Schutz des Christengottes anempfehlen. Je mehr Allmächtige ihr wohlgesinnt waren, desto besser. Die Frauen hielten die Brandfackel an die Scheite, die anfingen zu knistern. Es dauerte ein paar Minuten, bis die Hitze des Feuers die Böller und bengalischen Lichter erreichte. Ein Sturm an Leuchtfeuern, Funken, Blitzen und Krachern ging über den vier Hexengestalten nieder, die vor Entsetzen in alle Richtungen flohen. Doch wohin sie sich auch wandten, überall nichts als Krach und sprühende Funken. In Panik liefen sie hin und her, bis sie sich schließlich in der Mitte des Lagers auf den Boden kauerten und ihren Kopf schützend mit den Armen bedeckten.

Der Feuerreigen erreichte den Ast, den Mayo mit Pulver eingestäubt hatte, und als der erste Funke ihn erreichte, entzündete er sich mit gleißend hellem Licht und entwickelte eine solche Hitze, dass man sich unweigerlich an die ewige Verdammnis der Hölle erinnert fühlte. Mayo dachte, wenn ihr Vater das sähe, wäre er stolz auf ihren meisterlichen Umgang mit dem Feuer. Das Licht fiel auf die Sphaleritsteine, und das Hexenlager verwandelte sich binnen kurzer Zeit zu einem kleinen Orbit voller Sterne. Jetzt kam der große Auftritt. Schweren Herzens, es war schließlich das erste Mal, schritt Mayo majestätisch mit halb geschlossenen Augen und vorgestreckten Armen wie eine Schlafwandlerin auf sie zu.

»Tut uns nichts, Herrin, bitte!« Die vier knieten auf dem Boden und hatten die gefalteten Hände flehentlich erhoben.

»Ich verlaaaange eine Erkläruuuung«, sagte sie mit Grabesstimme. »Saaagt mir die Wahrheit, ihr Hexenwesen, und ich werde euch nichts tuuun.«

»Wir sind keine Hexenwesen, Herrin Mari«, sagte die Frau mit den vielen Falten und Armbändern. Offenkundig hielt sie Mayo für die Göttin Mari, von der die Legende sagte, sie sei stets elegant gekleidet und strahle Feuer aus.

»Schweigt!«, befahl sie. »Warum seid ihr hinter Inquisitor Salazar und seinem Gefooolge her?«

»Das hat man uns aufgetragen. Ein Mann hat uns angestellt, ein wenig Theater zu spielen.« Der Ältere übernahm die Rolle des Sprechers.

»Der Teufel?«, fragte Mayo in weniger getragenem Ton.

»Oh nein, nein, nein … mit dem haben wir nichts zu tun«,

sagte er mit einem unterwürfigen Lächeln. »Es ist ein feiner Pinkel, der meint, ihm gehöre die Welt, ihr wisst schon, was ich meine, und er wird von einem anderen vorgeschickt. Der heißt Patrón, und wir haben ihn nie zu Gesicht bekommen. Ein mit ihm befreundeter Geistlicher namens Pedro Ruiz de Eguino, den wir einmal in einer Herberge getroffen haben, hat uns bekanntgemacht. Er sagte, er habe Arbeit und er würde uns gut bezahlen. Es sei ein ganz einfacher Auftrag, den wir im Handumdrehen erledigt hätten.«

»Ja, und dann hat der feine Herr uns aufgetragen, diesen Pedro zu vergiften«, warf die ältere Frau wütend ein.

»Halt den Mund! Wir wissen nicht, ob es Gift war.« Dann wandte er sich wieder an Mayo: »Der Herr hat uns ein Pulver gegeben, das ihm dieser gute Arzt da gegeben hat, und das sollten wir Pedro Ruiz de Eguino im Schlaf in den Mund schütten« – er schaute betroffen –, »ja, er hat diese Welt kurz darauf verlassen, aber das heißt noch lange nicht, dass das an dem Pulver lag, er kann auch an etwas anderem gestorben sein. Er sah schon länger schlecht aus.«

Mayo lief es eiskalt den Rücken hinunter. Sie musste daran denken, dass die Männer zweimal versucht hatten, ihren geliebten Novizen zu vergiften.

»Was sollte es denn anderes gewesen sein als Gift?«, widersprach ihm die Frau. »Warum glaubst du, ist die Herrin Mari hier? Um uns zur Rechenschaft zu ziehen, nicht wahr, Herrin?« In vertraulichem Ton wandte sie sich an Mayo: »Ich wusste, dass uns das nur Scherereien einbringen würde. Mit diesem Mann hat man nichts als Ärger und Probleme. Schon meine Mutter hat gesagt, das ist kein Mann für dich. Der Bäcker aus meinem Dorf war hinter mir her, wisst ihr, aber man ist blind und …«

»Warum musst du jedem diese Geschichte erzählen? Du kannst jederzeit mit diesem Bäcker abhauen.«

»Eines Tages tue ich das auch. Ich muss ja nicht …«

»Schweigt!« Mayo drohte das Ganze zu entgleiten. »Wooorin genau besteeeht der Auftrag dieses Paaatrón, ihr Hexenwesen?«

»Noch einmal, wir sind keine Hexenwesen«, protestierte der Mann. »Aber das war genau unsere Aufgabe: Wir sollten den Inquisitor Salazar und die Leute um ihn herum glauben machen, sie wären von Hexen verfolgt, versteht ihr?«

Und dann erzählte er ihr, ihre erste Aufgabe habe darin bestanden, nach Santesteban zu reisen und eine gewisse Juana de Sauri aufzusuchen. Sie habe in dem Hexenprozess in Logroño gegen mehrere Leute ausgesagt und es später bereut. Sie wollte ihr Geständnis unbedingt widerrufen, mit Salazar sprechen und ihm mitteilen, dass sie noch nie im Leben eine Hexe gesehen hatte. Das habe sie dem Bürgermeister und dem Pfarrer gesagt, und die haben das an das Tribunal von Logroño weitergegeben. Das sei diesem feinen Pinkel zu Ohren gekommen, und der habe sie beauftragt, Juana ordentlich zu erschrecken, damit sie Stein und Bein schwor, dass es die Hexen wirklich gab.

»Und dann habt ihr sie getötet«, entfuhr es Mayo.

»Nein, nein, das haben wir nicht«, klagte die Frau. »Wir sind Schwindler, aber so etwas würden wir nicht tun. Sie hat es selbst getan. Sie hat sich einen Stein an den Fuß gebunden und sich … kopfüber in den Fluss gestürzt. Wir konnten nichts für sie tun.«

Und sie erzählten Mayo weiter, dass sie jede Woche neue Anweisungen von dem Unbekannten bekamen, der im Namen dieses Patrón sprach. Sie sollten einen von Salazars Gehilfen glauben machen, dass er fliegen könne. Dafür hätten sie einen Balsam mit Alraune verwendet, den er ihnen gegeben hatte.

»Anscheinend kennt er jemanden, der ihm diese Mittelchen zur Verfügung stellt«, erklärte die Frau.

Später hätten sie Anweisung erhalten, ihre Tochter Catalina solle sich als Hexe ausgeben und sich in eine der Audienzen hineinschmuggeln, um die Bevölkerung in Aufruhr zu versetzen. Aber sie habe bei ihrem Auftritt zu sehr übertrieben und wäre um ein Haar geschnappt worden.

»Ihr dürft sie nicht länger verfolgen, Hexenwesen«, sagte Mayo.

»Selbstverständlich, wie Ihr befehlt, Herrin Mari. Aber wie ich schon sagte, wir sind keine Hexen.«

»Und wie erklääärt ihr die Geschehnisse am Haaafen von San Sebastián?«

»Ihr habt das gesehen?« Der Mann blickte sie mit falscher Bescheidenheit an. »Nun … ein paar Bögen Papier mit Schwefel ins Feuer, das war's.«

»Und die Teufelsgestaaalt aus der Suppeee?«

»Eh … ja.« Er hüstelte. »Ihr wisst ja, dass bestimmte Pflanzen die Fähigkeit haben, einen Dinge sehen zu lassen, die es nicht gibt.« Er machte eine Pause und sprach dann weiter: »Wir haben Tollkirsche in den Topf getan, und der Rauch ist den Umstehenden in die Nase gestiegen. Es heißt, in der Schwarzen Tollkirsche wohne ein Geist, der einmal im Jahr herauskommt, und das muss diesmal gewesen sein. Es war nur Rauch. Ihr könnt Euch nicht vorstellen, wie leicht es ist, Leute dazu zu bringen, Gestalten zu sehen. Mein Sohn rief, ah, eine Hexe auf dem Besen, und meine Tochter rief, das ist der Teufel. Und das war's. Alle haben es klar und deutlich gesehen.«

Mayo fand, das hörte sich durchaus vernünftig an. Wenn sie mit Ederra aus Spaß versuchte, in den Wolken Gestalten zu erkennen, gewahrte sie die Umrisse meistens erst, wenn sie sie ihr zeigte. Jeder sieht das, was er sehen will.

Doch sie konnte nicht weiter fragen, denn in dem Moment merkte sie, dass das Feuer des dicken Astes hinter ihr erlosch. Das Funkeln der Sphaleritsteine ließ nach, und das pompöse Bühnenbild verlor an Glanz. Es war Zeit zu verschwinden. Sie wiederholte noch einmal, dass sie die vier nie mehr in der Nähe von Salazar und seinen Leuten sehen wolle, drehte sich dann hastig um, was ihren Auftritt ein wenig trübte. Sie rannte los und verschwand im Wald, bevor die vier Zeit hatten, zu reagieren.

Salazar war seit einer Woche weg, und man merkte dem Gefolge an, dass die Stimmung allmählich sank. Die Ankunft in Tolosa war ohne nennenswerte Vorkommnisse verlaufen. Wie der Inquisitor angeordnet hatte, hatten Iñigo und Domingo unverzüglich mit den Befragungen begonnen, und inzwischen gingen ihnen die Reumütigen aus. Jetzt fehlte nur noch Salazar für den Versöhnungsakt. Sie wussten nicht, was sie tun sollten. Sie hatten sich darauf geeinigt, Salazars Abwesenheit geheim zu halten. Sie versuchten, sich nichts anmerken zu lassen, und wenn die örtlichen Würdenträger nach dem Inquisitor fragten, erzählten sie etwas über den verrückten Herbst, den sie gerade durchlebten, aber die Sache drohte allmählich aus dem Ruder zu laufen. Sie dachten darüber nach, ob sie den Rat der Inquisition in Kenntnis setzen sollten, denn sie machten sich Sorgen um seinen Verbleib. Vielleicht hatte sein Verschwinden etwas mit den Hexen und ihren Kunstgriffen zu tun, und es war ein Fehler, es zu vertuschen. Nach reiflicher Überlegung beschlossen sie, noch eine Woche zu warten und dann Alarm zu schlagen. Um unbequemen Fragen auszuweichen, taten sie so, als ob sie beschäftigt waren oder meditierten.

Iñigo nutzte diesen erzwungenen Rückzug, um seine Gefühle zu erforschen. Im Verlauf der Tage hatten seine Erinnerungen einen Filter durchlaufen. Das Materielle der ineinander verschlungenen Körper, die Schauer der Lust, all das trat zurück hinter einem sublimierten Gefühl, das er in jeder Faser seines Körpers und seiner Seele spüren konnte. Dieses köstliche Glücksgefühl, dieses Bedürfnis, ein besserer Mensch zu werden, intensiver zu atmen, jeden Augenblick zu erleben, als wäre er einzigartig, konnte keine Sünde sein. Er sagte sich, dieses Mädchen könne nur ein göttliches Geschöpf sein, und er kam wieder auf seine Theorie des blauen Engels zurück, der ihn verfolgte, weil er ihn schützen wollte. Trotzdem ging er zur Sicherheit, falls er sich doch irren sollte, noch einmal durch, was in der Bibel über das weibliche Geschlecht gesagt wurde. Es wurmte ihn, dass der Prediger Salomo eindeutig sagte, die Frau sei bitterer als der Tod.

An dem Nachmittag suchte Iñigo die Einsamkeit der Kirche. Zu dieser Zeit waren nur ein paar fromme Frauen dort, die Kerzen anzündeten und Gebete murmelten. Er setzte sich auf eine abgelegene Bank und legte die Bibel auf seine Beine. Er wollte eine Stelle finden, in der dem Prediger widersprochen wurde. Er war überzeugt, wenn die Frau wirklich so schrecklich wäre, hätte der Herr nicht die Jungfrau Maria erwählt, um seinen Sohn auf die Welt zu bringen. Da spürte er wieder ihre Anwesenheit.

Das Geheimnis der vier angeblichen Hexengestalten drückte wie ein erstickter Schrei gegen Mayos Brust. Das konnte sie nicht für sich behalten, sie musste es dem Gefolge mitteilen. Aber wie? Sie spielte mit dem Gedanken, sich als Reuige auszugeben und im Saal alles zu Protokoll zu geben. Aber dann fiel ihr ein, dass man ihre Worte womöglich als Hohn einer Besessenen auslegen und sie in ein geheimes Gefängnis werfen würde, ausgerechnet jetzt, wo Ederra noch lebte. Außerdem hatte sie Angst, Iñigo bei Tageslicht unter die Augen zu treten. Bei ihren Begegnungen war sie geschützt vom Zauber der Träume und des Mondes gewesen, und sie wollte, dass er sie so in Erinnerung behielt: als ätherisches, zauberhaftes Wesen. Sie fürchtete, ihr Geliebter könne völlig ungerührt bleiben, sie könne in der profanen Atmosphäre der Befragung in seinen Augen einfach nur das schüchterne Mädchen sein, das sie immer gewesen war, und nicht der Tau in den Gärten der Welt, wie er sie in ihrer Liebesnacht gesehen hatte. Vielleicht erkannte er sich nicht einmal. Vielleicht hatte der Zauber seine

Liebe schwinden lassen, und er hatte sie längst vergessen. Am besten näherte sie sich dem Novizen an einem stillen Ort, wo sie nicht weiter auffiel.

Die Gelegenheit bot sich, als sie ihn mit einem Buch unter dem Arm die Kirche betreten sah. Leise schlüpfte sie in das dunkle Gotteshaus, und sogleich umfing sie der süßliche Duft des Weihrauchs. Das Licht schillerte durch die bunten Fenster, in denen der Herr, die Engel und die Apostel bei ihren seligen Taten abgebildet waren. Wie ein feiner blauer Schleier legte sich dieses Licht über alles, nur unterbrochen durch die kleinen goldenen Flammen der Kerzen, die die Gläubigen aus dem Dämmerlicht der Träume holten.

Mayo überkam wieder dieses überwältigende Gefühl von Frieden, der ihre Seele rührte, was Ederra immer so gestört hatte. Die leise Orgelmusik, das Gemurmel der Betenden, die Strenge des Altars, an dem ein leidender Jesus Christus für die Sünden der Menschen am Kreuz starb. Mayo hatte keinen Zweifel, dass dieses Haus eines Gottes würdig war.

Sie ging langsam und spürte, wie die Kälte der Marmorplatten an ihren nackten Füßen kitzelte. Mit den Fingerspitzen fuhr sie über die Rückenlehnen der Bänke. Sie mochte die geriffelte Oberfläche des Holzes. Sie hatte keine Angst, sie war einfach glücklich. Lautlos schlüpfte sie in die Bankreihe hinter der Iñigos und kniete nieder. Er hörte ein leises Knarren hinter sich und wusste sofort Bescheid.

»Bist du es?«, flüsterte er, gleichermaßen das Ja und das Nein fürchtend.

Sie schwieg. Jetzt wusste sie, dass er sich an sie erinnerte, dass er sie spürte, sie erwartete. Mayos Herz raste, und sie brachte kaum einen Ton heraus.

»Dreh dich nicht um, ich bitte dich.«

Iñigo lehnte sich zurück und spürte den Atem des Mädchens im Nacken. Ein Schauer durchfuhr ihn. Mayo sprach im Flüsterton weiter: »Ich bin gekommen, um dir eine Geschichte zu erzählen. Magst du Geschichten?«

»Wahre Geschichten schon«, raunte der Novize.

»Dann hast du Glück, denn diese Geschichte kann durchaus wahr sein.«

Iñigo verdeckte mit der rechten Hand sein Gesicht, um keinen Verdacht zu erwecken. Der Flüsterton erinnerte ihn an die Beichte. Er wollte nicht in die Versuchung geraten, sich umzudrehen und sie anzusehen. Sie begann die Geschichte damit, es hätte einmal ein sehr unbedeutendes Mädchen gegeben, das nichts Geringeres war als die Tochter des Teufels. Sie sei mit einem Mann in Eselsgestalt durch die Wälder gezogen, der Zahlen addieren konnte und das Ergebnis durch Aufstampfen mit dem Fuß verkündete. Das arme Mädchen, wie traurig, habe seine Ziehmutter verloren, eine sehr, sehr gute Frau, die alle Krankheiten heilen konnte und die man deshalb für eine Hexe hielt. Die Inquisitoren verhafteten sie, aber nach dem Beweis ihrer Unschuld ließ man sie frei, und das Mädchen konnte sie nicht finden. Kurz darauf suchten die Inquisitoren weiter nach Hexen, und das Mädchen folgte ihnen. Doch es interessierte sich offensichtlich nicht alleine für die Reise der Herren des Heiligen Offiziums: Ein paar ausgesprochen böse, falsche Hexengestalten hatten sich, angestachelt von einem Mann mit Namen Patrón, an das Inquisitionsgefolge gehängt, um sie Dinge sehen zu lassen, die nicht existierten. Sie quälten eine arme Frau, die sich am Ende in einen Fluss stürzte, sie rieben einen der Gehilfen des Inquisitors mit Alraune ein, damit er glaubte, er würde fliegen, sie stahlen Dokumente, behaupteten während der Befragungen, sie hätten Umgang mit dem Teufel gehabt, sie vergifteten einen Hexenjäger …

»Wie geht die Geschichte aus?«, flüsterte Iñigo erschreckt, als er merkte, dass ihm darin eine Rolle zukam.

»Sie hat noch kein Ende. Das musst du übernehmen«, raunte

Mayo. »Du findest die falschen Hexengestalten im Wald, auf einer Lichtung in der Nähe des Wasserfalls.«

»Aber dann kann ich nur einen Teil der Geschichte bestimmen«, protestierte Iñigo. »Und was ist mit dem anderen? Was passiert mit dem Mädchen, das seine Ziehmutter sucht?«

»Das Mädchen«, sagte Mayo leise, »das Mädchen glaubte einmal, im Besitz der löblichsten Gefühle zu sein, und dass diese Gefühle alles rechtfertigten. Im Rausch der Liebe war sie unfähig zu sehen, dass es höhere Dinge gibt, denen man sein Leben weihen kann«, fügte sie traurig hinzu, »aber jemand zeigte ihr, dass es besser ist, zu sterben, als seine Prinzipien zu verraten. Ohne diese Prinzipien zu leben war, als stürbe man jede Sekunde.«

»Vielleicht irrte derjenige, vielleicht …«

»Nein«, unterbrach sie ihn und senkte die Stimme wieder, »derjenige hatte recht.«

Mayo schwieg. Sie schloss die Augen und brachte ihr Gesicht ganz nah an den Nacken des Novizen. Er unterdrückte einen Seufzer. Er dachte an seine Familie, sein Gelübde und an das Versprechen, das er Salazar gegeben hatte, sich nie mehr mit diesem Mädchen zu treffen. Seine Augen füllten sich mit Tränen.

»Ich schäme mich meiner Gefühle nicht«, sagte er stockend. »Ich bin sehr stolz darauf, dass ich deiner Seele würdig war, mehr als darauf, dass du mir deinen Körper geschenkt hast.«

»Ich muss gehen.«

»Warte … eine Sache noch.« Iñigo musste sich zwingen, sich nicht umzudrehen. »Sag mir, wie du heißt. Nur das.«

Sie wollte schon antworten, da fiel ihr ein, dass Mayo nicht ihr richtiger Name war. Mayo war ein erfundener Name, damit niemand sie verfluchen konnte. Ihren wahren Namen kannten außer ihr nur Beltrán und Ederra. Sie überlegte kurz und befand, dass auch er es verdient hatte, in den kleinen Kreis von Personen aufgenommen zu werden, die ihr absolutes Vertrauen genossen. Sie brachte ihren Mund ganz nah an das Ohr des Novizen heran und flüsterte ihm den Namen ins Ohr, voller Furcht, sie könne etwas falsch machen, denn sie sprach ihn nie laut aus. Iñigo wiederholte ihn flüsternd. Der Name war für ihn wie ein schönes Gebet. Da stellte er fest, dass er den Atem der Geschichtenerzählerin nicht mehr im Nacken spürte. Er drehte sich um und sah gerade noch einen blauen Fuß durch die Kirchentür entschwinden.

Er blieb noch eine Weile sitzen und dachte darüber nach, was eben geschehen war, an die Geschichte, die er gehört hatte. Als er wieder reagieren konnte, sprang er auf und rannte aus der Kirche, geradewegs zu der Residenz auf der Suche nach Domingo. Er rauschte durch Zimmer, Säle, die Küche, den Patio und rief laut seinen Namen, bis er ihn gefunden hatte.

»Die unsere Reisepläne hatten«, keuchte er. »Die falschen Hexen, erinnerst du dich?«

»Natürlich erinnere ich mich, aber was …«

»Ich weiß, wo sie sind. Los«, drängte ihn Iñigo, »wenn wir uns beeilen, können wir sie vielleicht noch fassen.«

So schnell wie möglich organisierten sie den Aufbruch. Sie trommelten alle Gehilfen zusammen und baten den Bürgermeister von Tolosa, ihnen eine Gruppe erfahrener Jäger zur Verfügung zu stellen. Iñigo und Domingo warnten sie, die Opfer könnten sonderbar reagieren, man wisse nicht genau, wie gefährlich sie seien. Sie sagten ihnen auch, sie sollten sich vorsichtig heranpirschen, weil sie das Lager gewöhnlich mit einer Art Glockenschnur sicherten, die sie vorwarnte, wenn sich jemand näherte. Sie zeichneten einen Plan, wo sich jeder Einzelne zu postieren hatte, und machten sich auf den Weg in den Wald.

Als Erstes sahen sie flackernde Lichter zwischen den Bäumen. Iñigo legte den Zeigefinger auf die Lippen. Langsam bewegten sie sich auf das Lager zu. Da waren sie, die vier, die ihre Reise immer wieder gestört hatten. Sie saßen so versunken am Feuer, dass sie nicht einmal merkten, wie sich die Gruppe auf sie stürzte. Sie leisteten keinerlei Widerstand. Im Grunde schienen sie darauf gewartet zu haben, dass so etwas geschah. Man brachte sie gefesselt ins Dorf und sperrte sie in den Keller des Rathauses, ohne recht zu wissen, was man mit ihnen anfangen sollte. Sie brauchten Salazar, ohne ihn waren sie nur eine erbärmliche, führungslose Truppe.

Am Ende des Tages begaben sich die beiden jungen Geistlichen in ihre Schlafgemächer. Als sie die Reise begonnen hatten, hatte Bruder Domingo eine unbestimmte Abneigung gegen Iñigo empfunden. Doch mittlerweile war ihm seine Gesellschaft von allen die liebste und er suchte sogar seine Nähe. Schweigend gingen sie nebeneinander her, und Domingo bemerkte, dass der Novize ihn verstohlen mit einem Lächeln auf den Lippen ansah.

»Worüber lachst du?«

»Willst du mich nicht fragen, woher ich weiß, wo die vier sich aufhielten?«, fragte Iñigo geheimnisvoll.

»Ich vermute, das wirst du mir gleich sagen.« Domingo machte ein gequältes Gesicht.

»Es war mein blauer Engel«, platzte Iñigo heraus.

»Geht das schon wieder los.«

»Was soll dieses Grinsen?«, fragte ihn Domingo mit gespielter Entrüstung. »Du bist ein unreifer Grünschnabel, ich weiß nicht, wie man dich hierher berufen konnte.«

»Ich hatte recht und du nicht.«

»Unreifer Grünschnabel!«

»Ja, ja … Ich hatte recht, ja, ja …«

Iñigo war nie wieder so glücklich wie an jenem Abend.

Zwei Wochen lang wusste keiner, wo Salazar abgeblieben war. Iñigo und Domingo entschuldigten ihn, so lange sie konnten, aber so viele Tage ohne eine einzige Nachricht, das passte nicht zu ihm. Außerdem wurde die Lage langsam brenzlig. Die Reuigen warteten auf den Versöhnungsakt, und den konnte nur Salazar vornehmen. Und damit noch nicht genug: Der Bürgermeister beschwerte sich, dass im Keller seines Rathauses Hexen eingesperrt waren, die nicht mal aus dem Dorf stammten.

»Patres, ihr müsst verstehen, das ist kein Gefängnis des Heiligen Offiziums«, schimpfte er. »Das ist ein Rathaus, und wir wissen nicht, ob diese Kreaturen uns verhexen können oder so … der mit dem weißen Auge sieht mich so unheimlich an.«

»Das kann ich sehr gut nachvollziehen«, erwiderte Iñigo.

Sie wollten gerade einen Brief an den Generalinquisitor schreiben, um ihn von Salazars Abwesenheit in Kenntnis zu setzen, da tauchte er an einem Abend Anfang November wieder auf, verschlossener denn je. Alle fanden, er sei um zwanzig Jahre gealtert, aber sie merkten nicht, dass seine Seele verwundet war. Es würde lange Zeit brauchen, bis sie heilte.

Es gab keine Erklärung, keine Andeutung, was in den Tagen seiner Abwesenheit geschehen war. Stattdessen sprach er nur noch von Aufbruch und trieb alle bis zur Erschöpfung an. Er würde jedem die Leviten lesen, der ihm mit Teufelspakten, Sekten, magischen Kräften, Hexen und Zaubereien kam. Zum ersten Mal hatte er Gewissheit. Es gab viele Teufel auf der Erde, doch sie waren äußerst menschlicher Gestalt.

Die einzige Nachricht, die ihn zu erfreuen schien, war die von der Verhaftung der vier falschen Hexenwesen. Aufgebracht wie er war, würde er alles über ihre Machenschaften aus ihnen herausholen, bis ins letzte Detail. Er befragte sie einzeln, zu zweit, er konfrontierte sie miteinander. Am brennendsten interessierte ihn, wie der Mann ausgesehen hatte, der ihnen den Auftrag gegeben hatte. So wie sie ihn beschrieben, konnte es sich nur um Rodrigo Calderón handeln, wie er vermutet hatte. Außerdem wollte er wissen, wo das Taschentuch mit dem eingestickten M herkam, in das das Glasröhrchen eingewickelt war.

»Mit Buchstaben kennen wir uns nicht aus«, sagte der Bärtige. »Der Herr hat uns gesagt, ein bedeutender Arzt hätte ihm das Pulver gegeben.«

»Doktor Mercado«, murmelte Salazar.

Als er sie nach dem Patrón befragte, versicherten sie, sie hätten ihn nie gesehen. Auch die Inquisitoren Valle und Becerra kannten sie nicht.

Salazar feierte den Versöhnungsakt in Tolosa. Die vier Verbrecher übergab er den zivilen Behörden, damit sie für den Mord an dem Hexenjäger Pedro Ruiz de Eguino zur Rechenschaft gezogen werden konnten. Gleich darauf bereitete er die Rückkehr zum Inquisitionsgericht in Logroño vor. Er hatte Hunderte von Bögen mit Informationen und Beweisen dabei und brannte darauf, dem Generalinquisitor zu zeigen, was er herausgefunden hatte. Bernardo de Sandoval y Rojas würde bestimmt zur Salzsäule erstarren, wenn er ihm seine Vermutung mitteilte, der Patrón und sein Gefolgsmann gehörten dem Hof oder dem Heiligen Offizium an. Er hatte schon seine Verdächtigen.

XXV

Wie die Hexen ihre Zauberkraft weitergeben

Sich für immer von Iñigo loszusagen, war für Mayo die schwerste Entscheidung ihres Lebens gewesen. Nachdem sie ihm ihren geheimen Namen ins Ohr geflüstert hatte, hatte sie tief durchgeatmet und war aus der Kirche gestürmt, damit keine Zeit blieb, es zu bereuen. Mayo hatte immer geglaubt, in ihrem kurzen Leben schon alle Qualen hinter sich zu haben, die ein Mensch ertragen konnte, doch sie hätte nie gedacht, dass es so schmerzlich war, sich von seinem Geliebten zu trennen. Sie wusste, dieser Kummer würde sie für immer begleiten, und sie hatte noch viele Jahre vor sich. Ihr einziger Trost war, dass sie bald wieder bei Ederra sein würde. Es war mehr als ein Jahr vergangen, seit sie sich das letzte Mal gesehen hatten. Manchmal konnte sie sich nicht einmal mehr genau an ihr Gesicht erinnern.

In der Nacht vor ihrer Ankunft in Vitoria tat Mayo kein Auge zu. Sie dachte an ihre Monate des Alleinseins und kam zu dem Schluss, dass sie sich ganz wacker geschlagen hatte. Es gab auch ein paar gute Menschen auf der Welt, und der eine oder andere Zauber hatte sogar funktioniert. Noch ein kleines Stück des Weges musste sie gehen, und schon stünde sie ihrer Ziehmutter gegenüber. Dann würde endlich alles wieder so sein wie früher.

Am frühen Morgen betrachtete sie lange die Stadt aus der Ferne und versuchte im Nebel das Haus auszumachen, in dem Ederra schlief. Bald würde sie sie wiedersehen. Sie trieb Beltrán den Hügel hinauf. Nach einer Weile tauchten die dicken Mauern der Kirche San Andrés inmitten von Grün vor ihr auf. Sie betrachtete die Gassen, durch die an jenem Morgen ein schneidender Novemberwind fegte, der Dampfwolken aus Beltráns Maul aufsteigen ließ. Sie war fest entschlossen, den Erstbesten zu fragen, der ihr über den Weg lief. Sie sah eine Gruppe von Nachbarinnen, die in der Tür standen und plauderten.

»Entschuldigung! Ich suche Gracia Iturralde und eine gewisse«, sie hatte Angst, den Namen auszusprechen, »Ederra.«

»Ach ja?«

Die Frauen musterten sie wortlos von oben bis unten. Mayo hatte jedoch keine Lust, Erklärungen zu geben.

»Ich bin ihre kleine Schwester.«

»Von beiden?«, fragte die mit dem losesten Mundwerk.

»Ja, eh, nein.« Mayo lachte lustlos. »Nur von einer natürlich.«

»Von welcher denn?«, hakte die Frau nach.

»Von Ederra«, sagte sie und kreuzte hinter dem Rücken die Finger.

Die Frauen musterten sie wieder, als überlegten sie, ob Mayo eine Bedrohung darstellen könnte, aber dann gaben sie ihr die Beschreibung des Hauses.

Der Weg führte Mayo aus der Stadt heraus. Ihr wurde schwarz vor Augen. Durch die Aufregung rumorte ihr Magen, und sie glaubte, sich übergeben zu müssen. Sie hielt einen Moment an, um Luft zu schöpfen. Die Erde verströmte einen Duft nach Farnen, den sie tief in sich einsog. Es war nur noch ein kurzes Stück.

Sie entdeckte das kleine Haus zwischen den Apfelbäumen, das die Frauen ihr beschrieben hatten. Es sah aus wie ein Puppenhaus: weiß mit rotem Dach und Moos an den Ecken. An der Seite befanden sich ein kleiner Schuppen und ein Garten mit Pflanzen, die sie nicht kannte. Sie lauschte einen Moment an der Tür. Sie hörte das unverwechselbare Knistern des Feuers, und auf dem Herd brodelte es. Das Herz schlug ihr bis zum Hals. Sie zählte bis drei und klopfte dann entschlossen an die Tür. Ihre Schläfen pochten. Es öffnete eine Frau von etwa vierzig Jahren, das Haar anmutig zu einem Zopf gebunden, die grauen Augen mit einem zarten Lidstrich betont. Sie hatte einen schönen Körper und eine wohlgeformte Taille.

»Gracia de Iturralde?«

Die Frau sah Mayo an, als sei eben vor ihren Augen die Welt in Scherben gegangen.

»Mein Name ist Mayo de Labastide d'Armagnac«, stellte sie sich vor. »Es ist eine lange Geschichte, warum ich hier bin, aber …«

»Ja, ja, ich weiß, wer du bist. Ich sehe, du hast Beltrán mitgebracht«, sagte sie lachend. »Man hat mir viel von euch erzählt. Wir dachten uns, dass du kommen würdest. Tritt ein.«

Sie trat zur Seite und sah sie neugierig an, so wie man jemanden ansieht, den man vom Hörensagen bereits kennt, aber noch nie gesehen hat.

»Du siehst jünger aus, als ich dachte. Du bist fünfzehn, nicht wahr?«, fragte sie.

»Im Mai bin ich sechzehn geworden.«

»Stimmt«, seufzte sie. »Wie die Zeit vergeht!« Sie schwieg einen Moment und sagte dann: »Die Person, die du suchst, ist im Stall. Sie wird sehr gerührt sein, wenn sie dich sieht.«

Mayo rannte hinaus und überschlug sich dabei fast. Beltrán sah sie verständnislos an, als sie zu ihm kam.

»Ederra ist hier, Beltrán … da drin«, sagte sie und zeigte mit dem Finger auf den Stall.

Das Haus schien auf einmal in weite Ferne gerückt. Die Stalltür stand offen, und sie schlüpfte leise hinein. Sie hatte sie so vermisst … Ederra, Ederra, Ederra …

Der Stall war dunkel. Nur durch ein kleines Fenster fiel ein wenig Licht herein. Mayos Augen brauchten ein wenig, bis sie sich daran gewöhnt hatten, aber dann gewahrte sie eine weibliche Gestalt, die mit dem Rücken zu ihr auf einem Schemel saß und eine Kuh molk. Sie sah die feine Taille unter der Schürze, das weiße Kopftuch. Langsam ging sie auf sie zu, sie konnte den Blick nicht von ihr abwenden. Zwei Schritte vor ihr blieb Mayo stehen. Wenn sie jetzt die Hand ausstreckte, würde sie sie berühren können. Endlich hatte sie Ederra gefunden.

Die Frau schien ihre Anwesenheit bemerkt zu haben und drehte sich zu ihr um. Mayo brauchte einige Sekunden, um zu reagieren. Sie suchte Ederras grüne Augen, die kirschroten Lippen, die weißen Zähne, eine rote Locke, die unter dem Kopftuch hervorschaute, doch da war nichts. Diese Frau war nicht Ederra.

»Mayo, nicht wahr?«, fragte die Fremde, als sie ihre Verwirrung bemerkte. »Ich wusste, dass du mich früher oder später finden würdest, deine Ziehmutter hat es mir gesagt. Gott weiß, dass du der einzige Mensch aus meiner Vergangenheit bist, mit dem ich reden werde, denn es gibt Verpflichtungen, die man erfüllen muss, und Gefallen, für die man niemals genug danken kann. Außerdem wurde ich am Sonntag, dem siebten November 1610, zum zweiten Mal geboren, dem Tag, an dem das Autodafé der Hexen in Logroño stattfand.«

»Aber was redet Ihr da? Wo ist Ederra?«, flüsterte Mayo und schaute sich um.

»Ich heiße María de Echalecu, und dass ich noch lebe, verdanke ich ihr. Das will ich damit sagen.«

»Aber ich verstehe nicht …«

»Vom ersten Moment unserer Verhaftung an ist Ederra nicht von meiner Seite gewichen. Ich weinte und weinte, weil ich mich von Gracia verabschieden musste, vielleicht für immer. Auf dem ganzen Weg hat Ederra mich mit sanften Worten getröstet. Als wir in Logroño ankamen, hat man uns wegen Kopfläusen die Haare abrasiert und auf die Zellen verteilt. Es waren alle schon belegt, sie hatten so viele Leute verhaftet, dass es kaum noch Platz gab. Weil wir von Anfang an zusammen waren, steckten sie uns gemeinsam mit zwei alten Frauen in eine Zelle; ihre Söhne waren Geistliche und ebenfalls inhaftiert. Aber sie durften sie nicht sehen.«

»Juan de la Borda und Pedro de Arburu«, sagte Mayo.

»Ja, ich glaube, so hießen sie. Die alten Frauen haben uns gesagt, wie es dort abläuft. Sie sagten, man käme leichter heraus, wenn man so täte, als gehöre man zu der Hexensekte, und sich reuig zeigte. Aber sie weigerten sich. Sie wollten kein falsches Zeugnis ablegen.«

María de Echalecu erzählte, man habe die Schreie der Gefolterten durch die Steinmauern hören können, als wären diese aus Papier.

»Ich konnte nicht schlafen, nicht essen. Immer wenn ich hörte, dass sich Schritte der Zellentüre näherten, fing ich an zu zittern, bis mein Körper steif wurde. Da erklärte Ederra mir, nichts währe ewig, wir müssten nur warten, dass die Zeit verginge. Unser Körper müsse zwangsläufig dort bleiben, aber niemand könne unsere Gedanken einsperren.«

Ederra forderte die Frauen auf, die Augen zu schließen und sich vorzustellen, sie würden über die weichen Blätter eines feuchten Waldes gehen. Sie sollten den Geruch der Erde und des Mooses, der Kiefern und der Pilze einsaugen. Sie sollten sich vorstellen, dass sie umgeben von dem güldenen Netz waren, das die Sonne zwischen den Baumkronen spinnt, umgeben von Stille, von der kühlen Brise, von den Zärtlichkeiten, die sie einst empfingen, sie sollten in ihrem Mund den Geschmack von frisch gebackenem Brot, von Zitrone und Honig spüren. »Und sie raunte immer weiter mit ihrer samtweichen Stimme«, erklärte ihr María, »bis sie merkte, dass unsere Gesichter sich entspannten, weil wir weit weg von der Hölle waren. Dann schwieg sie und schloss selbst die Augen, ich vermute, um sich vorzustellen, sie wäre bei dir«, sagte sie und sah Mayo an. »Ederra und ich überlegten, uns als Hexen auszugeben, um gerettet zu werden, aber dazu kam es nicht. Die Leute wurden krank. Brot und Wasser waren verdorben, Ederra ging es schlecht. Der Aufseher sagte durch die Tür, sie solle durchhalten, er habe gehört, man hätte keine Beweise gegen sie, man würde sie mit Sicherheit bald freilassen, aber sie konnte sich kaum noch auf den Beinen halten. Eines Morgens rief sie mich zu sich an ihr Lager. Sie sprach von dir, von Beltrán von eurem Leben …« Sie blickte zu Boden, und Mayo kam es vor, als würde sie gleich weinen, doch dann hob sie den Kopf und sprach weiter. »Sie sagte, wir sollten unsere Kleider tauschen. Ich sollte den Verband von ihrem Knöchel abmachen und ihn um meinen binden. Sie riet mir noch, mich von Kopf bis Fuß in ihren Umgang zu hüllen. Nach dieser Verwandlung flüsterte sie mir ins Ohr: ›Ich gehe jetzt.‹ Als man ihren Leichnam abholte, behauptete ich, es handele sich um María de Echalecu. Die beiden alten Frauen sahen mich argwöhnisch an, sagten aber nichts. Zwei Tage später wurde Ederra aus Mangel an Beweisen freigelassen. Und so ging ich durch das Haupttor hinaus, als eine andere zwar, aber am Leben. Heimlich machte ich mich auf den Weg in mein Dorf, um mit Gracia zu reden. Ich hörte, dass sie ihren Mann kurz nach meiner Verhaftung verlassen hatte. Ich erinnerte mich, dass sie Familie in Rentería hatte, und dachte mir, vielleicht ist sie dort. Zum Glück habe ich sie gefunden. Wir entschlossen uns, nach Vitoria zu gehen, denn dort kannte uns niemand. Wir waren beide auf der Flucht: Sie vor ihrem verfluchten Ehemann, der unser Leben zerstört hatte, und ich vor der Person, die ich einmal gewesen bin und die nun tot war. Das Einzige, was ich noch tun konnte, war, mich bei Ederra für ihren Gefallen erkenntlich zu zeigen und auf dich zu warten.

Sie schwiegen. Man hörte nur das Knarren des Holzes, das Widerkäuen der Kühe und das kaum merkliche Pfeifen von Mayos Atmem. María sah sie betrübt an, denn sie merkte, dass sie dem Mädchen das Herz gebrochen hatte.

»Mein Vater sagte immer, Feiglinge sterben tausendmal vor

ihrem Tod«, wagte sie sich vor, »aber die Furchtlosen werden immer weiterleben. Ederra war der furchtloseste und großzügigste Mensch, den ich kenne. Sie hat mir mein Leben geschenkt. Jeden Morgen danke ich Gott dafür, dass ich ihr begegnen durfte.«

»Sie hat mir auch mein Leben geschenkt«, flüsterte Mayo.

»Bevor sie starb, hat sie mir etwas für dich gegeben.«

María stand auf, ging durch die Stalltür hinaus und kehrte nach einer Weile zurück. Sie brachte ein zu einem Säckchen zusammengeknotetes rosa Taschentuch mit. Mayo wusste, was sich darin befand. María löste vorsichtig die Knoten.

»Sie sagte mir, ich dürfte es nicht anfassen, denn die magischen Kräfte würden von der Hand der Sterbenden auf die Hand desjenigen übergehen, der es zum ersten Mal berührt.«

Es war Ederras Nadelbüchse. Darin verbargen sich die »Famerikelak«, das waren Männchen mit Teufelsgestalt in roten Hosen, die den Zauberinnen ihre Kraft verliehen. Die Zauberinnen mussten kurz vor ihrem Tod die Nadelbüchse einer Frau übergeben, wenn sie nicht wollten, dass die Zauberkraft verlorenging. Jetzt konnte Mayo Ederras unglaubliche Zauberkraft erben, indem sie die Nadelbüchse berührte. Sie hielt sie in ihrer Hand und traute sich nicht, das Taschentuch wegzunehmen.

»Seit ich vor mehr als einem Jahr dem Gefängnis in Logroño entkam, nenne ich mich ihr zu Ehren Ederra«, sagte María. »Aber ihren wahren Namen weiß ich nicht.«

Mayo zögerte einen Moment, aber es hatte keine Bedeutung mehr, wenn sie ihn laut aussprach. Es konnte ihr nichts Schlimmes mehr widerfahren, denn die Flüche wirkten nur bei lebenden Personen. Außerdem war es nicht schlecht, wenn noch jemand ihn kennen würde, denn letzten Endes existierte nur das, was einen Namen hatte.

»Xacobe«, hauchte Mayo niedergeschlagen. »Sie hieß Xacobe. Ich weiß nicht, warum oder wer ihr den Namen gegeben hat.«

Die beiden Frauen brachten Mayo zur Tür und verabschiedeten sich von ihr. Mayo umklammerte Beltráns Zügel und machte sich auf den Weg. Sie hatte einen bitteren Geschmack im Mund, der Schmerz zerriss sie innerlich. Und zum ersten Mal spürte sie etwas Feuchtes auf ihrer Wange, so als striche ein kleiner warmer Finger darüber. Sie fasste an die Stelle und merkte, dass es eine Träne war, nicht groß, aber immerhin. Sie war aus ihrem linken Auge gerollt, ohne dass sie es bemerkt hatte. Auf diese erste folgte eine weitere und noch eine und noch eine … Später begannen sie auch, aus dem rechten Auge zu kullern.

Am Ende schluchzte und lachte sie gleichermaßen. Beltrán sah sie verdutzt an, bis sie ihm erklärte, dass es Ederra trotz allem gelungen war, sie von dem Übel der fehlenden Tränen zu heilen, wie sie es vor Jahren versprochen hatte. Nicht einmal der Tod hatte sie davon abhalten können.

Und da es nun so gekommen war, weinte sie und weinte immer weiter, denn was Tränen anging, hatte Mayo sechzehn Jahre nachzuholen.

Als Salazar nach Logroño zurückkehrte, wurde er sofort von seinen Kollegen Valle und Becerra bedrängt. Sie verfolgten ihn auf dem Flur, klopften zu unmöglichen Zeiten an seine Tür und baten ihn, wenigstens kurz etwas über die Visite zu sagen. Aber er blieb stur. Er wollte ihnen keine Information geben, die sie später gegen ihn verwenden könnten. Er schloss sich in seinen Gemächern ein, sichtete die Unterlagen, und umgeben von Notizen, Folianten und Federn machte er sich daran, eine erste Zusammenfassung niederzuschreiben, die den Titel trug: *Bericht und Nachwort zu dem Ergebnis der Visite des Heiligen Offiziums in der Gebirgsregion des Königreichs Navarra und anderen Teilen mit dem Gnadenerlass für die Mitglieder der Hexensekte gemäß den Berichten und Dokumenten, die dem Rat der Inquisition übersandt werden.*

Er schickte dem Generalinquisitor eine Kopie dieser Zusammenfassung und fügte die Abschriften der Aussagen der vier falschen Hexer bei. Er teilte ihm mit, die beiden Männer und Frauen seien nur die Handlanger der wahren Schuldigen, und er sei dabei, Beweise zusammenzutragen, mit denen er diese entlarven könne. Er kenne sowohl die Identität des Auftraggebers als auch die des Drahtziehers, den sie »Patrón« nannten, aber das wolle er ihm persönlich sagen und nicht per Post. Im Grunde fürchtete sich Salazar vor der Reaktion seines Beschützers, wenn er ihm sagte, wen er in Verdacht hatte. Er war überzeugt davon, dass der Duque de Lerma und sein Sekretär für den Tod der Königin und all die Widrigkeiten während der Besuchsreise verantwortlich waren. Da musste er sich schon absolut sicher sein und mit unwiderlegbaren Beweisen aufwarten. Die Gründe waren ihm allerdings schleierhaft. Warum hatten sie ein solches Interesse daran, seine Arbeit kaputtzumachen und die Stabilität des Glaubens in dem Gebiet aus dem Lot zu bringen? Würde er ihre Motive kennen, wäre alles viel einfacher.

Salazar brauchte vier Monate, bis er dem Rat der Inquisition seine Ergebnisse mitteilen konnte. Er war stolz auf seine Arbeit und überzeugt davon, dass der Generalinquisitor ihn dazu beglückwünschen würde. Zu seiner Überraschung bekam er auf seine Nachricht allerdings keine Antwort. Salazar schrieb ihm noch einmal, um nachzuhören, ob sein Schreiben im Meer der Bürokratie untergegangen war, doch Sandoval sagte, er sei sehr beschäftigt und habe seinen Bericht noch nicht gelesen. Es vergingen weitere zwei Monate, und als Salazar nachhakte, erwiderte der Generalinquisitor, es sei alles sehr ordentlich geführt und er würde ihn vorladen, sobald seine Zeit es ihm erlaube.

In Salazar kam allmählich der Verdacht auf, dass sein enger Freund, Beschützer und Mentor ihm auswich. Wochen vergingen. Er schickte ihm Dutzende von Briefen, in denen er um ein persönliches Gespräch ersuchte, aber immer kam etwas dazwischen. Oder Valle und Becerra warteten mit neuen Beweisen auf, die ihn zwangen, seine Theorien zu überarbeiten. Salazar tat nichts anderes, als falsche Beweise zu widerlegen, und er war es langsam leid. Es hatte den Anschein, als ob all seine Arbeit, sein Engagement und die erstaunlichen Entdeckungen, die die Grundfesten der bisherigen Hexenprozesse der Inquisition erschütterten, vergeblich gewesen waren. Als er sich beim Generalinquisitor beschwerte, wimmelte dieser ihn immer wieder ab. Der Tenor der Briefe war nachsichtig, als hätte er es mit einem Irren zu tun, und er riet ihm freundlich, aber bestimmt, den Termin nochmals zu verschieben.

Da der Generalinquisitor sich offensichtlich taub stellte, beschloss Salazar, beim Rat der Inquisition persönlich vorstellig zu werden. Er konnte sich nicht erklären, warum bei der tiefen Freundschaft, die sie füreinander hegten, der Generalinquisitor ihm keinerlei Gehör schenkte. Ihm, der bei diesem Unternehmen seinen Namen und seine Ehre eingesetzt hatte. Und all das auf Betreiben und im Auftrag des Generalinquisitors. Salazar setzte bei dem Hexenthema viel aufs Spiel.

Als er von Weitem das Gebäude des Rates der Inquisition erblickte, lief ihm ein Schauer über den Rücken. Er fühlte sich unwohl dabei, einfach so dort aufzutauchen, ohne einbestellt worden zu sein. Doch die Situation war unerträglich, sogar für einen Mann wie ihn, der sich gewöhnlich nicht so leicht aus der Ruhe bringen ließ. Entschlossenen Schrittes ging er zum Eingangsportal, das von einem jungen Mann bewacht wurde, dem man an der stocksteifen Haltung und der unsicheren Miene ansah, dass er noch neu war. Als er den Inquisitor kommen sah, versperrte er ihm die Tür. Salazar grüßte mit einem leichten Kopfnicken und wollte wortlos weitergehen, doch da kam Leben in den jungen Mann.

»Ihr dürft da nicht hinein!«, knurrte er.

»Ich muss mit dem Generalinquisitor sprechen«, erklärte Salazar. »Es ist dringend.«

»Bedaure, aber Ihr dürft da nicht hinein«, wiederholte der Wachtposten.

»Wie, ich darf nicht hinein? Seht Ihr denn nicht, wer ich bin? Das ist doch die Höhe …«

Salazar hob die Stimme, um den unbeholfenen Jungen einzuschüchtern. Das Geschrei erweckte die Aufmerksamkeit eines Dominikaners, der gerade durch den Patio ging. Er kam zur Tür, um nachzuschauen, was los war. Der Mönch baute sich vor Salazar auf und sah ihn lange an.

»Bedaure«, sagte er. »Euer Hochwürden kommen denkbar ungelegen. Don Bernardo de Sandoval y Rojas ist zur Zeit mit Aufgaben beschäftigt, die seine ganze Aufmerksamkeit erfordern. Ich empfehle Euch, das nächste Mal so freundlich zu sein, einen persönlichen Besuchstermin zu vereinbaren. Vielen Dank.«

Er hatte seinen Satz heruntergeleiert, und nun starrte er ins Leere.

»Wisst Ihr, wer ich bin?«, protestierte Salazar.

»Der Inquisitor aus Logroño. Alonso de Salazar y Frías, nicht wahr?«, erwiderte der Dominikaner.

»Gut. Dann tut mir einen Gefallen: Eilt zum Generalinquisitor und sagt ihm, dass ich hier bin. Ich bin mir sicher, er wird alles stehen und liegen lassen, wenn er sieht, was ich hier für ihn habe.« Er deutete auf den Stapel Papiere unter seinem Arm. »Denn ich bin gekommen, um ihn zu warnen. Ich habe Dokumente in meinem Besitz, die beweisen, dass die Hexen gemeinsam mit einem großen dämonischen Gefolge diesen Sitz in einer halben Stunde angreifen werden.«

Der junge Wachtposten, der bis zu dem Moment Haltung bewahrt hatte, schaute Salazar entgeistert an. Salazar raunte ihm zu: »Mit den jungen Leuten wollen die Hexen besonders grausam verfahren.«

Sichtlich gereizt sagte der Dominikaner, er möge einen Moment warten. Kurz darauf kehrte er deutlich freundlicher zurück und forderte ihn auf, ihn zu begleiten. Salazar folgte ihm durch die Flure des Gebäudes, das er so gut kannte. Ihre Schritte hallten durch die Gänge. Sie kamen zum Arbeitszimmer von Bernardo Sandoval y Rojas. Ohne anzuklopfen öffnete der Dominikaner die Tür und bedeutete Salazar, einzutreten. Das Zimmer war leer.

«Wartet bitte hier.« Salazar hörte, wie sich hinter ihm die Tür schloss.

Das Arbeitszimmer von Bernardo Sandoval y Rojas war riesig. Die Wände waren mit Teppichen bedeckt, auf denen der Kreuzweg Christi bis ins letzte schauerliche Detail abgebildet war. Mitten im Raum stand ein Schreibtisch auf vier gewundenen Beinen mit Löwenpranken als Füße. Auf ihm befanden sich eine Mappe aus braunem Leder, ein Tintenfass aus getriebenem Silber und eine elegante Fasanenfeder. Vor dem Schreibtisch standen zwei Eichenholzstühle mit karmesinroten Samtpolstern. Auf den Rückenlehnen war die Szene von Jesus und den zwölf Aposteln beim Abendmahl dargestellt. Salazar fühlte sich schrecklich klein in diesem Raum, der so gestaltet war, dass er jeden in die Knie zwang, der ihn auch nur mit einem Hauch von Vermessenheit betrat.

»Ich freue mich, dich zu sehen, mein lieber Alonso«, sagte plötzlich eine Stimme hinter ihm.

Salazar erschrak. Er hatte gerade das den Raum beherrschende Ölgemälde – ein Porträt des Generalinquisitors – betrachtet und ihn gar nicht eintreten hören.

»Wie findest du es?«, fragte er und deutete auf das Bild. »Es stammt von Pantoja de la Cruz. Mein Neffe hat es in Auftrag gegeben.« Er lächelte. »Ich musste stundenlang Modell sitzen. Ich glaubte schon, ich müsste nun für immer mit diesem Gesicht herumlaufen.«

»Sehr schön«, erwiderte Salazar knapp.

Er wollte nach der Hand des Generalinquisitors fassen, um seinen Ring zu küssen, aber der nahm beide Hände hoch und fasste sein Gesicht, wie es ein Vater mit dem verlorenen Sohn getan hätte. Bernado de Sandoval y Rojas deutete auf einen der Stühle und setzte sich ihm gegenüber.

»Du solltest nicht solche Scherze mit den jungen Männern machen, mein lieber Alonso. Deine Ironie versteht man nicht so leicht, wenn man dich nicht gut kennt. Du hast dem Jungen am Eingang einen ordentlichen Schrecken eingejagt.« Er lachte. »Mit dem Thema Hexen ist nicht zu spaßen, die Leute sind sehr empfindlich. Das solltest du doch am besten wissen.«

»Ach ja?«, erwiderte Salazar sarkastisch. »Glaubt Ihr wirklich, das Thema Hexen beunruhigt die Gemüter? Merkwürdig, dann wundert es mich, wieso sich bei all der Sorge niemand die Mühe gemacht hat, mit mir über die Ergebnisse meiner Nachforschungen zu sprechen.«

»Ich sehe, du bist immer noch so ungestüm wie eh und je. Tauchst hier einfach ohne Vorankündigung auf ...«

»Seit sieben Monaten kündige ich meinen Besuch an«, konterte er.

Bernardo de Sandoval y Rojas ignorierte die Verbitterung in seinen Worten. Er goss zwei Gläser bernsteinfarbenen Weines ein und schilderte ihm das aufwendige Verfahren, das für die Herstellung eines solch edlen Tropfens erforderlich sei. Der Wein wurde in bewachten Fässern aus dem einzigen Gebiet in Frankreich herbeigeschafft, in dem die erforderlichen klimatischen Bedingungen herrschen.

»Probier ihn, er ist köstlich – ein Erlebnis. Er wird aus verfaulten Trauben gemacht. Unglaublich, nicht wahr?«

Dann erklärte ihm der Generalinquisitor, seit dem Tod von Heinrich IV. hätten sich die Beziehungen zwischen Frankreich und Spanien gefestigt. Das war zweifellos für beide Königreiche von Vorteil, das könne er ihm bei anderer Gelegenheit gern erläutern. Er redete noch eine Weile über Banalitäten, bis er Salazars verständnislosen Blick bemerkte. Da hielt er inne, nahm einen Schluck aus seinem Glas und seufzte.

»Hochwürden, ich habe herausgefunden, dass zwei Leute Schwindler angestellt haben, die sich als Hexer ausgeben und mich auf der Besuchsreise in die Irre führen sollten«, sagte Salazar und sah dem Generalinquisitor direkt in die Augen. »Sie wussten genau, wo ich mich jeweils aufgehalten habe.«

»Das ist furchtbar, Alonso.«

Salazar stand auf und ging im Zimmer umher.

»Wie ich in einem meiner Briefe bereits andeutete, glaube ich zu wissen, wer die Schuldigen sind. Sie haben zu viele Spuren hinterlassen. Allein das Papier, das nur am Hofe und vom Heiligen Offizium benutzt wird. Dieses hier.«

Salazar schlug die Ledermappe auf dem Schreibtisch auf und legte ein weißes Blatt vor ihn hin. Der Generalinquisitor starrte schweigend auf das Papier und wurde blass.

»Ich habe lange darüber nachgedacht, warum Ihr dieses Treffen wohl vermieden habt«, fuhr Salazar fort. »Ich glaube, im Grunde wisst Ihr bereits, was ich Euch zu sagen habe. Einzig und allein aus Respekt Euch gegenüber wollte ich mit Euer Hochwürden sprechen, bevor ich die Karten auf den Tisch lege.« Er schwieg einen Moment. »Ich bedaure, Euch mitteilen zu müssen, dass Euer Neffe für den Tod der Königin und die Übergriffe während der Besuchsreise verantwortlich ist.«

»Mein lieber Alonso«, hob der Generalinquisitor bedächtig an. »Du sollst wissen, dass du für mich immer wie ein Sohn warst und dass ich nichts tun würde, was dir schadet. Aber es gibt Dinge, die stehen über dir und über mir, über den Menschen, und sie überdauern in der Zeit, so wie diese steinernen Wände, die uns umgeben.« Er stand auf und verschränkte die Hände hinter dem Rücken. »Als ich dir das Amt des dritten Inquisitors von Logroño übertrug, tat ich das mit Sachverstand, überzeugt, dass du für eine solche Aufgabe der geeignete Mann bist.« Sandoval sah ihn voller Bewunderung an. »Du bist so tiefgründig, so umsichtig, lässt dich nicht von Lügen täuschen … Ich wollte dich dort haben, weil ich sicher war, du würdest so denken und handeln wie ich, und du würdest dich nicht von dieser Sache mit den Hexen ins Bockshorn jagen lassen.«

»Und habt Ihr Eure Meinung diesbezüglich geändert?«

»Was ich dir jetzt sage, werde ich nur einmal sagen. Ich tue das wegen der Zuneigung, die ich für dich hege, auch wenn du das nach meiner Rede nicht mehr glauben wirst. Ich bitte dich nur um eines: Versuche mich zu verstehen. Ich hoffe, dass du mir verzeihen kannst.«

Der Generalinquisitor erzählte ihm von der wachsenden Wirtschaftskrise, von der das Reich erschüttert wurde. Die Friedensverhandlungen und die Eheschließungen, die sein Neffe, der Duque de Lerma, in der Hoffnung auf Abhilfe angestoßen hatte, brachten nicht das gewünschte Ergebnis. Der *Consejo de Juntas* hatte den Fall studiert, aber die einzige offizielle Stütze des Reiches, das Königreich Kastilien, gab nichts mehr her. Das Volk rebellierte bereits, also musste man das Geld anderweitig beschaffen.

»Und was hat das mit uns zu tun?«, wandte Salazar ein.

»Man kann die Steuern in den anderen Reichen erhöhen, aber das geht nur, wenn diese die Zentralmacht auch anerkennen. Solange sie ohne fremde Hilfe zurechtkommen, solange sie ohne uns ihre schmutzige Wäsche waschen und ihre Kessel flicken können, warum sollen sie dann mehr Steuern zahlen … Verstehst du, mein Freund?«

»Ich versuche es.«

»Nun, in Navarra und im Baskenland meinte man in der letzten Zeit, nicht mehr auf uns angewiesen zu sein. Dafür gibt es viele Gründe, doch nur einer davon ist für uns von Interesse, mein lieber Salazar: die Religion.« Er sprach das Wort mit besonderer Emphase aus. »So viel auch für die einzige Wahrheit gekämpft wurde, im Norden ist die Lage doch heikel für unsere Kirche geblieben. Die alten Kulte sind bei den Bewohnern noch sehr lebendig. Sie sind überzeugt, ihre alte Göttin Mari und ihre Berg-

und Flussgeister seien viel hilfreicher und besser als der Allmächtige Gott, mit dem wir aufwarten. Die Argumente des katholischen Glaubens haben sie den wahren Weg noch nicht erkennen lassen, und sie klammern sich weiter an den Irrglauben. Und so wird die Kluft zwischen den einzelnen Gebieten immer größer. Natürlich nicht geografisch, aber geistig. Wenn ihre heidnischen Gottheiten in der Lage sind, die Ordnung wiederherzustellen und ihnen Glück und Eintracht zu schenken, warum sollten sie Steuern zahlen für eine Religion und einen Monarchen, die sie gar nicht brauchen?«

»Wollt Ihr damit sagen …«

»Man musste sie glauben machen, alles Unheil, das über sie hereinbrach, sei auf die Macht Satans zurückzuführen, von dem wir Christen sprechen. Man brauchte jemanden, der so nah und so real war wie er, der greifbar war und der ohne die Hilfe der Inquisition und der königlichen Macht ihr Leben zerstören würde. Wenn der Teufel sich unbefangen auf ihrem Boden bewegte und die Bewohner verführte, wenn es uns gelänge, unter ihnen Zweifel an den heidnischen Riten zu säen, wenn wir sie mit dem Bösen in Verbindung brächten, dann würden sie sich auf uns besinnen. Auf uns, unser Reich, in dem der unfehlbare, wahre Gott zu Hause ist.«

»Nein, nein«, klagte Salazar. »Merkt Ihr das denn nicht? Euer Neffe hat Euch manipuliert, er hat Euch all diese Geschichten eingeredet. Euer Neffe nutzt es für seine schändlichen Machenschaften aus, dass Euer Hochwürden ein so edler Mensch ist, der …«

»Sprich nicht weiter, mein Junge«, unterbrach ihn Bernardo Sandoval ruhig. »Ich bin der Patrón.«

Salazar starrte ihn fassungslos an. Es war, als hätte man ihm einen Krug kaltes Wasser übergegossen. Er setzte sich wieder und richtete den Blick auf den Boden.

»Ihr habt mich benutzt«, sagte er voller Bitterkeit.

»Denk das nicht von mir.« Der Generalinquisitor seufzte geduldig. »Ich habe dich dorthin geschickt, damit du die Lage unter Kontrolle bringst. Es kam der Moment, da glaubte ich, die Sache mit den Hexen liefe uns aus dem Ruder. Deine Kollegen in Logroño waren allzu hitzig, deine Strenge hatte sie etwas mäßigen sollen. Deine Nachforschungen sind großartig, so sorgfältig und genau. Du kannst sicher sein, in meinen Augen gibt es keinen besseren Inquisitor.«

»Es sind Menschen zu Tode gekommen … Juana de Sauri, Pedro Ruiz de Eguino …«, stammelte Salazar.

»Du weißt nicht, wie sehr ich das bedauere, aber das war ein Unfall, lieber Alonso, ein tragischer Unfall. Sie sollten die Frau nur erschrecken, aber sie hat die Nerven verloren und sich in den Fluss gestürzt. Was Pedro Ruiz de Eguino angeht … der sollte nur ein paar Hexen und Hexenmeister fassen, um in den Dörfern, in denen du noch nicht warst, ein wenig Angst zu verbreiten, aber er hat das Ganze übertrieben. Und du hast auch ein wenig Schuld, mein lieber Alonso.« Salazar schüttelte den Kopf. Er konnte nicht glauben, was er da hörte. »Du warst so versessen darauf, ihn zu befragen, dass er es mit der Angst bekam und drohte, alles zu erzählen. Er hatte uns gesehen; er war mit Calderón hier bei mir.«

»Ihr seid mit Rodrigo Calderón befreundet?«, fragte Salazar verblüfft. Er erkannte den Menschen nicht mehr wieder, der da vor ihm saß.

Bernardo Sandoval y Rojas merkte, dass er zu viel redete, und beschloss, das Gespräch so schnell wie möglich zu beenden.

»Mein Freund, wir sind an einen Punkt gekommen, an dem es besser ist, die Dinge so zu belassen wie sie sind. Die Menschen sind nicht bereit hinzunehmen, dass das Leben manchmal grausam und ungerecht ist. Man muss ihnen etwas geben, woran sie sich klammern können, etwas, dem sie die Schuld geben können, wenn der Schmerz in ihr Leben tritt. Seuchen, Trockenheit, Hagel, kranke Tiere … Weißt du, die Leute brauchen jemanden, den man für all das verantwortlich machen kann, und wenn man ihnen nicht den nötigen Halt gibt, dann machen sie möglicherweise die falschen Leuten für ihr Unglück verantwortlich. Kannst du mir folgen, mein lieber Alonso?«

»Natürlich. Wenn man ihnen einredet, der Teufel sei schuld an ihrer Situation, vergessen sie, dass die Herrschenden ein sorgenfreies Leben führen, während sie vor Hunger sterben.«

»So hört sich das natürlich furchtbar an«, sagte Sandoval. »Besser, man sieht es so: Wenn sie glauben, der Teufel und die Hexen könnten dank unserer christlichen Methoden ausgelöscht werden, dann akzeptieren sie, dass Jesus Christus der einzige und wahre allmächtige Gott ist. Und streben wir nicht genau das an? Wenn wir die Entscheidung treffen, alles zurückzulassen und dem Weg unserer Berufung zu folgen? Wollen wir den Unglauben nicht ausmerzen? Ist es nicht unsere Mission, das Christentum weiterzutragen und die verirrten Schafe wieder auf den rechten Weg zu bringen?«

»Dann ist also alles nur ein Vorwand – die Verhaftungen, die Foltern, das Autodafé, die Seuche, die Toten …« Salazar vergrub das Gesicht in den Händen. »Denn wenn die Basken und Navarreser unsere Hilfe nicht brauchen würden, warum sollten sie dann mehr Steuern zahlen, nicht wahr, Euer Hochwürden?«

»Alonso, seit unserer ersten Begegnung wusste ich, dass du ein ganz besonderer Mensch bist. Das sah ich am Glanz in deinen Augen, dem aufmerksamen Blick, dem nichts entging. Das hat in mir wirklich größte Bewunderung geweckt. Aber es gibt Situationen im Leben, mein Freund, da ist es besser, die positive Seite der Dinge zu sehen. Ich halte mich lieber an die Zahlen, die beweisen, dass seit dem Aufkommen der Hexerei und dem Eingreifen der Inquisition die Einwohner in dem Gebiet sich von ihren alten Göttern ab- und dafür der Kirche zugewandt haben.«

»Ich vermute, man muss für dieses Wunder den unsichtbaren Händen Eures Neffen danken.«

Bernardo de Sandoval y Rojas konnte Salazar nicht mehr länger in die Augen schauen.

»Wenn du noch etwas für mich übrig hast, wenn du meinem Wort noch trauen kannst …« Er wirkte niedergeschlagen. »Ich versichere dir, ich werde nicht zulassen, dass noch ein einziger der Hexerei Angeklagter auf dem Scheiterhaufen stirbt … zumindest solange ich Generalinquisitor bin. Aber ich werde auch nichts tun, das meiner Familie schadet. Ich appelliere an unsere Freundschaft, an all die Momente, in denen auch wir beide eine Familie waren, aber vor allem appelliere ich an deine Verschwiegenheit. Ich bitte dich, tu mir den Gefallen und sprich mit niemandem über das, was ich dir eben gesagt habe. Und was deine Berichte angeht, so werde ich mich darum kümmern, dass sie an einem sicheren Ort gelagert werden, wo sie nie wieder herauskommen.«

Salazar sah ihm in die Augen und wusste, dass für den Generalinquisitor die Unterredung beendet war. Er nahm seine Hand, um den Purpurring zu küssen, brachte es aber nicht über sich.

»Keine Sorge«, sagte Salazar, bevor er den Raum verließ. »Mit meinem Versprechen, Stillschweigen zu bewahren, gebe ich Euch zurück, was ich Euch seit langem schuldig bin. Ich werde alles vergessen, was ich während der letzten drei Jahre gehört und gesehen habe.« Er schloss die Tür in der Gewissheit, dass sie sich nie wiedersehen würden.

Epilog

Salazar starb nicht einsam und enttäuscht, wie er gedacht hatte. Iñigo de Maestu blieb an seiner Seite, selbst als er nach seiner Rückkehr aus dem Norden unerträglich wurde. Nach seinem Treffen mit dem Generalinquisitor legte er seine Theorien ad acta, ohne dass Iñigo und Domingo recht verstanden, warum. Er sagte ihnen einfach, sie sollten alles vergessen. Er verstaute die Dokumente der Besuchsreise in der Truhe und verbot, dass sie je wieder geöffnet wurde. Sein einziges Interesse galt fortan dem Tod der Königin. Er wollte jedes noch so kleine Detail darüber wissen. Das war er ihr schuldig.

Man sagte ihm, bei der Eröffnung des Testaments von Margarete von Österreich sei der Raum sofort von frischem Orangenblütenduft erfüllt gewesen. Es war, als ob Margarete selbst zu ihnen gesprochen hätte. Der Monarch war durch die geheimnisvolle Macht der Worte zu Tränen gerührt. Sie sprach von ihrer Liebe, die sofort erwacht war, als sie ihn zum ersten Mal sah. Er stand im Gefolge des Duque de Denia und wartete sehnsüchtig darauf, seine Frau zu sehen. Die Heirat war durch Stellvertreter geschlossen worden, doch die Berater hatten entschieden, dass die Feier der Opferung Jesu – Margarete war genau in der Karwoche in Spanien eingetroffen – nicht der geeignete Rahmen für ein erstes Gespräch war.

In ihrem Testament sprach Margarete auch vom Glück der gemeinsamen Jahre, darüber, wie stolz sie war, dass er unter all den Frauen, die würdig gewesen wären, von einem König geschätzt und geliebt zu werden, sie als Mutter seiner Kinder auserwählt hatte. Gläubig, wie sie war, bat sie, man möge fünfzigtausend Messen für ihren Seelenfrieden lesen lassen, und ihren Ehemann ersuchte sie, eine Inventarliste von all ihren Wertgegenständen zu erstellen und sich eines ihrer Juwelen als Andenken auszusuchen.

Man erfüllte ihren letzten Willen. Die Inventarliste wurde erstellt, die Wertgegenstände geschätzt und geordnet und vier Räume im Palast freigeräumt, in denen sie ausgestellt wurden, damit das Publikum sie ersteigern konnte. Man befürchtete einen solchen Ansturm, dass zusätzlich zu den Wachtposten und dem Ausrufer zwei Soldaten der Spanischen Garde abgestellt wurden, um für Ordnung zu sorgen.

Salazar war als Erster da. Wehmütig ging er durch die Räume mit den Gegenständen der Königin. Er versuchte, das Wesen der Frau in ihren silbernen Bürsten und Kämmen zu erspüren, in ihrem Messbuch aus Perlmutt mit den goldenen Ecken, in den Ketten mit den grauen Perlen, den elfenbeinfarbenen Seidenhandschuhen. Er blieb vor einem Gemälde von Bartolomé González stehen, auf dem Margarete im Königsgewand zu sehen war. Mit der rechten Hand streichelte sie ihren Hund, und in der linken hielt sie ein Taschentuch. Sie sah so friedvoll und gelassen aus, und Salazar dachte, dass sie glücklich gewesen sein musste, während sie für den Maler posierte, und dass dieses Licht, das ihr Gesicht erstrahlen ließ, für immer dort eingefangen wäre. Auch er leistete ihrem letzten Willen Folge und ersteigerte eine in Brillanten gefasste Smaragdbrosche, an der eine Perle in Form einer Träne hing. Die Königin hatte ihn in ihrem Testament nicht darum gebeten, aber auch Salazar wollte ein persönliches Andenken an sie. Er legte die Brosche in die Truhe aus geschnitztem Ebenholz zu ihren Briefen und den Unterlagen der Besuchsreise.

Der Tod der Königin hatte niemanden unberührt gelassen. Das Volk komponierte Coplas mit aufrührerischen Texten, in denen der Duque de Lerma und sein Sekretär Rodrigo Calderón schlecht wegkamen. Man munkelte, die beiden hätten Margarete von Österreich aus dem Weg räumen lassen, weil sie anfing, sich allzu sehr in deren Machenschaften einzumischen. Bürgermeister Gregorio López Madera verfolgte die Ermittlungen über Calderóns Ränke weiter, mit denen die Königin ihn noch zu Lebzeiten beauftragt hatte. Rodrigo Calderón wiederum war überrascht von der Aufmerksamkeit, die seiner Person plötzlich zuteil wurde. Er versuchte, dieselbe Strategie anzuwenden, mit der er bis dahin immer erfolgreich gewesen war. Er verabredete sich mit Gregorio López Madera an einem diskreten Ort und bot ihm eine Reihe lukrativer Posten an, die sich leicht mit seinem Bürgermeisteramt vereinbaren lassen würden, und finanzielle Vorteile für seine Familie. Doch die Ehrlichkeit des Bürgermeisters war nicht käuflich. Da versuchte Rodrigo Calderón ihm zuvorzukommen und beschuldigte ihn, ihn verleumdet zu haben. Doch zu diesem Zeitpunkt war der Ruf Calderóns bereits so ruiniert, dass er nicht den geringsten Erfolg damit hatte. Die Königin war bereits zur Märtyrerin der Gerechtigkeit geworden, und ihr Mörder musste bestraft werden.

Rodrigo Calderón wurde im Februar 1619 verhaftet. Der König konnte das ganze Gerede nicht länger ertragen und wollte der Sache auf den Grund gehen. Er musste wissen, was an dem inzwischen schon über die Grenzen des Reiches hinausgedrungenen Gerücht wahr war, dass der Sekretär seines Vertrauten etwas mit dem Tod seiner geliebten Frau zu tun hatte. Während des Verfahrens wurde Rodrigo Calderón angeklagt, unzählige Ämter, Titel, Renten und Besitztümer angehäuft, sich unbefugt in die Regierungsgeschäfte eingemischt und das Recht gebeugt zu haben. Außerdem warf man ihm vor, dass er sich von benachbarten Ländern habe kaufen lassen, die sich Vorteile verschaffen wollten, dass er mit öffentlichen Ämtern gehandelt habe, Zaubermittel gegen Luis de Aliaga, den Duque de Uceda und Prinz Philipp verwendet habe und dass er mindestens fünf Menschen habe exekutieren lassen, die ihn oder seinen Vorgesetzten, den Duque de Lerma, kritisiert hatten. Insgesamt waren es zweihundertvierundvierzig Beschuldigungen, die in enger Verbindung mit den zwei Millionen Dukaten standen, die Calderón vor seiner Verhaftung verschwinden lassen wollte. Aber die schwerste Anklage war die des Mordes an der Königin, und das war das Einzige, was den König wirklich interessierte. Jemand hatte anonym im Büro des Staatsanwaltes einen Ausschnitt eines von der verstorbenen Königin unterzeichneten Briefes hinterlassen, bei dem der Adressat weggeschnitten war. Darin bekundete Margarete von Österreich den Verdacht, dass Calderón schwarze Magie gegen sie verwende.

Viele der Anklagepunkte wurden fallengelassen, aber die Richter befanden ihn der Korruption und der Ermordung eines gewissen Francisco de Juara für schuldig, den die Königin kurz vor ihrem Tod beauftragt hatte, Calderón vor dem Monarchen zu entlarven.

Der Staatsanwalt begann sein Plädoyer damit, dass es im Königreich allgemein bekannt sei, welch Tyrannei und Zwang der Duque der Lerma und seine Anhänger auf das Volk ausübten, und welche Meinungsverschiedenheiten er mit der Königin hatte.

»Die Streitigkeiten gingen so weit, dass er nach einer Möglichkeit suchte, seine mächtiger werdende Gegnerin loszuwerden. Er bediente sich der Geburt ihres letzten Kindes, um sie außer Gefecht zu setzen. Ich habe Beweise, die das belegen.«

Er lud mehrere Zeugen vor, die bestätigten, dass Calderón persönlich den Arzt für das Kindbett ausgewählt hatte, den berühmten Doktor Mercado, der eigens zu dem Zweck aus Valladolid anreiste. Die Palastdiener bestätigten, dass Mercado den von den

Hofärzten verordneten Aderlass sofort abgebrochen und eine andere Behandlung eingeleitet hatte.

»Ich werde beweisen, dass Doktor Mercado sich mit dem Apotheker Espinar verbündet hatte, um über Salben und Arzneitrünke Gift in den Körper der Königin zu schleusen. Für diese Dienste bot Rodrigo Calderón dem Doktor und den Söhnen des Apothekers an, sie zu Rittern des Santiagoordens zu schlagen.«

Calderón hatte nach dem Tod des Apothekers die Witwe in seinem Haus aufgenommen, was verwunderlich war, denn bis zu dem Zeitpunkt war nicht bekannt, dass die Familien eine solch innige Freundschaft verbunden hätte. Zudem fand sich unter den persönlichen Dingen Calderóns ein Porträt, das der König von seiner toten Frau malen ließ, was, so der Staatsanwalt, vom ruchlosen Charakter des Angeklagten zeugte. Offensichtlich schätzte er dieses Bild, weil es ihm die Befriedigung verschaffte, sein grausiges Ziel erreicht zu haben. Der König, der den Ausführungen des Staatsanwaltes beiwohnte, wirkte von Mal zu Mal gequälter und fassungsloser. In einer Sitzung musste man ihn sogar aus dem Saal bringen, weil er ohnmächtig zusammensank.

Trotz des hitzigen Plädoyers konnte keine dieser Anschuldigungen tatsächlich bewiesen werden. Calderón gestand lediglich, die Königin nicht sonderlich gemocht und sie vor ihren Freunden respektlos als »Franzosenhure«, »Schnapsdrossel« und »Befehlsmarie« bezeichnet zu haben. Unter der Last der Einsamkeit und der Gewissheit, sein Reich falsch regiert zu haben, wurde der König zusehends kränker, ohne dass ein Arzt hätte sagen können, was ihm fehlte. Eines Morgens untersagte er den Ärzten durch königlichen Befehl, sich seinem Bett zu nähern, denn er war es leid, dass sie an ihm herumfingerten und mit Aderlässen das letzte Blut aus ihm herausholten. Er hatte sich selbst die Diagnose gestellt, dass sein Körper vollkommen in Ordnung war. Er wusste, dass die Wurzeln seiner Gebrechen in seiner Seele lagen und dass er in weniger als einer Woche sterben würde.

»Oh, hätte ich nur nie regiert! Wäre ich als armer Mann geboren! Oder wäre ich ein einfacher Laienbruder gewesen, dessen Aufgabe lediglich darin bestanden hätte, über das Tor seines Klosters zu wachen! Wenn der Himmel mir noch einmal ein Leben schenkte, würde ich völlig anders regieren!«, klagte er.

Am 31. März verließ Philipp III. mit zweiundvierzig Jahren diese Welt. Er starb umgeben von Ärzten und Lakaien inmitten von Gebetsgemurmel. Im Raum schwebte der Schmerz über das in Ruinen daliegende Reich. Seine Regierungszeit konnte man mit einem Wort umschreiben: Willenlosigkeit. Philipp III. war so apathisch gewesen, dass er nicht einmal Laster gehabt hatte. Seine Kohorte an Favoriten dafür umso mehr. Das Ansehen der spanischen Krone in Europa hatte wegen der wiederholten Unterzeichnung von nachteiligen Verträgen mit Rebellen, Ketzern und ewigen Feinden des Reiches sehr gelitten.

Als der Duque de Lerma hörte, dass der Monarch schwer krank war, kam er aus seinem Exil in Valladolid herbeigeeilt. Trotz aller Differenzen der letzten Zeit war der Monarch der einzige Mensch, den Lerma als Freund bezeichnen konnte. Der Kutscher trieb die Pferde an, doch als der Duque, damals bereits Kardinal, eintraf, war der Monarch schon vor zwei Stunden gestorben.

Rodrigo Calderón befand sich in seiner Zelle, als er vom Tod Philipps III. hörte.

»Der König ist tot, dann bin ich auch tot«, murmelte er.

Er war überzeugt davon, dass der neue König Philipp IV. und sein Favorit Olivares, da sie Lerma nicht zur Rechenschaft ziehen konnten, ihn zum Sündenbock machen würden, den man dem unzufriedenen Volk opferte. Er war das lebende Symbol des moralischen Verfalls während der letzten Regentschaft. Und er sollte recht behalten. Da half auch das Flehen um Gnade seiner Familienangehörigen nichts, die auf den neuen Monarchen und Olivares warteten und sich ihnen mit Tränen in den Augen zu Füßen warfen, als sie aus dem Palast kamen.

Am 21. Oktober 1621 wurde Rodrigo Calderón um elf Uhr morgens auf der Plaza Mayor von Madrid hingerichtet. Er war früh aufgestanden und hatte die Kleidung für diesen Tag selbst ausgewählt: eine lange Flanellsoutane, bei der er selbst den Halsausschnitt vergrößerte, um dem Henker die Arbeit zu erleichtern. Er betete und besuchte die Messe. In den letzten Tagen seines Lebens veränderte er sich völlig: Er suchte in der inneren Sammlung die Kraft für das, was ihm widerfuhr.

»Mein Herr«, sagte sein Beichtvater, »Gott ruft uns, und es ist an der Zeit, zu ihm zu gehen.«

»Pater, wenn Gott uns ruft, dann lasst uns eilen«, erwiderte Calderón.

Er trank einen Schluck Wasser und Brühe, sprach kurz mit dem Hofrichter Pedro de Mansilla, der früher einmal sein Freund gewesen war, und bat ihn inständig, sich um seine Frau und seine Kinder zu kümmern. Der Wagen, der ihn zum Schafott brachte, fuhr ratternd durch die breite Calle de San Bernardo, über die Plazuela de Santo Domingo, durch die Calle Santa Catalina, die Calle de las Fuentes, die Plaza de Herradores, die Calle Mayor und die Calle de Boteros.

Die Leute riefen ihm zu: »Möge Gott dir verzeihen!«

»Amen«, erwiderte Calderón.

Es heißt, als er das Schafott erreichte, habe er den Henker gefragt, ob die Position so gut sei, denn er wolle nicht unwürdig sterben. Dann gab er ihm den Friedenskuss als Zeichen der Vergebung und bat ihn, die Binde von seinem Hals zu nehmen und über seine Augen zu legen.

»Patres, ich bitte Euch, geht nicht fort«, sagte er zu den beiden Geistlichen, die ihn begleiteten.

»Hier sind wir, mein Herr. Empfehlt Euch jetzt Gott.«

Der Verurteilte tat, wie ihm geheißen.

Calderóns Tod rief eine Welle der Entrüstung im Volk hervor. Er hatte in den letzten Momenten seines Lebens solche Reue und

Gottergebenheit gezeigt, dass die Leute seine Hinrichtung nicht guthießen. Doch die neue Herrschaft verstand nicht, wie wichtig das Gewähren königlicher Gnade war, die Lerma seinem König immer nahegelegt hatte.

Der Duque de Lerma starb nicht, wie viele gewünscht hätten, durch den Henker, sondern ruhig und friedlich in seinem Haus in Valladolid, in dem Kardinalsgewand, das ihm das Leben gerettet hatte. Auf den Straßen und Plätzen des Reiches konnte man die Copla hören:

Um dem Galgen zu entkommen
hat Spaniens größter Dieb
schnell ein rotes Gewand genommen.

Niemand wusste, ob der Favorit des Königs, der viele Jahre lang die Bastion des Reiches gewesen war, noch Zeit hatte, die Freveltaten seines Lebens zu bereuen. Zumindest was die Königin anging, konnte er ein ruhiges Gewissen haben, denn in ihrem reinen Gemüt hatte sie am Ende ihres Testaments ihm und Calderón verziehen.

Als die königlichen Truhen leer waren und Elend und Verzweiflung im Volk ihren Höhepunkt erreicht hatten, hatte der Duque de Lerma den Schutz der Religion gesucht und den Papst um die Kardinalswürde gebeten. Er hoffte, auf diese Weise den Respekt und die Autorität bewahren zu können, die er mehr und mehr einbüßte. Papst Paul V. verlieh sie ihm im März 1618. Doch das beschleunigte seinen Fall umso mehr, denn für den König, der nach dem Tod seiner Frau niemandem mehr traute, war das der perfekte Vorwand, ihn nicht mehr länger an seiner Seite haben zu müssen. Am 2. Oktober desselben Jahres ließ Philipp III. Lerma in sein Büro rufen. Zwei lange Stunden verweilten sie dort, so wie sie es oft in ihrem Leben getan hatten. Doch an diesem Tag verließ Lerma das Büro mit glasigen Augen. Zwei Tage später, um fünf Uhr nachmittags, nahm seine Kutsche den Weg ins Exil nach Valladolid. Er konnte sich nicht einmal von dem Monarchen verabschieden, der hinter der Gardine stand und ihn fortfahren sah, ohne auch nur einen Hauch von Trauer zu empfinden. Der Duque der Lerma hatte den Hof auf dem Weg verlassen, den alle unerwünschten Personen nahmen: über die versteckte Treppe des San-Lorenzo-Palastes von El Escorial.

In der Kirche des San-Pablo-Klosters in Valladolid, deren Fassade er selbst hatte fertigstellen lassen, hielt er seine erste Messe als Kardinal.

Nach der Thronübernahme riet Olivares dem neuen Monarchen, das Hab und Gut des früheren Vertrauten zurückzuhalten, um ihn zu zwingen, das Vermögen einzufordern, das er während der Regentschaft von Philipp III. angehäuft hatte. Er sollte Flagge zeigen und dem Volk so beweisen, dass er korrupt war. Es hieß, jedes Stück von seinem Vermögen, jede Gunst habe er sich auf betrügerische Weise erschlichen. Aber Lerma war in diesen Dingen erfahren und reagierte mit Ironie und Sarkasmus. Vor aller Welt beglückwünschte er den neuen König zu seiner Entscheidung und sagte, das zeige seine Umsicht und Klugheit. Er verteidigte sich gegen die Vorwürfe von Korruption und Bestechung, Ämterschiebung und Rechtsbeugung, die die neue Regierung gegen ihn erhob, und versicherte, er habe all das nur zum Wohle seines Vaterlandes getan. Er gab zu, in seiner Zeit als Vertrauter viele Vergünstigungen vom König erhalten zu haben, aber das seien alles Geschenke für seine mehr als zwanzigjährigen treuen Dienste für die Krone gewesen. Der neue König ließ sich von diesen Worten nicht beeindrucken und erreichte, dass peu à peu alle Vergünstigungen, die Lerma eingesackt hatte, wieder in den Staatshaushalt zurückwanderten. Er hatte nicht mehr viel Zeit, mit Lerma über Wirtschaftsfragen zu diskutieren, denn der allmächtige frühere Vertraute und Berater Philipps des III. starb am 17. Mai 1625 in seinem Haus in Valladolid.

Alonso Becerra wurde 1613 zum Staatsanwalt beim Rat der Inquisition ernannt und arbeitete dort als solcher, bis er vier Jahre später zum Rat ernannt wurde. Juan de Valle blieb in Logroño, geplagt von Blasensteinen. Die Koliken führten zu Nierenproblemen, die er nicht mehr loswurde, obwohl er lange Kuraufenthalte in einem berühmten französischen Badeort machte. Nach außen hin begegneten die drei Inquisitoren aus Logroño sich mit Respekt, aber obwohl Salazar Beweise hatte, dass keiner von beiden in Calderóns Ränke verwickelt war, dass dieser sie lediglich benutzt hatte, um seine Ziele zu erreichen, behielt er seine ablehnende Haltung ihnen gegenüber bis an das Ende seiner Tage bei.

Der Geistliche Juan de la Borda blieb vom Autodafé bis zum 4. November 1613 im Kloster San Millán. Nach seiner Entlassung begab er sich schnurstracks nach Madrid, um den Generalinquisitor um Dispens zu bitten, dass er wieder als Priester tätig sein durfte. Er verbrachte den Rest seines Lebens in einem Kloster in der Nähe vom Paso de Velate. Sein Cousin, Bruder Pedro de Arburu, war im Prämonstratenser-Kloster von Miranda de Ebro bis September 1614 eingesperrt. Als er freikam, zahlte er die 537 Reales, die er dem Tribunal für seinen Aufenthalt in den geheimen Gefängnissen schuldete, und begab sich dann sogleich in sein Kloster nach Urdax, wo er vor dem schrecklichen Prozess gelebt hatte.

Jahre später wurden beide an den Gerichtshof von Elizondo bestellt. Offenbar hatte der Aufseher, der sie bewachte, die Situation ausgenutzt und sich des auf fünf Dukaten geschätzten Federbettes des Priesters und des zweifach bezogenen Kopfkissens des Mönchs mit einem Mindestwert von zwei Dukaten bemächtigt. Das war eine subtile Form, die Ehre der beiden Geistlichen wiederherzustellen. Bis zu ihrem Tod dienten sie dem christlichen Glauben, und man beerdigte sie mit den Bibeln ihrer Mütter, die eine unbekannte Botin ihnen gebracht hatte, und die sie seither jeden Tag in ihre Gebete mit einschlossen.

Salazar hielt sich an das Versprechen, das er dem Generalinquisitor gegeben hatte. Er erwähnte niemandem gegenüber, was Bernardo Sandoval y Rojas ihm an jenem Tag gesagt hatte. Aber er schrieb alles nieder. Jedes Detail des »Autodafé von Logroño«. Er bewahrte die Papiere, die Notizen, die Liste, seine Beobachtungen und Kommentare auf. Die Dokumentation des Falles belief sich auf mehr als fünftausendsechshundert Blätter, die Iñigo Maestu in acht Bänden zusammenheftete. Salazar fügte einen Nachtrag hinzu, in dem er zu erklären versuchte, warum die Gesellschaft an Hexen glauben musste. Er schrieb, es sei leichter für den Menschen, wenn er sich sagen könne, dass nicht er selbst für sein Handeln verantwortlich sei. Die Vorstellung, es gäbe Hexerei, sei ein geeigneter Deckmantel, um Probleme des Zusammenlebens zu kaschieren. Die Hexe oder der Hexenmeister würden zur Inkarnation des Bösen, das sonst im unfassbaren Dunst des Unbeweisbaren bliebe. Sie weckten die niedersten Instinkte der Leute. Hexerei tauche in jeder Gesellschaft und quer durch alle Schichten auf, denn sie werde allein von menschlichen Leidenschaften genährt. Unzufriedenheit, Begehren, Machtstreben, all das konnte durch Hexerei gerechtfertigt werden. Sogar der Scherbenhaufen, den ein König und sein Favorit hinterließen.

Salazar kämpfte weiter für die Sache der Hexen. Er verfasste einen speziellen Leitfaden für die Kommissare des Heiligen Offiziums, und sein früherer Beschützer, der Generalinquisitor, verfügte, dass die Inquisitionsgerichte sich fortan bei den Befragungen von Angeklagten und Zeugen in Hexenangelegenheiten daran halten mussten. Des Weiteren übergab Salazar dem Rat der Inquisition eine Bilanz der Kosten über die sechs Jahre, die der Prozess gedauert hatte, und sie beliefen sich auf insgesamt 39 460 Reales. Normalerweise war ein Drittel der Kosten für die Ernährung der Angeklagten durch das Geld gedeckt, das man aus dem Verkauf der konfiszierten Güter zog. Trotzdem schuldeten die, die für ihren Aufenthalt im Gefängnis noch nicht bezahlt hatten, dem Tribunal die Summe von 19 276 Reales, und Salazar bat in einem Schreiben darum, ihnen die hohe Summe aus Gründen der Menschlichkeit zu erlassen. Doch in dem Fall stellte der Generalinquisitor sich quer.

»Die Justiz ist eine Sache, eine andere ist das Geld«, entschied er.

1622 kehrte Salazar als Großinquisitor nach Logroño zurück. 1628 wurde er Staatsanwalt des Rates der Inquisition und 1631 Mitglied des Rates. Doch das Thema Hexen beschäftigte ihn weiter. Er scheute auch vor der hochgestellten Versammlung des Rates nicht zurück und nahm kein Blatt vor den Mund. 1632 kritisierte er den neuen Generalinquisitor Antonio Zapata Mendoza, weil er Ämter versprach, die noch gar nicht frei geworden waren, und ein Jahr später schickte er aus Anlass eines königlichen Befehles, den Rat in zwei Kammern zu teilen, ein Memorandum an König Philipp IV., in dem er ihm aufzählte, wie viele Probleme das neue System in den zwei Monaten seit seinem Inkrafttreten verursacht hatte. Der König berücksichtigte seine Empfehlungen, und so blieb das Zweikammersystem eine kurze Episode in der langen Geschichte des Inquisitionsrates.

Mit den Jahren begann sich der Schmerz in Salazars Seele aufzulösen wie feiner Sommernebel. Er las gern Aristoteles. Dieser definierte Güte als die Tugend, nach der alle vernunftbegabten Wesen streben. Salazar war nicht mehr so ungestüm wie in seiner Jugend und richtete sich umsichtig im Alter ein. Er fand sein »goldenes Mittelmaß«, einen Punkt zwischen dem glühenden Glauben seiner Kindheit und der nüchternen Gewissheit der Reife. Damit erreichte er einen Zustand der Gnade, der es ihm ermöglichte, die restliche Zeit seines Lebens im Einklang mit sich zu verbringen. Mehr und mehr gelangte er zu der Überzeugung, der Mensch sei einzig und allein deshalb auf der Welt, weil Gott ihn brauchte. Gott brauchte die Menschen, um Gott zu sein, so wie die Menschen ihn brauchten, um menschlich zu sein. Auf einmal sah er einen Lichtstreif, denn wenn der Mensch in Wahrheit aus dem Nichts kam und in das Nichts zurückkehrte, hatte man allen Grund, das Leben zu genießen, anstatt mit ihm zu hadern. Er sprach Gott von der Last der Verantwortung frei, denn wenn der Mensch nur das war, was er aus sich machte, konnte er Gott auch nicht die Schuld für die menschlichen Verfehlungen geben. Mehr denn je wurde ihm klar, dass seine Wahrheit, die Wahrheit, die für ihn all die Jahre gegolten hatte, nur Angst erzeugte, und dass die Wahrheit der Religion – welcher auch immer – besser für die geistige Gesundheit war.

In seinen letzten Lebensjahren las Salazar immer wieder Margaretes Briefe. Ihm fehlte nur der eine, den er auf dem Tisch des Staatsanwalts deponiert hatte, der für den Fall Calderón zuständig war und in dem die Königin ihren Verdacht äußerte. Er las auch wieder und wieder die Briefe durch, die er ihr geschrieben hatte, und ihm wurde bewusst, wenn ein Mann solche Briefe an eine Frau schreibt, denkt er im Grunde nicht an die Frau, sondern an sich selbst. Als der Zeitpunkt kam, diese Welt zu verlassen, war er in Gedanken ganz bei ihr.

1635, mit einundsiebzig Jahren, ging Salazar als Mitglied des Rates der Inquisition und Stiftsherr der Kathedrale von Jaén von dieser Welt.

Domingo de Sardo wurde ein mustergültiger Geistlicher. Im Verlauf der Besuchsreise war sein Vertrauen in Salazar gewachsen. Nach Jahren verfasste er ein Handbuch für Inquisitoren, in dem er empfahl, nicht blind an Worte zu glauben. Man brauche handfeste Beweise, bevor man endgültige Entscheidungen traf. Er konnte nicht verstehen, warum Salazar nach seinem Besuch beim Generalinquisitor nie mehr über seine Theorien gesprochen hatte. Einmal brachte er die Sprache darauf, doch Salazar bat ihn, ihm zu vertrauen, so wie er es schon einmal getan hatte.

»*Nie* ist ein großes Wort«, sagte Salazar. »Niemand weiß genau, wie lange *nie* dauert, denn keiner hat so lange gelebt. Keine Sorge, die Zeit wird am Ende alles richten.«

Und Domingo de Sardo vertraute darauf bis zum letzten Tag seines Lebens.

Salazar, seine Arbeit, das Gefolge und die Besuchsreise gerieten völlig in Vergessenheit, bis ein Amerikaner namens Henry Charles Lea 1890 in einem alten Keller seine Berichte und Tagebücher fand. Er widmete ihm ein paar Seiten in seinem Buch über die spanische Inquisition, und so erfuhr die Welt von seiner Rolle als Anwalt der Hexen, als der er fortan bekannt war.

»Nie« hatte ungefähr zweihundert Jahre gedauert.

Iñigo de Maestu wurde zum Priester ordiniert und trat als Privatsekretär in Salazars Dienste. Manchmal setzten die beiden Männer sich zusammen und plauderten über die Jahre, in denen sie nach der Wahrheit hinter dem Schein gesucht hatten. Beide gestanden sie ein, dass wohl Magie im Spiel gewesen sein musste, aber dass das nicht zwangsläufig etwas Schlechtes war. Salazar, der ihn gut kannte, merkte, wann Iñigo seine traurigen Momente hatte, in denen er nachdenklich wurde und den Mond anstarrte.

»Wir alle brauchen unseren persönlichen Engel, um weiterleben zu können«, erinnerte er ihn.

Die Opfer, die Gebete und das freiwillige Fasten mäßigten Iñigos glühendes jugendliches Temperament relativ früh. Er litt nicht mehr unter dem körperlichen Drang, der ihn während der Besuchsreise im Norden gequält hatte. Trotzdem ergötzte er sich manchmal an Kleinigkeiten, an die zu erinnern er sich erlaubte, denn es handelte sich um lässliche kleine Sünden. Dann fielen ihm so einfache Dinge wieder ein wie die Form ihrer Nägel, die Küsse, die sie ausgetauscht hatten, die zarte, junge Haut der Innenseite ihrer Schenkel. Er dachte ohne Wollust daran, als handele es sich um ein einmaliges Wunder, dessen glücklicher Zeuge er gewesen war. Er war in das Alter gekommen, in dem die Zärtlichkeit die Glut linderte. Aber manchmal überkamen ihn künstlerische Anfälle, und er malte blaue Engel auf jede freie Fläche, die er sah. Einige seiner Werke kann man noch heute an den Wänden der Kirchen in Navarra und im Baskenland bewundern. Er hat es nie bereut, den Weg der Religion eingeschlagen zu haben, und er lernte, auf eine Kraft essentieller und universeller Güte zu vertrauen, denn sein ganzes Leben lang begleitete ihn eine unsichtbare Macht, die verhinderte, dass Verzweiflung, Traurigkeit oder das Böse ihm wirklich etwas anhaben konnten.

Eines Tages, als er schon ein alter Mann war, der ständig seinen Namen vergaß, kehrte der blaue Engel zurück. Barfuss schritt die Erscheinung in einem leichten weißen Leinenhemd auf ihn zu, mit einem Margeritenkranz im Haar. Iñigo konnte klar und deutlich die großen schwarzen Augen sehen. Sie war immer noch wunderschön. Die Jahre waren vergangen, aber sie war nicht die Spur gealtert.

»Komm, wir gehen«, flüsterte sie ihm ins Ohr.

»Ich wusste, dass du kommen würdest«, erwiderte Iñigo und flüsterte den geheimen Namen seines Engels.

Man ging in seine Mönchszelle, weil er nicht zur Morgenmesse erschienen war, und fand ihn tot in seinem Bett vor, mit einem unermesslich friedvollen Lächeln auf den Lippen.

Mayo dachte lange über den Tod nach. Über den Tod als Ende, als Anfang, als Teil des Lebens, und sie kam zu dem Schluss, sie dürfe keine Angst vor ihm haben, denn der Tod bedeutete nichts, solange sie lebte. Wenn er Gestalt annähme, wäre sie nicht mehr da. Ederra hatte recht, wenn sie sagte, der Mensch sei egoistisch bis ins Mark, denn wenn ein geliebter Mensch geht, leidet man nicht um seinetwillen, sondern wegen seiner selbst willen. Als Ederra von dieser Welt ging, nahm sie auch einen Teil von Mayo mit, den sie nie mehr zurückbekäme, und das tat ihr wirklich weh. Sie war nicht wegen Ederra traurig, sondern wegen sich selbst. Niemand würde die Mayo noch einmal zum Vorschein bringen, die in Ederras Gefühlen gelebt hatte. Sie überlegte, wenn niemand an sie dachte, wenn niemand sie rief, ihr zuhörte oder auf ihre Ängste einging, würde sie zwangsläufig aufhören zu existieren, und tat sich selbst grenzenlos leid. Verzweifelt fragte sie sich, warum ausgerechnet ihr das passieren musste, bis ihr aufging, dass sie sich diese Frage nie stellte, wenn ihr etwas Gutes widerfuhr. Ederra hatte mit Würde gelebt, sie hatte geliebt und war geliebt worden. Sie hatte von jedem Wind, jeder Blume, jedem Wort getrunken, sie hatte vielen Menschen geholfen, ihr Leben hatte eine Bedeutung gehabt. Mayo rechnete nach, wann sie gestorben war. Es war bei zunehmendem Mond gewesen. Alles würde gut werden. Und das war das Einzige, das zählte.

Als ihr all das klarwurde, nahm sie das Päckchen mit Ederras Nadelbüchse, entfernte das Taschentuch und setzte die Büchse auf ihre Handfläche. Sogleich spürte sie, wie die Kraft auf sie überging. Von jetzt an konnte sie den anderen helfen, ohne Angst haben zu müssen, dass ihre Zauberkünste fehlschlugen. Jetzt besaß sie Ederras Zauberkraft.

Wenig später stellte sie fest, dass die Liebesnacht im Wald nicht ohne Folgen geblieben war. Sie wurde müde, nickte öfter mal ein, ihr Bauch rundete sich, ihre Brüste wurden größer, und manche Speisen konnte sie nicht mehr sehen. Im Frühjahr würde sie ein Mädchen gebären, gesund und schön wie Ederra. Sie würde ihr einen geheimen Namen geben, den nur sie beide kannten, damit niemand ihnen je Schaden zufügen konnte, und seltsamerweise hatte sie zum ersten Mal in ihrem Leben keine Angst vor dem Neuen.

Sie wählte einen engen Weg mit vielen Kurven, der einen guten Eindruck auf sie machte. Bestimmt würde sie am anderen Ende einen Fluss oder einen See oder ein Meer finden, in dessen Wasser sie Beltrán tauchen konnte, in der Hoffnung, diesmal möge es das Richtige sein. Sie war sicher, dass sie am anderen Ende des Weges etwas Wichtiges erwartete, und ging mit erhobenem Haupt ihrem Schicksal entgegen.

Salazars Tagebücher sowie eine umfangreiche Sammlung von Briefen und Dokumenten zum großen Hexenprozess von Logroño und darüber, wie das Thema während der nächsten zehn Jahre nach dem Hexenprozess behandelt wurde, befinden sich in der Abteilung zur Inquisition des Historischen Nationalarchivs von Madrid.

Hexenverfolgung in Spanien

Papst Gregor XI. schuf das Tribunal der Heiligen Inquisition im Jahr 1231. Dominikaner und Franziskaner waren die bewaffneten Arme der Organisation, die man gegründet hatte, um all diejenigen in die Schranken zu weisen, die aus den von der katholischen Kirche festgesetzten Normen ausbrechen wollten.

Anders, als es in den anderen Ländern der Fall war, unterwarf sich die spanische Inquisition nicht der direkten römischen Rechtsprechung. Sie hatte ihren eigenen Generalinquisitor, der vom spanischen König ernannt wurde. So wurde dieser zum Instrument des Staates und die Geistlichen zu öffentlichen Beamten. Die spanische Inquisition war der verlängerte Arm der weltlichen Herrschaft.

Tausende von Menschen starben auf dem Scheiterhaufen. Eines der Vergehen, das die Gemüter in Europa am meisten aufwühlte, war die Hexerei, und es wurden hauptsächlich Frauen verfolgt. Im Gegensatz zur landläufigen Meinung hatte die spanische Inquisition kein besonderes Interesse, Hexen anzufeinden. Ihre Aufmerksamkeit konzentrierte sich auf die Ketzer, die jüdischen und später auch die islamischen Konvertiten. Trotzdem kam es am 7. November 1610 zu dem berühmten »Autodafé der Hexen«. Dabei wurden elf Angeklagte aus den Dörfern Zugarramurdi und Urdax zum Tode verurteilt, weil sie Umgang mit dem Teufel pflegten.

Spaziert man heutzutage durch die Straßen von Zugarramurdi, ist man betört vom Charme der Gebäude mit der märchenhaften Anmutung. Man muss nur zuhören wollen, dann erfährt man die Geschichte der berühmten Bewohner, die vor Jahrhunderten durch das Heilige Offizium hingerichtet wurden. Es kann sogar sein, dass man eines ihrer Häuser gezeigt bekommt, denn einige stehen noch immer.

Die Höhlen von Zugarramurdi und Urdax haben an ihrer verstörenden natürlichen Schönheit nichts eingebüßt. Mehrmals im Jahr wird dort der magischen Symbole gedacht. An dem Samstag, der Johannis am nächsten ist, wird in der großen Höhle das Fest der Hexen gefeiert, und am 18. August, dem letzten Tag des Patronats, findet in den Höhlen das Fest des gebratenen Lammes und ein Konzert mit keltischer Musik statt.

Die Daten, die Ortsbeschreibungen und die historischen Daten im Roman sind belegt, ebenso wie die Beschwörungen, die Zauber und magischen Rituale, die damals verwendet wurden. Einige kommen heute immer noch zur Anwendung, aber wir fragen uns nicht mehr, woher sie eigentlich stammen. Sie sind Teil einer überlieferten Tradition.

Danksagung

Zum Schluss möchte ich Mayte Suárez für ihre Liebe, ihre Hingabe und ihr Vertrauen danken, mit denen sie mich mein Leben lang begleitet hat. Toti Martínez de Lezea, die ich als Schriftstellerin sehr bewundere, und die immer bereit ist, mir einen Rat zu geben. Marisol Asensio, die sich von Anfang an in den Roman eingebracht und mir dabei geholfen hat, die weniger bekannte Phase im Leben des Duque de Lerma zu erforschen. Dank auch der Buchhandlung Oletum, insbesondere Estrella García, die mich bei meinem vorhergehenden Roman sehr unterstützt hat. Dann danke ich Hurka und Tundra, treue Gefährtinnen, die mich zu Beltrán inspirierten und mich darin bestätigen, dass viel Menschliches in den Tieren steckt, mit denen wir unser Leben teilen. Dank auch an Pablo Juliá, erst Lehrer und dann Freund, der fähig ist, meine guten Seiten zu entdecken. Und an Ana Liarás, meine Lektorin, weil sie von Anfang an an mein Werk geglaubt hat. Ihnen allen danke ich von ganzem Herzen.

Nerea Riesco

Der Turm der Könige

Historischer Roman

Aus dem Spanischen von Lisa Grüneisen

Band 18965

Sevilla 1248: Nach jahrelangen Kämpfen gewinnen die Christen die letzte Schlacht gegen die Mauren. Deren Herrscher Axataf muss die Stadt König Fernando von Kastilien übergeben. Die Giralda jedoch – das wunderschöne Minarett der Moschee von Sevilla und Stolz der Muslime – soll nicht in Christenhände fallen. Doch der christliche König gewinnt Axataf für einen Pakt: Ein Schachturnier soll über das Schicksal des gewaltigen Turms entscheiden ...

»Ein großartiges Epochenbild des historischen Sevillas und seiner Kathedrale.«

Ildefonso Falcones

Das gesamte Programm finden Sie unter
www.fischerverlage.de

fi 18965 / 2

Ildefonso Falcones
Die Kathedrale des Meeres
Aus dem Spanischen von Lisa Grüneisen
Roman
Band 17511

Barcelona im 14. Jahrhundert: Die Landbevölkerung stöhnt unter dem Joch der Feudalherren. Barcelona jedoch ist frei. Und Barcelona ist reich. Hier macht der junge Arnau seinen Weg vom mittellosen Steinträger zu einem der angesehensten Bürger der Stadt. Er ist Teil eines unerhörten Plans: die Errichtung einer Kathedrale, die den Himmel stürmen soll.

»Wie in Ken Folletts SÄULEN DER ERDE
wächst auch hier die Hauptfigur in dem Maße heran,
wie der Bau der Kathedrale voranschreitet.«
La Vanguardia

Fischer Taschenbuch Verlag

fi 17511 / 2